黑色系列 014

血与水

〔美〕伊恩·考德威尔 著

陈杰 译

IAN CALDWELL
THE FIFTH GOSPEL

人民文学出版社
PEOPLE'S LITERATURE PUBLISHING HOUSE

著作权合同登记号　图字 01－2017－9253

THE FIFTH GOSPEL
by Ian Caldwell
Copyright © Ian Caldwell，2015
Chinese（Simplified Characters）copyright © 2018
by Shanghai 99 Readers' Culture Co.，Ltd.
Published by arrangement with ICM Partners
through Bardon-Chinese Media Agency
ALL RIGHTS RESERVED

图书在版编目(CIP)数据

血与水 /（美）伊恩·考德威尔著；陈杰译.
—北京：人民文学出版社，2018
（黑色系列）
ISBN 978-7-02-013832-6

Ⅰ.①血…　Ⅱ.①伊…②陈…　Ⅲ.①长篇小说-美国-
现代　Ⅳ.①I712.45

中国版本图书馆 CIP 数据核字（2018）第 027132 号

责任编辑　甘　慧　李　晖
封面设计　汪佳诗

出版发行　人民文学出版社
社　　址　北京市朝内大街 166 号
邮政编码　100705
网　　址　www.rw-cn.com

印　　刷　山东德州新华印务有限责任公司
经　　销　全国新华书店等

开　　本　890 毫米×1240 毫米　1/32
印　　张　13.5
字　　数　400 千字
版　　次　2018 年 8 月北京第 1 版
印　　次　2018 年 8 月第 1 次印刷

书　　号　978-7-02-013832-6
定　　价　58.00 元

如有印装质量问题，请与本社图书销售中心调换。电话：010-65233595

历史背景

  两千多年以前，有对兄弟从耶稣诞生地出发，到各处宣讲教义。使徒彼得到了罗马，成了西方基督教的象征性创始人。使徒安德烈到了希腊，成了东方基督教的象征性创始人。在之后的几个世纪，他们创建的教会是统一的。但一千年之前，东西方的基督教发生了分裂。使徒彼得的继承者成立了天主教，使徒安德烈和其他一些东方基督教长老的继承者成立了东正教。现在，天主教和东正教是地球上基督教最大的两个教派。两者之间还存在着一支拥护教宗却保持东方礼仪的东仪天主教。

  小说发生的背景设置于二〇〇四年。这一年，教宗约翰·保罗二世病入膏肓，最后的愿望是要将天主教和东正教重归一统。小说描写了兄弟俩的故事，一个是天主教神父，一个是东仪天主教神父。

前　言

　　我的儿子彼得年纪太小，还不明白宽恕是什么意思。大城市罗马的生活让他认为宽恕很简单：互不相识的人在圣彼得大教堂的忏悔窗前排成几队，依次走到窗前向神父告解。忏悔室顶上的红灯时而闪亮，时而熄灭。红灯的熄灭意味着神父已经听完一个忏悔者的告解，准备接待下一位。看到这个场景，我儿子就想，道德心同卧室和盘子没什么两样，擦擦就能干净。因此，当彼得开着洗澡水一直不关，把玩具随地乱丢，一裤子泥巴从学校回家时，他就开口要求得到宽恕。他像教宗开口致以祝福一样随意张口道歉。两年以前，他理直气壮地做了人生中的第一次忏悔。

　　小孩子不懂什么是罪恶，什么是过犯，什么又是饶恕。神父可以很快地宽恕一个陌生的忏悔者，但孩子不可能预料到，将来饶恕敌人抑或是他所爱的人会有多么难。他不会想到，品行端正的人有时甚至无法原谅他们自己。糟糕的错误可以被原谅，但难以一笔勾销。我希望儿子永远不要和罪恶搭上边，别像我和哥哥那样在罪恶中陷得那么深。

　　我生来注定会是一个神父。舅舅是个神父，哥哥西门也是个神父，我希望彼得将来也能当上神父。从记事起，我就一直住在梵蒂冈。彼得和我一样，也一直住在梵蒂冈。

　　世人对梵蒂冈有两种印象。这里是世界上最美的地方，梵蒂冈是艺术的殿堂，是汇集了天主教精粹的博物馆。但同时这里也是天主教教义的宣讲地，成千上万的年迈神父在这里挥舞着指头宣传教义。孩子们似乎很难在反差如此之大的地方顺利成长。但梵蒂冈却到处都有孩子：教会的园丁有孩子，教会的工匠有孩子，教会的瑞士卫兵也有孩子。孩子们在花园里捉迷藏，和祭坛助手一起踢足球，在大教堂的圣器收集室玩弹珠。而有时他们也会不情愿地跟着母亲去超市和百货商店买东西，和父亲去加油站和银行办事。梵蒂冈和高尔夫球场差不多大，我们却和世界上的其他孩子一样充分享受到了童年的乐趣。我和西门健康快乐地成长，除了父亲是个神父以外，我们和别的梵蒂冈孩子没什么两样。

爸爸不是罗马天主教会的神父，而是一个东仪天主教的神父。他留着一口长胡子，长袍也和天主教会的神父完全不同。他不做弥撒，做的是东仪天主教会的礼拜仪式。他可以在成为神父之前婚配。他常说东仪天主教是上帝的使节，是把天主教和东正教重新连接在一起的桥梁。事实上，东仪天主教的教徒却像夹在两个超级大国之间的难民似的，感受着双方的敌意。父亲总在试图隐藏着背负在身上的重担。地球上有十亿天主教徒，东仪天主教徒却只有几千人，在梵蒂冈这个被独身者统治的国家，结了婚的神父只有父亲一人。梵蒂冈的神父瞧不起我父亲，我父亲和他们也井水不犯河水。直到生命快到末了时父亲才褒奖性地得到了一次升职。

父亲死后没多久母亲就死了。医生说母亲死于癌症。但医生不知道，母亲是因为少了依托而死的。父母相识在看对眼就能走到一起的二十世纪六十年代。认识以后，他们常常一起在父亲的公寓里跳舞。度过了一段背离上帝的日子以后，他们开始虔诚地对上帝进行祈祷。妈妈出生在罗马天主教家庭，一个多世纪以来，他们家为梵蒂冈教会贡献了许多神父。嫁给留胡子的东仪天主教神父以后，妈妈的家人就和她脱离了关系。爸爸死后，妈妈说没有人能再让她抱了，空有一双手让她感到很奇怪。我和西门在梵蒂冈教区教堂后父亲的墓旁安葬了她。那以后的事我已经记不太清了。我只记得自己日复一日地旷课，双手抱膝坐在墓旁痛哭。每当这时，西门总会过来把我带回家。

母亲死的时候我和西门都还只是十来岁的小孩子，因此我们被送到在梵蒂冈当枢机主教[1]的舅舅那里寄养。卢西奥舅舅不通人情，是个没心没肺的家伙。作为梵蒂冈的财政总管，他的任务是平衡国家预算，防止教会的雇员成立工会。从经济的角度上讲，他反对推行对生育进行奖励的政策。即便有时间抚养姐姐的遗孤，他也许都不会抚养。因此当我和西门打算回到父母的公寓自己养活自己时，他什么都没说就放我们走了。

我年纪太小，养活不了自己。西门只得大学休学一年，找了份工作。

1 天主教教宗治理教会的主要助手与顾问，由教宗亲自任命，是天主教各级神职人员中仅次于教宗的职位。

我们不会做饭，不会缝纫，不会修理浴室，西门只能自己琢磨，把这些全都学会。他每天叫我起床上学，临走时给我吃中饭的钱。他让我吃饱穿暖，衣食无忧。我从他那儿学到了祭坛助手所应掌握的全部知识。笃信天主教的孩子总有那么几天会担心自己是不是值得上帝用尘土造出现在的样式，并为此而在黑暗中睡不着觉。但上帝在黑暗中、在生命中为我遣来了西门。他一夜之间突然成熟了，护着我把我养大。我欠西门太多，除非他愿意免除，否则我一辈子都难以偿还。有什么能为他去做的，我都愿意为他去做。

　　我愿意为他做任何事。

第一章

"西门伯伯还没到吗?"彼得问我。

家里的女管家海伦娜修女在煎着平底锅里的鳕鱼时,必定在思考着同样的问题。西门已经晚了十来分钟了。

"别介意,"我说,"来帮我整理桌子吧。"

彼得没理我。他爬到椅子上跪下来,自豪地对我高声宣布:"我和西门伯伯先去看场电影,接着我带他去罗马动物园看大象,最后他还会教我马赛回旋。"

海伦娜修女在平底锅前轻飘飘地走了两步,她想必是把马赛回旋当作是一种舞步了。彼得不乐意了。他举起一只手,做出巫师念咒的姿势说:"不是跳舞,是足球场上的控球动作,罗纳尔多做这个最在行了。"

西门从土耳其到罗马观看我们共同的朋友乌戈·诺格拉举办的展览。要不是给诺格拉帮忙,我肯定无法搞到大约一周以后的开幕晚会的门票。但彼得可不管什么展览,他和西门在这里一起住了五年之久,一心只想着让西门教他踢足球。

"世界上比踢球重要的事情可多着呢。"海伦娜修女说。

海伦娜修女刻意用女性的理性嗓音说。彼得十一个月大的时候,我妻子莫娜离开了我们。从那以后,这位年长的修女成了我们的生命支柱。海伦娜修女是卢西奥舅舅可以随意支配的众修女中的一个,卢西奥舅舅负责她的日用开支。很难想象,没有她我们会怎么样,一般保姆要求的工资我肯定是开不起的。幸运的是,海伦娜修女绝不会把彼得一个人抛下。

彼得钻进卧室,很快便拿着妈妈送的数码闹钟出来了。他把莫娜送给他让他守时的闹钟放在桌子上,指着钟面上的数字让我们看。

"小乖乖,"海伦娜对他说,"西门神父坐的火车也许晚点了。"

海伦娜修女的这一招很妙。她向彼得指出,是火车,而不是西门个人的原因让他迟到了。彼得很难理解,西门这样的大人怎么会时常忘了带车票钱或是忘了时间，只顾着和陌生人一起侃大山。因为秉性难测，莫娜甚至不同意用他的名字为我们的孩子命名。尽管西门得到了年轻神父所能得到的最尊贵的工作——教廷的驻外使节——但事实上这也是一份十分劳心劳力的工作。和母亲这边的家人一样，西门是罗马天主教会的神父，这意味着他不能结婚，也永远不会有孩子。和梵蒂冈众多安守一地、大腹便便的神父不同，西门的个性很不安分。为孩子命名的时候，莫娜希望他像我这个不紧不慢、容易自我满足的父亲。最后，莫娜做了妥协，同意给新生儿命名彼得：在福音书中，耶稣给一个渔夫起名西门，后来又叫他彼得。

我拿出手机，给西门发了条短信——快到了吗？——彼得则一直盯着海伦娜平底锅里的食物。

"鳕鱼是种鱼。"彼得嫌弃地说。他正巧在学着给东西分类的年龄，他不爱吃鱼。

"西门喜欢吃鱼，"我告诉彼得，"小时候我们经常吃鱼。"

事实上，我和西门小时候经常吃的是银鳕鱼，而不是平底锅里这种鱼肉难吃的黑鳕鱼。神父的薪水只能在市场上买这种黑鳕鱼吃。莫娜总会在准备一大家人吃饭的时候提醒我，比大多数梵蒂冈神父都高出一个头的西门能吃掉两个正常人才能吃掉的东西。

最近一段时间，我经常想起莫娜。西门的到来似乎总能勾起我对妻子离去的回忆。他们是我生命的两极：看到一个总能使我想起另一个。我和莫娜自小在梵蒂冈的高墙内一起长大。在罗马再次相遇以后，我们便自然而然地在一起了。但我和莫娜有很多问题——东仪天主教的神父必须在被授予圣职前结婚，不然就永远结不了婚——回想起来，莫娜那时还没有完全为结婚准备好。在梵蒂冈做人老婆并不容易，做神父的妻子就更难了。莫娜生产前一直在上班，生出来的蓝眼婴儿却吃得多，睡得少。尽管不断往冰箱里加食物，但因为婴儿一天要吃很多顿，所以冰箱里总是空的。

后来我才逐渐了解到真相。冰箱里空空如也是由于莫娜不再去百货店了。我之所以没发现，则是那段时间她也不怎么吃饭的缘故。她不再祈祷，不再为彼得唱歌。彼得一岁生日的三周前，莫娜突然消失了。我在壁橱后的枕头下发现了一瓶药。梵蒂冈医疗服务中心的医生告诉我，莫娜一直在尝试着走出抑郁。医生让我们别放弃希望，因此我和彼得一直在等她回来。我们等了又等，一直等到了现在。

今天，彼得告诉我他还记得莫娜。当然，这些记忆只是从公寓各处的照片中剪接出来的。彼得用自己从电视节目和杂志广告中获得的知识为莫娜的照片着色。他没发现，东仪天主教的女人平时不施粉黛，不抹口红。他对天主教的了解几乎全是罗马天主教会的那一套：在他眼里，我只是个离群索居，不善交际的神父。他的年龄太小，无法意识到自己身份的矛盾之处。但他常把莫娜放在自己的祷告里，有人告诉我教宗约翰·保罗二世在幼年丧母之后也经常这样祷告。这么一想，我又感觉到了些许的安慰。

电话终于响了。在我匆忙赶过去接的时候，海伦娜修女的脸上展开了笑颜。

"你好。"我对着话筒说。

彼得热切地看着我。

我原本以为能在电话里听到地铁站或机场的声音。但话筒里却没有出现这样的声音。电话那头的声音很轻，似乎是在一个人迹罕至的地方。

"是你吗？"我问。

电话那头的人似乎没听见我说话，几乎没做出反应。我想西门应该离家很近了，梵蒂冈的电话信号总是非常弱。

"阿列克斯。"他在电话里说。

"你怎么了？"

他又说话了，但电话线里的杂音很大。我突然想到他会不会是去探望临近布展结束面临巨大压力的乌戈·诺格拉去了。但我不会把这个想法告诉彼得，不然彼得一定会觉得伯伯丢下他，去照管别的什么人去了。

"你在博物馆吗？"我问他。

餐桌旁的彼得坐不住了。"他和诺格拉先生在一起吗？"彼得轻声问海伦娜修女。

电话线那头的情况似乎有了变化。我听到一阵如同风声的嘶嘶作响声。他现在正身处户外。外面的风声很大，至少他已经到了罗马。

过了一会儿，电话线里的杂音小了。

"阿列克斯,我要你来接我。"

他的声音颤抖着,我背上的寒毛一根根竖了起来。

"怎么回事?"我问他。

"我在冈多菲堡[1]的花园里。"

"我不明白,你怎么会去了冈多菲堡?"

风声又出现了。听筒里夹杂着一种奇怪的声音,西门似乎在低声呜咽。

"阿列克斯,求你了,"他说,"你快来吧。我在——我在别墅的东门附近。你最好能在警察赶来之前到达这里。"

彼得呆呆地瞪着我。纸巾从他的膝盖上掉落下来,像教宗的白色便帽一样在空中飞舞。海伦娜修女也在一动不动地盯着我。

"待在那儿别动。"我告诉西门。我转过身,不让彼得看到我的眼神。我从哥哥的声音里听到了从没听见过的恐惧。

---

1 教宗的夏季别墅。

第二章

在呼啸的北风中，我驱车前往冈多菲堡。雨很大，鹅卵石路面上的雨点像跳蚤一样蹦蹦跳跳。车开到高速公路时，雨刮像击鼓棒一样不停地向两边划水。四周的车慢慢减速，停在紧急停车道上。示意禁止行驶的红灯灭了以后，我的思绪又转回到哥哥身上。

小时候，西门是个敢于在打雷时爬树营救迷路小猫的孩子。在坎帕尼亚的海滩，我曾看见他跳进满是水母的大海，从波涛汹涌的海水中救出一位姑娘。那年冬天，他十五岁，我十一岁，我到圣彼得大教堂的圣器收藏室去探望作为祭坛助手的他。他本要带我在罗马理个发，但就在我们要走出长方形会堂的时候，一只鸽子飞过两百英尺高的教堂的圆顶窗户，在天台的地上发出砰的一声。西门想上去瞧瞧，因此我们登了许多级台阶，登上大理石会堂顶的弹丸之地。天台呈圆形，只有一道栏杆。鸽子躺在大理石地板上，不断扑扇着翅膀，咳出深红色的鲜血。西门走上前，用手捧起鸽子。这时有人突然大声喊，站住！别再靠近了！

天台另一头的栏杆边站着一个男人。他两眼充血地瞪着我。西门突然朝他冲了过去。

先生，别！他大喊，别再靠近了！

男人把腿跨过栏杆。

先生！

西门没长翅膀，无法及时赶到栏杆那里。男人往前一倒，手放开栏杆。我们看着他像别针一样往圣彼得大教堂里掉了下去。教堂里有个导游正在向游客介绍说，"这是从万神殿偷来的铜器"，男人仍然在下坠过程中，这时在我们眼中已经比细线更小了。很快，教堂里传出一阵尖叫，教堂的地板上出现了点点血迹。我瘫坐在地，脚上的关节完全不能动了。西门只得把我从地上撑了起来。

我一直没明白上帝为何让一只鸽子飞过那扇窗，或许是想让西门了解痛失所爱的感觉吧。第二年我们的父亲死了，由此看来，这一课非常重要。但那天留在我心中的最后一个画面，却是西门在工人们把所有人赶出教堂之前伸出双手，定定地站在咫尺见方的天台上，如同把花瓶放回书架那样想把鸽子放飞到天空中的模样。

和每次朝圣者跳楼自尽时一样，那天下午，神父们清洁了圣彼得大教堂。但没人能驱散孩子心头的阴影。两星期以后，唱诗班的指挥因为一个男孩唱赞美诗时跑调而刮了他的耳光，西门马上从队伍里跑出来，冲着指挥就是一个耳光。其后的三天，唱诗班取消了演出，父母一直逼迫西门道歉。西门说他宁愿退出唱诗班也不道歉。事后想来，这件事决定了我今后成长为怎样的一个人。从那时起，我对西门的看法就再没有改变过。

从上大学到在意大利开始接受艰苦的外交培训之间的整整十年，是锤炼西门心志的十年。孩童时此起彼伏的爆炸和暗杀变得少了，取而代之的是如潮汹涌的示威和游行。人们纷纷走上街头，抗议腐败公职人员统治的入不敷出的政府。上大学期间，西门和许多同学一起上街进行反政府的游行。上神学院时，他和工人们一起游行过。担任教廷的外交官以后，我想这种事情应该再也不会发生了吧。三年前的二〇〇一年五月，约翰·保罗二世决定出访希腊。

这是十三个世纪以来教宗对我们故乡的首次出访，但希腊人却并不是很欢迎他。大多数希腊人信东正教，约翰·保罗二世希望通过这次出访结束天主教和东正教的分裂状态。西门前往希腊，想看到两边教会化干戈为玉帛的一幕。但他不明白仇恨的力量，和父亲一样，他对历史上这两个教派为什么分裂也非常无知。东正教徒责怪天主教徒在从十字军东征到第二次世界大战之间的所有战事中凌虐他们；责怪天主教徒诱惑他们脱离古老教会，加入混杂了其他种种异端的天主教。东仪天主教的存在对一些东正教徒来说是种挑战，但西门就是不明白为何他弟弟我，一个东仪天主教的神父，为什么不肯和他去希腊走那么一趟。

麻烦在西门踏上希腊的土地之前就来了。约翰·保罗二世来访的消息传到希腊以后，东正教的教堂就敲起了丧钟。成百上千的东正教教徒打着"打倒异教徒"以及"赶走双角罗马怪兽"的标语走上街头。报纸上刊登了罗马天主教会挑起流血战争的陈年往事。政府指定那一天为全国性的哀悼日。西门原打算在父亲过去教区的教堂住下，到那儿才发现东正教的顽固派势力已经在教堂的门上喷满了涂鸦。西门说警察根本不愿出手相助，他第一次体会到了被他保护的落难者是什么感受。

那天晚上，一小撮东正教强硬分子闯进教堂，破坏了正在进行的圣餐仪式。他们剥去神父穿的长袍，脚踏圣坛上放有先圣遗物的圣髑包，犯下了不可饶恕的大罪。

西门身高几乎快到一米九。一想到自己比遇到的人强壮，他就会不自觉地去帮助弱者和需要帮助者。西门依稀记得，为了帮助圣坛上的神父，他把一个破坏者推出了教堂。这个东正教徒控诉西门把他摔在地上。希腊警察说他打断了这个人的胳膊。西门被捕了。他所属的教廷事务管理局只得通过协调让他先期返回了罗马。因为这件事，西门没能亲眼目睹约翰·保罗二世成功化解希腊教徒敌意的一幕。

希腊的主教们决定当众斥责约翰·保罗二世，约翰·保罗二世没有抱怨。他们对他进行肆意侮辱，他不反抗也不辩解。他们要他对天主教会几个世纪以来犯下的罪行进行道歉，约翰·保罗二世代表十亿天主教徒以及数不清的天主教亡故者进行了道歉。东正教徒非常惊奇，最终答应了做他们一直拒绝的事情：祷告时站在约翰·保罗二世身旁。

我一直希望约翰·保罗二世在希腊的表现能对西门的操守起示范作用，成为天主给他的另一个启示。从那时起，西门应该变了一个人。在从罗马向南驶入风暴中心时，我一遍一遍地这样告诉着自己。

远处的冈多菲堡映入眼帘：冈多菲堡的地界包括从罗马市郊延绵向南的高尔夫球场和旧车场上方起伏的大块山地。两千年前，这里是达官贵人的游乐场。教宗们虽然仅仅在这里消夏了几个世纪，却足以使这里成为梵蒂冈的延伸。

当车绕着山地行驶时，我在山崖下看见了一辆意大利巡警的巡逻车——意大利警察越过边境，正在暴风雨呼啸下的警车内抽烟。好在意大利警察在我要去的地方并没有执法权，梵蒂冈警察似乎还没冒着大雨赶来，我那抽紧的心略微放松了一点。

我把菲亚特停在小山和阿尔巴诺湖交接的地方。走进暴风雨之前，我拨打了一个电话号码。第五声铃响过后，电话那头出现了沙哑的声音。

"找谁？"

"小圭多在吗？"

他哼了一声。"你是谁啊？"

"我是阿列克斯·安德鲁。"

圭多·加纳利是一个汽轮机工程师的儿子，是我小时候的玩伴。在这个得靠亲友关系才能找到工作的国家，圭多只能靠在山顶教会的奶牛场铲牛粪才能勉强谋生。他经常找一些干零活的机会。尽管我们不太有交集，但这次我必须找他帮忙。

"别叫我小圭多，"他说，"我爸去年就死了。"

"很遗憾听到这个消息。"

"每个人都是经历了这些才渐渐成人的。对了，你打来电话有什么事吗？"

"我进了城，想找你帮我一个忙。能替我开下门吗？"

从圭多惊奇的语调中，我发现他还不知道西门发生了什么事，一个非常好的消息！我们谈好了价钱：圭多知道我能从卢西奥舅舅那里弄来诺格拉展览的门票，于是问我要了两张门票。梵蒂冈的所有人都想看看我朋友乌戈取得了哪些成就。挂上电话以后，我沿着黑暗的小路开车驶向和圭多约定会面的地方，风声逐渐尖细成我从西门电话里听到的嘶嘶声。

很奇怪，这里一点没出事的迹象，我稍微松了口气。我有好几次从警察那里把哥哥领回家的经历，那几次，他无一例外地惹上了麻烦。但这里没有陷入纠纷的农民，也没有要求增加工资的教会雇工。从北面往南看，教宗的夏季行宫非常荒凉。梵蒂冈天文台的双穹顶像彼得兔突出的眼睛一样突兀。这里连个活物都很难找到，应该没有什么情况。

一条小道从宅邸通向教宗的花园，花园门口的一团黑雾中闪现着几点烟火。

"是圭多吗？"

"这个鬼时间还消遣我，"圭多吸了口烟，然后把烟蒂扔进水塘，"我们走吧。"

适应了黑暗以后，我发现他和死去的老圭多越来越像了：脸上布满皱纹，背又宽又厚。艰苦的体力劳动使他成为了一个真正的男人。梵蒂冈的工商名录里有许多我和哥哥小时候的玩伴，但只有我们兄弟俩是神父。和那些玩伴们不同，我和哥哥存在于一个父辈们都是神职人员的体系内，可以骄傲地接父辈们的班。看到旧时玩伴身居高位也许会心有不甘，圭多打开锁以后，就用不怎么甘心的声音对我说："神父，快上车吧！"

冈多菲堡的门阻隔了对教宗别墅有好奇心的闲杂人等，树篱阻挡了他们的视线。别墅两边是一个意大利的村落，如果没有这扇门，天知道好奇心会让村民们对山脊上这块一英里见方的教宗私人领地做出些什么事来。教宗在冈多菲堡的这块地比整个梵蒂冈都大，但没人住在这里，平日里只有园丁、工匠和白天蹭地方睡觉的梵蒂冈天文台职工会来冈多菲堡。这里真正住着的是盆栽的果树，一行行的石松，几英亩花床，以及异教徒达官显贵留下的、约翰·保罗二世夏天到访时会对他展开笑颜的石雕。再往上开，则可以看见远处的湖泊和大海。车开在没有上沥青的花园小道时，我们的两边看不见一个活物。

"你准备到哪儿去？"圭多问。

"把我放在花园里就行。"

他竖起眉毛。"现在吗？"

狂风呼啸，圭多的好奇心被我的奇怪请求激发了，他把收音机调到民用波段，但民用波段也同样寂静无声。

"我的女人就在那儿上班。"圭多从方向盘上抬起手指，指着前面的橄榄园说。

我没理他。在神学院的时候，我经常带新生来这儿，很清楚这里白天是什么样。但在倾盆大雨的黑夜中，我却只能分辨出车前灯照着的这条路。到达花园时，花园里没有警车，没有卡车，也没有拿着手电筒在大雨里奔跑的园丁。

"她让我如痴如狂，"圭多摇着头说，"阿列克斯，你真该看看她的屁股有多么大。"说完他吹了声口哨。

雨势越大，我的心越是不安稳。西门一定在淋雨，一定是出了什么岔子。我第一次想到了西门受伤的可能性，他也许出什么事了。但电话里他只提到了警察，却没有提到救护车。我回忆着刚才和他的对话，看看有没有漏了什么。

圭多的卡车穿过花园，来到一块空地旁边。

"快到了，我就在这儿下车。"我说。

圭多看了看四周。"就这儿吗？"

我已经在开始往下坡走了。

"阿列克斯，别忘了我们的交易，"圭多大声说，"两张开幕当晚的门票。"

我满怀着心事，没有回答他的话。圭多离开以后，我拿出手机，给西门打了个手机。这里的手机信号不是很好，无法保证一定能打通。但一接通手机，我就听见了另一个手机的响铃声。

我打开手电，朝声音传来的方向走了过去。山脚边开出三段梯田般层层而下的阶梯，缓缓向远处的大海延伸。阶梯上种满了排列成圆形的花床，所有的花床排列成了一个大八角形，花枝修剪得非常整齐，地上没有一片零落的花瓣。前方的路途似乎无穷无尽，我的心不由得涌起了一股狂热的渴望。

正准备大喊西门的名字时，我突然看见前面有什么东西。我抬起头，看见最上面的一层阶梯上树着一道篱笆。这是教宗别墅最东面的篱笆。手电筒的亮光照到门边一团黑乎乎的东西，我仔细一看，是个全身黑衣的人影。

我急忙朝人影跑了过去，衣角随着狂风不断地飘动。地面坑洼不平。大块泥土翻露在地上，草根像蜘蛛脚一样钻出地面。

"西门，"我一边喊一边跑了过去，"你还好吗？"

他没有回答，连动都没有动。

我站在哥哥身前，把双手放在他的身上说："你没事吧，告诉我你一点没事！"

他脸色苍白，浑身被雨水湿透了，湿漉漉的头发贴在前额上，黑色的长袍像赛马时坐着的骑垫一样贴在强健的肌肉上。他穿的是黑色长裤和黑色夹克流行之前，罗马天主教神父穿着的那种老式长袍。黑暗中，这件长袍在西门隐约的身影上给人留下了一种毛骨悚然的印象。

"怎么了？"我接着问。

西门的目光十分悠远，他正盯着地上的某样东西。

泥里有件黑色的长大衣，一件天主教神父的外套。这种外套因为和东正教神父的长袍很像而被称为格雷卡[1]。长袍下鼓鼓囊囊，似乎包着个东西。

我考虑过非常多的可能性，但没想到会遇见这么一幕。长袍的末端伸出了一双鞋。

"老天，"我轻声说，"这是谁啊？"

西门的嗓音干哑，说话很不连贯。

"我本应能救他的。"他说。

"到底怎么回事？告诉我到底是怎么了。"

我的目光不自觉地被长袍外面的那双便鞋吸引住了。一只鞋的鞋帮上有一个洞。我的心像是被猫爪挠了一样非常烦乱。散乱的纸片被吹在分隔教宗别墅和大路的高高篱笆上。雨水把它们像混凝纸浆似的粘在篱笆的铁杆上面。

"他打电话给我，"西门喃喃道，"我知道他有麻烦了，于是便尽快地赶了过来。"

"谁给你打的电话？"

西门没有回答，但我已经渐渐明白了他话里的意思。我知道自己为什么那么不安了。便鞋上的洞看上去非常眼熟。

我退了一步，肚子收紧，然后拢起了双手。

"怎……怎么……？"我结结巴巴地问。

光线突然从花园小径射了过来。光线并不是很强烈。很快，一辆警方的巡逻车开了过来。

1　希腊语长袍的音译。

梵蒂冈警察局的巡逻车。

我颤抖着双手跪了下来。尸体旁边是一个打开的公文包。狂风继续拍打着公文包里的纸张,把它们不断往外吹。

警察向我们小跑过来,叫嚷着让我们离尸体远点。但我凭着本能伸出了手。我需要看一看文件上写了些什么。

拉开西门的那件格雷卡长袍,我看见死者双眼睁大,嘴巴翘起,舌头向外伸出,脸上一片黯然。他的太阳穴上有个黑色的弹孔,弹孔里流出一块粉红色的肌肉。

警察和西门走上前,西门把手放在我身上,把我往后拉。"退后一点。"他说。

但我无法把视线挪开。我看见死者的衣袋都被翻开,手臂上的表没了,露出一块白色的皮肤。

"神父,请往后退。"有个警察说。

我悻悻然转过身,看见警察那张瘦骨嶙峋的脸。他满头白发,眼睛比针眼大不了多少。我认识他,他是平日里常跟在约翰·保罗二世座驾旁边快走的梵蒂冈警察局局长法尔科内。

"你们谁是安德鲁神父?"

西门上前一步说:"我们都是,我是打电话报警的安德鲁神父。"

我盯着西门,想知道这句话的意味。

法尔科内指着一个带来的警官说:"跟布雷科探员走一趟,把你的所见所闻都告诉他。"

西门照办了。他从盖在尸体身上的长袍衣兜里掏出皮夹、手机和护照,但把长袍留在了尸体身上。跟警员一起离开之前,他对法尔科内说:"死者没有亲属,必须为他办个体面的葬礼。"

法尔科内瞟了他一眼。这是个奇怪的请求。但既然来自一个神父,他也没有拒绝的道理。

"神父,"法尔科内局长问,"你认识死者吗?"

西门用几乎听不清的声音回答说:"他是我的朋友乌格里诺·诺格拉。"

第三章

探员把西门领到一边询问情况，巡警们则用绳子把空地围了起来。一个巡警审视着公路旁八英尺高的篱笆，想弄明白外人如何能进入这个花园。另一个巡警盯着装在头顶的探头。大多数巡警来自罗马警察局，对宗教方面的事务并不是很熟悉。他们一定知道乌戈的表被偷走，皮夹不见，公文包也被撬开，但仍然在有条不紊、不怕费时地清理着犯罪现场。

附近山里人对教宗的爱非常热烈。当地流传着教宗挨家挨户敲门，确保所有人家都能喝得上鸡汤的故事。老一辈的人总爱用庇护一世、二世到庇护十二世的名字为家人命名，以表达对这十二位教宗使他们免受战争之苦的敬意。保护教宗别墅的并非高高树起的篱笆，而是附近这些村民。在教宗别墅发生抢劫案几乎是不可能的。

"这里找到了凶器！"一个巡警大喊。

这个巡警站在一道为罗马贵族饭后散步修建的长廊口。听到他的喊声，另两个巡警立刻在园丁的带领下朝长廊跑去。一阵嘀咕之后，有块大东西被从地里挖了出来，但显然不是警察要找的手枪。

我的心口一震，涌上一股强烈的情感，我闭上眼睛。我见过人死。在莫娜当护士的医院，我为病人做过抹油祷告，为垂死者做过临终祷告。然而每当遇到这种场面，我还是会觉得心有不忍。

一个警察从旁走过，为泥里的脚印拍了照片。现在，花园里到处都是警察，但我却把目光挪到了乌戈的身上。

我会为他做出什么特别的祷告呢？乌戈的展览会使他成为罗马最有人气的人，现在则会使他成为死后最有人气的人。但乌戈给我印象最深的却是他在战争中留下的伤疤、他没时间修理的那副眼镜、他鞋上的那些洞，一谈起自己的伟大构想时便兴致高昂的劲头，甚至他神经过敏时爱喝酒的恶习。但他却只在乎他的展览，清醒的时候他的脑子里只有他的展览。乌戈就是为将要进行的展览而活着的。我意识到，这才是我为什么会于心不忍的原因。乌戈是这个展览的主人，但却没等到展览开幕的那一刻。

西门和询问他情况的探员一起回来了。西门目光空洞，眼中还含着泪。我想知道他会说些什么，但开口的却是那位探员。

"两位神父，你们可以走了。"他说。

但收尸袋刚被送过来，我们俩谁也没动。两个巡警把乌戈抬到收尸袋上方，撑开收尸袋的口，然后拉开了收尸袋的拉链。正要把乌戈的尸体放到收尸袋里，西门突然大声说："请你们先等一等。"

警察转过身。

西门抬起一只手大声说：

"主啊，求你聆听。"

两个巡警放下手里的收尸袋。听到西门说话的警察、园丁和其他所有人都摘下了帽子。

"我谦卑地向你请求，"西门开声祈祷，"请求你拯救你忠实的仆人，应你的命令使世界充满了光和热的乌格里诺·诺格拉的灵魂，愿他通过基督的宝血进入天国，阿门。"

我在心里为这段祷告词加入了希腊语中最为简洁而有力的两个词汇。

垂怜、怜爱。

主啊，请你垂怜这个不幸的孩子吧！

人们戴起了帽子，两个警察抬起了收尸袋。收尸袋被送去了它该去的地方。

我感到肋骨间一阵疼痛。

乌戈·诺格拉已经永远地不在了。

钻进菲亚特以后，西门打开仪表盘上的杂物箱，用手指在里面摸索了一番。"我的那盒烟呢？"他问。

"我把烟扔了。"

手机屏幕显示，海伦娜打过两个电话。彼得一定急疯了。但这里信号不好，没法打电话回去。

西门难受地挠了挠脖子。

"回去以后就替你找烟，"我告诉他，"别墅里发生了什么？"

西门从嘴角吐出一口气，用右手捂住右侧大腿的顶端。

"你受伤了吗？"我问他。

他摇摇头，但调整了大腿摆放的位置，让自己坐得更舒服了一些。他把左手伸进长袍右侧袖口常被神父们用来当作口袋的双层袖管里。西门还是想找烟抽。

我发动起汽车。发动机转起来以后，我伸过头，吻了下后视镜上很久以前就挂上的玫瑰念珠。"我们很快就能到家，"我说，"想说话时尽管叫我。"

他点点头，但没有说话。他手指抵着嘴唇，眼睛眨也不眨地看着乌戈送命的那块空地。

越过阿尔卑斯山，我们可以很快抵达罗马。爸爸的旧菲亚特有两个气缸，现在只有一个可以用了。这辆车现在很少开出来，只能在家里割割草。车里的收音机生锈了，固定在梵蒂冈电台的诵经频率。西门把后视镜上挂着的念珠取下来，用手指转动着念珠。收音机里说，彼拉多为了让嗜杀成性的群众满意，便鞭打耶稣，并把他送上了十字架。听到这句话，我知道马上要开始通常的那段祷告了——一章天主经、十章圣母经、一章荣耀颂——收音机里的祷告把西门带入了遐想之中。

"为什么有人要抢他的东西？"难耐的寂寞促使我发问道。

乌戈几乎没有什么可以抢的东西。他的手表很便宜，皮夹里的钱只能付返回罗马的车票钱。

"我不知道。"西门说。

我只是在乌戈又一次出差回来的时候，在罗马机场看到他拿着一卷钱，那时他正在机场的外币兑换处换钱。

"你们是同一班航班回来的吗？"我问他。

西门和乌戈都在土耳其工作。

"不是，"西门的声音十分悠远，"他是两天前的晚上回来的。"

"他来这儿干嘛？"

哥哥看了看我，似乎想找出这句话的弦外之音。

"当然是准备他的展览了。"西门说。

"我想问的是他上花园干嘛来了？"

"我不知道。"

教宗别墅附近的山上分布着十几个博物馆和考古遗迹。乌戈可能在那儿做调研，也可能是和某个策展人见面。但暴风雨来临时露天的场地都关掉了，乌戈一定会找个遮风挡雨之地。

"也许他要去的地方是花园里的别墅。"我说。

西门点了点头。收音机里的声音说，兵丁用荆棘编作冠冕，戴在他头上，给他穿上紫袍。然后又跪在他面前调笑说，恭喜犹太人的王啊。又一轮的祈祷开始了，西门跟着收音机里的祈祷声一起祈祷，手指继续拨动着沾着灰尘的念珠。西门不是个挑剔的神父，但平时却非常整洁。他没管干结在皮肤上的泥，定定地看着黏在念珠上的蜘蛛网和脱落的小土块。

我清楚地记得，我和西门在彼得刚刚出生后也有一次这样坐在车里，那是西门第一次到海外工作的时候。我们在车里听着收音机，看着飞机高高飞起，留下一片飞机云。西门相信外交是上帝的工作，谈判桌上应该没有任何宗教仇恨。当他接受了一百个人里都找不到一个天主教徒的保加利亚的职位时，卢西奥舅舅攥紧他的手，说他最好去以色列找份游说的工作。然而四个保加利亚人中有三个东正教徒，自从西门去过雅典以后，他就决意促进世界上最大两个教派的统一。这种理想主义是西门最大的缺陷。教廷国务院里神父的升迁有固定的时间表——十年能成为主教，二十年能成为大主教——世界上二百五十位大主教中的大多数出自教廷国务院正是因为这个原因。但不能胜任职位的神父就永远出不了头了。如同卢西奥舅舅提醒他的那样，一个有志于进阶的神父必须选择领导他的会众，还是收拾自己身后的那个烂摊子。在舅舅的比喻中，我、莫娜和彼得就是西门的烂摊子。西门必须在对我们的义务感阻止他继续前进之前从我们中间摆脱出来。

但西门很快被调职到土耳其，在那儿他碰到了上帝要他拯救的另一只迷途的羔羊：乌格里诺·诺格拉。一个不断在工作中创造出杰作的脆弱灵魂。我能想象出西门那时的感觉。这种感觉应该和彼得遇见什么事时我的苦恼没有太大的不同。

"乌戈去了个好地方。"我告诉他。

这是年少时父母死后支撑着我们的信念。死亡的尽头就是生命，苦难的尽头则是祥和。但西门对乌戈的死还是耿耿于怀。他不再转动念珠，而是把念珠一把抓在手中。

"探员问了你些什么？"我问西门。

他的眼睛下面出现了许多皱纹。不知道是长时间的远眺还是几年来的国务院生涯让刚刚三十出头的西门呈现出如此老相。

"围绕着我的手机问了些问题。"他说。

"为什么？"

"他想知道乌戈何时给我打的电话。"

"还问了其他的什么吗？"

他瞪着我手里的手机说："他还想知道我是否在花园里看见了其他人。"

"你看见了别的什么人吗？"

在黑暗中，西门一定什么都没见。他含糊不清地回了我一句，"没看见任何人。"

我的脑海里散落着各种各样的可能性。秋天一到，冈多菲堡就开始沉寂了。教宗离开了他的夏季居所，回到梵蒂冈，负责警卫的瑞士卫兵和梵蒂冈警察也纷纷离开了冈多菲堡。一到晚上，附近就没了游客，因为开往罗马的最后一班列车早就在傍晚五点开走了。这里的扒手也许和罗马的扒手一样，碰到容易下手的猎物时会更有攻击性。我仿佛看到诺格拉在雨里空旷的广场上被扒手追踪的情形。

"公路对面就是宪兵队的哨所，"我说，"乌戈为什么没有给他们打电话？"

"我不知道。"

也许乌戈给宪兵队打过电话了，但宪兵队拒绝跨过梵蒂冈的边境。而梵蒂冈——二的报警电话不一定能在冈多菲堡派上用场。

"他在电话里跟你说了些什么?"我问西门。

西门举起手,"阿列克斯,别再问了,我需要些时间。"

他沉入到自己的世界中,似乎有关电话的回忆让他特别特别痛苦一样。接到电话时西门一定在从机场去我家的途中。接到电话后,他让司机赶紧拐到这里,但还是没来得及救下乌戈。

我记得,当我在电话里告诉他莫娜离开我了,他二话没说就飞回了家,发誓等我恢复以后再回去,这一待就是六个星期。卢西奥舅舅让他马上回到大使馆,他却帮我发传单,在罗马城找寻莫娜的踪迹,帮我打电话通知亲戚朋友,在我不知所措地在罗马街上四处游荡时帮我照顾彼得,到我和莫娜相知相恋的地方寻找莫娜。回到保加利亚以后,家里的邮箱里都是他给彼得的信,每封信里都附着西门在索非亚周边拍摄的照片:一个假发被风吹走的男人,一个带着猴子拉手风琴的卖艺者,一只在长满栗树的山岭上小憩的麻雀。我用这些照片制作成墙纸贴在彼得的房间里。阅读这些信成为我和彼得生活的日常。我也渐渐明白了卢西奥舅舅为什么会那样说。卢西奥舅舅说,西门每按下一次快门,他的神职进阶之路就会更黯淡一点。之后我告诉西门,他的那些照片已经快让彼得受不了,别寄来照片了。

城市的灯光把我们从黑暗中解救出来。西门的眼神有了活力,不断打量着挡风玻璃前的街景。时隔一个月之后,他又一次看到了罗马的蓝天,呼吸到了罗马的空气。今夜是他的回归之夜。

我轻声问:"花园有哪扇门没锁上吗?"

可他似乎根本没听到我说了些什么。

我和西门成长以及之后我和彼得居住的公寓叫美景宫。在意大利,你可以把任何一幢楼称为什么什么宫。美景宫是教宗在一百多年以前建造的一幢鞋盒式的公寓楼,教宗厌倦了教堂楼梯间奔跑的家庭主妇和孩子们,于是建造了这样一幢楼。尽管被称作美景宫,但公寓的周围却看不到任何景致。美景宫的两边分别是超市和停车场,美景宫其实就是教廷的职工宿舍。

我们住在美景宫的顶层，过道对面的公寓住着在一楼开诊所的圣约翰三弟兄。透过公寓里的几扇窗，可以看见约翰·保罗二世在教宗宫殿里的住所——即便是最低的标准，那也是一座真正的宫殿。在一个狭小的岗亭里，梵蒂冈警察正在执行上帝赋予他们的职责：检查汽车的停车证。我们到家了。

"要我去找萨穆埃尔弟兄为你要包烟吗？"爬楼梯时我问西门。

西门摆了摆手。"别吵醒他们，家里一定能找到包烟的。"

一个和我们在楼梯上擦肩而过的梵蒂冈警察不可避免地看到了西门浑身湿透的样子。出于尊敬，他把目光抛向了一边。

我停下脚步。

"警官，"我转过身，叫住下楼的警察，"你在这儿干嘛？"

警察从下面两级台阶仰起头。他刚刚加入警队，长着张娃娃脸。

"神父……"他用手捏着警帽说，"上面发生了一起事故。"

西门皱起眉。"事故是什么意思？"

我没有多做纠缠，马上冲上了楼。

房门开着。三个男人簇拥在我家的客厅里。厨房里的一把椅子躺在地上，一盘食物散落在地。

"彼得在哪儿？"我大声嚷着，"我的儿子在哪儿？"

三个男人转过身。他们是楼下开诊所的三弟兄，黑色教士服外面的白大褂还没有来得及脱掉。三弟兄之一对我指了指走廊那边的卧室，嘴里什么话都没说。

我感到一阵晕眩。走廊里的一个书橱被掀翻在地，纸张散落在硬木地板之上。基督幼年的雕像无助地睁眼抬头看着我，雕像的红土外壳摔裂了。卧室门后面传来女人的呜咽声。

海伦娜修女的声音。

我推开卧室的门。海伦娜修女和彼得在床上相拥在一起。彼得坐在海伦娜的膝盖上，被海伦娜交叉着的双臂紧抱着。在彼得床对面西门小时候睡过的那张床上，一个警察正在本子上记着些什么。

"大概有……高，"海伦娜说，"但我没能仔细看上他一眼。"

警察突然抬起头，看着站在我身后个头高大、全身被雨淋湿的西门。

"怎么了？"我向前冲了一步问，"你们受伤了吗？"

"爸爸！"彼得挣脱海伦娜的手臂，向我探过身来。

彼得肥嘟嘟的脸涨得通红。一扎进我的怀抱，他就哭了起来。

"感谢老天，你们终于回来了。"海伦娜修女起身和我打招呼。

彼得在我的怀中颤抖着。我拍着他，查看他有没有受伤。

"他没受伤。"海伦娜小声说。

"到底怎么了？"

海伦娜用手轻掩住嘴，视线垂落了下去。"一个男人，一个男人闯了进来。"她说。

"谁闯进来了？什么时候闯进来的？"

"那时我们正在厨房吃晚饭。"

"我不明白，他是怎么进来的？"

"我不知道。我们听见门口有动静，接着他就进来了。"

我转身问警察："你们抓住他了吗？"

"没有，但是我们会检查试图穿越边境的每一个人。"

我紧拥住彼得。停车场里的警官没有检查我们的通行证。

"他想干什么？"我问这位警察。

"我们正在调查。"警察回答说。

"他闯入别人家了吗？"

"据我所知现在还没有。"

这幢楼从没有发生过抢劫案。梵蒂冈几乎不发生重罪。

彼得按着我的脖子小声说："我躲进壁橱了。"

除了教廷以外，整个梵蒂冈加在一起只有芝麻绿豆大小。海伦娜住在修道院，我和彼得认识这里几乎所有的人。

"神父，我没能够瞧上他一眼，"海伦娜说，"他用力拍门，我只能飞快地把彼得抱下椅子，送到这个房间来了。"

我迟疑地问："他用力拍门了吗？"

"不仅用力拍门，还叫嚷着转动门球。他闯进来的时候我正抱着彼得，幸好我们及时逃进卧室里来了。"

我带着狂跳的心转身问警察："这么说他是来抢劫的了？"

"神父，我们还不知道他是来干嘛的。"

"他有试图伤害你们吗？"我问海伦娜。

"我们锁上了卧室门，然后藏进了壁橱。"

我低下头，发现彼得正在抬眼瞪着满身是泥、脸色苍白的伯父。两人都非常惊慌。

"彼得，"我抚摸着儿子僵直的背部说，"好了，没事了，不会发生任何危险的事了。"

但彼得仍旧在和西门惊恐地对望着。两双蓝色的眼睛吃惊地互视着。西门的眼睛里放射出某种动物性的光芒，他试图掩饰，却没有成功。

"海伦娜修女，"我再次小声发问道，"他试图伤害你们了吗？"

"没有，他没有理睬我们。我们听见他在卧室外四下走动。"

"他在干嘛？"

"他像是进了你的房间，嘴里叫着你们的名字。"

我抱着彼得，让他的脸贴在我的肩膀上。"叫谁的名字？"

"你和西门神父的名字。"

我感到一阵毛骨悚然。我感到警察正注视着我，观察着我的反应。

"神父，"他说，"你能解释下原因吗？"

"当然不能，"接着我转身问西门，"你能想到些什么吗？"

西门的目光悠远。他只问了一句："那家伙是什么时候闯进来的？"

他的声调里透露着一种不安的气息。我先是觉得他也许感到这件事很荒谬，然后脑子里突然扩散出一团阴影。他也许是以为这件事和乌戈的被杀存在着一定的关联。杀害乌戈的凶手也许会闯到这里来。

"阿列克斯神父离开五分钟以后他就来了。"海伦娜说。

冈多菲堡离这里有二十英里远，开车四十五分钟才能到。同一个人不可能在这么短的时间内进行两次袭击。我也想不出哪个人会有什么理由对乌戈和我们两兄弟进行袭击。我们只是为乌戈的展览出过点力。

西门指着壁橱问："你们在壁橱里躲了多久？"

"很长时间。"彼得感激地说，终于有人把注意力转移到他的痛苦上了。

但西门的目光却转移到了窗户那边。

"超过五分钟吗？"我知道西门其实想知道的是这个。

"远远不止。"

看来警察没有跟我们说真话。从家门口走到边境不过一分多钟。今晚，没人在边境上被警察抓个正着。

警官合上笔记本，从床上站了起来。"修女，楼下有辆车正在等你。你不能在黑夜里走回修道院。"

"谢谢你，"海伦娜说，"为了孩子着想，今晚我就留在这儿了。"

警察敞开门。"修道院院长还在等你回去呢。司机正在门口，他会陪你下楼，开车送你回去。"

海伦娜是个很有主见的老年修女，但她不想让彼得看见她和警察争吵。她吻了吻彼得，颤抖着瘦骨嶙峋的双手捧了一下彼得的脸蛋。

"待会儿给你打电话，"我对海伦娜修女说，"我有些问题要问你。"

她点点头，但是没有再多话。海伦娜离开以后，彼得贴得我更紧了。彼得的手指紧扣在他一天到晚都穿着的足球服边沿，足球服上沾着他快干的眼泪。抱着他的时候，我看见了抵在壁橱门上的衣箱，海伦娜修女一定曾先一步离开壁橱，给警察打电话去了。为了彼得的安全，她一定让彼得仍旧躲在壁橱里。彼得必定在黑暗的壁橱独自蹲坐了一会儿。

感觉到彼得趴在我身上都快睡着了，我意识到现在离他平时上床的时间已经过了半个小时。从彼得渐渐变沉的体重来看，他已经累得不行了。"想喝点什么吗？"我轻声问他。

我把彼得从卧室抱到厨房。他指着地上打碎的盘子说："那是我不小心打碎的。"

我扶起掀翻在地的椅子。海伦娜一定是将四十多磅重的彼得一把抓出了椅子。我从架子上拿下特殊场合才会拿出来的芬达盒装橘子水。看到拉辛格大主教在城里的蒂罗尔酒吧喝芬达橘子水以后，这种饮料就是彼得的最爱了。彼得埋头喝着塑料杯里的橘子水时，我越过他的肩膀看着一团乱的走道。走道里一片狼藉，一直延伸到我的卧室门口。不知为何，彼得的卧室门口却很干净。海伦娜修女的回忆似乎一点没错。

"外面的雷雨很大。"彼得抬起头说。

我心不在焉地点了点头。也许他在想还没有被抓住的入侵者。我看见警察钻出我的卧室，经过彼得卧室门口时，西门从彼得的卧室里走了出来。警察跟西门说了几句，西门大声回答说："今天晚上不行，我侄子经历得已经够多了。"

"爸爸。"彼得叫我。

我转过身，发现彼得正期待地看着我。

"怎么了？"

"我想知道，伯伯乘的车是不是在雨里抛锚了？"

我用了一会儿才明白他想知道些什么。他是想知道我和西门为什么这么晚回到家，为什么闯入者来的时候我们没能及时赶回来。

"我们……我们的车胎爆了。"

我的这辆菲亚特经常会有点小病小灾。彼得已经掌握了漏油和发电机失灵时的处理方法。我有时觉得这么小的孩子不该通晓这么多的汽车故障。

"是这样啊。"他看着西门在警察走后关上了门。

现在家里只有我们三个人了。西门坐在彼得身边，看到伯父庞大的身躯靠了过来，彼得识趣地把身体缩到椅子边。

"他们明天还会来的。"西门只是说了这么一句。

我点了点头。尽管有许多问题要讨论，要探索，但都必须等彼得睡了以后。

西门把一只大手放在彼得蓬乱的头发上抚摩了几下，长袍上干结的泥巴散落到各处。

"必须把车抬起来才能换轮胎吗？"彼得问。

"你说什么？"西门不明白了。

"你们怎样换轮胎的？"彼得接着问。

我和西门交换了一下眼神。

西门含糊不清地说：“我只是用了个……”他打了个响指。

“千斤顶吗？”彼得问。

西门点点头，突然站了起来。“嗨，彼得，我要去把身子洗洗干净，可以吗？”他看了我一眼，然后又用拉丁语补充道，“我们睡在哪儿？”

用拉丁语是不想让彼得听懂。

我和他都认为，睡在这里会不太安全。

“瑞士卫兵的营房吗？”在梵蒂冈，除了教宗的下榻处，就瑞士卫兵的营房最为安全。

西门点了下头，拖着步子走向浴室，尽力装出一瘸一拐的样子。

西门洗澡以后，我让彼得去拿他喜欢的那件睡衣。接着我打开电脑，不耐烦地等待老迈的中央处理器寻找乌戈写来的邮件。我的心情很不平静。我一边看着电脑，一边竖起耳朵，留心听着过道里的声音。

邮箱里列出了二十几封邮件。都是夏天写的。最后一封写于两周以前。重读这封信的时候，我几乎不敢相信自己的眼睛。我的判断也许不那么合理。过道里传来水管的放水声时，我打印了这封邮件，把邮件放进长袍，然后和西门一起走进我和莫娜曾经住过的卧室。

他把脏污的长袍放在母亲绣了“《创世记》一章四节：上帝将光与黑暗分开”字样的洗衣袋里。西门看上去比刚才还要焦虑。我意识到彼得刚才很可能险遭不测，也同样非常焦虑。海伦娜修女很可能救了他一命。

“谁会做这种事？”我轻声问。

西门把一只抽屉从梳妆台里拉了出来，从桌肚的洞里面寻找为急用准备的香烟。因为一个不够，父亲在这个梳妆柜里放了两只烟灰缸。在约翰·保罗二世下戒烟令之前，梵蒂冈的男男女女大多喜欢抽烟。但西门并没有因为找到香烟而高兴，抽屉一直没能放进原先的轨道，他用力一摇，整个梳妆柜向一旁斜了过去。

“这些人为什么要和我们过不去？”我问。

他拿掉毛巾，把内衣套在身上。现在我知道他为什么会稍微有点瘸了：他腿上的皮肤呈粉红色，腿上的肌肉一定被什么东西轧过。

"什么都别说。"西门发现我正在看他的腿。

当教廷的外交人员参加世俗的鸡尾酒会和各种晚宴时，他们会觉得自己违背了天主教的教义，会用一些老法来惩罚自己。有的鞭打自己，有的穿上刚毛衬衫或是戴上锁链，还有的像西门这样在腿上绑上一条硬毛绷带。他应该知道怎样用轻松而有效的方法抵消外交工作中感受到的快乐。爸爸告诉过我们希腊教会使用过的一些方法：禁食，祷告，睡在冰冷的地板上。

"你从什么时候开始……"我开始发问道。

"别，"他厉声说，"让我穿上衣服。"

留在家里非常危险，我们必须马上离开这里。

彼得出现在门口，手里抱着一堆恐龙图案的睡衣。"这些够了吗?"他问我。

西门飞快地走进了壁橱。

"彼得，跟我来，"我把彼得领进厨房，"我们在这儿等西门伯父。"

第四章

　　瑞士卫兵的兵营就在我们这条街上。这里不允许外人进出，但父母死后我和西门在这儿度过了许多个夜晚。新兵让我们加入他们的跑步训练，同意我们使用他们的健身房，和他们一起吃奶酪火锅。在瑞士卫兵营里，我经历了自己的第一次宿醉。我们在兵营的大多数朋友回瑞士开启了人生中新的旅程，留在梵蒂冈的都成为了军官。兵营前台的士官生打电话给上级询问能不能放我们进去，很快便等来了同意的答复。

　　新来的列兵显得非常年轻。他们好像没有在瑞士当过兵似的，高中刚毕业就到梵蒂冈当了卫兵。过去，他们是梵蒂冈我最尊敬的人。现在，他们却只是刚长大的男孩，比我小了十来岁。

　　兵营是中间被巷道隔开的三幢狭长建筑。新兵住在离罗马边境最近的那幢建筑里。军官住的军营是背靠教廷的最里面一幢。我们乘电梯上楼，敲响了我在教宗卫兵队里最好的朋友列奥·凯勒的家门。列奥的妻子索菲娅为我开了门。

　　"阿列克斯，真是太可怕了，"索菲娅说，"我不敢相信竟然会发生这种事。进来吧，快进来。"

　　这里的消息传得很快。

　　彼得大声问："能让我摸摸小宝宝吗？"没等索菲娅回答，他已经把双手放到了索菲娅鼓起的腹部。

　　我把彼得往后拉，但索菲娅却笑着把彼得的手放在肚子上。"你感觉到小宝宝在打嗝了吗？"她问彼得。

　　索菲娅是个美人。她的体型和莫娜一样非常娇小，形容姿态也非常像，连头发也是莫娜那种在罗马阳光照耀下会在脸的四周形成红色光圈，像是马上能燃着的绛紫色。她和列奥已经结婚一年了，但我还是经常会看着她，察看她和莫娜有什么不同。索菲娅给我带来的对莫娜的回忆以及对妻子的那份痴迷常让我感到脸红，索菲娅还常使我想到自己常想埋葬的那份孤独。

"你们三个，过来坐下，"索菲娅说，"我去给你们弄点吃的。"但很快她似乎改变了主意。"哦，算了，"她看了看我身后的西门说，"我和彼得待在这儿。你们两个神父下楼喝一杯去吧。"

索菲娅在西门的眼中看到了某种东西。

"索菲娅，谢谢你，"接着我单腿跪地面对着彼得说，"我一会儿就过来接你睡觉。乖一点，好吗？"

"跟我下去吧。"西门扯着我的长袍轻声说。

酒吧在兵营的底层。这里的酒吧像地牢似的，枝形吊灯散发着黯淡的灯光。墙壁上真人大小的画描绘了这支有五百年之久的卫兵队全盛时期的景象，这幅壁画其实是约翰·保罗二世在位时做的。与西斯廷教堂那些庄严的壁画相比，这里的壁画显得太小儿科了，似乎需要加入一点信仰的力量。

我和西门走到角落里的一张空台子边，想喝点比红酒更烈的酒。他的体格很大，喝一点红酒根本算不得什么。但这里只有红酒，当我开口说话的时候他已经一杯红酒下肚了。"有人为何要来找我们的麻烦？"

他用手指摩擦着杯壁像手雷一样厚的玻璃杯，嗓音里透着沧桑。"如果让我发现谁对彼得……"

"你真的以为这和乌戈的死有关吗？"

他赌气地说："这我哪知道啊？"

我从兜里掏出打印纸，把打印纸推过台面。"他跟你说过这类事情吗？"

他很快读完了这封信，把打印纸往我这里一推。"没有。"

"你觉得和这事有关吗？"

他靠在椅子上，又倒了杯红酒。"也许无关。"西门粗大的手指落在纸上的写信日期上。这封信是两周前写的。

我第二次阅读了这封信。

亲爱的乌戈：

听说你遇上了麻烦，我感到非常难过。但从现在开始起，我觉得你应该找其他人帮你的忙。我推荐几个其他《圣经》学者给你，他们比我更有资格回答你的问题。如果有兴趣的话，我可以介绍你们认识。祝愿你的展览成功举办。

阿列克斯

下面是乌戈的邮件原文。我正是在这封邮件的基础上回他的信的。这是他写给我的最后一封邮件。

阿列克斯：发生了一些紧急的事情。我试着打电话给你，但你没有接电话。请在消息传开之前立即联系我。

乌戈

"他没跟你说过这件事吗？"我问西门。

西门痛苦地摇了摇头。"相信我，"他说，"我会查出发生了什么的。"

他的语调里带着教廷直属人员的优越性。我们不会袖手旁观，我们要拯救这个世界。

"谁知道你今晚来我家？"我问他。

"教廷的对外使节都知道我回来看展览。"看来教宗手下的外交官都知道他回梵蒂冈的事了。"但不知道我住在哪儿。"他补充道。

西门的语调表明他对这事也感到困惑。梵蒂冈的黄页电话本列出了大多数雇员的家庭电话和工作电话，但上面没有写出地址。

"谁能这么快从冈多菲堡赶过来呢？"我百思不得其解。

西门很长时间都没回答我的问题。他把玻璃杯放在两个手掌之间摩擦了一阵，然后说："你也许是对的，没人能这么快从冈多菲堡赶过来。"

他的口气并不轻松，好像说这话只是为了宽慰我似的。

远处教堂的钟响了，晚上十点钟，卫兵们开始换班了。我们看着卫兵们一脸疲惫地从各自的岗位上走回营房，潮水似的回到各自的房间。他们在值班时听说了冈多菲堡事件的只言片语，知道了今天晚上发生的骚动。我和西门以未曾想到的方式成了梵蒂冈的名人。

老伙计列奥第一个来到我们身旁。我们是在梵蒂冈绝无仅有的另一起杀人案发生后认识的，那时我在神学院上三年级。一个瑞士卫兵在杀了他的军官后举枪自杀，列奥是凶案现场的第一个目击者。我和莫娜开导了他一年多，帮他从惊骇中恢复过来。我们经常找个女子和他一起进行四人约会，事先告诉那个女子千万别提目击杀人案的事情。去年春天，他和索菲娅原本请我主持他们的婚礼，只是后来拉辛格主教自告奋勇主持了婚礼。各自的心伤过后，我们都有了自己的孩子。今晚，我很高兴能见到他。从痛苦中走出来的人建立的友谊是颠扑不破的。

看到列奥过来以后，西门把镜片抬上去了一点。十几个新兵跟着他们的长官走到我们的餐桌前。很快啤酒和红酒就上来了，新兵们觥筹交错，闹得不亦乐乎。他们通常说德语，但因为我们来了，他们改用了意大利语，让我们加入交谈。不知道列奥和我们是朋友，他们旁若无人地谈起了今晚案子上的事情。

用的是多少口径的子弹？

打在前额上还是太阳穴上？

一颗子弹就置人于死地了吗？

列奥介绍完我们的身份以后，一切都变了。

"你家被人抢劫了吗？"有个卫兵兴高采烈地问我。

我这才发现，案子的事情在梵蒂冈已经家喻户晓了。我觉得这对西门太危险了。教廷的人不能惹上任何丑闻。

"警察抓走谁了吗？"我问。

我不知道他们说的是发生在冈多菲堡的事情还是发生在我家的事情。列奥赶忙出来打圆场说："到目前为止还没有逮捕任何人。"

"别墅附近的人看见了什么吗？"

列奥摇了摇头。

卫兵们显然对乌戈被杀的案件更感兴趣。

"听说警察不让任何人看那具尸体。"一个新兵蛋子说。

另一个新兵补充道："听说尸体有点异样，手和脚上似乎有什么不对。"

他们完全错了。我亲眼看见过乌戈的尸体。我还没来得及说话，新兵们就开起尸体的冷笑话来。西门往桌子上捶了一拳，向他们咆哮道："够了，别再说了！"

新兵们立刻不说话了。西门拥有足够的权威——高大，有说服力，又是个神父。尽管才年过三十，但我意识到他看上去已经很老了。

"你们知道谁能进那个花园吗？"我问他们。

新兵们像电线上的鸟儿一样异口同声地嗫嚅着："不知道。"

"你们什么都没看见吗？"我追问道。

这时列奥说了句："我有些发现。"

桌子周围立刻安静下来。

"上周，"他说，"我们值一天的第三个班次时，有辆车在圣安妮门停下来找我问路。"

圣安妮门是兵营边的一道门。瑞士卫兵经常被派到圣安妮门检查罗马过来的车辆。卫兵值第三个班次时，边界已经封锁了。没人能在晚上进入梵蒂冈。

"我把车挡在这辆车前，"列奥说，"司机用大灯照着我。我挥手让他停下，停车以后他却跳下了车。"

新兵们皱起了眉头。这是不符规矩的。在梵蒂冈，通过岗哨时，司机必须低下车窗，出示他们的证件。

"我和弗雷下士走上前，"列奥说，"我站在司机的正面，弗雷下士站在侧面，提防可能出现的情况。司机拿的是意大利的驾驶执照，但竟然有通行证。知道通行证上的签名是谁吗？"

他观看着旁人的反应。新兵们毕竟年轻，为各种各样的可能性而激动不已。

"签字者是诺瓦克大主教。"

有人吹了几声口哨。安东尼·诺瓦克是教廷级别最高的大主教，是约翰·保罗二世的左右手。

"我让弗雷下士给楼上打电话，"列奥说，"让他去验证诺瓦克大主教的签名。同时，我朝卡车车厢看了眼，"他倾身向前，然后又接着说，"那里放着只棺材。棺材上有块布，布上写着些拉丁文。我不知道那些文字是什么意思。但布下面是个金属大棺材，非常大非常大的金属棺材。"

桌子旁拿着长枪的新兵在胸前画起十字来。兵营里听说金属棺材的人都有着相同的想法。教宗死后，会被装进三层棺材里。第一层是柏木，最里面一层是橡木，不过当中的一层是金属铅。

约翰·保罗二世的健康问题是众人关注的紧迫问题。他很虚弱，弱得已经不能走路了。他的脸上写满了病痛。教廷二把手打破沉默，他说如果教宗的健康状况使他不足以发号施令的话，退休也是有可能的。教宗是不是下台是个道德心的问题。记者像秃鹫一样，有些记者为能获得只言片语的消息对梵蒂冈的居民许以重金。不知道列奥为什么在如此不谙世事的娃娃兵面前说出这样一件事。

他以问代答："猜猜坐在棺材边凳子上的人是谁？胸牌上写着他的名字：乌格里诺·诺格拉。"说到这里，列奥轻轻用指节敲了敲桌面。"一分钟以后，回电来了，诺瓦克大主教证实他的确签发了通行证。我把车开到一边，这是我最后一次看到那副棺材，最后一次看到诺格拉。现在，我想让人告诉我这件事意味着什么。"

这是个很有意思的鬼故事，足以在疲惫的第三个班次让人提起劲来。卫兵们都是些很迷信的人。

西门什么话都没说，兀自站起身来。他轻声说了句话，似乎是"我很不舒服"，又似乎是"我受够了"。他没有道歉，也没有道别，径直走出了兵营的酒吧。

我站起身，跟在西门身后走出了酒吧，我觉得非常别扭。列奥的话给乌戈之死增加了新的一层意思。天主教学校不再教拉丁语了，瑞士卫兵不可能看到这件事的全貌。不过我和西门都从爸爸那里学了希腊语和拉丁语，因此我知道列奥在棺材布上看到了些什么。列奥在棺材布上看到的是拉丁语的祈祷文：

天父啊，我们敬畏你的裹尸布，这块裹尸布让我们想到了你所受到的苦难。

黑暗中，列奥肯定无法看出整个棺材的全貌，但一定对这只棺材有了依稀的印象。这个棺材对教宗来说肯定太大了，我之所以知道是因为我曾经亲眼见过这个棺材。

我知道乌戈在棺材里藏的是什么。

第五章

七百多年前，在法国的一个小村庄里，一件天主教的遗物首次出现在了历史的舞台之上。没人知道它来自于哪里，也没人知道它为什么会出现在这个村庄。但和所有的天主教遗物一样，这件物品逐渐转入了上层阶级的家庭。当地的王室拥有了这件遗物。很快这件遗物被送到了阿尔卑斯大区的首府。

这件遗物就是耶稣裹尸布。它被送到了都灵。

耶稣裹尸布正如其名，就是裹着耶稣基督尸体的那块布。布的表面是张神秘的、被钉十字架男人的照片。耶稣裹尸布在都灵大教堂的侧堂里放了整整五个世纪，教堂方面把它保存得很好，每个世纪只把它拿出来展览仅仅几次。一千年以来，耶稣裹尸布只离开了都灵两次：第一次是这里的王室躲避拿破仑大军锋芒的时候，第二次是在第二次世界大战期间。第二次世界大战时，耶稣裹尸布被送到那不勒斯附近山区的修道院里，秘密地保存在那里。正是在这次转移中，耶稣裹尸布历史上第一次经过了罗马。

迄今为止的唯一一次。

大多数天主教遗物被存放在被称为圣物箱的容器内。七年前的一九九七年，都灵大教堂的一把大火差点毁了放在银质圣物箱里的耶稣裹尸布。很快，新的圣物箱造好了：一只由航空合金材料制成的气密箱。这只圣物箱的密封性非常好，可以使珍贵的耶稣裹尸布与外界完全隔离。巧合的是，这个圣物箱的外形就像一只巨大的棺材。

这只新的圣物箱上盖着块绣着传统拉丁语祈祷文的金色盖布。天父啊，我们敬畏你的裹尸布，这块裹尸布让我们想到了你所受到的苦难。

我确定地相信，列奥在卡车的后车厢上看到的是这件最著名的基督教遗物。为了表达对裹尸布的尊敬，乌戈·诺格拉希望把这块裹尸布作为展览的亮点。

我之所以认识乌戈·诺格拉是因为我想认识西门所有的朋友。大多数神父都长于识人，但西门却常把无家可归者带回家吃晚饭。一天晚上，当他和修女一块做汤时，两个醉汉突然吵了起来。其中一人掏出把刀子。西门走到两人之间，用手掌覆盖住刀锋，直到警察赶来以后西门才把手从刀锋上挪了下来。

第二天早晨，妈妈决定带西门去看心理医生，看看他有没有心理疾病。这个心理医生是个耶稣会会士，诊室里充满了湿纸张和丁香烟的气味。心理医生的书桌上放着一张说弗洛伊德是性变态、耶稣会会士不能抽烟的庇护七世的照片。妈妈问心理医生是否要把我留在外面，医生说这只是非正式的评估，如果西门需要治疗，就连妈妈也得留在外面。妈妈哭着问，西门的症状是否有对应的疗法，杂志里把这种症状称为"死亡冲动"。

耶稣会会士问了西门几个问题，然后又看了看他手掌和拇指间的缝合处。最后他对我妈妈说："夫人，你知道一个名叫马克西米安·科尔伯的人吗？"

"科尔伯是个医生吗？"

"科尔伯是奥斯维辛集中营的一个神父，他在被毒死前整整饿了十六天。科尔伯为了救一个陌生人，自愿接受了这种惩罚。你觉得这种行为和你儿子相似吗？"

"是的，神父，完全一样。你治疗过科尔伯这种人吗？"

看到耶稣会会士点了点头，母亲露出了希冀的笑容。既然有了病例，那就有了治好的希望。

心理医生说："夫人，我们把这种人称为殉道者，把马克西米安·科尔伯称为本世纪最伟大的守护圣徒。这种死的意愿和死亡冲动是完全不一样的。死亡意愿要鼓起人的全部勇气才能达到。你儿子是个非比寻常的优秀天主教徒。"

一年以后，母亲摆脱了她此生最大的恐惧：死在西门之后。临死前她没说她爱我，而是说："看好你哥哥。"

神学院的课程结束以后，西门似乎不需要我看着了。他受邀成为梵蒂冈的外交使节，世界上四十万名天主教神父每年只有十名能得到这项任命。这意味着他得到了梵蒂冈以外唯一教廷机构——教宗外交学院的学习机会。在约翰·保罗二世之前的八位教宗中，六位是梵蒂冈的外交使节，四位出自这个学院。也就是说，除了西斯廷教堂的红衣主教团以外，世界上只有教宗外交学院产生过教宗。如果西门一直进行教廷的外交事务的话，他的前途就基本确定了，只要沿着教廷外交官之路走下去就成。

对我哥哥来说，这却是个奇怪的选择。教廷国务院有二十来个部门，选择其他任何一个部门，他都可以留在家里。念在父亲曾团结天主教理事会成员的旧情上，各个部门都会欢迎他的到来。他也可以发表声明，加入维护东仪天主教权益的会众社团。和大多数梵蒂冈大主教一样，卢西奥舅舅有权在职责范围之外做几项任命，有权在圣职部和圣徒进阶部安排人，可以让西门走上快速晋升的道路。但西门却拒绝走卢西奥舅舅为他铺好的路，其中最大的原因在于我们家和教廷二把手、教廷国务卿多米尼克·博伊亚的历史渊源上。

博伊亚是东欧剧变后开始掌权的。在强制了几十年的无神论之后，东正教会随着铁幕的徐徐落下又开始在东欧兴起。约翰·保罗二世向东欧的东正教会传递橄榄枝——却发现自己的国务卿不肯合作。博伊亚大主教不信任一千多年以前对教宗权力有所分歧而从天主教里分离出去的东正教会。东正教认为教宗和东正教的九位长老一样值得特殊的尊敬——排位在九位长老之前——但不是至高无上的，也不是绝无错误的。博伊亚认为这种看法非常危险，有可能颠覆天主教的根本。这位天主教的第二把手为了维护教宗的权威，悄悄地做了许多有违教宗本意的事情。

博伊亚大主教在对外交往中极力对东正教进行斥责，试图使双方的关系回复到以前的状态。美国神父，我爸爸以前的门生米切尔·布莱克神父是他热心的支持者。在西门看来，教廷国务院和其他部门一样，不应当对父亲的理想表示出敌意。然而他却接受了出任教廷外交使节的邀请，把这看作上帝让他继承父亲重新使教会合体的标志。他希望在教廷国务院完成这个使命。

在教宗外交学院，其他学生都学西班牙语、英语或葡萄牙语，他却学的是东正教通用的斯拉夫语。他拒绝了华盛顿的外交职位，而是去了流行东正教的保加利亚首都索非亚。土耳其发生教派间的冲突以后，他又去米切尔·布莱克的工作地土耳其首都安卡拉担任了相同的职位。

我知道西门继承了父亲的衣钵，只是到底想做什么，我想他自己甚至都未曾了然。之后不久，在我第一次遇到乌戈的一周以前，卢西奥舅舅给我打了个电话。

"亚历山大，你知道你哥哥缺勤了吗？"

我不知道。

卢西奥舔了舔嘴唇。"有人指责他无故消失。他肯定不会和我谈，因此我想让你去查明一下原因。"

西门说这是工作中的打击报复：米切尔·布莱克出于私愤说他无故缺勤。一周以后，西门突然出现在了罗马。

"我是和一个朋友一起来的。"他说。

"哪个朋友？"

"他叫乌戈，我们是在土耳其认识的。今晚来和我们一起吃个晚饭，乌戈很想和你认识。"

我以前从未去过乌戈·诺格拉这样的公寓。大多数为教宗服务的人租住在罗马周围教廷所有的公寓里。在卢西奥舅舅的帮助下，我父母幸运地在梵蒂冈城内教廷工作人员住的宿舍有了个小家。但眼前却是梵蒂冈另一半人居住的公寓。诺格拉的公寓在梵蒂冈城内梵蒂冈博物馆和梵蒂冈图书馆之间的拐角处。西门开门以后，彼得兴奋地投入了他的怀抱，但我却把目光投向了他们身后的庞大空间。房间的墙上没有壁画，天花板上也没有吊着金顶，但公寓的空间却非常大，像红衣主教团曾经对西斯廷教堂做的那样用屏风分成几个小隔间。从公寓西墙的窗口可以看见梵蒂冈的学者们在一个隐蔽的咖啡馆喝咖啡。南边的屋顶和圣彼得大教堂的圆顶只间隔了几棵树。

公寓里传来男人浑厚的嗓音。

"啊哈，你们一定是阿列克斯神父和彼得吧，进来，快进来吧。"

一个男人张开手臂向我们走来。彼得刚看见他，就马上钻进我的双腿之间躲起来了。

乌戈·诺格拉像熊似的身材雄壮。他的皮肤被阳光晒得黝黑，像上了道磷光一样。眼镜被厚厚的胶带黏合在一起。他手拿一杯红酒。亲了我的两边脸颊以后，他马上就说："给你们弄点喝的吧。"

寒暄到此为止。

西门轻轻地抱起彼得，拿着从土耳其带回来的礼物到一边玩去了。我和主人单独待在了一起。

"诺格拉先生，你和我哥哥一起从事外交工作吗？"诺格拉给我倒酒的时候我问他。

"哦，当然不，"他一边笑，一边指着庭院对面的博物馆说，"我在博物馆工作，去土耳其只是为了给我的展览会找到最后一件展品。"

"你要开展览会吗？"

"八月份开。"

他像西门告诉我的那样眨了眨眼。那时还没人知道展览的事，展览会在西斯廷大教堂举行开幕晚会的流言也还没有传开。

"你们是怎么认识的？"我问他。

诺格拉松了松领带。"一些土耳其人在荒漠中发现了一个因中暑昏死过去的可怜人，"他摘下眼镜，让我看头上绑着的胶带，"当时我面朝下躺在沙地上。"

"他们发现了乌戈的梵蒂冈护照，"西门开始回忆起往事来，"于是他们给作为教廷外交使节的我打了电话。我开了四百公里的路才见到他。他在一个名叫乌法的城市里。"

彼得不愿意加入成人间的谈话，意兴阑珊地缩在角落里，看起西门从安卡拉给他带来的匈奴王趣味童书。

诺格拉开始眉飞色舞地说道起来。"阿列克斯神父，我人生地不熟地在一片穆斯林的荒漠中。你哥哥穿着长袍，带着一篮子晚饭和巴罗洛葡萄酒来到了我的病床前。想想看，这是多么大的缘分啊！"

我发现西门并没有笑。"尽管有很多人知道，但我并没有意识到酒精对中暑不利。"

"我没及时告诉他,"诺格拉莞尔一笑,"喝了几杯巴罗洛葡萄酒以后,我又晕过去了。"

西门一本正经地擦了擦酒杯的边沿。我突然产生了一种想法,明白这两个人为什么会走到了一起。诺格拉是个策展人,这意味着他有意和西门交好。诺格拉的上司是向卢西奥舅舅做汇报的博物馆馆长。诺格拉能够拥有这样的公寓也是因为和卢西奥舅舅的这层关系吧。

"你的公寓这么漂亮,还去荒漠里干什么?"我问他,"我和彼得想住这样一套公寓还住不上呢!"

越仔细看,这套公寓越显得古怪。厨房里除了一个简易冰箱、两块加热板、一大瓶水外空无一物。房间里挂了根晾衣绳,但我既没看到水槽,也没看到洗衣机。感觉上诺格拉像是匆忙间搬进来的一样,似乎和西门结交比他预想更快地给他带来了好处。

"告诉你个秘密,"诺格拉说,"他们是因为展览才让我住在这儿的。今晚之所以请你来也是因为我的展览。"

蜂鸣器响了,诺格拉转身查看加热板上的食物。我看了看西门,但西门避开了我的视线。

"现在,请允许我描绘一下展览的情形,"他像举起指挥棒一样举起木勺,"设想一下世界上最让人趋之若鹜的展览。去年,参观人数最多的是纽约博物馆列奥纳多·达芬奇的展览。平均每天有七千个人参观这个展览。七千啊——每天在这些画作前走过的就是一个小镇。"诺格拉戏剧化地停下了步子。"神父,设想一下更大的展览会是什么样的。每天会有一万四千人参观我的展览!"

"你怎么做到这点?"

"只要把世界上最著名的展览品告诉大家就行了。这件展览品超出了达芬奇和米开朗基罗画作的总和,比博物馆的任何一件展览品都更著名。告诉你,我说的是耶稣的裹尸布。"

幸好彼得没看见我当时的表情。

"我知道你现在在想什么,"诺格拉说,"我们用碳同位素法检查了这块布,发现这块裹尸布是赝品。"

他不说我也知道展出的裹尸布肯定是赝品。

"但即便是赝品，我们也能吸引数百万朝圣者，"诺格拉说，"在最近的一次展览中，八周内两百万人参观了这块赝品裹尸布。短短八周之内，竟有这么多人来看了这块被证实是赝品的裹尸布。你们想想：一块假的裹尸布吸引了五倍于世界上最叫座展览的观众。如果我能验证碳同位素测试出来的年代是错的，那将吸引到多少的观众啊！"

我结结巴巴地说："博士，你不会是在戏弄我吧。"

"才不是戏弄呢，我的展览将证明裹尸布的确是盖在基督耶稣尸体上的那块布。"

我转身看着西门，等待他说话。西门保持着沉默，但我却不能保持沉默。碳同位素测试的结果曾震惊教廷，更使希望验证裹尸布真实性以促进天主教和东正教融合的父亲大受打击。父亲用毕生的心血在天主教界和东正教界广交朋友，在碳同位素测试的结果宣布之前，他和助手米切尔·布莱克千方百计劝说意大利境内的东正教神父来都灵参加宣布测试结果的新闻发布会。冒着惹怒主教的风险，一些神父出现在了都灵。如果耶稣裹尸布被验证是真品的话，这将是天主教历史上的一块里程碑。结果，碳同位素测试却说这块布来自于中世纪。

"博士，"我说，"人们在十六年以前就已经伤透了心，不要让他们再伤心一次了。"

但诺格拉却没有被我驳倒。他安静地摆好盘子，用瓶装水洗了洗手说："开始吃吧，我去去就来。最好让你们亲眼看一下。"

他去屏风后取什么东西了。我趁此机会对西门轻声说："你带我来是让我听这个的吗？"

"是的。"

"西门，他喝多了。"

我哥哥点了点头。"他在沙漠里也不是因为中暑晕倒的。"

"那你让我来这儿干什么？"

"他需要你的帮助。"

我用手摸了摸胡子。"我认识台伯区一个进行十二步疗法的神父。"

西门拍了拍头。"他的问题出在这里，担心无法按时完成布展。"

"为何要帮他这个忙呢？你是想从父亲发生的事情中得到解脱吗？"

新闻发布会进行的时候，梵蒂冈所有电视都调到了宣布测试结果的频道。那天晚上，梵蒂冈只听得到孩子们在花园里的玩耍声，因为他们的父母都希望不受干扰地收看电视。我爸爸没能从宣布结果的伤痛中恢复过来。米切尔·布莱克抛弃了他，以前熟稔的东正教朋友也都不再来电话了。两个月之后，父亲就突发了心脏病。

"听我说，"我轻声告诉西门，"这不是你的问题。"

西门眯起眼睛看了看我。"四个小时之后，我就要飞回安卡拉了。他下周才回乌卡。这段时间之内，我要你盯紧他。"

西门的眼神表明，他的话不止于此。

"乌戈会让你帮他一个忙，"他说，"如果你不愿帮他的忙，我想让你帮我一个忙。"

我看见过道里诺格拉的影子。在身影还没映入我们眼帘之前，他突然停下用一只手画了个十字。他的另一只手上拿着样又长又细的东西。

"对乌戈所说的发现要抱有信心，"西门小声吩咐我，"你会相信他说的话的。"

诺格拉带着一卷布回来了。他把布展开在横挂在房间里的晾衣绳上，然后用恭敬的声音说："这就不需要我多介绍了吧。"

我愣住了。眼前出现了一幅多年来清晰印在我眼前的画面：两个铁锈色的身影在头部相连，一面正对着我，另一面背对着我。身影的顶端血渍斑斑：头上的血渍来自于鞭伤，肋骨下的血渍来自身体侧面插进去的长矛。

"与真品完全一样的裹尸布复制品，"诺格拉指着这块布，但手指并没有碰在布上，"十四英尺长，四英尺宽。"

眼前的画面使我不自然地紧张起来。东方的基督教徒，不管隶属于天主教还是东正教，都已经把信徒和圣徒的画像和遗物作为圣物不断复制了好几个世纪。在这些遗物和画像中，耶稣裹尸布最为重要，是组成天主教信徒信仰的核心。

耶稣裹尸布同时也是最重要的基督遗物。《圣经》说以利沙的骨头使死人复活，重病者碰了耶稣的长袍就能痊愈。因此，直到今天，天主教的圣坛和东正教的圣龛包里还有基督的遗物。在众多遗物中，几乎没有一件是属于基督耶稣的，只有裹尸布能和基督耶稣真正扯上点关系。从没有哪件圣物像耶稣的裹尸布那般重要。

虽说碳同位素测试证实耶稣裹尸布是赝品，但教廷却没把它送到博物馆，放在小地毯下面藏起来。都灵的大主教说不能把它继续称为基督的遗物了，但也没有下令把它移出大教堂。碳同位素测试进行的十年之后，约翰·保罗二世又一次参观了这块裹尸布。参观的时候，他把这块裹尸布称为上帝的馈赠，希望科学家继续对其进行研究。这便是耶稣裹尸布在我们心中——在我心中——所占据的地位。碳同位素测试没给我们带来任何答案。但我们相信我们还没得到最终的结果。在最终结果到来之前，我们还是处于一无所知的状态。我们无法舍弃最后的希望。

彼得把注意力也放在了我们的谈话上，我的心里起了波澜。我从未跟彼得说过裹尸布的事情，把对裹尸布的复杂感情施加在一个孩子身上是不公平的。

"首先要知道的是裹尸布是如何盖在耶稣尸体上的，"诺格拉说，"不是像被子那样简单盖在他身上，而是垫在他身下，然后翻转过来把他裹起来，因此才会有前身像和后身像之分。"

他指着布上葫芦状的小洞，这些洞的位置和大小都和布上的皱褶相匹配。"但我的关注点在这些烧痕上面。"

"谁烧出的这些洞？"彼得问。

"一五三二年发生了一起火灾，"乌戈说，"那时，裹尸布被存放在一个银质的圣物箱里，大火熔化了圣物箱的一部分，一块熔化的银穿透了折叠的裹尸布的每一层。克莱尔修女会的修女补上了中间穿了大洞的亚麻布，但还是留下了这些葫芦状的小洞，我的论点就是由此而来的。"

诺格拉从书架上取下一份商业杂志，把杂志递给我。杂志的名字叫《热化学学报》。

"来年一月，"他说，"一个来自拉斯阿拉莫斯国家实验室的美国化学家将在这份科学学报上发表一篇文章。我在教宗科学院里的朋友把已经印好但还没有对外发行的杂志给了我。你自己看看吧。"

我翻转着杂志的页面，很多文章似乎是用中文写的。《甘氨酸的稀释焓》《主链中包含的硅元素和锗元素的热研究》。

"翻到杂志最后索引之前的那篇文章。"诺格拉说。

这篇文章的标题是：《耶稣裹尸布的碳同位素样本研究》。

文章里附了些如同显微镜载物片下蠕虫的照片和几张我看不出所以然的图表。不过文章前面摘要里两句话的主旨我倒看得明白：

> 样本区的热解质谱测量结果结合显微和微量化学观察证实，进行碳同位素测试的样本不是耶稣裹尸布原物的一部分。碳同位素测定的日期不能决定耶稣裹尸布的年代。

"进行测试的样本不是耶稣裹尸布的一部分吗？"我问，"这怎么可能呢？"

诺格拉叹了一口气。"我们不知道克莱尔修女会的修女都做了些什么。我们知道她们把洞基本都补上了，但却不知道——因为我们不可能亲眼得见——她们把线缝进裹尸布以增加布的硬度。只有在显微镜下才能分辨得出这部分补丁和线。我们无意中测试了夹杂在原有布料和修女补的线中的一块布。美国化学家首先发现了测试的错误。他的一个同事告诉我其中部分样本甚至不是亚麻布，修女们在缝补时用上了棉布。"

房间里的气氛瞬间活跃了起来。诺格拉尽管努力控制着自己，但还是藏不住目光中的喜悦。

"老天，"西门低着嗓音惊呼道，"要的就是这个。"

我翻转着杂志的纸张问："展览会提到这个实验了吗？"

乌戈露出笑容。"实验只是个开始。如果裹尸布真的出自于公元三十三年的话，那它在其后的一千年里经历了些什么？我用了好几个月的时间挖掘耶稣裹尸布的历史：突然出现在法国之前的十三个世纪它被藏在了哪儿？我有些非常好的消息要告诉你，"他犹豫了一下，"如果可以打断用餐，我想让你们跟我到一个地方去看看。"

他从抽屉里拿出带着门锁和门闩钥匙的钥匙环，接着从冰箱里拿出一个塑料袋放在口袋里。

"我们这是要去哪儿？"

乌戈眨了眨眼。"你会喜欢那儿的。"

我们跟着他从小街走到圣彼得大教堂的后门，这时夜幕也已经降临了，长方形大教堂的看门人开始把游人往门外推，但他认出了乌戈，没来搭理我们。

不管曾多少次走进这座教堂，我都会感到一阵战栗。小时候，爸爸告诉我，圣彼得大教堂非常高，三头巨鲸可以像马戏团独轮车表演一样头尾相连地叠加在一起，还有足够多的空间为它们各戴上顶帽子。地板上用金字刻着其他著名大教堂的名字和面积，像是巨型海兽肚子上小鱼的墓志铭一样。圣彼得大教堂出自人手，但宏伟壮观的程度远远超出了人世间的其他建筑。

乌戈把我们带到了米开朗基罗穹顶画下的祭坛，指了指我们周围的正殿四角。正殿的四个角落里都立着根大理石柱。

"你知道这些石柱里有些什么吗？"他问我。

我点了点头。这四根柱子由牢固的混凝土和石料制成，每根都和凯旋门的门柱一样粗壮，四根柱子合力托起了巨大的穹顶。每根柱子里有条狭窄的通道，能容纳一人出入的通道直通一个隐秘的房间。在特定的场合，圣彼得大教堂的教士们会把这些房间里放着的东西拿出来展览。

这些东西全是基督遗物。

五百多年前，文艺复兴时期的教宗们重建了人类历史上这座最雄伟的教堂，他们把基督教历史上最神圣的物品放进这四根柱子里的圣物箱内。接着柱子的旁边建造了四个三十英尺高的石像，这四尊石像标志着柱子里存放的基督遗物。

"圣徒彼得的弟弟圣徒安德烈是第一个被敬称为圣徒的人，"乌戈指着第一根石柱说，"他的头盖骨就放在这根柱子里。"

乌戈转过身，手指着一个拿着庞大十字架的女子石像。

"圣海伦娜是第一个基督教宗帝君士坦丁的母亲，"他说，"圣海伦娜去了耶路撒冷，从耶路撒冷带回了真十字架，教宗们把真十字架放在了这根柱子里。"

第三个石像是个张开双臂向前狂奔的女人。她手里捧的可能是最神秘的教堂遗物。

"圣维罗尼卡在手捧十字架去各各他的途中为耶稣擦了脸，"乌戈说，"这块擦脸布上画着耶稣擦脸后的像，这块神秘的擦脸布就在这根石柱里。"

最后他转向了第四个石像。"这是把耶稣钉在十字架上的士兵朗吉努斯，他用长矛的侧面扎穿了耶稣的身体。教宗们把朗吉努斯的长矛放在了这根石柱里。"

诺格拉转身看着外面。"你们也许知道，现在柱子里只剩下了三件遗物。为了表达诚意，我们把圣安德烈的头盖骨送给了东正教会。但安德烈的头盖骨在基督教历史上的地位并不高，教堂里的基督遗物应该能反映基督教的重要历史。"诺格拉的声音里出现了几分颤抖。"真十字架、擦脸布和长矛都关乎耶稣的死，因此第四根石柱里的圣物就应该和他的复生有关。约翰·保罗二世本打算将继承来的裹尸布移到这里。但碳同位素测试的结果使怀疑论甚嚣尘上，他就无法将裹尸布从都灵转移到这里来了。现在我们终于把裹尸布赝品说推翻了。我的展览将把裹尸布带回家。"

他压低了声音，我和西门必须凑近过去才能听见他的话。

"我读过一段古代记录下的文字，文字上说，裹尸布在法国出现之前，已经在美索不达米亚古城埃德萨保存了好几个世纪。埃德萨这座土耳其古城现在叫乌法，你哥哥就是在那儿的医院救了我的。根据我的追踪，耶稣裹尸布在不早于公元四世纪的时候出现过埃德萨。但我想做的更多：我想在展览的尾声证实，这张埃德萨的裹尸布来自耶路撒冷的众门徒之手。阿列克斯神父，我想找你帮忙的就是这件事。"

继续高谈阔论之前，他把手伸进口袋，拿出从公寓里带来的塑料袋。

他从塑料袋中取出一样奇形怪状的东西：一个形状像鸡腿的塑料勺。他俯身对彼得说："彼得，我要单独和你父亲说会话，所以我给你带来了样东西。"

塑料勺的尖端覆盖着白色的块状物。

"那是什么？"彼得问。

"猪油，猪油在这座教堂里具有神奇的魔力。"乌戈把彼得领到祭坛旁的空地上。"假装你是座石像，把手像我这样伸出去一动不动。"

过了一会儿，一只鸽子从穹顶上飞了下来。它停在勺子的猪油上啄了又啄。彼得非常吃惊，差点把勺子掉在地上。

乌戈小声对彼得说："去你想去的地方，带你的新朋友一起走，这里的鸟都很温顺。"

彼得非常兴奋。他拿着栖息着鸽子的塑料勺在空旷的大殿内，像拿着一只点燃的蜡烛似的小心翼翼地行走。所有人都不说话了，把视线投在彼得身上。

乌戈转身看着我。"就像我刚才所说的那样，我想证明耶稣的众门徒把裹尸布从耶路撒冷带到了埃德萨。当然，证据非常难找。但我相信我已经找到门了。你们应该知道，埃德萨是基督教早期的发祥地之一。在二世纪中叶，有卷福音书正是在那儿写成的，这卷福音书就是你们熟悉的《四福音合参》，它把已经存在的四卷福音合并在了一起。因为《四福音合参》写成的时候裹尸布就在埃德萨，我相信作者一定在这卷合参里提到了裹尸布。"

我想开口打断他的话，但却被西门举手制止了。

"因为《四福音合参》非常稀少，所以想证明这点非常难。现在仅存的合参是几个世纪之后的译本。所有的原本都被不希望把独立的四卷福音合并在一起的埃德萨主教们损毁了。至少，传言是这么说的。但最近，我似乎又有了其他的发现。"

我急不可耐地问："你发现《四福音合参》的手稿了吗？是什么语写的？"

"用两种文字写的，一种是古代叙利亚语，一种是古希腊语。"

我惊呆了。"这应该就是原本！"

《四福音合参》用其中一种语言所写，然后马上被译成了另一种，没人知道《四福音合参》最初是用哪种语言写的。

"只是这两种语言我都不太懂，"乌戈说，"西门神父告诉我，其中一种你掌握得很好，于是我就想是否能让你来帮我……"

"完全可以。你有这本书的影印本吗？"

"唉，这本书……这本书并不是那么容易拍照的。我是在一个不该在的地方找到这本书的，因此我无法把这本书带给你。神父，我只能把你带到那本书所在的地方。"

"我不明白这是什么意思。"

他尴尬地笑了笑。"除了你，我只对西门神父说了这件事。如果这事传出去的话，我就要失业了。你哥哥说你完全能保密，是吗？"

为了看一眼他说的这本书，我能答应他任何事情。从开始上神学院起，我就四处讲授福音。作为福音的研究者，我知道《四福音合参》手稿把所有的四卷福音书整合在了一起。大多数现代的信徒知道的耶稣生平由现代学者根据四卷非常古老、只有细微不同的福音书所描绘，只是在不时找到的最新发现的基础上做些更新。但《四福音合参》由最古老的福音书汇编而成，反映了福音书在远比现存《圣经》手稿的诞生要早一世纪时的原貌。它将给目前已知的耶稣生平增加新的事实，使我们对之前一直深以为然的那些事实产生疑问。

"我下周尽快飞到土耳其去，"然后我又补充了一句，"如果你需要的话，我会尽快飞过去。"

我的心情非常激动。现在是六月，直到秋天我才会有课。我的存款完全可以买两张机票。我和彼得可以和西门一起待一段日子了。

然而乌戈却皱起了眉头。"恐怕你理解错了，"他说，"我不是要你和我一起回土耳其。神父，那本书就在这里。"

第六章

跟着西门从食堂向列奥公寓走去的时候,我的脑袋里只有一个想法:裹尸布就在这里,基督耶稣的裹尸布就在梵蒂冈城之内。耶稣的裹尸布多半应该已经被放在圣彼得大教堂的一根石柱内,也许消息很快就会传出去。

裹尸布的出现赋予了乌戈的展览全新的意义。卡车的通行证上签署着诺瓦克大主教的名字,这意味着命令裹尸布移动的是约翰·保罗二世本人。碳同位素测试之后的十六年间,教廷从未发布过有关裹尸布的官方证明。突然间,这种情况似乎要改变了。我突然对乌戈的死以及陌生人的侵入有了新的思路。乌戈在邮件里告诉我的也许就是这个。他成功地带来了裹尸布,但又遇上了新的问题。

发生了些紧迫的事情。

基督遗物可以暴露人的本质。去年圣诞节,我和彼得看过一段伯利恒主诞堂神父和教士们为了谁扫教堂的哪一边而大吵大闹的电视片段。今年早些时候,国际裹尸布大会甚至请了全副武装的卫兵,因为稍微清洗裹尸布表面的决定遭到了激烈的反应,负责看管裹尸布的神父不得不仓皇从会议大堂逃了出去。如果裹尸布被证明是真的话,大多数人可能对乌戈的计划喜闻乐见,亲临展览现场验证裹尸布到底是不是真的。但也有一小部分人会做出完全不同的反应。冈多菲堡的另一起暴力袭击就是由于宗教妄想造成的:我十岁的时候,一个精神错乱的人意图在冈多菲堡的花园里袭击约翰·保罗二世,意大利警察在通往罗马的高速公路上追上了他的车,他竟然想用斧子袭击警察。他的口袋里放了很多纸条,纸条上尽是些仿效上帝的胡言乱语。我想转移裹尸布的决定兴许也会引发类似的事情。如果是这样的话,我真该为彼得和海伦娜没有受伤而感谢上帝了。

我快步追西门,想知道他的真实想法是什么,但西门已经不见了。进屋以后,索菲娅从儿童房里走出来对我说:"他上那儿去了。"

索菲娅手指着这幢房子最安静的屋顶。

我想上屋顶去，但索菲娅把手放在我的肩膀上轻声说："彼得需要你。"

我转身朝儿童房走去。进屋以后，我看见彼得坐在小床上。屋里灯光灰暗，地板上到处是童书和婴儿床上掉下的充气玩具。彼得像是刚跑了步一样呼吸沉重。

"你怎么了？"我问他。

彼得周围的空气温暖湿润，他对我张开手臂。

"做噩梦了吗？"我问。

彼得正好到了做噩梦和梦游的年纪。很不幸，这两种坏毛病都和他结了缘。我把他瘦长的身体抱在膝盖上，抚摸着他的头。

"能跟我再讲点托蒂的故事吗？"彼得半梦半醒地说。

托蒂是罗马队的影锋。

"当然可以。"我告诉他。

他俯下身，在黑暗的地板上找书，但一直倚在我的膝头上。我已经离开他一次了，他不想再离开我。

"彼得，没事了，"我吻着他湿漉漉的后脑勺说，"没什么可怕的，你在这儿很安全。"

为了让彼得睡安稳，在他睡着之前我一直坐在他的身边。离开儿童房以后，列奥已经回来了，索菲娅正在为他热食物。厨房里列奥抚摸着索菲娅隆起的腹部，然后又俯下身吻了吻。在他们找我上桌吃饭之前，我上楼顶去找了西门。

他的头发被风吹得非常乱，面容也非常憔悴。他像水手的寡妇看着大海一样看着远处罗马的灯光。

"你还好吗？"我问他。

他从备用烟盒里取出一支烟，手一直在颤抖着。

"我不知道该怎么办。"他小声说，没有转身看我。

"我也是。"

"他死了。"

"我知道。"

"我下午跟他通了电话，他在电话里跟我说了展览的事情，他不该就这么死的。"

"我知道。"

西门的声音变细了。"我坐在他的尸体旁边，试着把他叫醒。"

我的胸口突然一阵生疼。

"乌戈把自己投入这次展览里，"乌戈说，"把自己的一切都投进去了。"他点燃一根烟说。他的脸上掠过一种揪心的表情。"为什么在开幕前一周突然死了呢？为什么在马上要成功的时候要他死呢？"

"这不是上帝的旨意，这是凡人犯下的罪行。"我提醒他，不该把愤怒发泄在上帝的身上。

"为什么要让我去那儿呢？"他似乎对我的劝勉充耳不闻。

"别再说了，这不是你的错。"

他往黑暗里吐了一口烟气。"这是我的错，我应该能救他的。"

"幸好你不在那儿，不然你也会被杀的。"

他恨恨地看着天空，然后低下头，看着我们小时候常在一起玩耍的那块空地。一户瑞士卫兵曾在楼下的平台上弄了个充气游泳池，但现在那里只剩下了一摊水渍。

我低下声音。"你觉得这肯定和裹尸布有关吗？与裹尸布从都灵迁移到这儿有关吗？"

他的鼻孔里冒出大大小小的烟圈。我判断不出他是不是在考虑这个问题。

"没人知道裹尸布会运过来。"他开诚布公地说。

"一定有人把消息泄露出去了，我们不也从列奥那里听说了吗？"

装着裹尸布的新圣物箱需要一队人运输。运抵教堂的时候，神父会打开教堂门，更多的神父会和负责运输的人一起把箱子送下车。如果有人把这事告诉妻子、朋友，或是某位邻居的话……

"乌戈那晚就在车上，"我说，"和这件事有关的人一定都见过他。也许这就是他会遭到追踪的原因。"

"但他们没看见我和你啊。为什么要追踪我们?"

"你觉得究竟是怎么回事?"

西门吹去烟蒂上的烟灰,看着一颗火星消失在黑暗之中。"乌戈被人抢劫了,你家发生的事和那根本没关系。"

但他的嗓音里却有着一丝的游移。

我的手机响了,我看了看屏幕。

"舅舅打来的电话,"我告诉西门,"我接可以吗?"

他点了点头。

电话那头传来舅舅缓慢而深沉的声音。"是亚历山大吗?"

卢西奥舅舅似乎对自己接电话的人很恼火。他不明白其他人为什么不像他那样有个秘书。

"是的。"我说。

"你们现在在哪儿?你、彼得和西门平安吗?"

他一定知道了有人登门抢劫的事情。"我们很好,谢谢你的问候。"

"据说你们哥俩今晚早些时候都在冈多菲堡是吗?"

"是的。"

"你们一定很伤心。今晚我为你们三个准备好了客房,告诉我你们在哪儿,我这就派辆车过来。"

我不知道该怎么回答他的话。西门摇头轻声说:"不,我们不去他那里。"

"谢谢你,"我对卢西奥舅舅说,"但不用这么麻烦了,我们住在瑞士卫兵营的一个朋友那里。"

电话那头没有回应,只是代表着舅舅不快的一阵沉默。"明天我在家里见你,"沉默过后他说,"我们首先要谈一谈目前的局势。"

"什么时候?"

"早上八点。别忘了告诉西门,我要他同时在场。"

"我们会去的。"

"很高兴听你这么说。亚历山大,晚安!"

电话一下子断了。

我转身对西门说："他早上八点要见我们。"

西门没有对我的话做出任何反应。

"也许我们应该睡会儿觉。"我说。

但西门却说："你去睡吧，我就在这儿睡了。"

他说他要在教宗住处窗户下的开阔处睡觉。

"你进来睡。"我对他说。

然而，我的劝说起不到任何效果。拒绝睡在床上是神父们自我惩罚的一种形式，至少比大腿上绑根绳子要健康点。我只好放弃了说服他的打算，告诉他早上再上屋顶来找他。他需要一个人待着。今晚我会为哥哥做个祷告。

回到楼下的时候列奥和索菲娅已经上床了。夫妇俩用这种方式让我在他们家自在一些。我很想知道我离开后列奥在酒吧里听到了些什么，但看来必须等到明天才能知道了。一床被子扔在可以睡觉的长沙发上，那是索菲娅为我准备的。沙发上原先的皱褶已经没有了。远处夫妇俩的卧室里传来微微的不太可能是做爱的声音，朋友们在这种事上很为我着想。但和大多数神父一样，我从不对人的本性打包票。

我去儿童房里看了看彼得，他裹在被子里缩成一团。他的正十字架[1]不知出于什么原因从脖子上摘下，从手上落到了地板上。我把十字架从地上捡起来，放进旅行包里。接着我跪在窗边，窗台上有本《圣经》，从旅行包里取出的教彼得认字的那本《圣经》。我把《圣经》放在双手之间，打算藉此隐藏我的情感。我做着祷告，试图隐藏在黑暗中感到的恐惧以及想到彼得在自己家受到威胁而燃烧的怒火。愤怒深藏在每个希腊人的心中，这是希腊语祈祷文的第一句话。但现在我祈祷的，我已经为莫娜祈祷了几百次。

神啊，我乞求你原谅我的过犯，我要你也原谅他们的过犯。如同我要你原谅我一样，我也会原谅他们。他们是罪人，我也一样是个罪人。求神

---

[1] 四臂等长的十字架。

垂怜，求神像垂怜我的过犯一样垂怜他们的过犯。

我重复了两遍，希望把这段祈祷词牢记在心。但我的思维却非常混乱。我知道派这么多瑞士卫兵驻守在营房外面一定有其道理，这也正是卢西奥打电话让我们去他公寓的理由。当我告诉彼得我们平安的时候我一点没感到平安。我对他撒了谎。

适应了黑暗以后，我看着索菲娅在儿童房墙壁上画着的动物。门上的挂钩上挂着索菲娅为宝宝缝制的衣服。我比以往更心痛地感受着失去莫娜的痛苦。莫娜的家人仍然住在这里。她的表兄妹和叔嫂过去都不赞成我们的婚恋，但如果我寻求他们保护的话，他们肯定会轮班看护我和彼得。但我宁愿和彼得马上离开这里，也不愿欠他们的人情债。

在黑暗中，我解开长袍，把长袍叠好。我躺在儿子身边，思考着明天如何使他分心，如何抹去对今天的回忆。我抚摸着他的肩膀，心想彼得是不是真的睡着了，希望他能信服我的承诺。莫娜离开以后，我经常会在夜里感受到孤独，但这种孤独感并不是很尖锐，只是有一层淡淡的哀伤。我想莫娜，我想她赶快回来。

我等着睡着的那一刻，我等了又等，但那一刻却迟迟没有到来。

福音中说，基督用一个比喻告诉追随者他将再来。他将自己比喻成一个离开家外出参加婚宴的主人。作为他的仆人，我们不知道他何时会来。因此我们必须点着灯在门口等他。警醒地等待他回来的那些仆人们有福了。我提醒自己，用一生的时间等待莫娜回来，不会比过去两千年等待耶稣复归的所有基督徒更难。

但在如此的夜晚等待，我感觉到一种在无限的空旷中被撕裂似的疼痛。莫娜很害羞，性格也比较阴暗。她的唠叨经常会使我产生动摇，自问自己是谁，父母为何在有了西门以后又让我来到了这个世界上。我在孩提时没有太关注她，因为我比她大了两岁。但在另一方面，她是个扭捏的人，不太想过分地被人关注。在梵蒂冈的高墙内成长也许恶化了她的这种倾向。她父母屋子里的照片记录了一个越来越漂亮、活泼可爱的圆脸女孩。十岁时她是个普普通通的女孩：一头蓬乱的头发，水汪汪的绿色眼睛，厚厚的脸颊。十三岁时她变了很多，显然她会变得非常美貌。我进入大学那年她十五岁时，飞跃发生了。她知道自己长成了一个大姑娘：在其后的三年里，她试过各种发型，试过各种化妆的组合。她似乎把目光投向了墙外的罗马，看到了时尚女郎应该是什么样。莫娜父母保留的照片做了细心的剪裁，但她还是对我指出了其中她穿的低领衣服和超短裙。她告诉我，她曾经偷偷地去罗马买珠宝和高跟鞋。在偷跑到罗马的时候，莫娜头一次听到了针对她的口哨和尖叫声。

我经常会想，莫娜是不是没有告诉我她在生活中所受到的创伤。她只留下了一张受训成为护士时的照片，照片上她耷拉着眼睛，体型非常瘦。她告诉我，在经历了轻松的高中生活以后，护士的工作对她来说实在是太艰难了。我觉得她是在让我不要深挖她的过去。我不是她第一个睡觉的男人，但即便是这样，我们的新婚之夜也充满了尴尬。我低估了做爱对一个接受了宗教锤炼的男人的心理考验。平时都是和男人相处，我已经习惯了赤身裸体，经常半裸着身子在家里走来走去。我觉得脱去了长袍以后，莫娜可以感受到我是个真真切切的男人。但我们用了整整一周才使婚姻达到美满。在和谐的婚姻生活到来之前，我甚至产生过恐惧，害怕我们的爱将是机械而唯唯诺诺的。

好在最初的尴尬很快就过去了。撤下了防卫以后，她变得充满了主动性。我的嘴唇经常被她咬得出血。从邻居们躲闪的眼光中，我知道他们被楼上传来的声音惊扰了。我们期待着每晚再次在一起。在律己的生活中，我享受到了难得的自由和快意。

律己，我常为此而感到烦恼。不管我们做些什么，我的一些邻居都对有妻子的神父表现出担忧。莫娜切切实实地感受到了他们的反对。我们在参加的每个社交场合都会引发出问题。神父之间的聚会是为独身禁欲的神父准备的，神父们一起喝酒，一起吃饭；神父们一起踢球，一起抽烟；一起参观博物馆，一起去考古圣地旅游。把妻子带到神父间的聚会是严重的失礼。但因为有了妻子而拒绝参加聚会也是不行的。我和莫娜都认为为了留在神父们的社交圈内，我必须参加一些神父间的聚会。我让她在我参加聚会的夜里会会罗马的朋友，或是去别的梵蒂冈主妇家做客。但过了段时间以后我才知道，这些夜晚她都是一个人度过的。

责备一个国家的文化是不公平的。我们可以居住在梵蒂冈以外罗马的教廷公寓里，这样我们就可以免受梵蒂冈生活的拖累了。但我们之间有个巨大的不同点，直到婚后我才发现这点不同。直说了吧：我父母都死了，她父母却还没死。

法尔塞利夫妇住在邻街警察宿舍附近的一幢公寓楼里。他们支持我们的婚姻，在莫娜从罗马天主教会转投东仪天主教的时候没有进行半点抱怨。但直到婚后，我才知道了他们婚姻的真相，知道莫娜母亲的生活是多么悲惨。莫娜的父亲是个无线电技师，他错娶了一个自己不爱的女人。法尔塞利夫人的饭烧得不错，有一种温柔的幽默感，令人难以察觉到她的缺点。结婚以后莫娜才告诉我法尔塞利先生来自一个大家族，希望有很多孩子。她妈妈在生她的时候差点死了，医生说法尔塞利夫人的子宫有缺陷，再怀孩子会非常危险。他们来看莫娜的时候是分着来的，莫娜不怎么想见她父亲。但使我妻子陷入崩溃的却是她母亲的来访。

希腊人深知家庭是悲剧常发之地。我非常清楚，莫娜很怕成为母亲的翻版。怀孕的前六个月过后，我们以为阴影已经消除了。但在最后的两个月里，我们差点两次失去了彼得。医生告诉我们彼得肯定可以平安降生，但莫娜的身体却开始排斥他。最后，她甚至因为脐带勒住了婴儿而冲到了接生房。彼得降生以后，产科医生因为他两次逃过了被脐带勒死的命运而叫他大力神。莫娜后来哭诉说，她曾经试图杀掉自己的孩子。

在随后的几个月里，我娶的那个女人消失了。我的记忆中都是岳母用奶瓶给彼得喂奶，而不是莫娜用乳头给彼得喂奶的情形。我去上班的时候，法尔塞利夫人一直陪伴着莫娜。直到现在，只要一想到法尔塞利夫人的脸，我就会联想到她是如何折磨莫娜的。当莫娜坐在沙发上想着疯狂的念头时，法尔塞利夫人非但不鼓励她，反而会告诉她情形会越来越糟。她说，悲伤是一朵花。悲伤是一朵花——我在图书馆里查找这句谚语的出处——但是没能在任何一本希伯来语书里找到这句谚语。她是想说，莫娜的性格变化中有种阴暗的美，我们必须习惯地接受这种美。另外，这种美只会越来越阴暗，越来越阴暗。我经常痛苦地回想起母女俩坐在沙发上看电视，命运悲惨的母亲看着自己的女儿越来越消沉、越来越无助而放任不管的画面。彼得现在不见自己的外祖父母了。他问过我这是为什么。我对他撒了谎，我想将来会告诉他真相。

莫娜离开的消息流传开来以后，教堂里的会众纷纷伸出援助之手。他们给我和彼得做饭，轮流照看彼得，使我能回到教堂担任圣职。后来海伦娜修女担负起了绝大部分的工作，但即使到现在，教堂里的其他神父收到的圣诞礼物都没我和彼得多，彼得的命名日更是会收到如山的礼物。我总是能在这种善意下感受到一种怜悯，似乎希腊男孩娶了罗马女孩就要冒上这种风险，我的遭遇就是一个活生生的例子。其实他们倒没什么别的意思，所有的天主教徒都知道，人的一生就是为他们所犯下的罪孽在还债。这些好人在我能够偿还自己的罪债以前一直在支撑着我。

我曾经做过一个梦，梦见我的妻子回来了，我想今后我也会常做这个梦。我会鼓励她再去医院当班。我会在她准备了解彼得之前照顾好彼得。之后她会发现我们的儿子不是什么凶兆，不是她失败的缩影。彼得是个早熟的、有责任感的、善良的孩子。老师们夸赞彼得，彼得还常被邀请参加同学们的生日聚会。他的鼻子像我，眼睛像西门，但他有莫娜那样浓密的黑色头发，莫娜那样的圆脸，莫娜那样甜美的笑容。终有一日，他会为自己更像妈妈而不是更像爸爸而心怀感恩的。在梦中，莫娜会通过彼得发现，她其实一直没彻底离开我们。因为我们的婚姻基础还在，我们终将回复到往日那种生活。

但我已经像脱掉旧皮一样不再做那个梦了。令人惊讶的是，不再做这个梦我也能活得很好。只有一点我还强调着：我要彼得相信莫娜对他的爱不是我杜撰的。我希望他明白，他并不是单独来源于我。他从莫娜那里继承了对困难的直觉，继承了爱开玩笑的特质，继承了对动物特殊的爱。莫娜见到他一定会感到惊奇不已。他们会喜欢彼此的。

无论莫娜现在在哪儿，她一定在为放弃我们共同的生活而感到懊悔。如果有这种懊悔，我一定会感到心碎的，但我从未感到过这种懊悔。每次当我回首往事的时候，彼得总会指引我奋勇向前。我和莫娜只走到了一半，我们的故事并没有终结。每天晚上我都会感谢上帝，感谢他给了我彼得。

第七章

　　醒来的时候，身边的地板空着，彼得不见了。

　　我走进过道，看见列奥和索菲娅坐在厨房的餐桌边抬头看着我。列奥朝阳台上像蟋蟀那样拱起背，跨开腿向正在纸上涂色的小身体指了指。

　　"他在为西门做卡片。"列奥说。

　　我笑了。"我这就带他上屋顶。"

　　索菲娅小声说："西门神父已经不在那儿了。"

　　列奥的表情解释了一切。他们不知道西门去了哪儿。

　　我拨打了西门的手机，他在第四声铃响后接了电话。

　　"你在哪儿？"我问他。

　　"在家里。"

　　"你还好吗？"

　　"我睡不着。待会儿我去接你和彼得一起吃早餐。"

　　列奥和索菲娅都在看着我。索菲娅还穿着睡袍，她一定在彼得醒了以后就一直在照顾他。

　　"你别动，"我告诉西门，"什么地方都别去，我们回家找你。"

　　在日光的照耀下，家里似乎没有发生过任何改变，毁坏和破损像是全部在黑暗中烟消云散了一样。进门的时候彼得一直用手紧紧地攥着我。他像看到毒蘑菇似的跨过地上的玩具。厨房里的碎盘子不见了，散落在地板上的食物也已经被清理掉了。所有的窗户都打开着。西门独自坐在桌前，假装没吸过烟。

　　彼得从我手里挣脱出来，把自制的卡片交给西门。卡片上画着手握手紧挨着的四个人：莫娜、我、彼得和西门。凑近了看，我的心一沉，女人穿的是件修士服。彼得画的是海伦娜修女。

　　西门把彼得抱在膝盖上，用手捏了捏他身上的肌肉。看完卡片以后，西门把嘴唇抵在彼得那一团乱发上。"我爱你,"我听见他低声说,"我和你爸爸不会让你出事的。"

水槽是空的,脏盘子都洗过了。海绵像是用机器拧干了似的。我很惊讶,西门竟然没把家全都打扫一遍。

"海伦娜什么时候把洗好的衣服带来?"他问。

我很迷茫,没有回答他的话。厨房清理干净以后,其他地方的损失就更明显了。

"我有话跟你说。"西门说。

"彼得,"我把儿子支开,"吃早餐前,你先去洗洗手好吗?"

彼得不太乐意地沿着过道去浴室了。

"你这是怎么了?"西门问我。

他显然也注意到了家里的异样。我指着损害密集的区域:门边的书柜、书架、放手机的小桌。

西门耸了耸肩。

"他在找东西,"我说,"他把所有带门的家具都打开了。除了那边那个。"

东仪天主教徒的家里都会有一个摆放圣像的特殊角落,圣像的周围放着几卷福音书。在我们家这个角落并不神秘——就是我和彼得平时祷告的古董柜。但在侵入中这个古董柜并没遭到侵犯。

"他肯定不知道那是什么。"我说。

这个特殊的角落里放的都是圣物,对我们的宗教有所了解的人都知道这一点,入侵者不用费神在那儿找他想找的东西。昨天晚上的侵入显然不是陷入宗教狂热的疯子干的。

彼得洗完手之前,我依照侵入者昨天的路线又走了一遍。海伦娜修女听见他在彼得卧室外面的过道里喊西门的名字,过道通向浴室,浴室对面是我的卧室。他没进浴室,也没进彼得的卧室。我突然背后起了一身鸡皮疙瘩,他是冲着我的卧室去的。

我的床没有被动过。梳妆柜动没动过我不知道,西门昨天洗澡以后用过梳妆柜了。仔细观察了一阵以后,我发现有个书架被人动过了,这个书架上放着西门任职的国家的旅游手册。土耳其的旅游手册掉在地上。书架最下面一层有一个奇怪的空当，什么东西不见了。

"老弟，"西门在门廊里对我说，"你过来一会儿。"

空当里放着的是本裹尸布的书。这本书和我为乌戈手写的调查报告一起不见了。

我的心急剧地跳动着。我的直觉没错。这次闯入和乌戈的被杀必定有联系。这两起事件和乌戈的展览有关。

"阿列克斯！"西门又叫了一声，这次的声音更大了。

麻木地走回到门厅以后，我看到他指着地上的什么东西，他的眼神里重新充满了警觉。"一整个上午我都在看这个，"他轻声说，"但刚明白哪里不对劲。"

"西门，"我轻声对他说，"闯入者一定知道我们给乌戈的展览帮了忙。"

西门没有听我说了些什么。"发现什么没有？"他从嘴里吐出几个字来。

我猫下腰，蹲在一堆翻倒的玩具和黄页电话本之间。

他手指着我的行事历。行事历翻到昨天那一页。我翻过这一页，瞬间发现了真相。

今天和明天的行事历都被撕下来了。

我愣住了，心潮像滚烫的焦油一样澎湃着。

"这几面写了些什么？"

所有的日程安排我都写上去了。行事历上的内容涉及了我们生活的方方面面。下周秋季学期就开始了，我在行事历上写下了教学计划。同样，行事历上也记着我们和西门的活动日程。

我轻声道出了西门已经知道的事实。"他仍旧在找我们。"

哥哥在手机上拨了一个号码。"我给你和彼得在家园宾馆订个房间。"

家园宾馆是梵蒂冈唯一的宾馆，非常私密，不受打扰。那里是避开世人的最佳之处。我和彼得在自己家已经不安全了。

就在西门和宾馆前台通电话的时候，有人突然猛敲起了门。彼得害怕地一个箭步冲出了浴室。我让他紧依在我的大腿后侧，上前一步拧开了门把手。

是昨晚的那个警察。

"警官，"我急切地问，"抓住什么人了吗？"

"神父，我们还什么人都没抓着。我想再做点记录。"

我请他进来，但他坚持站在门口，屈尊为我们看门。

彼得拽了拽我的衣角，不想让警察留在家里，也许他甚至都不想再留在这儿了。

警察抬头对我说："神父，你家的保姆说，闯入者闯入时门是锁着的。"

"没错啊，我离开家的时候总会锁上门。"

"昨天晚上也是吗？"

"我看了两遍才去的冈多菲堡。"

他看着门框，手指上下摩挲着门框上的木头。我过了一分多钟才明白了他的用意。门框没有被人损坏。

"我要拍些照片，"他说，"之后再打电话找你商量些事情。"

警察离开以后彼得拒绝留下，因此和卢西奥舅舅会面前我们在外面闲晃了一个小时。为了防止有人尾随，我们去了教宗花园的喷泉。我和西门打小就知道这个喷泉的种种别称：死青蛙喷泉、无解鳗鱼喷泉、疯婆子喝醉了酒跳舞喷泉。之后我们又去了梵蒂冈网球场边的一块小操场。彼得让伯父站在秋千后面，把他推得越来越高。推到最顶端时，他对着空中大喊："西门，你知道树叶为何会变颜色吗？是因为叶绿素的关系！"

他最近对科学产生了兴趣。

西门怔怔地看着别处。意识到自己的沉默之后，西门问彼得："为什么有的树叶不会变色呢？"

西门的身体从来都不算强壮，但上了四年大学、四年神学院，度过了三年多研究院的生活之后，他成了教廷的学习楷模。约翰·保罗二世本人具有神学博士和哲学博士的学位。我们鼓励彼得要像伯父和教宗那样什么都要学。

"因为叶绿素还留在树叶里。"彼得大声喊。

我和西门交换了个眼神,觉得他答得没错。"你知道我在看些什么书吗?"西门大声问他。

"关于老虎的书吗?"彼得问。

"记得诺格拉博士吗?"

我狠狠地瞪了西门一眼,但他却没理我。

"他让我喂鸟。"彼得说。

在短暂的一刻间,西门露出了微笑。"很久之前,在我和诺格拉认识的城市附近,有个圣徒名叫西莫恩·斯泰莱特。他在石柱顶上几乎坐了四十年,一直没下来,他甚至死在了石柱顶上。"

他的声音像是从很远的地方传过来的,似乎对这种离群索居的生活入迷了一样。他想像隐士那样遁入自我,而不是做个神父拥抱世界。

"那他怎么去尿尿呢?"彼得问。

彼得提出了一个不合时宜的问题。

西门笑了。

我尽力摆出严肃的表情。"别在学校里谈论这种事情。"

他笑着飞得更高。没什么比逗乐伯父更让他高兴的了。

一个小时很快就过去了。我们没遇见熟人,也没听到任何新的消息。看着梵蒂冈的城墙时,我们深切地感受到,罗马没有对我们的生活加以关注。

快到舅舅办公的府邸时,海伦娜修女打手机说今天晚些时候她不能照看彼得了。接着,她像是哭着一样关了手机。挂断手机以后,我思量着她是否对我隐瞒了什么事情,是不是昨晚回到修道院后她又意识到了什么。有时她会把彼得带到邻居家玩一会儿,也许她那时忘了锁门。

照梵蒂冈的标准,总督宫是幢很新的建筑——建成于约翰·保罗二世诞生之后。总督宫是一九二九年意大利承认梵蒂冈是独立国家时建的。这里本想建成一座神学院,但意识到自己需要一座政府大楼的教宗把它改建成了一座办公楼。这里是梵蒂冈权贵来来往往，邮政当局设计发行米开朗基罗邮票的地方。之所以叫它总督宫是因为梵蒂冈曾经被平信徒统治过一段时间，但现在早就没有什么总督了。新的治安官穿着正装在这里上班。卢西奥和他的秘书唐·迭戈在顶楼的一个套间里上班，我们到的时候唐·迭戈为我们打开了门。

"神父们，进来吧，"看到彼得后他说，"哎呀，小伙子也来了啊！"

他蹲下身欢迎彼得，这是为了避免直接和西门的视线相接触。他们俩同龄，一样在快速升迁的快车道上，对迭戈来说这意味着竞争。身后的房间里播放着晦涩的古典音乐。得关节炎以前，卢西奥舅舅是个成功的钢琴家，他把一篇报纸文章裱在镜框里，文章里记录着他年轻时成功地表演莫扎特钢琴曲的情况。现在他早已不玩钢琴了，播放的永远是令人毛骨悚然的俄罗斯和斯堪的纳维亚音乐。格里格深沉的音乐正好可以充当加尔文教派的主题音乐。

迭戈带我们走进舅舅的办公室。这间办公室没有面对着圣彼得教堂，而是面朝北面，有股湿冷的气息。舅舅的一个前任是不拘世俗的美国大主教，他在地板上铺了一张熊皮地毯，在电视里收看西方的娱乐节目。我舅舅用的却是旧地毯和腿瘸了的椅子，因为这些家具可以免费从每当有高级教士死亡就会多出点巴洛克家具的梵蒂冈仓库里拿到。

"请原谅，我无法起身迎接你们。"卢西奥抬起手臂说。

去年小中风了一次以后，他就这样和人打招呼。因为平衡能力不好，有时无法扣纽扣和系腰带，他已经不再戴上深红色的便帽，穿上深红色衣边的大主教长袍了。现在他穿着宽松的修士服装，有个修女每天早晨会在他的胸前挂上个十字架。我和西门迎向他伸出的双臂。和往常一样，他抱西门的时间要比我久一点。当然，最长的致意留给了彼得。

"孩子，上这儿来。"卢西奥舅舅兴奋地拍着桌子说。

中风使卢西奥舅舅的一部分面部陷于瘫痪，但他勤于复健，使自己的外表不至于吓坏彼得。他们拥抱的时候，我看了一眼他桌上的文件，搜寻乌戈或我家的警方报告，但桌上却只有一份卢西奥工作上的预算报告。他掌管着一个需要经常更新设施和新建停车场的小城市，负责维护世界上最伟大的古代和文艺复兴艺术品，负责一千多名不用交一分税却能享受免费医疗、免税购物和补贴食物的工人的生活起居，维持为梵蒂冈进行油气供给、垃圾收集服务和电力供应的世俗罗马的脆弱关系。我试着提醒自己，每当卢西奥舅舅忽略我和西门的时候，他都在为约翰·保罗二世教宗鞠躬尽瘁呢，我不该为卢西奥舅舅的忽略而满怀埋怨。

"想喝点什么吗？"他努力移动着上下嘴唇对彼得说，"我们这里有橘子水。"

彼得被吓到了。他跳下舅舅的膝盖，跟在迭戈后面小跑出办公室去取橘子水。

"昨天晚上应该没发生过其他事情了吧？"他压低声音问我们。

这个问题是多余的。梵蒂冈没有任何事能逃过他的法眼。

"没有，没有其他事了。"我说。

但西门却插话了。"怎么会没有呢？"他恨恨地说，"警察什么都没干，阿列克斯和彼得甚至无法在自己的家里睡觉！"

他的语调使我大吃一惊。

卢西奥舅舅含怨地看着他。"亚历山大和彼得可以住在我这里。说警察什么也没干更是错得离谱：警察二十多分钟前来了个电话，说他们似乎在一个监控探头里看到了嫌疑人。"

"舅舅，这个消息真是太好了。"我说。

"他们什么时候才会有确切的消息？"西门问。

"我相信他们会尽快查出来的，"卢西奥说，"但我也要问一问，你们有什么可以告诉我的？"

我看了眼西门。"今天早晨……我们在家里有所发现……示意这两个案子间是有联系的。"

卢西奥摆弄了一下放在桌上的钢笔。"警察也考虑过这个可能性。两起事件显然是有联系的。你们把早上的发现告诉他们了吗？"

"还没有。"

"我会让警察再联系你们的。"他转身看着西门。"还有什么事要让我知道的吗？"

哥哥摇了摇头。

卢西奥皱起眉。"比如说，你为什么会出现在冈多菲堡。"

"乌戈打电话向我求救。"

"你是怎么去的？"

"我打电话叫了辆车。"

卢西奥舔了舔嘴唇。电招车公司给他提交的报告中没有提及这件事，神父们一般是不能叫电招车的，电招车公司的老板显然不想惹上麻烦。

"舅舅，"我问，"你听说过以前有人闯进过冈多菲堡或是这里的吗？"

"当然没有。"

"闯进我家的人是如何知道家里的房间号码的呢？"

"我还想问你这个问题呢！"

通过打开的门，我看见迭戈正在一个水晶杯里为彼得倒橘子汁。想起去年打了同样的水晶杯让修女们收拾了整整半个小时，彼得畏缩着不敢上前。我瞪着迭戈，为他的健忘感到生气。

"不提这个了，我让你们来是为了商量另外一件事的，"卢西奥说，"我是想告诉你们诺格拉的展览会有些变化。"

西门炸了。"你说什么？"

"西门，策展人死了！这个展览没有他很难进行，别人甚至不知道哪件展品该挂在哪里。"

哥哥从椅子上突然站了起来。他有点歇斯底里地说："你不能这样做，他把命都赔进去了！"

我轻声对西门说，发生了昨天晚上的那种事以后，改变或延期也许是最佳的选择。

卢西奥用没有什么肌肉的指节敲了敲预算报告。"开幕晚会我发出了四百多份邀请函，延期我也很难接受。但在诺格拉无法布置最后一些展品的情况下，重要的不是是否延期，而是我们要不要做些改变。我想和你们讨论下改变的可能性——亚历山大，尤其是要和你——我们是不是要把展览的主题放在手稿上，而不是裹尸布上。"

我和西门惊呆了。

"你是说《四福音合参》的手稿吗?"

"不行,"西门说,"绝对不行。"

卢西奥没理他。这一次,他只听我的建议。

"这可能吗?"我问。

"修复师已经修复了《四福音合参》的手稿,"卢西奥说,"人们想看到这份手稿。我们可以把手稿放在箱子里演示给他们看。细节你去布置。"

"舅舅,十个展厅不可能只展示一份手稿。"

卢西奥舅舅哼了一声。"把屏风拆掉就好了。每一页可以分开展示。我们已经在墙上做了一些巨大的投影。《四福音合参》有多少页? 五十页还是一百页?"

"舅舅,那可是世界上最古老的福音书,书上的装订可不好拆开啊!"

卢西奥舅舅不耐烦地挥了挥手。"手稿研究室的人知道怎么做,他们可以满足我的一切要求。"

我还没来得及拒绝,西门已经一拳头砸在了卢西奥的书桌上。"不行。"他斩钉截铁地说。

空气凝固了。我用眼神示意西门坐下。卢西奥夸张地提起了眉毛。

"舅舅,"西门把手插在头发里说,"原谅我。我……我只是有点伤心。只是如果你想帮忙完成这个展览的话,我就告诉你一些你还不知情的事。乌戈把一切都告诉了我。"

"一切事情?"

"舅舅,这对我很重要。"

这种突如其来的爆发曾经让舅舅对西门非常不看好。卢西奥说,希腊人才耍这种诡计,罗马人是不干这种事情的。但现在他却说这是使西门突出众人的地方,这种特质可以让西门远超出卢西奥舅舅的地位。

"我明白了,"卢西奥舅舅说,"很高兴你这么说。那你必须指导别的策展人,未来五天我们有很多事要做。"

"舅舅,"我插话问,"你没有意识到我和西门还有自己的情况要面对吗?"

卢西奥舅舅翻了翻桌上的文件。"我意识到了。我已经让法尔科内局长派警察保护你和彼得了。"接着他转身看着西门，"在布展工作完成以前，你就得住在这里了。同意这样的安排吗？"

西门也许会很快睡到特米尼车站外的街角去。但这不是闹情绪的时候。西门很清楚他必须听卢西奥的。

西门点点头。卢西奥用指节敲了敲桌面。谈话结束，唐·迭戈把我们送到了电梯口。

"需要派人为你去取包吗？"迭戈刺了西门一句。

接下来的五个晚上，他们要住在一起。迭戈要保护西门的安全，但同时也是他的看管。但西门空洞的眼神里却只流露了一层安慰。我松了口气，他没被迭戈激到。电梯的铁门打开以后，彼得赶忙冲了进去，抢着要按电梯按钮。在迭戈继续刺激西门之前，电梯已经把我们带下了楼。

第八章

在乌戈房里用过晚餐后不久，乌戈让我帮他闯入梵蒂冈图书馆看《四福音合参》。"四点半在这里会合，"他说，"带副手套来。"

四点半时我又一次去了他的公寓。乌戈十五分钟以后回来了，手里拿着两个安诺纳百货公司的塑料袋。其中的一个塑料袋确定无疑放的是一瓶酒。

"镇静神经用的。"他解释道。他的神色紧张，眼神很不安定。

进了套间以后，他接连喝了好几杯格拉巴酒。"问你个事，"他说，"你知道去那儿怎么走吗？"

他说的是楼下的梵蒂冈图书馆。

"我怎么会知道？"我试探地说。我原以为他去过梵蒂冈图书馆，我只要跟着去就行。毕竟，进入图书馆必须得到认证学者的推荐，看指定的哪本书更是需要必需的文件。取书要通过图书馆馆员，神职人员无法进入书库。

"如果能知道手稿放在哪儿，"我问他，"我们把它从书架上拿下来看一看不就行了吗？"

他的另一个购物袋里放着各种各样的器材。两个闪光灯、一个充电野营灯、一盒橡胶手套、一条面包、一袋松仁、一双拖鞋、一本笔记本，以及大小如同儿童网球拍的一卷线。他准备把这些器材都放在他的行李包内。

"我们可以把手稿从书架上拿下来，"他说，"这不是问题。"他看了下表。"阿列克斯神父，快走，我们得赶紧了。"

我指着包说："带着它前台的警卫不会给我们放行的。"

他嘲笑说："别傻了，二楼有根横穿过窗户的蒸汽管，那里已经很多年没人看管了。"

我瞪了他一眼。

乌戈抓住我的手臂笑了。"开玩笑，只是开个玩笑。别担心，跟我一起去吧。"

乌戈在图书馆里有个朋友，一个办公室在被人遗忘的角落的法国老神父。图书馆还有十分钟就要关门了，但乌戈的公寓离图书馆很近，我们在离图书馆闭馆不到两分钟时到了老神父的办公室。

乌戈在办公室外拦住我。"你先等会儿。"

他独自进去，不过没有完全把办公室的门关上。

"乌格里诺，"法国老神父在办公室里焦急地说，"他们逮着你了。"

"他们只是产生了疑心而已。"乌戈回答说。

"保安今天在各个门之间巡逻，让我们一见生面孔就报告上去。"

乌戈没有说话。

"跟保安一起来的神父知道你的名字。"法国老神父担心地说。

乌戈清了清嗓子。"新系统还在测试吗？"

"是的。"

"那门还是开着的了？"

"是的，但你最好还是别一个人到那儿去了。"

"完全同意，"乌戈走到门口，把我叫了进来，"认识下亚历山大·安德鲁神父。今天晚上他和我一块儿去。"

法国神父一看就是个畏首畏尾的人，看见我时嘴角突然下沉，但被满嘴的大胡子几乎遮掩了。

"可是乌格里诺……"他又开始抱怨了。

乌戈从衣架上拿下朋友的帽子和伞。"别浪费时间了。如果不在平常下班的时间离开的话他们会注意到的。明天再谈吧。"

神父合上玻璃办公室门上的百叶窗帘。"这样做很不明智。声音在空旷的大楼里传得很快。有两个人在这里，你们会相互说话的，一定要小心啊。"

乌戈却直把他往门外推。门上的钟已经走到五点十二分了。阅读室里，学者们正在收拾笔记本和手提电脑。几分钟以后，他们就都走了。走完以后，我和乌戈就解释不了我们为什么会在这儿了。

"他对你说了什么？"乌戈关上门以后我问他。

他从合上的百叶窗缝之间朝外瞄。"什么都没说。"

"那你为什么还要鬼鬼祟祟地往外看呢？"

"因为我希望你舅舅雇几个漂亮的女馆员。"

我瘫软地靠在墙边。乌戈从旅行袋里拿出长条面包，和我一起靠在墙上。他悲伤地笑了笑。"你必须明白，不能把今天晚上看到的一切告诉任何人，甚至你的学生。"

过道里的灯开始暗了下来。

"我可不是为了学生这么干的。"我说。

"西门神父说，你们的父亲让你们看希腊文的《新约全书》。"

我点了点头。

"他说你学得好，他老拖你的后腿。"

"福音书是我在神学院学得最好的科目。"

对于任何一个教授福音书的教师来说——即便是我这么一个教授祭坛男童福音书的菜鸟教师——知道我们对《圣经》的理解不那么完美总是令人兴奋的。年代更久，内容更为完整的福音书总是等待着我们去发现。今晚，我有机会在《四福音合参》的手稿像其他众多手稿被永远封存前亲手拿到它。

乌戈用手绢擦了擦眼镜。他用晶亮的眼睛看了看我。"西门神父知道我们今晚要干些什么吗？"

"他不知道，我已经好几天没和他联系了。"

他叹了口气说："我也一样。你哥哥有时会玩失踪，很高兴知道他不是针对我一个人的。"他看了看表，然后站了起来。"出发前我想给你提个醒。我们一定不能留下痕迹，因为似乎有人在跟踪我。"

回想起他刚才和法国神父的谈话，我问他："谁在跟踪你？"

"我不知道。但我想今晚以后他就再也没有机会了。"乌戈脱下鞋，换上行李包里拿出的拖鞋。"跟我一起下去吧。"

过道里漆黑一片，但乌戈知道该怎么走。走进第一条堆满了东西的走廊时，乌戈这么大的块头竟然也能做到静默无声。

我原以为会在画着壁画的拱顶下看见一排排堆满了书的高大木制书架，但眼前却出现了比海岸线还长，表面布满电缆的矮铁架。我的鞋在金属台阶上发出啪啪啪啪的响声，响声在过道里回荡了很久。我弓着腰，避免碰上挂在吊笼里的灯泡。乌戈的动作很敏捷，似乎酒让他利索了似的。

我们的四围都是铁架——左边右边，上边下边——一层层的书库由船上的那种狭窄楼梯相连。头顶的灯泡都已经按时关上了，乌戈只能用带来的手电筒照明。我们一层层地爬楼梯往下走，最后终于来到了一个电梯边。

"这电梯通向哪儿？"我问他。

如同法国神父说的那样，我的声音在大理石楼道间回荡着，刺破了伸手不见五指的黑暗。

"去最下面一层。"他轻声说。

电梯门关上了，电梯立刻暗了下来。乌戈把手电筒照在电梯的控制板上，按下了一个键。还没来得及看到控制板上的楼层，电梯已经带着我们向下走了。

电梯门打开了，门外是白色的墙面和五颜六色的灯。这里没有架子，墙上挂着稀松平常的十字架和圣像，之间有几个消防探头和紧急照明盒。所有这些都散发着一股不太闻得到的化学药品味。

"到地下室了吗？"我轻声问。

乌戈点点头，让我弓下腰后轻声说："看他说对了没有。"

拐过一个弯，我们遇见一道全钢制造的厚门。门边的墙上装着一个安全键盘。

乌戈并没有输入密码，而是把手指插进门的缝隙里，往后轻轻一拉。

铁门悄声无息地打开了，门里面是一片黑暗。

"非常完美。"乌戈轻声说。然后他转身告诉我："在解释门为什么没锁之前，什么东西都不要去碰。"

他走进铁门，扭开了电灯的计时器。电灯亮了以后，我的两条腿都麻木了。

二十年以前，约翰·保罗二世撬开地表，开启了一项新的工程。梵蒂冈图书馆已经没地方放书了，因此约翰·保罗二世在图书馆北面战时雇工种植蔬菜的地方，即现在卢西奥舅舅从来访的宗教学者手里搜刮钱财的咖啡馆下面挖起了地下室。他用防弹混凝土做地基和隔离层，准备在地下室里存放教廷最珍贵的所有物。今天，当学者们在卢西奥的咖啡馆里喝咖啡的时候，他们不会想到，隔着一层草皮的地底下藏着钢筋混凝土加固的珍贵教廷私有物。

孩提时我曾经想象过这个地方。在我的白日梦里，这里应该和银行金库差不多大。但我眼前的空间却足有一个小机场那么大，主通道有半个足球场那么长，两边的廊道足以停一辆旅游大巴。

"沉住气，"乌戈轻声说，"这里汇集了世界上最伟大的手稿。"

世界上有两种书。自从古腾堡发明活字印刷以后，书一印就是上百万册，用机器大量印刷，逐渐抹杀了以前的手稿。文艺复兴时期不认字的生意人可以用印刷机印出以前十几个教师花好几年都手抄不出来的十几本书。考虑到手稿的稀少，以及几个世纪以来对它们的不正确使用，这些手稿能保存下来就已经是个奇迹了。有了活体印刷的书本以后，手稿得到了前所未有的重视：有几个教堂专门制作手稿，罗马教宗致力于收集手稿。在人类历史所有伟大的图书馆中，只有一家延续到了如今。我现在步入的正是由于教宗的好心而存活到现在的这家图书馆。

"拿上这个，"乌戈把另一个手电筒递到我手里，"光亮只能持续二十分钟。我首先让你看看我们会遇到哪些困难。"

他在表上设置了倒计时，让倒计时开始，然后从百货商店的购物袋里拿出那卷线。我第一次好好看了看他带来的卷线：电线连着一个带屏幕的电子话筒和一块烤箱线圈似的椭圆状金属。通上电源以后，电子话筒的屏幕上跃动出红色的字母。

"他们安装了新的库存管理系统，"他说，"因此不用每年闭馆一个月做手工盘存。你知道这是什么吗？"

他从购物袋里拿出的东西看上去像是电视天线和毛巾干燥器的混

合体。

"这是个无线电频率扫描器，"他说，"手稿的书脊上都贴有标签，这个扫描器每分钟可以读取五十张标签。"

他在第一个架子前一边走一边向我演示。电子屏幕上出现滚屏的文字，滚屏的速度很快，根本看不清具体的内容，我只知道是些编目号、标题和作者的信息。

"即便有这种仪器的帮助，"他说，"我还是用了两个星期才确证手稿的确在这儿。整整两周，加上小小一点运气。"说着他朝天花板上安装的白色塑料盒子点了点头。"那是常设的扫描器。不知是因为什么原因，它们和这里的安保系统有冲突，因此在问题解决之前，铁门一直会保持开启。"他看了我一眼。"对我们来说，这是很好的消息。但这也导致了不太好的另一方面。打开的铁门使无线电信号畅通无阻。第一次到这里的时候，我犯了个错，把一部手稿放到了过道另一边的架子上。常设的扫描器发现它移动到另一个架子上。保安在五分钟之内就赶来了。"

"你怎么应对的？"

"躲起来祷告。幸运的是，保安以为扫描器只是出故障了。从此以后，我总是遵循以下两条原则。一、只在手稿摆放的原处阅读手稿。二、戴上这种手套。"

他从购物袋里拿出一副硅胶手套。

"避免留下指纹吗？"我问他。

"不是你想的那样，"他眨眨眼说，"跟我来。"

乌戈的动作明显严谨了很多。他把购物袋留在一条过道的一端，从购物袋里拿出根酒精棉签清洁了下手，把硅胶手套戴在手上。

"是这里吗？"扫描器屏幕上出现了《四福音合参》时代埃德萨通行的古叙利亚语。这种语言和耶稣时代的阿拉姆语非常相像。

但乌戈却摇摇头，继续往架子深处走。"这里才是。"快走到头时他说。

扫描器屏幕上出现了古怪的字符。编目号应该出现的地方出现了一个拉丁语词汇"已损坏"。

"修复工坊把所有需要还原的手稿都放在这里，"他指着这里架子上的一百多份手稿说，"但工匠们根本没意识到这里竟然放着《四福音合参》的手稿。"

"你是如何找到正确的手稿的？"

乌戈不懂希腊语，更不可能读得懂古叙利亚语。

"阿列克斯神父，从希腊回来以后，我每天晚上都在这里度过。我只在白天睡觉。你现在所见的就是我这些天的日常生活。现在，我离证实二世纪时裹尸布存放在埃德萨只有这么远了，"——他捏起两根手指说——"如果有必要的话，我会找遍这里的每一份手稿。"说着他莞尔一笑。"幸好这个架子上的手稿贴着原先库存系统用精美拉丁文标注的全部索引。"

这番话使我大为激动。"我能碰碰它吗？"我问，"我会非常小心的。"

他没有回答，而是用训练有素的动作从架子上拿下插在众多手稿间的一份手稿，打开镀金的皮封面——封面中滑出一样项链盒大小的丑陋玩意，这件东西黑色凹陷的表面上布满了铁锈颜色的指甲印，让人很是恶心。我仔细一看，这就是手稿原本的书脊。图书管理员一直没把手稿的书脊插进起保护作用的皮封面。

"碰它之前，有些事必须让你知道，"他说，"我也是在发现这份手稿以后才知道了这件事。三百多年以前，教宗派几个神父在全世界范围内寻找最古老的《圣经》手稿。其中一个在埃及北部叙利亚人的修道院里找到了公元九世纪那里的修道院院长收集的《圣经》手稿。即便在九世纪时，这些手稿也算得上相当古老的了。现今，它们是已知留存时间最久的手稿。修道院院长在手稿上写了一行字：从修道院里拿走这些手稿的人将受到咒诅。阿瑟马尼神父不顾警告，拿走了这份手稿。回罗马的路上他的船在尼罗河里倾覆，一个同行的修道士在尼罗河里溺死。阿瑟玛尼神父付钱让人从水中捞出了手稿，但却需要付钱让人修复损坏，这部手稿于是被扔在书架上，逐渐被人遗忘了。"

"阿瑟玛尼的一个堂兄试图给手稿做份目录，刚开始不久就死了。后来，阿瑟玛尼家的另一个神父拿到了这份手稿，很快他在图书馆旁边的住所被烧毁了。目录被烧毁了，没人再编制这份目录。所以这些手稿没有任何记录，没人知道它们落在了此处。"

"乌戈，你为什么要告诉我们这些？"

"我幸运地找到了这份手稿，决定不相信那些迷信，但你有权做出自己的选择。"

"别荒唐了。"我是个教授现代福音理论的人，主张科学理性地阅读《圣经》，自然不会有半点犹豫。

他把古代的手稿放在两只手套之间。他一个手掌平托着手稿，另一只手掌微微抬起，让我看个清楚。手稿和手套连接处的橡胶呈现出暗红色。

"封面上留有污渍，这种污渍一旦沾染在皮肤上就很难擦掉，"他说，"快把手套戴上。"

他看着我把手套戴上手。然后像医生把幼小的彼得放在我的手臂上一样轻柔地把手稿放在我的手心。

我从来没见过这样的书。如同在海底发现的史前动物和现代生物大相径庭一样，这份手稿和现代的书完全不同。手稿的羊皮封面像书包翻盖一样环绕在整本手稿上，制作者显然想把手稿完全包住，对里面的纸张加以保护。一根类似于腰带的皮带绕手稿一圈，把书紧紧扣上。

我像给婴儿梳头一样小心翼翼地打开皮带。手稿里的纸张是灰色的，质地非常软。手稿中的古叙利亚语字母方方正正，少有圆角。文字右边是早已过世的梵蒂冈图书馆馆员书写的注释。

古叙利亚语经卷第八卷。

之后是确切的描述：

塔蒂安经卷合集（《四福音合参》）。

我突然感到一阵战栗。我手捧着早期基督教巨人把拿撒勒耶稣的宣教生活浓缩在一本书中的伟大创造。这本书把《马太福音》《马可福音》《路加福音》和《约翰福音》汇总在一起，形成了古代叙利亚教堂使用的完整福音集。

除了屋顶管道系统发出的排气声外，地下室里没有任何其他声音。但我的耳中却似乎出现了鲜血波动的嗡嗡声。

"封面是羊皮覆盖的莎草纸，"乌戈上气不接下气地紧张地说，"书里的纸张用的是羊皮纸。"

乌戈用一种不知是什么的工具翻过了第一页。

我喘了口气。纸张上都是水渍，字迹根本辨认不清。但第二页的水渍就少多了，第三页的字迹非常清晰。

"你没说错，"我告诉他，"的确是用两种语言写的。"

纸上出现了两列文字：左边一列是古叙利亚语，右边一列是希腊语。随着纸页的翻转，损坏似乎越来越小，紧密地连接在一起的大写字母组成了一行我能轻松转换成母语的希腊语文字。

ΕΓΕΝΕΤΟΡΗΜΑΘΕΟΥΕΠ II ΩΑΝΝΗΝΤΟΝΤΟΥΖΑΧΑΡΙΟΥ

"神的话临到撒迦利亚的儿子约翰身上，"我说，"这是《路加福音》的一节。"

乌戈看了我一眼，然后又把目光转回到书页上。他的眼里和我一样燃烧着希望之火。

"看下一行，"我说，"他明说，'我不是基督。'这一句却是来自于《约翰福音》。"

乌戈在口袋里摸索着什么东西，但似乎没有找到。他跑到行李袋那里，然后又气喘吁吁地拿着本笔记本跑回来了。

"阿列克斯神父，"他说，"这是和裹尸布有关的经文列表，我们需要核对一下。与裹尸布有关的内容首先出现在《马太福音》第二十七章的第五十九节。相对应的文字出现在《马可福音》……"

我还没来得及查考纸面上的文字，乌戈突然皱起眉头，不再说话了。他转过身，瞪着扫描仪的显示屏。

"怎么了？"

他竖起耳朵，远处传来微弱的声响。

过了一会儿他摇摇头说："气流而已，我们继续吧。"

当整一部《四福音合参》摆放在乌戈面前的时候，他怎么才能做到把精力集中在其中与裹尸布有关的少量章节呢？乌戈至少要用一个月甚至一整年，才可能学会手稿上的每一个古叙利亚语文字，把左右两列都读懂。

列表上有八段经文，这些经文我都烂熟于心，四福音——马太、马可、路加、约翰——都记录了耶稣被钉在十字架上以后尸体被包在亚麻布里的情况。《路加福音》和《约翰福音》还记载了耶稣复活以后，门徒在空空如也的坟墓旁发现裹尸布的事。但把四卷福音书融合成一个故事的《四福音合参》只记载了两件事：耶稣的埋葬和坟墓的重新被打开。

"乌戈，我遇到个问题，"我在发现了第一处注释以后说，"被霉菌腐蚀的地方太多了，一些字我认不出来。"

黑色的污渍模糊了字迹，使页面上的字难以辨认。我知道古老的手稿大多数被霉菌腐蚀过，但还没亲眼见过这种手稿。

乌戈想了想，然后平静地对我说："没关系，把霉菌刮下来就好。"

我瞪了他一眼。"我做不到，那会损坏手稿的。"

乌戈伸出手。"告诉我在哪儿，我来替你刮。"

我把手稿夺了过来。

他的火气上来了。"神父，你知道那个字是多么地宝贵吗？"

"你说的是什么字？"

他闭上眼，平复了下心情。"三部福音说耶稣被包在单数的一块亚麻布里，只有《约翰福音》上的'布'字使用了复数形式。"

"我不明白你的意思。"

他难以置信地看着我。"单数表示只有这么一块亚麻布，复数表示还有些别的东西。如果约翰的叙述没错的话，那其他三卷福音就犯了个天大的错误，你说是吗？书写合参书的人必须做出选择。如果他确实在埃德萨看见过裹尸布的话，他就会选单数的'布'。"

这个新发现使我有点猝不及防。"你是说我们是为了证明撰写《四福音合参》的时候裹尸布在埃德萨才来这里的吗？"

他晃了晃手上的经文列表。"八段与裹尸布有关的经文，《马太福音》《马可福音》和《路加福音》上有四段，另外四段都在《约翰福音》里，"他指着手稿对我说，"写下这本合参书的人……"

"你是说塔蒂安吗？"

"——我们必须破解这个谜题。他不可能单数复数都用。他选择的是哪一个呢？神父，我们的战斗开始了。勇敢地去面对吧。"

但霉菌就是刮不下来。"看看其他的注释吧，"我提议道，"比如说空墓地的注释。"

但那里的注释也被黑色的霉菌覆盖了。

乌戈从胸口的口袋里拿出一个小塑料袋。"我带来了棉签和溶剂，实在不行的话我们还可以用唾液。唾液里的酶也许能溶解霉菌。"

我把手放在他的手臂上。"快停下，不能这么干！"

"神父，我不是来让你阻……"

"把你的发现告诉馆长大主教。修复师会用正确的方式复原这份手稿。我们不必冒损坏手稿的风险。"

他被激怒了。"告诉馆长大主教吗？你说我可以相信你，可你现在却说出这种话！"

"乌戈，手稿一旦损坏就什么都没有了。这份手稿谁都无缘得见，永远无缘得见！"

"我不是让你来教训我的。西门神父说你有这方面……"

我把手稿举了起来。

"放下！"他高声大呼，"你会触发报警器的。"

手稿降到和视线平齐的位置时，我对乌戈说："把手电筒灯光斜打上去，也许能看得清霉菌下的字迹。"

他看了我一眼，然后拍拍口袋，从口袋里拿出一个小号的放大镜。"很好，用这个看吧。"

一百多年前，有本阿基米德撰写的失传很久的书在希腊的一个东正教女修道院被发现。一个中世纪的修道士刮去了羊皮纸上的墨迹，在原有的文字上面写上了一段祈祷词。但在适当角度的光亮下，原先的笔迹完全可以辨认得出。

"好，"我说，"手电筒打到这个角度正好。"

"你看见了什么？"

我眨眨眼，又仔细地看了一眼。

"你看见了什么?"他又重复问了一遍。

"乌戈……"

"你快说话啊!"

"这不是霉菌!"

"那这是什么?"

我眯了下眼睛。"那是刷的油漆。"

"你说什么?"

"是刷上去的油漆。有人已经发现了这份手稿,手稿上的一些内容被发现者用漆涂掉了。"

手稿上到处都是漆印。油漆覆盖的有词语、短句,甚至还有一整个章节。漆下的文字已经辨认不出了。

乌戈在震惊中轻声说:"你是说有人已经先于我们发现了这份手稿吗?"

我看着手稿上能够辨认出的文字,试图搞清看到了些什么。

> 约瑟放下耶稣的尸体。(黑色的油漆印)把它包在干净的亚麻布(黑色的油漆印)岩石中有个还没有埋过人的新坟。这是(黑色的油漆印)的预备日,到了安息日,(黑色的油漆印)他们埋他进去,在墓门前滚了颗巨石,然后便分开了。

"漆是谁涂上去的?"乌戈问。

我闭上眼睛。福音书的内容我记得非常清楚。把四卷福音的内容合在一起会是这样的一段文字:

> 约瑟放下耶稣的尸体。又有尼哥底母,就是先前夜里去见耶稣的,带着没药和沉香,约有一百斤前来。他们抱起耶稣的尸体,把它包在干净的亚麻布 / 亚麻布匹中。在耶稣被钉十字架的地方有个花园,花园的岩石中有个还没有埋过人的新坟。这是犹太人的预备日,到了安

息日，因为这个墓离得近，他们就埋他进去，在墓门前滚了颗巨石，然后便分开了。

被涂掉的部分包括埋尸用的香料，还包括了裹尸布、尼哥底母这两个名词。最诡异的是，"犹太人"这个词也被漆涂掉了。唯一弄不清的是"亚麻布"用的是单数还是复数：三卷福音书用的是"布"或"裹尸布"的希腊文复数形式，只有一卷用的是希腊文单数。

对于这些上了漆的文字，我只能想到一件事。

为了确认，我查看了这列文字的其他部分。

"乌戈，"我轻声问，"你知道这份手稿的年代有多久了吗？"

"估计产生于四到五世纪之间。"他说。

我摇摇头说："我觉得比那要久。"

他紧张地笑了笑。"你觉得有多久？"

我试图控制住双手的颤抖。"只有《约翰福音》提到了尼哥底母和埋尸时用的香料。最后那句话中的'犹太人'也是一样。所有被漆涂掉的地方都出自《约翰福音》。"

"这说明了什么？"

"那时的基督徒中有一伙人属于非道派，他们主张把《约翰福音》剔除出《圣经》。手稿上的漆应该是他们涂的。"

"这是好事还是坏事？"

"非道派存在于二世纪后期。这份手稿也许是世界上最完整最古老的福音手稿。"

他看上去非常失望。"涂掉的一定是复数的'布'，约翰福音用的就是复数。"这时他才意识到我刚才说了些什么。"抱歉，能重复一遍……"

"我说这也许是世界上最完整最古老……"

打断我话的时候，我才意识到他是多么困扰。

"不，我说的是前面一句。你说那些人想把《约翰福音》剔除出《圣经》。为什么这样说？"

"因为非道派觉得《约翰福音》和其他几卷福音不一样。《约翰福音》

的理论性比其他几卷福音书更强，相应历史方面的内容要薄弱一点。"

"历史的内容薄弱是什么意思？"

"要阐述清楚非常复杂，只是乌戈……"

"约翰用的是复数的'布'，其他三卷用的都是单数。你是想说《约翰福音》不能相信吗？"

"乌戈，我们必须把这份手稿的事情告诉馆长大主教，这份手稿不能一直藏在这儿。"

"如果《约翰福音》不可信的话，那所有关于裹尸布的福音见证就都得改变，是不是？"

我犹豫了。"可能吧，但并不是这么简单。其中有些规律，阅读福音书需要知道这些规律，需要经过训练。"

"那把规律教给我吧。"

我举起一只手，试图让他把节奏放慢下来。"你先得给我保证这份手稿的安全！"

他叹了口气说："神父，手稿当然会是安全的。但这份手稿是我发现的，我需要这份手稿。我不能把这份手稿放给过分小心的图书馆员。你知道，他们会把手稿……"

乌戈突然不说话了，他把头转向铁门，警觉地看着它。

"怎么了？"我轻声问。

然而，刻板的乌戈却并没有回答我的话。他看了看表，然后望向过道的远端。

我只能心烦地吐了口气。这时，远处传来比通气机嗡嗡声稍响的发动机轰鸣声。

是电梯在响。

"是我触发警报了吗？"我问乌戈。

但乌戈只是盯着手中的表，似乎被表欺骗了似的。

"我们怎么出去？"我问他，"这里有另一个出口吗？"

"别动。"

我窥探着架子中的空间。过了一会儿，我看见门边有人在动。

乌戈后退了一步。

你要去哪？我用口型问他。

他无声地把物品收回行李包，把行李包扛在肩上，视线一直没离开大门。

过了一会儿，书库门口传来人声。

"诺格拉博士，你出来吧。"

乌戈的手紧抓住行李袋。他跪下来，指着墙上的扫描器示意我别动。此时他却准备悄悄地溜走。

"我不会伤害你，"那个声音说，"教廷国务院派我来这里，我想知道你是来干什么的。"

声音越来越近。乌戈竖起三根手指，但我弄不懂他的意思。我合上手稿，准备把它放回到架子上。

"我们知道你在土耳其工作过，"人声继续着，来人离我只隔了几个架子，"我们知道安德鲁神父在帮你。我好几次跟他到了安卡拉的埃森博加机场。他是为我们工作的，我们有权知道他去哪儿。"

乌戈恐惧地瞪大了眼睛。他对我狂做着手势，让我别把手稿放回书架。他又一次竖起了手指，但这一次只竖起了两根手指。

这时我看见来人的轮廓了，来人穿着长袍的影子扫过过道口。

我朝铁门边走去，但乌戈却挥手示意我停下。他看了看表，伸手竖起一根手指。

恐惧占了上风。我飞快地把《四福音合参》放回原先放着的架子上，开始向门口走去。

看见我的行动以后，乌戈转过身朝放着《四福音合参》的架子冲了过去。"手稿！"他扯着嗓门喊，"我的手稿！"

喊声在书库里回荡着。人影转过身。这时，乌戈手表上的计时器停滞了。与此同时，计时器上没有了灯光。书库里黑暗一片。

"快跑！"乌戈大声嚷。

我在黑暗中朝门下发出微弱白光的应急灯疾奔。身后有什么东西倒了，外加上一连串脚步声，接着是刺破黑暗的尖叫。

警报器发出尖叫。

"快跑，"乌戈疾呼，"我拿到它了！"

我冲进门厅，向电梯跑了过去。当我上气不接下气地按下按钮的时候，乌戈带着《四福音合参》跑到电梯口。

"赶紧开门，"乌戈狂呼，"他马上要跟过来了！"

电梯门开了，我们冲进电梯。在门关上之前，我惊恐地瞪着电梯门外，期待看到追踪者的面容。

但书库静默无声，追踪者并没有跟上来。

电梯上升的时候，乌戈用手托着《四福音合参》的手稿，默默地闭上了眼睛。

"追我们的人是谁？"我问他。

"我不知道。"

"我们要让舅舅知道。"

警察已经在电梯的上一层等着了。我和乌戈被羁押起来。一小时之后，唐·迭戈才把我们接走。

"你们在图书馆地下室发现了什么？"卢西奥舅舅劈头就问。

回想当时的情况，乌戈的回答保住了我们的颜面。

"阁下，"乌戈把手稿放在卢西奥的桌子上，"我发现了第五福音，准备用它验证存放在都灵大教堂的耶稣裹尸布的真实性。"

我从来没见过舅舅这么快就消了火。"把情况再告诉我一些。"他说。

过了不久我们才听说了这个晚上第二件令人惊讶的事情：警察没在地下室里找到另外那个男人。

"那个人是谁？"我后来问过乌戈。

"我也想知道，"他说，"但我没见到他的面容。"

"但声音总听见了吧，他的声音你熟悉吗？"

乌戈皱起眉。"不很熟悉。没想到你先把这个问题提出来了，其实我还想问你这个问题呢！"

第九章

在卢西奥顶楼房间下来的电梯上,我回想起了出现在梵蒂冈图书馆地下室书库的那个神父。我很想知道舅舅为什么不肯在西门的帮助下圆满地结束这个展览,很想知道乌戈为什么要对展览的最后一部分保密。乌戈一定隐藏着不想为人知道的秘密。

彼得拽了拽我的长袍。"西门伯伯啥时候回来?"他稍带埋怨地问。

"我不知道,他要帮卢西奥舅公的忙。现在我们去家园宾馆办入住手续。"

"为什么要住宾馆?"

我猫下腰对他说:"彼得,我们无法回家。"

"因为警察在那儿吗?"

"生活和以前会稍稍有点不一样,明白了吗?"

不一样,他知道这是什么意思。一个替换"糟糕"的词汇。

家园宾馆是梵蒂冈唯一一家宾馆。教宗的客人和来自世界各地五年一次谒见教宗的大主教都住在这里。这里也是教宗的外交使节来来往往的中转之地。如果西门在梵蒂冈没有家,逗留时他也会住到家园宾馆。

宾馆呈现出阿米什教派提倡的简约。宾馆有六排大小相同的窗户,里面的一百多个房间比修道士的宿舍稍微大一点。宾馆的一面是梵蒂冈加油站,另一面是离宾馆一箭之隔的边境墙。约翰·保罗二世造的房子基本是这种风格。在纳粹德国占领的波兰铲过石灰石的教宗只需要带着四面墙和屋顶的房子就够了。

前台修女抱歉地告诉我们,因为预留的特殊区域的房间还没打扫干净,她不能让我们立即入住。她似乎不知道隔离宗教中的少数派在约翰·保罗二世时代已经过时了。我告诉她,我们只要住能住的房间就行了。打量了我的长袍和胡子以后她却说:"神父,你的意大利语非常棒!"

我只能在说出可能会让我感到遗憾的话语前带着彼得走出宾馆。

"我们现在去哪儿?"彼得问,"能去找点吃的吗?"

我没来得及跟彼得吃早餐。如果彼得吃过早餐的话,那也是索菲娅在列奥家里给他做的。

"待会儿就去,"我对彼得说,"我还有件重要的事情要做。"

我已经好几周没去乌戈那儿了。我们无言地站在公寓门前。彼得瞪着我,想知道我们为何不敲门。他没看见门上的撬痕,而我却看见了。

有人试图闯入乌戈的公寓,但乌戈在门上装了两把大锁。和我们家的房门不同,乌戈家的房门把闯入者挡在了外面。

我用乌戈给我的钥匙打开门,乌戈给我钥匙是为了让我在他去土耳其的时候给他看家。门一开,彼得就冲进了门,我跟在他后面急忙走进门。屋里没人,公寓里的布置和我上次来时完全一样。

"诺格拉博士,你在哪儿啊?"彼得用银铃般的声音高声喊道。

"他不在这儿,"我告诉彼得,"我们是来找他的东西的。"

彼得这里可以稍后再解释。我让彼得在我回来以前待在客厅里。我不知道自己现在是种什么感觉。

乌戈·诺格拉睡在一张东方屏风后面。他的这个临时卧房充满了在梵蒂冈看来略显古怪的悲痛气氛。教廷不鼓励神父拥有个人财产,因此大多数神职人员都住在毫无个人特征的公寓里,家具大部分是借来的,连城市里的神职人员也概莫能外。罗马天主教教会的神父就更糟了。墙上的照片没有妻儿,地板上没有散落的玩具和婴儿鞋,壁橱里没有五颜六色的外套和时常把衣橱门撞开的小伞。他们只能收藏剪报和旅游过的地方的明信片,或是在强制休假时去基督教圣地朝圣。乌戈是个平信徒,他的生活本不该这样。但一个人的秉性不看到他的卧室是很难知道的。

卧房里堆满了格拉巴酒的酒瓶。墙上的照片没有洋溢着家庭的幸福,都是些埃德萨遗址的照片,乌戈也没有站在遗址前。唯一印证有人曾经睡在这儿的是散落在桌上的几本书,桌子前的椅子横拉在外,好像有人敲门时他想赶紧去开门,然后马上再回来工作似的。我在书桌下看见了乌戈钢制保险柜的边角，在我跪下打开保险柜之前，一种熟悉的感情在我的心头荡漾开来。我闭上眼睛，想到了父亲。父亲和乌戈一样，在没完成自己的事业之前就离开了人世。

睁开眼睛以后，我看着乌戈挂在墙上的木板，木板上钉着他画的图。图案像墨丘利的节杖：两条环绕在一起的蛇形线条。一边的线条上写着"好牧人"，另一边的线条上写着"上帝的羔羊"，线条边各写着些福音注释。

他的话让我感到十分惆怅。《约翰福音》中第一次出现耶稣时把他称为"上帝的羔羊"，另三卷福音书都没这么称呼过耶稣，但意思却不言自明。摩西时代，上帝在埃及降下十个灾难之后，让犹太人奉献一只羊，把羊血涂在门框上标明这是个犹太人家庭，以躲避上帝对埃及全地的杀戮。到新约时代，上帝又用一头新的羊来拯救苍生，耶稣通过他的死拯救了人们。约翰用到了另一个隐喻。耶稣说："我是个好牧人，好牧人为他草场上的羊奉献一生"。另几卷福音书上也有牧人的比喻，牧人在寻找失落的小羊中得到快慰，但《约翰福音》中"好牧人"的比喻却有所不同。好牧人要以死拯救他的羊群。这幅图景是病态的，令人毛骨悚然。羊群和它们的牧者必须有其一死，好牧人以自己的死亡换来了羊群的得救。乌戈死前可能一直在想着"好牧人"，这对他来说似乎是个大大的凶兆。我想到了他给我发的电子邮件。乌戈向我求助，而我却辜负了他。

我听见彼得在厨房的冰箱里翻找食物，但无法叫他停下。我回忆起有次莫娜在老人病房的一个老人死后回到家里，她非常沮丧：不知为何，她为老人的死而责怪自己。责备的原因不是用错药就是照顾得不够好。但没人因为向莫娜求救遭到弃绝而丢掉性命。

我坐在乌戈的椅子上。这时突然传来声响，彼得在叫。

"怎么了？"我冲进厨房问他。

彼得不在厨房。

"彼得，"我大声咆哮，"你在什么地方？"

他的头从远处的一个屏风边钻了出来："快来看这儿！"

我跌跌撞撞地跑了过去。屏风后面是一扇正对西面俯瞰着图书馆院子的巨大窗户。彼得拿着乌戈的一块黄油站在窗户边。

"你在看什么？"我问他。

他指着地板，地板上有只小鸟正在啄彼得从冰箱里拿出来的黄油。我大吃了一惊。

"刚刚飞进来的小鸟。"彼得欢呼雀跃地说。

他在说谎。窗把手被扳到了反面，是彼得自己开的窗。

"关上窗，"我感觉有什么可怕的事临近了，于是训斥他，"别再做这种事了。"

这里离楼下的图书馆院子有三十多英尺，我极力避开这个念头。

"我没开。"彼得强硬地说。他踮起脚尖，高举手臂为自己辩护。他的确够不到窗把手。

这时我看见了彼得身后地板上的碎玻璃，窗把手后面的窗格玻璃被打碎了。

"是鸟干的吗？"我问。

但我已经知道了答案。

"不是，"彼得生气地说，"窗户早就破了。"

前门打不开，闯入者一定是从窗户里闯进来的。

我看了眼楼下的院子。院子离窗足有三十英尺。我不知道闯入者是如何爬上来的。

"待在这儿，"我告诉彼得，"别动任何东西。"

回到乌戈的卧房以后，我彻底明白了。书桌上的东西不是乌戈留在那儿的，书桌下面的椅子也不是乌戈拉出来的。

我跪在地上，看见了钢制保险柜上的撬痕。

但保险柜上没有被撬开。保险柜有一人多重，和地板锁在一起。

锁在地板上的保险柜使我想起了耶稣建立教会的经句。《马太福音》十六章十八节这么说："你是彼得，我要把我的教会建造在这磐石上，阴间的权柄不能胜过它。"尽管受到了连续的猛击，但构造精巧的保险柜并没有被损坏，合页也没有发出咯吱咯吱的声音。乌戈买这个保险柜是为了展览的福音书用的，保险柜也的确起到了保护的效果。

我用钥匙打开保险柜，里面的所有东西看上去都非常熟悉。两个月前，乌戈在土耳其陷入困境，他让我把不需要的手稿——零碎的手稿和残缺不全的手稿先给锁起来。但在其中我却发现了一样珍贵的东西——乌戈几乎到哪儿都带着的那本便宜的皮包笔记本。我想闯入者要找的大约就是这本附有乌戈注释的探宝日记吧。

打开笔记本，一张照片从笔记本里滑了出来。看到这张照片，我的心猛地一颤：照片上的男人躺在石头地板上，看上去已经死了。

死者是个神父。一个长着一只清澈绿眼睛满头黑发的罗马天主教神父。他的左眼上包着一块零钱袋似的隆起黑布，下巴上都是血。他的身体下面有块用我不认识的语言写的标语牌，像是有人把他推倒在这块标语牌上似的。绿眼睛中闪出的些许生气表示他没死，只是严重地受了伤，有人在照片背后写上了这样一句话：

小心你信任的人。

我感到一阵晕眩！

"彼得！"我嚷道。

我把照片放回日记本，从木板上取下乌戈画的图。

"彼得，我们走！"

我关上保险柜，锁上它，但却把日记本留在长袍里。我和彼得再也不会上这儿来了。

彼得在屏风的另一边等着我。"爸爸，怎么了？"他的手里依然拿着从冰箱里取出的黄油。

我用手臂抱起他，把他抱出门。我没把照片的事告诉他，更没告诉他我已经认出了照片里的神父。

一个不认识的男人正在楼下大堂里和警察说话。乌戈公寓门锁上的时候，这个男人朝楼上看了看，但我和彼得已经从另一侧的楼梯下楼了，老房子里总是藏着许多这种私密的楼梯。

"我们这是在干嘛？"彼得问我。

他年纪太小，不知道我走这里的楼梯是为了掩人耳目，但他知道事情不太对劲。

"我们要马上出去。"我告诉他。

旋转楼梯又黑又窄。在黑暗中，我突然又看到了照片上那个下巴上全是血的神父。我已经很多年没看见这张脸了。他是我父亲的助手米切尔·布莱克，又一个隶属于教廷国务院的神父。

彼得小声说了些什么。我只顾自己想事，没有让他重复说的话。

乌戈不是第一个遭到攻击的人，不知道米切尔是不是还活着。

彼得不耐烦地推了推我的胸膛。

"怎么了?"我问他。

"我一直在问你，为什么那个人在跟着我们?"

我惊呆了，这才听到了来自旋转楼梯上方的脚步声。

第十章

我开始两级楼梯一步朝下走，但跟在后面的脚步声也加快了。抱着彼得，我不可能走得很快。彼得紧抓着我的脖子，把头抵在我的喉咙口。

一个身影从黑暗中显现。跟踪者穿着平民装，个子和西门差不多。

"你是谁？"我不自觉地后退了一步。

他的眼睛在黑暗中闪着银光。

"神父，你去楼上的公寓干什么？"他用含糊不清的声音问我。

他的面容我一点也不熟悉。

"你为何跟着我们？"我问他。

"因为我接到的命令就是跟着你们。"

我又朝后退了几步。再退个十英尺就能被别人看到了。

跟踪者伸出双臂，抵着楼梯边上的墙问："你是安德鲁神父吗？"

彼得的身体在我的怀抱中突然一紧。我没回答来人的问题。

男人在口袋里翻找着什么东西，我继续往后退，接着我看见了两片金属月桂包围着梵蒂冈黄白亮色国旗的标志。

梵蒂冈警察的标志。

"我负责保护你的安全。"他说。

"你跟了我们多久？"

"你们一离开家园宾馆就跟上了。"

"为什么不穿制服？"

"因为阁下让我不要穿制服。"

这应该是卢西奥舅舅为彼得特地做的安排，卢西奥舅舅不想过分吓着他。

"告诉我你叫什么？"我说。

"马特里探员。"

"马特里探员，下次请穿上制服跟着我们。"

他磨了下牙。"是的，神父。"

"看着我们过夜的也是你吗？"

"神父，晚班是另外的人。"

"谁？"

"我不知道会派谁。"

"让他也穿上制服。"

"是的，神父。"

他似乎在等待我回答他方才提出的问题：我和彼得为何会出现在乌戈的公寓里。但在梵蒂冈，神父是不需要向警察多做解释的。我和彼得转过身，向满是光线的楼下走去。

我们在家园宾馆住四楼的套房。从来没住过宾馆的彼得问我："怎么就这么点大小？"这里没有厨房，没有客厅，也没有玩具。住在同一幢楼里的孩子告诉彼得宾馆跟天堂似的，但这里甚至连电视机都没有一个。

金属床框上挂着个简单的十字架，地板抛光得像教廷国务院神父的鞋一样光亮，映照出白色的墙面。这里没有为天主教神父放长袍的床头柜和衣帽架，只是在窗户下面安置了暖气片。窗户面对这幢古怪形状建筑的内院，院子里放着陶制的花箱以及花叶形状像绿色圣诞树的盆景。空气间弥漫着一股薰衣草的香味。

"跟着我们的人是谁？"彼得穿着鞋子跳上床，测试着床垫的厚度。

"是保卫我们安全的警察。"我告诉他。

没必要向他隐瞒，我们每时每刻都会有人保护。

"在这里就没事了吗？"彼得一边翻看着床头柜一边问我。

"警察局就在宾馆隔壁，马特里探员守在宾馆大堂里，这里的每个雇员都很关照客人。我们在这里非常安全。"

他皱眉看着最上面一格抽屉里的《圣经》。这是本四世纪印行的拉丁文《圣经》，罗马天主教徒认为最完美的一个版本。和这个宾馆一样，四世纪的拉丁文版本《圣经》被认为适合于世界各国的教徒。但彼得却叹了口气。他知道起初的福音书是用最早的通用语希腊文写的，希腊人对天主教的贡献总是容易被低估。

"我准备打电话给列奥，让他送来些食物。"我说。让列奥送食物可以避免去餐厅，又能使我们多出个同伴。"你想吃点什么？"

"伊沃披萨店的玛格丽特披萨。"他说。

"他不去拿外卖。"

彼得耸耸肩。"那什么都行。"

我留下彼得一个人看他还看不太懂的《圣经》，走到隔壁房间的小桌子前。给列奥打完电话以后，我振作起精神，下一个电话看来要打给西门了。

"是阿列克斯吗？"电话通了以后西门问我。

我就照直说了。"米切尔·布莱克怎么了？"

"你说什么？"

"我在乌戈的办公室看到张照片。布莱克还活着吗？"

"他当然还活着。"

"他们对他做了些什么？"

"阿列克斯，你不能去那儿，你应该待在安全的地方。"

"照片后面有句警告。为什么有人要警告乌戈？因为他办的展览吗？"

"我不知道。"

"他从没向你提及过这事吗？"

"没有。"

"西门，我想昨天晚上他并没有遭到抢劫。我觉得这一切都是相辅相成的。米切尔、乌戈和我家的遭遇都源于同一件事。为什么不把米切尔遭袭的事告诉我？"

他的沉默更长了。

"昨晚我在餐厅给你看乌戈的来信，你告诉我这封信什么问题都说明不了。"我说。

"因为那封信的确什么问题都说明不了。"

"这封信说明乌戈惹上了麻烦，他非常害怕。"

西门犹豫了。"之所以没把米切尔的事告诉你是因为我发誓不把这件事向外讲。昨天晚上我每时每刻都在想你家发生的事情，但就是想不明白。因此，我想让你置身事外，不想让你牵扯进来。"

我突然感到一阵重压，不自觉地扯了扯胡子。"你知道他惹上麻烦了吗？"

"阿列克斯，够了。"

我尽力克制住叫嚷的冲动，一把扔掉了电话。

发誓。他什么都没说是因为跟人发了个誓。

在愤怒中，我给教宗驻土耳其的外交办事处打了个电话。越洋电话很费钱，我告诉自己说话的时间尽量要短。

交换台的修女接了电话，我让她把电话替我转接给米切尔·布莱克。

"他出差了。"修女说。

"我从梵蒂冈打电话来，有重要的事情需要跟他交代。能把他的手机号告诉我吗？"

她没多想就把手机号码告诉了我。

打电话之前，我努力理了理思路。我和米切尔已经十来年没说过话了，我们之间有着很深的隔阂。裹尸布的碳同位素测试之后他背弃了我的父亲，他还对西门的擅离职守打过小报告。但米切尔曾经是父亲之外我最了解的神父，那时我非常信任他。打电话给米切尔时我试图把他还原到他以前留给我的印象。

"你好。"电话那头的声音说。

"是米切尔吗？"

"你是谁？"

"阿列克斯·安德鲁。"

电话那头沉默了很久，我怕他会就此挂断。

"米切尔，"我说，"如果可能的话，我想私下里跟你说点事。你现在在哪儿？"

他的声音和我记忆中的一模一样，尖利、发干而且很不耐烦，但原先明显的美式口音却被十来年的传教生涯磨没了，口气也远没有以前那样突兀。他似乎努力想把我打电话的原因拼凑在一起。

他一句话没说地听我说完了的照片的事。

"拜托了，"我说，"我想知道袭击你的是谁。"

"这……不关……你……的……事。"

最后我告诉他有人被杀了。

"你在说什么啊？"

我完全没想到，谈及乌戈会这么难。我想尽量做到简明扼要——我说乌戈是个展览的策展人，在为即将开始的展览没日没夜地工作——但他一定听出了我声音里的情感流露，一直没有说话。

"他是，"我说，"他是我的朋友。"

一刹那间，米切尔的口气软绵了一点。

"不管是谁干的，"米切尔说，"我希望警察能抓住他。"但接着他就变得粗鲁起来。"但我不准备谈自己身上发生的事，你找别人去问吧。"

我无法确定他有没有在影射什么。

"我已经问过了我哥哥，"我告诉他，"但西门说他发过誓不说这件事。"

米切尔干笑一声。两人中间或是有嫌隙，或是有旧怨，要不然就是他和我父亲之间有什么隔阂。

"我不在乎之前发生过什么……"我说。

他怒吼一声。"你不在乎就完了吗？我的眼眶被人打裂了，鼻子都被人打骨折了。"

"我是说我不在乎你和西门或者我父亲之间发生了什么事。我只想知道这事是谁干的。"

"你们这些人真是不可理喻！我倒不如和你父亲去谈呢！你们这些希腊人永远是受害者。把我的前途毁了的就是他！"

你们这些人，你们这些希腊人。我尽力抑制住自己的火气。

"快告诉我发生了什么。"

米切尔的呼吸粗重，我能清晰地听见他在电话那头发出的鼻息。"不能告诉你，我也发过誓。"

我灵机一动。"因为你发的誓，我那五岁的儿子天天无法在床上安枕。"

俗人才天天发誓呢！职业主教怎么会发誓保守秘密来掩饰自己的错误呢？

"不说就算了，"我对他说，"享受你的假期吧。"

我正要挂上电话，他突然对着电话大吼："我受够了！教廷驻土耳其的使节不让我回答任何人的问题，你却逼问我紧紧不放。如果你想知道发生了什么的话，去问你的教宗大人吧！"

我愣住了。"要问教宗吗？"

"是的，是他下的令。"

我万万没想到会是这个结果。这就是西门不肯告诉我的原因。他们发了誓，向至高无上的教宗发了誓。

我的心里很不舒服，教宗大人没有理由不让人谈论米切尔受袭的事啊！

"米切尔，我……"

话说到一半，米切尔就挂断了电话。

没过多久，门被敲响了。列奥拿着一篮子食物站在门口。

"一言不发站在这儿的人是谁啊？"他嘟哝着走进了房间。他说的是站在离门儿英尺处的马特里探员。

"是舅舅给我们找的保安。"

列奥还想说些不客气的话——瑞士卫兵和梵蒂冈警察是老对头了——但他管住了自己的嘴，没有再多话。他从篮子里拿出几个瓷盘对我说："我老婆给你们做的。"

我原以为他会从楼下随便拿些食物上来，没想到索菲娅亲自给我们做了饭。

"小伙子怎么样了？"列奥问我。

"他吓坏了。"

"他还在害怕吗？我还以为孩子都恢复得很快。"

做了父亲以后，让他吃惊的地方还有很多呢！

我拿着彼得的食物走进卧室，却发现他已经睡着了。我关上木制的百叶窗，让房间变暗。尽管秋天的下午不是很凉，但我还是在他身上盖了条床单。

"我们谈谈。"列奥递给我一盘食物轻声说。

刚一坐下，我的手机响了。电话那头的声音又粗又哑。

"阿列克斯，我是米切尔，我一直在考虑你刚才所说的那席话。"

他的声音比方才更紧张了。

"我不知道你已经有了儿子，"他说，"有些事我应该让你知道。"

"那就告诉我吧。"

"用教廷外火车站附近的付费电话打。"

"通话很安全，我用的是手机。"

梵蒂冈人对在公共线路上进行通话都非常担心，生怕通话被人窃听。教廷国务院的人根本不用电话，只进行面对面的交流。

"我不确定你安不安全，"他说，"去梵蒂冈火车站旁加油站广告牌边的公用电话，二十分钟以后我打给你。"

他说的地方就在宾馆后面，不用五分钟就能到那了。我转过身，用口型对列奥说："能和彼得一起待上几分钟吗？"

看到他点了点头，我对着话筒说："那好，我等你电话过来。"

加油站是个到处是喷漆墙和金属格栅的垃圾场。广告牌上画着的巨乳女人拿着个电话，正在为电话公司做宣传，对街的大垃圾桶半开着盖子瞪视着女人。从这儿我可以看见教廷墙内的宾馆外墙以及高高在上的圣彼得大教堂穹顶，但最吸引我眼球的却还是远处的铁轨。

我和西门过去很喜欢遥望在梵蒂冈火车站进出的货运列车。火车运的不是煤炭或小麦，而是梵蒂冈百货商店里出售的服装、卢西奥舅舅建筑工程的大理石以及送给远方国家传教士用的疫苗。我十二岁那年，圭多·加纳利试图从飞驰而过的火车上偷盒手表，却不慎踢翻了两摞纸板箱，被纸板箱压在下面。纸板箱上写着"教宗专用"四个字，其他孩子不敢把箱子从圭多身上抬起来，甚至连碰它一碰都不敢。最后西门把这些每个一百磅重的纸板箱都抬了起来。货在梵蒂冈火车站卸下以后，我们才发现纸板箱里装的是西西里某个修道院送给约翰·保罗二世的红橙。圭多差点被橙子压死了。

我不知道那天晚上的西门是否仅仅是出于我的想象，或者教廷驻外使节的身份是否使他丧失了自我。誓言对任何一个天主教徒来说都是相当有分量的，违背誓言会在教廷内部受到处罚，但连米切尔·布莱克这种人也有违背誓言的胆量。

米切尔是我们家的犹大——至少在西门眼里是如此。十六年前，米切尔和我爸爸去都灵，见证了裹尸布碳同位素测试结果的揭晓，赝品的结果出来以后，我爸爸大失所望地离开了都灵。八星期过后爸爸就死了，他死了没几天，米切尔就辞去职位，写信给我家说我们相信教派合一的念头非常可笑。东正教把所有错误都推在我们身上，只想为几百年前结下的旧怨复仇。米切尔想知道为什么父亲想推动天主教会和把东仪天主教徒——东仪天主教徒在大多数东正教国家的比例都不高——看成异教徒和变节者的三亿东正教徒重新联合在一起。很快，米切尔就在约翰·保罗二世的副手博伊亚大主教那里找到了新职。

米切尔开始给博伊亚大主教工作的时候，博伊亚大主教正要抑制约翰·保罗二世和东正教会的接触，米切尔正好能以凶神恶煞般的形象为他服务——博伊亚大主教派米切尔恐吓有心交好的两派教众，在双方教会之间制造误解，破坏业已建立的友好关系。在没人敢公开违抗教宗的教廷，米切尔通过玩弄手段忤逆着他的意志。他故意挑起与东正教大主教之间的争斗，对东正教进行公开诋毁，利用接受采访的机会发表一些加深隔阂的讲话。对西门来说，这是彻彻底底的背叛。西门不相信信仰有时会导致世界观的完全改变，不相信有人会故意走向事情的另一面来弥补自己在某件事上的后悔。撒旦，退去吧！[1]

我记忆中的米切尔却不是这个样子。和大多数穿着紧身长袍的天主教

---

[1] 耶稣斥责门徒彼得的话。让彼得要思念神的事，而不是人的事。

神父不同，这个年轻的美国神父喜欢穿短袖神父衬衫和便宜的拉裆领。他戴着块显示式电子表，脚上踏着双黑色的耐克高帮鞋，显得非常时尚。碳同位素测试的两年之前，米切尔曾带我和西门去罗马的西班牙台阶广场参加意大利第一家麦当劳的开幕仪式。

身后的公用电话响了，我转身抓住话筒。这时我发现有个男人正站在临街的街角看着我。

我退后一步，但对方却向我举起了手。

是马特里警员。我根本没注意到他从家园宾馆跟到了这里。米切尔没说错，我的安全意识还是太淡薄了。

我拿起话筒。"是米切尔吗？"

"你现在一个人吗？"

我迟疑了片刻。"是的。"

"在告诉你这些事之前，我必须先向你声明，如果你跟人说我和你谈过，那他们就又会追上我了。"

我想起了在乌戈公寓看到的那些照片。"我理解，我只是想保证彼得平安无事。"

他低下声音，朝话筒长呼了一口气。"没想到你竟然有了自己的孩子，我开始和你父亲共事时你还只有七岁。"

不能说是"共事"，我琢磨着。但他的话音里有些打动我的地方。爸爸第一次带米切尔到我家，把他介绍给我们的时候，米切尔给了我一本刻有我名字的《圣经》。他错以为东仪天主教徒和罗马天主教徒一样在七岁时第一次领圣餐呢！

"你用你父亲的名字为他取名了吗？"他问我。

"没，用了西门的名字。"

米切尔的热情消失了，他很快转移了话题。

"说正事吧，"他说，"我想告诉你的是，我见过那个策展人，那个刚刚被杀的策展人。"

他的话让我猝不及防。"你是说乌戈吗？"

"他到教廷驻土耳其的办事处找你哥哥，我只见过他一两次，然而打破我鼻子的人却觉得我认识他。他们威胁我，他们想知道他干了些什么。"

"这……这完全不可能。"

米切尔沉默了，像是以为我在质疑他似的。

我问他："他们对你说了些什么？"

"他们说乌戈正在准备一个有关耶稣裹尸布的展览，这是真的吗？"

"是的。"

米切尔不说话了。也许他对裹尸布多年后的重出江湖感到惊奇，也许和夏天在报纸上了解到有这么个展览的人一样，他认为乌戈的展览是关于《四福音合参》。

"他们对这个展览说了些什么吗？"

"他们说诺格拉藏匿了他找到的东西，想知道那是啥东西。"

"他没有藏匿任何东西。你是怎么告诉他们的？"

"让他们找你哥哥去，这种事只有你哥哥知道。"

我咬紧牙关。"你就这样把他给卖了吗？"

"他和诺格拉可亲密呢！"

"米切尔，和乌戈一起工作的人是我。西门什么都不知道。米切尔，折磨你的人是谁？"

"是些神父。"

"怎么会是神父呢？"

我从没认真想过神职人员犯下如此罪行的可能性。

"是不留胡子的罗马天主教神父，"他说，"我想这会是你的下一个问题，就先替你答出来了。他们从我离开教廷驻土耳其的办事处以后就一直跟着我。"

我几乎把全部线索都漏过去了。我试着探索冈多菲堡杀人事件、家门被闯事件和米切尔神父遇袭事件的原因，却任何线索都没得到。罗马没几个人知道乌戈在谋划些什么，一千多公里以外的神父们又怎么会知道呢？我百思不得其解。

"逮住疑犯了吗？"

"教廷国务院的相关部门做了些调查，但没什么结果。"

　　我原本以为谋杀和闯入都是一人所为，这几起事件是一个人做的连环案。现在我怀疑这几起事件是两个或两个以上的人合伙干的。事实也证明了这一点，后两起袭击时间间隔得非常近。

　　"他们怎么知道去哪儿找你呢？"我问他。

　　米切尔犹豫了一下。"我想他们也是这样找到你的。威胁某人，直到对方把我们的住所透露出来。"

　　"你这是什么意思？"

　　他嗓音沙哑地说："我想你应该知道我这是什么意思。"

　　我的心头蒙上了一层阴影。"你告诉他们我住在哪儿了吗？"

　　"听着，阿列克斯……"

　　"我儿子差点被杀了！"

　　"我原本也会被杀了的！"他咆哮道。

　　"你会被他们杀掉，于是你就让他们去猎杀西门了吗？甚至把到哪儿找他也告诉他们了吗？"

　　"在那种情形下怎么可能不说啊！再说他们早就知道你哥哥的事了。他们正是从你哥哥周末的梵蒂冈之旅中知道诺格拉这个人的。"

　　我感到一阵恶心。这通电话的用意已经非常清楚了。米切尔在挂断了我的电话之后再来电话是因为心里有罪恶感。他向上头的人报告西门上班开小差，从而给有意追踪西门的人提供了书面上的依据。

　　"别把西门牵扯进来。"我尽力抑制着自己的火气。爸爸常常说米切尔很容易生气。"他只是在帮助乌戈。"

　　米切尔似乎没想到打小报告会引火上身。那伙人把他当成了追踪乌戈的跳板。

　　可米切尔却发出了怒吼。"帮助诺格拉？西门是这么对你说的吗？"他讽刺地笑了笑。"那家伙真是个人才，将来一定大有可为。阿列克斯，你哥哥一直在骗你。他欺骗了所有的人。西门私下里邀请了他的一些东正教朋友到意大利参加裹尸布的展览。"

　　我惊呆了。"这不可能是真的，你为何会那样想？"

　　"我已经说得够多了，"他清了清喉咙，"去找你哥哥谈吧，余下的问题去他那儿找答案。"

我震惊得完全说不出话来。

"另外，好好保护你儿子，"他补充道，"在我看来，他们是一群不达目的誓不罢休的人。"

"好的，谢谢你，"我对他说，"谢谢你回电话给我。"

"没事。你有我的电话号码吗?"

"我有你的号码。"

"如果西门告诉你一些我不知道的事，打电话让我知道，我也需要知道这些答案。"

我没接话。

"如果有什么需要，尽管打电话给我。"

他一定觉得西门靠不住。

"米切尔，我们会好起来的。"

"我也希望你们会尽快好起来。"他说。

第十一章

回到家园宾馆后列奥一见我就说："你舅舅没开玩笑。"他指了指门，"马特里一跟着你出去，代班的警察就来了。"

两个警察正在过道里和一个从楼上下来的修女交涉着什么。

我走出房门。"出什么事了？"

"没事，"马特里答道，"这是值夜班的冯塔纳探员。"

修女浑身上下打量着我："神父，如果每个客人都有两个贴身保镖那就麻烦了，没有他们这里也很安全。"

"我的情况和其他客人不一样。"我只得这么说。

"我听说了你的情况，"修女说，"这里已经做好了一切防备措施。"

我不知该怎么跟她说，但马特里知道。

"修女，这话你跟你的上级去说，命令有变我们才能走。"

回房以后，我发现列奥正在匆忙地收拾着他带来的碗碟。

"索菲娅发短信说一小时后要去医院做预检，"他告诉我，"通话进行得怎么样？"

"很不错。"

"想告诉我些什么吗？"

我想多告诉他一些通话的内容，但我向米切尔发过誓。"现在还不是时候。"

"我明天早上再来，"他说，"在那之前有什么需要的话，尽管给我来电话好了。"

我谢了他，在他离开后拴上了门锁，然后踮着脚走进卧室，坐在彼得床边。

他像个小火炉似的沉睡着。他的前额粉红，额头上都是汗水。他的嘴巴张成椭圆形，所有的精力都集中在呼气吸气上。他已经精疲力竭了。我低估了整件事对他造成的影响。

我思考着米切尔在电话里说的话：袭击他的那些人都是神父。太荒唐了。神职人员只有对其他教派或信仰其他宗教的人才会使用暴力。去年圣诞节伯利恒的论战就发生在亚美尼亚人和希腊人之间。以前，土耳其的神父遭到过暴虐的对待，但对他们施暴的只有穆斯林。

但天主教神父的确可以在这儿和冈多菲堡畅行无阻，可以神不知鬼不觉地闯入我家。都灵的神父们也许注意到裹尸布运离了都灵的教堂，正四处追寻着裹尸布的踪迹。米切尔所述最令人震惊的事实是袭击他的神父们正在寻找与乌戈展览有关的信息，他们声称乌戈藏匿了什么东西。借助一个简单的方法能解答这些问题：查阅乌戈的探索日志。

日志以放在封皮内一封写给梵蒂冈博物馆所有策展员的信为起点。

鉴于博物馆门票收入对城邦经济的重要性，枢机主教要求全体策展员提交三份包括预算需求在内的新展览建议书。请策展员六天之内把建议书交到馆长那里，同时复印一份交给大主教阁下。

信上标注的日期在十八个月之前。之后便是乌戈日志的正文部分，正文起始是乌戈手写的标题：展览的设想。他的设想里提到了中世纪早期的手稿、近古时期与基督教有关的涂鸦以及拜占庭帝国基督肖像画的演变。两个星期后他才第一次对碳同位素测试提出了问题。他在页面最下方写下了带有下划线的十四个字：可以重新证明裹尸布的真实性吗？

下一页是裹尸布的草图，尽管画得很仓促，但有圆圈标明了破损的具体位置，旁边还标注了相关的福音内容：受鞭打、遭刑罚，戴上荆棘王冠，被矛刺伤。一星期后，乌戈私下里向卢西奥舅舅提出了展览裹尸布的建议。他们的会面似乎对乌戈的研究起到了令人震惊的影响。世界上最不会鼓动人的舅舅不知用何种方法激励起了乌戈的斗志。他的日志写得更长，科学性也更强了。会面之后，乌戈的日志发生了奇怪的变化。

没有加以解释，乌戈用两页的说明提到了另外一些书。《多玛斯福音》《腓力福音》《雅各的秘密之书》。这些福音书没有被《圣经》收录在内，不被基督徒认可。尽管乌戈没有解释他为什么要引用这些书籍，但从字里行间完全能明白做这些引用的用意。舅舅对乌戈的点子表示出兴趣，《圣经》里的福音书却把他领入了死胡同，有关裹尸布的章节没有对乌戈起到半点帮助。乌戈只能撒出更大的网，用各种法子探索裹尸布公元三十三年之后离开耶路撒冷后的去向。之后十天，乌戈在日志上什么都没写。接着，我吃惊地在日志上读到了如下的这段内容：

> 今天我认识了一个自称知晓裹尸布在耶稣被钉十字架后被带到了哪儿的东正教学者。他说在古代拜占庭城市埃德萨有一种神秘的与裹尸布有关的传统。尽管我很疑惑，但明天还是会和介绍我认识他的神父见面。我无法说不，因为这个神父是阁下的外甥。

阁下的外甥。
他说的是西门。
我抬起眼，内心像关在窗户里的苍蝇似的产生了一种憎恶而又有些滑稽的感觉。什么地方似乎有点不太对劲。
下一节有段非常清楚的描述。

> 他是教廷神父中的精英：英俊，长着一双蓝色的眼睛，待人接物非常优雅，身材高大瘦削。他对我的展览表现得很热心，看得出对展览抱有着私下里的兴趣。他希望明天晚上和我共用晚餐，我无法推脱这个邀约。

这是两位未来好友之间别别扭扭的第一次见面。
但我第一次去乌戈公寓的时候，他和西门却编造了一个梵蒂冈策展人在土耳其沙漠里病倒而被一个教廷驻外神父所救的故事。根据日志的记载，他们在九个月之前就认识了。
乌戈和西门在他们相识的经过上撒了谎。
我把日志放在胸膛上，感到非常恼火。他们没必要向我隐瞒任何事。

他们的叙述的确非常蹊跷。乌戈向我描述这件事时，西门的表现非常畏缩。乌戈描述的多半是事实——在沙漠里中暑和眼镜的破碎都有据可查——但即便他们在沙漠中真的见过，那也不会是他们的第一次见面。为什么要做选择性记忆呢？为什么要故意规避一些事实呢？

我重新打开手里的日志，乌戈第一次道出了举办裹尸布展览的目的。

> 耶稣的门徒找到了裹尸布，把它带到了埃德萨，那里的国王曾邀请耶稣去探望他。

此时的乌戈却还是满怀疑惑。

> 这些东正教徒真的相信这个中世纪的传说吗？他们相信基督教最珍贵的宝物真的在拜占庭这个名不见经传的小城保存了这么多个世纪吗？

乌戈似乎没有意识到这个问题本身就具有讽刺的意味。一千多年以后，裹尸布正是在法国同样一个名不见经传的村庄被人发现的。和制造者一样，裹尸布从不急于在大城市现身。

乌戈接着写道：

> 和安德鲁再次共进了晚餐。我把我的疑惑直截了当地向他提出。不出所料：其中果然有政治上的因素。他甚至没有费力加以否认。他完全不在乎裹尸布是从哪儿来的，只关心如何对它加以利用。他说，如果裹尸布的过去能公之于世的话，裹尸布就能成为所有基督徒的战斗旗帜，成为天主教会与其他教派修好的垫脚石。

我被刺痛了。短短的这几句话揭露了西门的实质：诚实待人；不施诡计；认为基督教的未来危在旦夕，并为此急切不已。我哥哥向来以诚实著称——因此我很难理解他为何与乌戈一起把事实真相瞒了我好几个月。让裹尸布成为天主教会与其他教派修好的垫脚石。米切尔说得没错，西门帮助策展的目的就是为了与东正教修好。他也许觉得完成十六年前父亲在都灵未竟的事业是个难以抵挡的诱惑。

乌戈的日志中还有这句话：

> 他完全不在乎裹尸布从哪来，只关心如何对它加以利用。

米切尔·布莱克说袭击他的神父们认为乌戈发现了什么东西，想知道乌戈发现了什么。我往后翻了几页，查找乌戈给我最后一封邮件那时的日志内容。

我在日志接近末尾的地方找到了这部分内容，相比于前半部分，这部分变得简洁而正式了。乌戈的身心似乎完全被《四福音合参》所占据。发邮件前一周，日志上出现了一个熟悉的图表，图表上列出了几段相互联系的福音经文，经文后面是我一直在寻找着的线索，但这个线索却完全叫人摸不透。

> 西门神父一定把事情的来龙去脉告诉了阿列克斯神父，他们都不肯回复我。我又是一个人了。我想他们应该很乐于见到展览在十字军东征时代告终吧。

当天的日记以这段话告终，纸页上留下了大块的空白。但"十字军东征"这个词已经足以说明问题。结合《四福音合参》，我只能想到一件事。

十字军东征过后，耶稣裹尸布第一次出现在了西方，令人难以理解地在中世纪的法国现身。它是从哪儿来的呢？在乌戈看来，答案显而易见：埃德萨。他相信，裹尸布和《四福音合参》最初都出自于这座城市。连续几个世纪，中东的基督徒和穆斯林一直在争夺着埃德萨的控制权。但在第一次十字军东征末期，一件出人意料的事发生了：埃德萨落入了来自于西方的天主教骑士之手。埃德萨成了第一个被十字军占领的城邦。十字军统治不到五十年，埃德萨又落入了穆斯林之手。但在溃退之前，天主教骑士把所有珍贵的宝物打上包，带回了西方——也就是说，裹尸布和《四福音合参》一起搭上了西行的航船。如果乌戈在梵蒂冈图书馆发现了《四福音合参》的运送记录，他一定会发现裹尸布也是搭同一班轮船回来的。这样一来，裹尸布在中世纪法国出现的理由就明了了：裹尸布在十字军东征期间来自于埃德萨。

连我都为这种可能性而激动不已——为围绕着这块裹尸布的最大的一个谜团有了合理的解释而激动不已。但同时又感到非常恼火，乌戈也许根本没意识到他的问题带来了一个新的更为黑暗的问题。

如果他能证明裹尸布确实是十字军东征以后被劫掠到西方的，那这就牵扯到了几个世纪以前发生的一场激烈的宗教战争。穆斯林第一次占领埃德萨这座基督教城市以后，罗马天主教和东正教联合在了一起——但在十字军东征时却又分裂了。这意味着裹尸布曾经短暂地落入到了穆斯林的手里。不过重新夺取埃德萨的是天主教的骑士，而裹尸布最终又出现在了天主教法国。东正教徒拥有裹尸布的理由和天主教徒一样充分——但他们却什么都没得到。

乌戈死后，我第一次感觉到迫近了他的死因。宗教遗物是教派关系中的一个焦点。约翰·保罗二世不止一次想通过归还据说被天主教徒偷窃的使徒遗骨平息东正教徒的敌意。如果对乌戈的发现判断没错的话，他的发现将掀起天主教会和东正教会之间的裹尸布监管权之争，东正教徒将会为天主教会对裹尸布的强占怀怨在心，认为我们去了不属于我们的地方，拿了不属于我们的东西。把东正教转变成东方天主教的企图只是在走把裹尸布和《四福音合参》带到西方的十字军的老路——他们只是成了贪婪的罗马天主教会的下一个猎物。一些天主教徒自然会反对公开裹尸布，更别说把它拿出来展览了。

也许乌戈故意给我编了个故事：他说《四福音合参》来自被诅咒的埃及修道士带到梵蒂冈的众多手稿之中。现在我觉得这个故事和他在荒漠中第一次遇见西门的说法相同，是因为不确信我能接受这个难以接受的事实，不想让我卷入围绕着耶稣裹尸布产生的是是非非。

我合上日志，把它叠上塞进长袍。楼下宾馆的小花园里，一个东仪天主教神父正独自坐在长凳上。三个罗马天主教父说着话从他身边经过，像对待盆栽植物一样对他置之不理。我看了他一会儿，然后关上了窗。这时我想起家里曾被破门而入，连忙反锁上了门。我把收音机调到民用波段，收听前一天的超级杯球赛。我缩进彼得在床的一边留给我的塞牙缝的地方，闭上眼，聆听着赛事双方的你来我往，试图从纷扰的现实中摆脱出来，假装自己能全然脱身于尘世。

在漆黑的夜里，我被一阵尖叫声惊醒。

彼得身体僵直地坐在床上，盯着黑暗里的什么东西。

"怎么了？"我问他，"你怎么了？"

"他在这儿！"彼得尖叫道，"他在这儿！"

我把他抱进怀里护着他，另一只手在黑暗中胡乱挥舞。

"在哪儿？"

"我看见了他的脸，我看见了！"

声音来自门后面，来自外面的房间。

"嘘！"我使劲把彼得往胳膊肘里拉。

门紧闭着，被反锁得好好的。

"神父！"外面房间传来的声音说，"卧室里怎么了？"

"警察在外面的房间里，"我轻声对彼得说，"彼得，你只是在做噩梦而已，卧室里没有其他人。"

可彼得抖得很厉害，他害怕极了。

"你自己看吧。"我打开了床头柜上的灯。

卧室没有被人翻动过。冯塔纳探员开始敲起卧室的门来。

"神父！快开门啊！"

我摇摇晃晃走出门，彼得紧紧依偎着我。开门以后，我看见冯塔纳探员利索地把手伸向了屁股后面的枪套。

"噩梦，"我告诉冯塔纳探员，"他只是做了个噩梦而已。"

冯塔纳并没有看着我，而是把目光投向了我的身后。他走进卧室，查看了一番以后才说出一番安慰彼得的话，又退了出去。

"神父，一切安然无恙，这里非常安全。"

我亲了亲彼得的前额。重新关上卧室的门。这时我听见冯塔纳探员对着对讲机在说："派个人来复查一下宾馆的花园。"

半小时以后，彼得终于又睡着了。他靠在我身上，我抚摸着他的头，没有把灯关上。在家的时候，我给彼得读书以驱散噩梦，书里讲的是躲过了雷电的一只乌龟。但那本书没带来宾馆，我只能轻轻地抚摸着彼得的鼻梁，给他唱了一首歌。我一边唱歌，一边思索着米切尔·布莱克的话到底对不对。

"也许我们应该去度个假。"我大声说。

他点了点头。"去美国吗？"他睡意蒙眬地说。

"去安齐奥怎么样？"

安齐奥是罗马以南三十英里的一处海滩。我已经存够了钱，足够我们在那儿玩上两三天了。我一直在打算和彼得去那儿好好玩玩。彼得很快要上小学，能好好玩的日子已经不多了。

"我想回家。"彼得对我说。

楼下花园里手电筒的灯光透过百叶窗直射进来，我依稀听见了几声警方电台的"嘶嘶"响。

"彼得，我知道，"我小声说，"我知道。"

第十二章

我也没做什么好梦，我的梦里都是乌戈。

当我们在梵蒂冈图书馆共度了那一夜以后，我们曾经走得非常近，我差点把我和乌戈之间的关系误认为是友情。图书馆地下室之行的隔天早晨，我们一起向卢西奥舅舅解释了我们的发现。我们本应把发现告诉馆长大主教，但卢西奥舅舅不想让馆长知道乌戈做了些什么，更别提让他染指那些手稿了。所有替教廷工作的人必须在九十五条道德规范下签字，图书馆的馆员更是要对教廷的财产守护有加。舅舅想办个能赚钱的展览，自然不会让馆长知道这个发现。唯一让我猜不透的是他还会做些什么。

教廷对《四福音合参》的发现没有发表任何公告，乌戈通过积极游说，没有让教廷发出公告。但在和舅舅见面的四十八个小时之后，罗马的报纸上出现了这样一篇文章：梵蒂冈图书馆发现第五福音。之后的星期五，罗马的三张报纸转载了这篇文章。周末，我们发现这条新闻被印上了《共和国报》的中缝。之后各大电视台开始打电话过来。

神父们低估了平信徒对耶稣的廉价热情。我们中的大多数人并不看好新福音的前景。以色列的每个洞穴里似乎都藏有一卷福音书，这些福音书不是在公元后的好几个世纪由一些持异端邪说的小教派所臆造，就是为了出风头而假造的赝品。但《四福音合参》却完全不一样，这个古老版本的手稿出自正统，而且非常有名，由于历代教宗几个世纪以来的努力保护而非常完整。卢西奥预见到这是个教廷内人人都想诉说的故事，他把诉说这个故事的权力赋予了乌戈一人。

教宗的随从里一定有人不假思索地把《四福音合参》的保管权交给了乌戈，因此前前后后的安排让馆长大主教非常恼火。乌戈把手稿藏在了图书馆修复员移除神秘污垢的修复工作室中，他怎么会不生气呢？这是一本人人都想了解却又不能得见的书。图书馆的馆员们对记者抱怨这本书也许根本不存在，整件事只是个噱头。作为反击，乌戈放出了一张手稿的照片。熟悉手稿笔迹的人看过照片以后，宣称这份手稿是真实的。欧洲主要报纸转发了这张照片，事态瞬间加剧起来。

过度的关注吓坏了乌戈。他知道《四福音合参》也许是验证裹尸布真实性的关键之所在，是展览的一块牢固基石，但现在它却成为了展览顺利举办的一个威胁。裹尸布等了十六年才得到正名的机会，现在却被它的配角遮去了光芒。乌戈认为《四福音合参》和展览的其他部分一样都是他的私有物，于是决定纠正这个错误。他想运用各种手段阻挠人们对《四福音合参》的关注，想扑灭人们心头的火焰。这在当时看来似乎是合理的，但他忘了，没有什么比梵蒂冈的沉默更能撩起公众对宗教的热情了。

我和彼得在盛夏走过罗马的街道，听着平信徒热情洋溢地谈论《四福音合参》的事情。梵蒂冈封锁消息是对的吗？教会的遗产不是属于我们大家的吗？退一步说，《四福音合参》有什么必要藏着掖着的呢？左派小报抓住了这个机会，把《四福音合参》的消息大书特书。他们使出了惯常的阴谋论，指出《四福音合参》也许隐藏着什么秘密。他们说耶稣可能是个已婚的男人，可能是个同性恋，甚至有可能是个女人。小报引用世俗大学一位教授的话，说《四福音合参》中没有点明耶稣在死后复活的事。后来这位教授澄清了这一点，他说他指的是《马可福音》，而不是《四福音合参》，《马可福音》的早期版本的确没有讲述耶稣复活的事情。

事态愈演愈烈。最终四十位《圣经》学者写公开信给约翰·保罗二世，要求让他们辨明《四福音合参》的真伪。善于应变的卢西奥舅舅在越来越大的公众压力下放出了大招，他宣布《四福音合参》将在乌戈的展览会上首次展出。第二天，预售票的收入增长了三倍。

乌戈非常狂躁。我对他说，让新的一卷福音和裹尸布并列在一起没什么好羞耻的——毕竟，他们的来历很相近，都来自于一世纪的耶路撒冷。可乌戈对《四福音合参》的兴趣远比我低，他对《四福音合参》横插进来感到十分恼火。他对我埋怨，这次展览会不仅要挽回裹尸布的名誉，而且要向世界展示它产生时所在的古代基督教等级社会。"《四福音合参》不是基督的见证，只有裹尸布拥有这份荣耀。如果地球上的每个教堂都有一本福音和一张裹尸布照片的话，裹尸布照片的地位肯定在福音书之上。阿列克斯神父，我对你感到非常惊讶，你竟然把裹尸布和《四福音合参》这种东西相提并论。让二手人造的福音和神赐的裹尸布在同一个展览上亮相简直是对上帝的侮辱。"

他自己都被这个念头吓坏了，他很怕由于自己的错误，让裹尸布遭受背叛。这时我才理解到他对裹尸布父亲般的保护。尽管没他这种感觉，但我很清楚这种感情所具有的分量。不幸的是，这种差别使我看到了乌戈以前从没暴露的另一面。在他眼中，我对《四福音合参》的热情使我成了背叛者。一天他在食堂抓住我的长袍大骂了我一顿。

"如果你没拽着我的胳膊到你舅舅那里告诉他手稿的事情，"他咆哮道，"这种事根本不会发生！"

"我们做了正确的选择。"我告诉他。

他转过身，背对着我说："我想我们不可能再在一起工作了，我会另找人教我福音。"

我非常巧合地在手稿修复工作室旁的书房里遇见了乌戈和他的新老师，两人捧着本《圣经》认真地在研读。他的新老师是个名叫波帕的神父。波帕穿着件东欧式样的长袍。我不认识他，只知道他来自于罗马尼亚，罗马有五万罗马尼亚人，我猜测他应该是个东仪天主教的神父，但他却是个东正教神父。在福音学界，两者的区别很大。

"神父，"我听见乌戈在说，"我们应该看下葬和裹尸布的章节。我知道前面的部分很重要，但我只对裹尸布感兴趣。"

"你难道没看出来吗？"波帕问他，"这两部分是紧密联系在一起的。耶稣的降生预示着他的重生和复活。福音的前面部分还叙述了礼拜和早期教会的起……"

"神父，我对它们的起源没有任何兴趣，"乌戈说，"我只想知道公元三十三年发生了什么事。"

波帕很会与人打交道，一笑起来嘴唇下面的白胡子看上去非常舒服。只是他和乌戈都不明白两人的想法为什么会这么不一样。

"孩子，你给我记住，"波帕说，"《圣经》没有创造教会，教会也没有造就《圣经》。礼拜早在福音书编撰之前便已经有了。现在，我们就从福音书的开头讲起吧。要理解埋葬耶稣的坟墓，我们必须先理解耶稣诞生的马槽。"

我情不自禁地加入到他们的对话中间。"乌戈，"我说，"照实说，耶稣并不是降生在马槽里的。"

波帕的脸色突然间没有刚才那么和蔼了。

"照实说，我们甚至不知道耶稣降生在哪座城市。"我说。

"神父，你错了，"波帕抗议道，"福音书说耶稣诞生在伯利恒。"

"给我看两卷这么说的福音书，我可以给你看另两卷不是这么说的福音书。"

波帕皱起眉头，不再说话了，他想等我办完事自行离开后再重新开始教学。

但乌戈的注意力被我吸引了。"阿列克斯神父，"他说，"请向我解释一下。"

我把拿到的书放在桌子上。"耶稣生长在拿撒勒，而不是伯利恒，四卷福音书都同意这一点。"

"问题是他出生在哪儿，"波帕反驳道，"而不是他在哪里成长。"

我举起一只手让他安静下来。"两卷福音书没有说他出生在哪儿，另两卷福音书的讲述完全不同，结论还不明显吗？"

乌戈看上去和所有第一次上圣经课的神学院学生一样惊讶。"你是说这些故事全都是编造出来的吗？"

"我非常认真地读过了这四卷书。"

"我也读过啊！"

"哪卷福音书说耶稣降生在马槽里？"

"《路加福音》。"

"哪卷说三个博士拜访了耶稣？"

"《马太福音》。"

"为什么《路加福音》没提到三个博士，《马太福音》没提到马槽呢？"

乌戈耸了耸肩。

"因为它们都试图说明耶稣成长在拿撒勒却又出生在伯利恒的原因。然而它们却给出了完全不同的解释。《马太福音》叙述了一个想杀掉婴儿耶稣的邪恶希律王的故事，三个博士不肯告诉希律王婴儿耶稣在哪儿，希律王就杀死了全地的婴儿。于是乎马利亚和约瑟就只能逃到了拿撒勒。《路加福音》却说耶稣一家原本就住在拿撒勒，罗马皇帝宣布进行一次广泛的人口普查，所有人都要回乡进行统计。马利亚和约瑟必须回到约瑟的故乡伯利恒，这也正是耶稣降生在伯利恒马槽中的原因：客店里已经没有房间了。《马太福音》和《路加福音》记载的故事完全不同。没有证据表明希律王曾经屠杀过婴儿，也没有证据表明奥古斯都大帝进行过人口普查，因此这两个故事多半都是捏造的。"

波帕神父带着些许悲伤地瞪着我。他像是忘了乌戈也在，问我道："神父，这就是你的信仰吗？你认为这些福音书不能全信，对我们撒谎了吗？"

"福音书不能全信并不代表它们撒了谎，"我拿起桌子上的那叠书，"乌戈，我过会儿再来，等……"

在乌戈打断我的话之前，我们三个都知道这番话已经起作用了。大多数东正教徒沿用传统的方式阅读福音书：不提出问题，相信前辈人已经给出的解释。天主教徒原先也这样，但在逐渐认识到《圣经》这门学问的力量以后，开始探索福音书中的疑惑。

"阿列克斯神父，你别走，"乌戈说，"请你等一会儿。"

不需再说什么，我和波帕都知道他听谁的了。

乌戈似乎忘了在食堂对我的斥责，我们又开始了一对一的教学。课程的内容开始很广泛。和大多数平信徒一样，他只大致了解福音书的读经方法，没有足够的自信付诸实践。于是我们只能从头开始讲。

但这样一来，我就不能像波帕神父那样只是泛泛而谈了。我要拿出过硬的证据，要拿出两千年来没有改变过的事实，要用福音书的原文向乌戈宣讲。

在《四福音合参》编撰之前，在二世纪基督教非道派产生之前，世界上只有根据据信是各自作者命名的四卷福音：《马太福音》《马可福音》《路加福音》和《约翰福音》。马太和约翰是耶稣的门徒，是耶稣最亲近的支持者。相传马可记录了耶稣大弟子彼得的口授内容，写就了《马可福音》。路加说他写的福音内容都来自和耶稣见过面的人。这意味着《圣经》里的福音书真是这四个人写的话，福音书内容就的确是根据目击实录记述的耶稣生活实况。

但事情并没有这样简单。四卷福音书的三卷非常相似，三卷书看上去不像是独立写就的，而像是彼此的副本。《马可福音》《马太福音》和《路加福音》不仅一字不差地记录了耶稣的圣言，而且原封不动地把它们从耶稣用的阿拉姆语翻译成了希腊语。三卷书对许多细节的描述都完全相同，有时三卷书以相同的语句描述相同的场景，甚至连中间的断点都一样。

> 《马太福音》九章六节："但要叫你们知道，人子在地上有赦罪的权柄。"就对瘫子说："起来，拿你的褥子回家去吧！"
>
> 《马可福音》二章十节到十一节："但要叫你们知道，人子在地上有赦罪的权柄。"就对瘫子说："我吩咐你起来，拿你的褥子回家去吧。"
>
> 《路加福音》五章二十四节："但要叫你们知道，人子在地上有赦罪的权柄。"就对瘫子说："我吩咐你起来，拿着你的褥子回家去吧！"

难怪《四福音合参》的作者塔蒂安希望把四卷福音书合并成一卷了。四卷福音书在许多地方用的是同一段文字。但这是为何呢？《马可福音》百分之四十的内容都被照抄在了《马太福音》里——文字相同，顺序也完全相同——这意味着马太这样的目击者的一大部分实证是从其他来源处获得的。这又是为何呢？

圣经学给出了一个令人大跌眼镜的答案：马太没有从别人那里获得实证，因为以他的名字命名的这卷福音书不是他写的。事实上，四卷福音书没有哪一卷是见过耶稣的人所写的。

学者们在集中了现存最古老的福音书手稿之后发现，最古老的福音书没和马太、马可、路加、约翰这四个人相关联，他们的作者是匿名的。只有在之后的版本中这些不实的作者才出现，像是推测出来的一样。对福音文本的近似比较揭示了它们是如何写出来的。福音书中的一卷——我们称为《马可福音》的福音书——是一卷没有添加任何修饰的福音，这卷福音向我展示了一位有时生气、有时会念神奇咒语、被家里人认为疯了的耶稣。另两卷福音书——我们称为《马太福音》和《路加福音》的两卷福音——把这些让人尴尬的细节抹掉了。这两卷福音书还纠正了《马可福音》里细微的语法和用词错误。《马太福音》和《路加福音》大段大段地抄袭《马可福音》，并系统地纠正了《马可福音》的不当之处。这有力地证明了《马太福音》和《路加福音》并非独立写成的，它们是《马可福音》的修改版。

其实，《马可福音》也只不过是把零零碎碎的古老故事结合在了一起。这也正是为什么大多数学者相信——大多数天主教神父在神学院里同样也学到了——四福音并不是按福音命名者的记忆写成的。四福音是在耶稣时代的几十年之后根据古代的文件记录和口口相传的耶稣故事串联在一起的。只有那么早，那么深层次的见证才能为我们带来门徒们的实在记忆。

这意味着福音书的确回溯到了耶稣生活的年代——不是直接的，而是做了些补充和删减。了解这个编辑过程对所有探索耶稣生平历史事实的人都非常重要。这是因为所有这些变化大多是神学方面和精神方面的：它们反映了基督徒对救世主的理解，而不是真正想要理解耶稣这个人。比方讲，《路加福音》和《马太福音》在耶稣降生的细节上就不尽一致，有理由相信两部福音的记述都没有反映事实。但这两卷福音书的作者——不管它们的作者是谁——都相信耶稣是救世主，像《旧约》中预测的一样，耶稣必定会降生在伯利恒。

具有把神学和事实区分开的能力非常关键，对最后也是最奇怪的那卷福音书来说则更是如此——这卷福音书同时也是乌戈《四福音合参》研究的焦点。它就是四福音中列在最后的《约翰福音》。

"因此非道派的人才会对《约翰福音》有争议。"乌戈拉着越来越稀疏的头发说。

"是的，只有《约翰福音》才遭到了这么大的争议。"

"他们想把《约翰福音》排除在《四福音合参》之外。"

"是的。"

"他们为什么要这样做？"

我告诉他，《约翰福音》是最后一部完成的福音书——在耶稣被钉十字架之后六十年写就，比《马可福音》晚三十年。这卷书回答了有关羽翼未丰的基督教的新问题，并在此过程中革命化了耶稣的形象。在《约翰福音》里，原先那个能治病驱邪、用深入浅出的语言讲寓言故事却从不谈及自己身份的木工儿子不见了，取而代之的是一个新的耶稣：耶稣是个从不驱魔赶邪的高尚思想家，他从不讲寓言故事，而是经常谈及自身和自己所肩负的使命。现代的学者一致认为，其他三卷福音书可以追溯到记忆中的历史事实——在文字记录的早期历史事件的基础上经过多年的编辑加工而成，但第四卷福音书与前三卷福音书不同。

约翰描绘了一个远高过人的形象，他忽略事实，用种种象征代之。《约翰福音》甚至给读者们留下了一些教训：福音中说我们吃的饼不是真的饼，耶稣才是我们的灵粮；我们看见的光并不是真的光，耶稣才是我们的生命之光。《约翰福音》中"真"这个字眼总是意味着永恒这个不可见的区域。换句话说，《约翰福音》在神学上的意义远大于它在历史学上的意义。对许多读者来说，神学是高高在上遥不可及的。在阅读了三卷根植于历史事实的福音书之后，《约翰福音》的阅读会突然变得相当艰难，读者们对事实转换成的这些象征会觉得很难理解。

因为这个原因，《约翰福音》在四卷福音书中最不受待见。在塔蒂安之前，只有一个基督教学者试图要把几卷福音书汇编起来，他完全没有采用《约翰福音》。非道派基督徒更是旗帜鲜明地对《约翰福音》进行了批驳。

"你是不是想告诉我，"乌戈说，"为了达到我们的目的，应该采取非道派的主张。如果只想关注历史事实的话——就应该把《约翰福音》弃置一边。"

"看情况而定，我们必须要守规矩。"

"阿列克斯神父，我是个规规矩矩的天主教徒，不准备拿剪刀把《圣经》剪得四分五裂。其他三卷福音书说耶稣被裹在单数的布匹里，只有《约翰福音》用的是复数。两者不可能都对。这样说我们就能把《约翰福音》排除在外了吗？"

乌戈像是对被修复专家从《四福音合参》污渍下还原的内容看也不想看上一眼似的。我能感觉到他身上的压力，感觉到他的急迫。

"我再举个例子，"乌戈说，"《约翰福音》说耶稣被葬在一百多磅重的没药和沉香里，其他几卷福音却说埋葬因为是在匆匆忙忙中进行而没有用香料。"

"这能说明什么呢？"

"碳同位素测试的化学实验发现，裹尸布上没有没药和沉香。因此通过这个实验，我们就能完全把约翰证言的可信性否定掉了。"

我用双手撑住头。乌戈没有错，只是走得太远了。神学院学生的教条是谦逊、谨慎、耐心。六十年前，教宗让一组人挖掘圣彼得大教堂的地下，搜寻彼得的圣骨。今天，这些受托在教堂的基座下挖掘、被准许在非常危险的地方进行搜寻的人成了教授福音书的老师。在这些有过类似经历的人看来，稍微一丁点不小心都是鲁莽的。

"乌戈，"我说，"如果我的话让你产生了福音被神父们随意使用的印象，那我错了，事实完全不是这么回事。"

他把一只手搭在我的肩膀上，似乎想安慰我。"神父，你难道还不明白吗？这样很好，非常好。看到过裹尸布的所有人都会觉得四福音反映的是事实。世上的人无时无刻都在不经意中犯着和《四福音合参》同样的错误：即便《约翰福音》反映的不是历史事实，我们也仍然将四卷福音连接在了一起。仅仅在埋葬耶稣的这个章节，《约翰福音》同其他三卷福音书就有十几处不同的地方：耶稣在不同的日子以不同的方式被不同的人所埋葬。阿列克斯神父，你改变了裹尸布的未来。你找到解开裹尸布这个谜团的关键。"

但直觉告诉我的却完全是另外一回事。直觉告诉我，我给他的这件工具不是什么钥匙，而是一把攻城锤。向几百位不同年龄层次的学生教授了福音书之后，我从来没见过对事实真相如此大胆无畏的人。他感觉像是个英雄，甚至有些好战，觉得自己有义务向世人灌输这些福音书中的真理。如果它们有什么错误的话，许多被教徒们最为珍视的信仰就会毁于一旦。无疑，这是吸引他保护裹尸布的第一要素。稍微的一点不公正就会让他愤怒不已。

但这点却让我非常忧虑。有时我会想，他在细微的事实真相还没完全弄清的状况下，很容易树立敌人，让朋友为他担心，这样下去是非常危险的。他处事无情，举动粗鲁，甚至对待自己也是这样。又一次，他向我承认，背弃自己从小到大一直认为是历史事实的福音故事让他非常羞愧；他心中孩子气的一部分希望相信马槽和博士不仅存在于两千多年前那个奇妙的夜晚，不仅存在于耶稣降生的那一刻。但他却笑着骄傲地对我说："如果教宗支持这个观点，那我也同样支持。"开始课程学习的时候他对我强调："是时候把那些孩子气的东西抛到一边了。"如果能让裹尸布被世人知晓并承认的话，他愿意甚至渴望把自己一直视若神明的马槽和博士弃之不顾。

相信失落和牺牲的尊贵是基督教的精髓之一。放弃所爱是履行教徒义务的最高表现。我一直很崇拜乌戈的这种精神，但还是认为他的自我惩罚的勇气已经过时了——而这也是他和我哥哥能很快成为好友的重要因素。

第十三章

彼得睡得很熟。他通常比我先醒，然后会蹑手蹑脚地走进我的卧室，像古希腊战船舵手一样摇晃着我松弛下来的胳膊。我笨拙地溜下床，努力没弄醒他。熨长袍的时候，我克制不住自己的好奇心，微微把门向外打开一点。

冯塔纳探员依然在外面值班。

一小时之后，我和彼得在宾馆的餐厅吃了早餐。彼得走进餐厅的时候，住在宾馆的神父和主教们抬起头来，对他展开了笑颜。住在宾馆的神父和主教中，超过八十的很多，不到三十的却没有几个，所有人都是罗马天主教的神父或是主教。我和彼得坐在餐厅里一个显眼的位置，如果哪个东仪天主教神父走进餐厅，他一定会注意到我们，不会因为餐厅里都是罗马天主教的神职人员而落荒而逃。但自始至终，一个东仪天主教神父都没有出现。

早餐吃到一半的时候，我的手机哔哔响了起来。西门给我留了条消息。

伙计，出了点事，收到消息马上到展览大厅找我。

我把手巾放在盘子边，让彼得把还没吃掉的一小块面包拿上留在路上吃。

为了准备乌戈的展览，展览厅的一侧整个关闭了。卡车在展览厅外忙碌地来来往往，空气中弥漫着辛苦劳作的气息。展览厅内，运送画作和其他展示品的手推车像葬礼车队一样以相同的速度向前运行。工人们抬起木头框架，把展览厅内原有的壁画藏在临时墙面后面，把原来金碧辉煌的展厅走廊变成一条两边空空如也的走道。艺术品还没有上架，展厅内一片荒芜。

货梯门开了，两个艺术品修复员从楼下乘电梯上来。远处，工人们把墙体的接缝用胶带粘起来。电工们正在检查电灯的光线。来自不同部门的许多人在接到通知后即刻赶来一同工作，丝毫不知道这个展览是梵蒂冈的头等大事。西门一定是为此打电话叫我来的。乌戈似乎还有一大部分工作没有完成。

愈往里进，我的好奇心愈为浓烈。墙上一幅广告牌大小的照片反映了一九八八年科学家们宣布碳同位素测试结果的历史画面。科学家们后面的黑板上写着碳同位素测试出的年代结果：一二六〇到一三九〇年，后面还跟着个大大的感叹号。直到看到一个类似于底部垫着黑色绸缎的珠宝盒般的玻璃陈设柜，我才明白乌戈把照片挂在这里的用意。陈设柜里放着一副金色盔甲，盔甲上面放着一排古书，古书上横卧着另一本书。招贴上说这是本匈牙利的弥撒经书。经书打开的页面上有一幅黑色墨水笔作的画：耶稣的尸体正在往裹尸布上摆放。

画上的裹尸布和存放在都灵大教堂的裹尸布几乎完全一样：大小相同，包裹尸体的方式相同，两只手交叉地放在外阴部的尸体姿态也完全相同。画上甚至涉及了乌戈告诉过我的一个少有人知的细节：尸体的手上没有拇指。现代法医发现，耶稣受刑时一根钉子刺穿了手上的一根神经，拇指不由自主地弯了进去。在此以前所有反映耶稣受难的画作都没有表现这点——但裹尸布和这本弥撒经书的画却反映了这一点。最让人惊奇的是，画上的裹尸布有四个小点组成的"L"，这是裹尸布靠近耶稣肘部下方的烙洞。绘图者一定近距离审视过都灵的那块裹尸布。但弥撒经书旁的标贴上却工工整整地写着：

手稿完成于一一九二年

一一九二年，比碳同位素测试得出的最早年代还要早上六十八年。

看过玻璃柜里的标贴以后，我突然明白乌戈这样摆设的用意了。乌戈是在向观众们传递他的观点。展厅一面的巨幅照片正对着展厅另一面的手稿。乌戈是在向世界宣布：我们要用图书馆里的发现与只相信测试结果的实验室竞争。实验是最近一百来年的东西，没有历史的积淀。教会却历经了几千年，记录了历史上的点点滴滴。这些书证明碳同位素测试产生的结果是错的。玻璃陈设柜中的所有书都提到过与裹尸布极其相似的基督教遗物，这些书都出现在碳同位素测定的最早年份之前。

我睁大眼睛看着这些书籍稀奇古怪的作者姓名。奥德修斯·维塔利斯、蒂尔伯里的热瓦斯。这些书籍的拉丁文原作大多写成于十字军东征的年代。人们通常认为，天主教和东正教的分裂发生在一〇五四年。那一年，教宗派到东正教中心城市君士坦丁堡的信使一怒之下剥夺了一个东正教大主教的教籍。如果西欧人不是早已和东欧切断联系，不了解东欧的基督教传统的话，这种事就不会发生了。几十年后的十字军东征使西欧人重新认识了东欧——我现在所见的这份手稿恰巧就完成于这个年代。我已经很久不用拉丁文了，但还看得懂书里和圣地耶路撒冷有关的部分，这些部分一次次地印证了广大天主教徒的想象：在一座名叫埃德萨的城市里保存有一张印有耶稣神秘形象的裹尸布。

我没有意识到乌戈搜集的证据到了什么程度。《四福音合参》应该快要出现了，也许就在前面的最后那个展厅。

彼得突然挣脱了握着我的手。"西门。"他大声喊道。

我抬起头，发现西门正披着羽毛似的长袍，像只寻找猎物的猛禽一样快步向我们走来。

"怎么了？"我问他。

他的蓝色眼眸里充满了强烈的感情。他一手抱起彼得，一手搭在我的背后，把我们带到博物馆的后门入口外。出门以后，他低下声音对我们说："昨天晚上有人去卢西奥家找他，来人是教廷法院的使者，这位使者知道有关乌戈的一些事情。"

我想看他接下来会说些什么。教廷法院是梵蒂冈第二级审判机构。

"他们组成了一个法庭，"为了不让彼得听懂，他改用希腊语继续说，"对杀害乌戈的人做判决。"

"他们逮捕了谁？"

西门不耐烦地看着我。"没有抓到任何人，他们只是依据教规进行了一次缺席审判而已。"

教规是教廷运用的法律。只是教廷法院的大部分时间都花费在处理废除婚约的起诉上，教廷法院从没处理过谋杀案。

"怎么可以这样？"我说，"谁决定的？"

梵蒂冈有独立于教廷法规的民法和刑法存在。我们可以用刑法审判罪犯，把罪犯送进意大利的监狱里羁押。杀害乌戈的犯人应当接受梵蒂冈刑法而不是教廷法律的审判。

"我不知道，"西门小声说，"但今天晚上卢西奥的一个朋友会带给他更多的消息，我觉得届时你应该在场。"

我碰了碰胡子。梵蒂冈刑事法庭由平信徒组成，宗教法庭却由神父组成。想到这儿，我仿佛又听见了米切尔·布莱克神父对我的警告。有个穿着长袍的神父是这一切的幕后黑手，达不到目的他是不会放弃的。

"好吧，"我告诉西门，"我会到场的。"

但西门的注意力已经转到别的事情上了。博物馆的后门开了，门口站着唐·迭戈和马特里警员。

我举起手对他们喊："我们没事，我只是想和哥哥一起待一会儿。"

迭戈却说："西门神父，策展员需要你去指点一下。"

哥哥将彼得放下，单腿跪地抱了他一下。他轻声对我说："注意安全，几小时后和你们见面。"

家园宾馆有个为客人提供的小图书室。回到宾馆以后，我借了本适用于所有罗马天主教徒的律法书——教廷的法典《天主教会法典》——然后直接回到房间。

法典及其中间的法律注释浩如烟海。相比于《天主教会法典》，《圣经》简直和海滩边的休闲读物差不多。我手中的法典集中了两千年来神职人员解决日常问题的集体智慧。应该给主持葬礼的神父多少钱？能不能和新教徒结婚？教宗能不能退休？教会法规规定了谁可以在天主教学校任教，谁可以变卖教会财产，谁可以在被逐出教会以后重新被召回。乌戈的案子可以援引一三九七年制定的一条法规：杀人或用欺骗和暴力的手段实施绑架、扣留、残害或重伤他人的人应该受到严惩。但是该法规没有提到任何惩罚手段，也没有提到要将案犯送监。运用教会的法规处理乌戈的谋杀案所面临的问题就在于此：凶手不用坐一天牢。如果凶手是个神父的话，这个神父倒会受到让他感到非常痛苦的处罚：被逐出教会。

平信徒很难理解被逐出教会的严重性。如同母亲没有了孩子以及人只能过着非人生活一样，神父没有了神父的职分就等于失去了一切。上帝赋予的权柄，世间所有的力量都难以剥夺。一个辞去圣职的神父依然可以主持圣餐式，但被逐出教会的神父却不能。他主持的弥撒连平信徒都不会参加。他不能训诫会众，只能听取临终人的忏悔。他甚至不能在神学院工作，也不能在天主教以及其他一切学校教授神学。这样的判决具有无与伦比的力量：它把受惩罚者变成魔鬼，否定了受惩罚者的存在。世间的任何法庭都不会对普通人进行如此严酷的处罚。这类判决会使许多神父选择自杀。我突然想到，这也许可以成为乌戈案子的一条线索。在宗教法庭判决这样一个案子不只是为了让神父们决定案犯所受到的刑罚，也是为了用这种可怕的方式对其造成威胁。

"彼得，"我说，"能帮我从包里把那盒索引卡片拿出来吗？"

"为什么要拿索引卡片？"

"我要记些东西。"

彼得抱怨了一声。他年纪太小，还不明白这些法律术语意味着什么，但知道拿卡片是为了记录书上那些为我所用的东西。

一开始，这个过程非常让人痛苦。宗教法学和神学之间的差别非常巨大。神父在神学院期间尽管要学习教会法的知识，但在四年级选择把神学或是宗教法学作为论文内容之前，宗教法学课程教授的内容只是点到而止。在现在这个当口，我的选择看上去完全错了。

"记下这个数字，"我告诉彼得，"一——四——二——〇。"

法典第一千四百二十条：每个教区主教都要任命一位主管司法的神父……职责与副主教不尽相同。

我很清楚宗教审判是什么样的。从理论上讲，接到指控以后，案件由主教进行调查。如果有争议的话，主教就会成立一个法庭。但实际操作却不是这样。主教非常忙，他的工作都由助手完成。这点在约翰·保罗二世身上特别明显，他不像历代教宗那样最远只出行到罗马的各大教区，而是到世界各国的教区四处巡游。那约翰·保罗二世教宗的哪个下属会处理这个案子呢？答案可以由这条教规给出：负责法律事务的特别助理，就是教廷负责司法的神父。既然知道了负责人员的职分，就可以查阅梵蒂冈年鉴弄清他是谁了。

"接下来写一四二五，然后画个波纹符号，在后面写个三字。"

彼得皱起眉。"三字前面的波纹符号怎么画？"

我撩了下他的头发。"和 B 字母差不多，只是左边不封口。"

法典一千四百二十五条第三款规定，负责司法的神父具有任命法官的权力。从这条规定看，无论梵蒂冈负责司法的法官是谁，乌戈案子的命运都将掌握在他的手中。我很好奇他任命的法官会是些什么人。但我想知道的还不止于此：我还想知道谁是杀害乌戈的被告。

教会的审判是秘密的。教区居民也许都不知道本教区发生过什么罪行，教廷法院更是对它的判决秘而不宣。知道负责司法的法官虽然有益，但我总不能打电话到他的办公室，问调查进行到了哪儿。幸运的是，教会的任何活动都会留下书面材料。有了教会法的指引，我就知道该去找些什么了。

"记下一七二一这个数，"我告诉彼得，"接着在后面加个星号，然后在下面记下一五〇七这个数。"

我一个数字一个数字地对彼得重复了这两个数字。和《圣经》一样，天主教法典的跳跃性极大，一条法规的索引也许要在几百页之外才能找到。法典的一七二一条规定，如果负责审判的主教认为有足够的证据进行审判，就可以提请教廷的检察官写下控状，发送包含有被告人地址和姓名的传票了。这就涉及到了法典一五〇七条的内容，这条法规规定，传票必须送达参与审讯的各方。传票是将审判内容传达给主教及其近旁人的唯一途径。如果有朋友带着和审判有关的信息找到卢西奥，那就说明传票已经发出了。如果真有传票的话，那传票必定会送到教宗的瑞士卫兵那里。梵蒂冈土地上出现任何危险分子都必须告知负责教宗安危的瑞士卫兵。

"彼得，"我说，"把这些卡片用橡皮筋绑上，不用记了。"

话一说完，我便打起了电话。

"是阿列克斯吗？"列奥问我，"一切都好吗？"

我向他解释了目前为止的情况。"你见过带名字的文件吗？"我问他。

"没有，没有这种东西。"

"他们向你提到要特别注意谁吗？"

"没有。"

我吃了一惊。如果传票已经发出，杀害乌戈的人一定会知道自己受到了指控。然而，现在都还没人去找他。

"我会打几个电话问一问，"列奥安慰我说，"我会找教宗宫的当班守卫复核一下，也许他们收到的指令和这里不同。"

凭列奥的资历，应该没什么指令能越过他。我知道他只是在安慰我而已。我正准备重新翻看法典，过道里突然传来微小奇异的声音。"嗖"的一声，什么东西被塞在了门下面。

"列奥，别挂电话。"我对列奥说。

门下面塞进来一个信封。信封正面写着我的名字。笔迹似乎有点熟悉。

信里放着张照片。照片是在家园宾馆外拍的，照片上一个东仪天主教神父正在离开宾馆大门。

我倒吸了一口冷气。

照片上的东仪天主教神父正是我。

照片是昨天拍的，拍摄者站在宾馆前花园的另一边。

照片背后写着一行字，笔迹和信封上的笔迹完全一样。

告诉我们诺格拉把东西藏在哪儿了。

这句话的下面留着个电话号码。

"马特里警官！"我大声呼喊。

远处依稀传来电梯开门的声音。我转过身，看见一袭黑袍的后摆飘进电梯。有个神父离开了。

我转身大喊："马特里，你在哪儿？"

可走道这边空无一人，马特里已经不在了。

电梯前，几个东仪天主教神父关切地看着我。

我感觉到彼得在后面拉扯着我的长袍。我二话没说，一把将他抱起来，跑到离我们最近的楼梯间门口。

"怎么了？"他带着哭腔问我。

"没事，一切都很正常。"

我拧动着楼梯间的门把手，但把手却一动不动。楼梯间的门锁上了。

我们回到房间，锁上门。我给西门打了个手机，但没有接通，博物馆那边一定没有手机信号。万般无奈之下，我只能给警察局总部打了个电话。

"这里是梵蒂冈警察局。"

"警官，"我迫不及待地说，"我是安德鲁神父。警察局派人保护我，但保护我的人突然不见了，我需要得到帮助！"

"是的，神父。请你稍等一会儿。"

回到线上以后，他对我说："抱歉，您目前不受保护，被护卫者名单上没有你的名字。"

"一定有什么地方搞错了。我……我需要找到马特里警官。"

"马特里警官就在局里，请别放电话。"

我惊呆了。但电话里却明白无误地传来了马特里警官的声音，"我是马特里。"

"探员，"我笨拙地说，"我是安德鲁神父，你在哪儿啊？"

"在自己的办公桌前，"他含混不清地说，"你的护卫已经被取消了。"

"我不明白，护卫怎么会取消呢？这里出了点事，我需要得到帮助，我要你马上回宾馆来。"

"神父，对不起。你必须像其他客人一样去找宾馆保安。"

接着他就挂断了电话。

我收拾着随身带的东西，彼得一脸惊惶地从旁看着我。

"爸爸，我们要去哪儿？"

"去卢西奥舅公那里。"

我已经给卢西奥的公寓打过了电话。唐·迭戈已经过来接我们了。他会护送我们回到舅舅家的阁楼上。

"出什么事了?"彼得抓着我的胳膊问我。

"我不知道,快帮我把包整理好吧。"

十分钟以后,敲门声响了。透过窥视孔,我看见迭戈站在一个陌生的瑞士卫兵身旁。我打开门。

"阿列克斯神父,"迭戈说,"这是费雷尔上校。"

"神父,发生什么事了?"费雷尔上校问我。

"有人在我的门缝下塞了张纸条。"

他摇摇头说。"不可能,你住的楼层是禁止进入的。"

我把信封拿给他看,但他看也没看。

"楼梯间锁上了,"他说,"电梯员不会送任何一个没有房间钥匙的人进入你住的那层楼。"

这就是昨天宾馆修女所谓的预防措施。

"我看见一个穿着长袍的神父走进电梯。"我告诉他。

"一定有其他解释,"费雷尔说,"我们下楼去探个究竟吧。"

迭戈伸出双手,想帮我们拿东西。彼得误会了他的意思,跑过去扑进了他的怀抱。迭戈隔着彼得对我眨了眨眼,然后问我警方的护卫在哪儿。走进过道,先前瞪着我和彼得的那几个东仪天主教神父齐刷刷把目光转过来,好奇地看着我们。

宾馆前台的修女穿着件黑色的修士服。

"信封是我塞进去的,"她说,"怎么了?"

"信是从哪儿来的?"

"是在送来的信里找到的。"

信上没有写邮编和地址,肯定是有人顺手放进去的。他一定没能进入我所在的楼层,退而求其次把信放在了前台收到的信件里。

我注意到宾馆大厅已经没什么人了。餐厅提早关闭,标牌的告示上说宾馆后部的小教堂也关闭了。大厅过道被用隔离带封了起来。

"发生什么事了？"我问前台的修女。

"物业维修。"她告诉我。

另一块标牌的告示上写着我和彼得居住的顶楼只有乘工作梯才能出入。

"修女，你跟人说我们住在哪儿了吗？"

修女面露忧虑地说："当然没有，我们有严格的管理规定，这里面一定有什么地方搞错了。"

我把手伸进长袍，拿出房间钥匙。家园宾馆的首字母刻在钥匙链上，旁边还刻着我们的房间号码。我想也许是我的错，让钥匙链上的房间号码被人看到了。这等于把我和彼得住的房间对外界广而告之。

"神父，你要退房吗？"修女伸出手，想拿回房门钥匙。

"不忙着退。"我把钥匙塞进了长袍。我想我们多半不会再回来了，但没必要还回钥匙让所有人知道。

迭戈提起我们的包，朝门口指了指。"你们的车已经在等着了。"

我们的车。走到卢西奥舅舅住着的地方只需短短的五分钟，但我非常庆幸现在能有辆车坐。

到卢西奥舅舅家时家里只有几个修女。

"阁下和你哥哥还在参加展览，"迭戈解释说，他像在博物馆里发现了有一层地狱似的大摇其头，"发生什么事了？"

我把信封里的照片递给他。看完照片后面的那行字以后，他问我："保护你们的警察呢？"

"保护我们的警员说护卫已经撤销了。"

迭戈骂了声："我们会追查这件事的。"

看到他要拿桌上的电话，我赶紧指着照片说："迭戈，你对照片背面所述的乌戈的发现知道些什么吗？"

"是《四福音合参》吗？"

"不是，应该是比《四福音合参》更重要的东西。"

他翻过照片。"你指的就是这句话吗？"

"米切尔·布莱克也谈到过类似的话题。"

他皱起眉头，显然不知道米切尔是谁。舅舅的办公室只处理主教以上人员的事务。"这个名字我还是第一次听说，不过我会去找警察局长打听打听。"

我挥手让他别再讲下去了。"等我和舅舅还有西门谈过以后再说。"

"你确定吗？"

我不知道还该不该相信警察。

迭戈直视着我。"阿列克斯，你在这里很安全。这点我可以向你发誓。"

"很高兴你能这么说。"

彼得问："迭戈，能给我倒杯混合果汁吗？"

迭戈笑了笑。"混合型果汁这就给你上来。"他一边说一边对我使了个眼色，然后去厨房替彼得调果汁喝。

走到半路迭戈突然停了下来，他压低声音对我说："我想应该告诉你，今晚这里有客人。"

"我知道。"

"你会一起接待这位客人吗？"

"是的。"

听到这话他皱了下眉，但很快便迈开步子朝厨房走了过去。

彼得安顿好以后，我告诉他我需要整理一下我们的包裹。迭戈明白了我的意思，把彼得带到别的房间去玩，把我一个人留在卧室。

我把照片再次拿出信封，看了看照片背后的电话号码。这是梵蒂冈的一个固定电话。梵蒂冈的区号和罗马相同，而且电话号码都是以"六九八"开头。用不了多少钱，这个号码的主人就可以在罗马买一张近乎匿名的 SIM 卡，用通话的方式和我联系，而不是仅仅发个短信。

我把电话打到交换台，让交换台的修女帮我查询电话的主人是谁。

"神父，"她礼貌地说，"我们这里的规定不允许这样做。"

我对她表示感谢，然后便挂上了电话。交换台有十来个修女，我知道再打一通电话几乎不可能是同一个修女接，于是又把电话打回去。我告诉这次接电话的修女，我是维修部门的电气工程师，有人打电话来让我上门修理，但我只有对方的电话号码，而没有名字和地址。

"这个号码的主人没有登记，"她好心地告诉我，"但应该在德尼科洛三世宫的三楼。"

"修女，谢谢你。"

我闭上眼睛。教宗宫由几个世纪以前历代教宗一层层往外盖的小宫殿所组成。德尼科洛三世宫建成于七百多年以前，位于教宗宫的核心位置。教廷最有权力的部门教廷国务院就在那儿办公。

我感到一阵肚子疼。教廷国务院的人基本不和外界打交道，轮换得也非常勤。他们被招进教廷国务院，或派遣到海外，或很快被替代。只有一个法子能知道这个电话的主人是谁。

拨通电话以后，铃声响了又响，最后转到了自动应答机，但应答机没有设置答话声。沉默了一会以后，话筒里传来了哔哔的忙线音。

我没有准备说辞，随口便把自己的想法说了出来。

"我这里没有你想要的东西。我什么事都不知道。诺格拉什么秘密都没告诉我。请别再骚扰我和我的儿子。"

我犹豫了一下，然后挂上了电话。通过门的缝隙，我看见彼得正在迭戈的电脑上玩钓鱼游戏。他放下鱼绳，等待着鱼的上钩。放下鱼绳，等待着鱼的上钩，这也正是我所要做的。

夕阳西下。从阁楼的窗户四下张望，梵蒂冈的一切都尽收眼底。来来往往的人都逃不过我的眼睛，不会发生任何让我感到惊讶的事情。我的惊惧减轻了一些，取而代之的是略带疲惫，稍有懈怠的警觉性。迭戈找到了一副牌，教彼得打起了彼得出生后我和莫娜在医院常打的"争上游"牌戏。六点过后，卢西奥才和西门从布展现场回来。一看到我和彼得，舅舅就问为什么我们的安全保护被撤了。我不想让彼得事事都知道，没去搭理这个话题。修女们准备好了晚饭，把饭菜都放在桌子上。我松了口气，和大伙坐下吃晚餐。卢西奥在桌首带头做起了谢饭祈祷，四个大人和一个孩子同声做起了祷告。这时，我们感觉上像是同舟共济的家人了。

饭后所有人都稍事休息了一会儿。彼得和迭戈一起看起了晚新闻。我在房间里找到了本梵蒂冈年鉴。翻了一百三十多页以后，我找到了标题为教廷法庭——梵蒂冈教廷一个特殊管理机构——的那一页。法庭庭长的名字会刊载在这一页上。

令人惊讶的是，这个职位竟然空缺了。任何决定都由代理庭长，一个名叫加鲁波的大主教做出。这位大主教简历中的第一句话就引起了我的警觉。

生于都灵教区。

主宰乌戈被杀一案的庭长来自于存放裹尸布的城市。我觉得这不可能只是个巧合。我认识的另一位来自都灵的主教是西门的上司教廷国务卿，这位国务卿也和乌戈的死脱不了关系：我在家园宾馆拨了照片后面的电话号码，那个号码同样在教廷国务院。另外，米切尔说殴打他的是教廷国务院的神父。

在梵蒂冈，同乡关系非常重要，主教便是联系同乡之间的纽带。如果没有得到都灵大主教波莱托的邀请，约翰·保罗二世不可能把裹尸布转移到梵蒂冈。我猜，得到请求之后，波莱托首先联系的人应该是教廷国务院里的都灵同乡们。

我觉得乌戈的死不会是因为这种小事。几个宗教界的强权人士不会因为裹尸布被送到梵蒂冈就要了乌戈的命。太阳落山了，几只小鸟在树上叽叽喳喳地叫着，给黑夜带来了几分生气。七点半时电话铃响了。我听见迭戈说："让他上来。"

卢西奥撑着四条腿的拐杖，慢慢地从卧室里把自己挪了出来。修女们把一大壶冰水放在隔壁桌上，然后悄然地退了出去。

有人重重地敲了敲门。迭戈走上前开门，这时我发现西门闭上眼睛，深深地吸了口气。

进门的是一位年纪很大的罗马天主教神父。

"高级教士先生，"迭戈说，"快请进吧。"

老人对西门直呼其名，然后转身对我说："你是亚历山大·安德鲁神父吗？你哥哥说你也会来。"

他伸手和我握手。握手时，他看见了过道那头的卢西奥舅舅，放下手以后，他慢慢地向舅舅走了过去。我看了一眼西门，心想来人是不是他在教廷国务院的朋友，但西门的脸上却没有任何表情。

卢西奥坐在书房里铺着红色毡布的长条桌旁。这里和教宗宫的其他地方一样，陈设非常简朴。在舅舅的示意下，老教士走进书房坐了下来，把公文包放在长条桌上。我和西门跟在老教士身后走进书房。

"迭戈，"舅舅说，"我们这就开始，帮我挡掉所有的电话！"

迭戈二话没说把彼得带了出去，书房里只有我们四个了。

"亚历山大，"卢西奥说，"这是我在神学院的老友米格纳托教士。现在他在教廷法庭工作。昨天晚上我们接到了一些非常重要的消息，我特地请他过来告诉我们一家事态会如何发展。"

米格纳托微微点了点头。一群想尽各种方式为他帮忙的老年神父经常围在我舅舅身边，希望自己的生活能够得到保障。高级教士是个荣誉性的封号，地位只比普通神父高出一点。在大多数教区，教士象征着荣誉。但在梵蒂冈，在这个年纪却还只是个教士，只能说明米格纳托这些年来一事无成。高级教士是教廷给那些当不上主教的老年神父的奖赏。西门在教廷国务院供职了五年，明年就能得到高级教士的封号。

米格纳托带着点自傲把三张纸依次放在桌子上，接着合上了公文包。尽管教廷律师的职位远低于主教，但米格纳托的长袍剪裁得体，看上去非常贵，和神职用品商店里出售的长袍完全不一样。和神父不同，教士的长袍上可以有粉红色的纽扣和粉红色的饰带。虽然东仪天主教徒认为粉红色的纽扣和饰带过于奢华——教士的称谓没有《圣经》依据，粉红色的纽扣更是不符合天主教的礼仪——但在四个成功的罗马天主教神职人员中间，我还是觉得有点畏手畏脚。

"安德鲁神父，"他转身对我说，"就从你们的处境开始谈起吧。"

我瞪了他一眼："你说的是什么处境啊？"

"唐·迭戈说警方已经撤销了对你们的安全保护，你想知道这是为什么吗？"

他的话引起了我的注意。

米格纳托朝我推过来一张看似警方报告的纸。

"他们检查了两遍你的公寓，"他说，"没有发现暴力闯入的痕迹。"

"我不明白你这话是什么意思。"

"他们认为你们家的管家撒了谎，根本没人闯入过你家。"

"你说什么？"

米格纳托的视线一直没离开我。"他们认为你们家的损坏是刻意制造出来的假象。"

我转身看着西门，但他一副职业神父的表情，没有表现出半点惊讶。卢西奥神父伸出一根手指，让我暂且收起怀疑。

"这点对诺格拉被杀一案非常重要，"米格纳托说，"因为检方的指控从很大程度上要依你家发生了什么而定。如果确实有人闯入的话，那你和你哥哥都是受害者，我们要处理的将会是两起案件。如果没人闯入你们家的话，我们就只剩下冈多菲堡的杀人案要处理了。"

"为什么你们觉得她会对这种事撒谎？"我试图使音调保持平静。

"因为是你哥哥让她这么干的。"

我尽力掩饰住自己的不信。"你再说一遍？"

"警察认为你们的管家之所以这样做是为了把警方的精力从冈多菲堡的杀人案上转移过来。"

我又看了看西门。他正盯着自己的双手。我这才意识到这不是之前自己以为的那种碰面。

"西门，"我问，"他们觉得在冈多菲堡发生了什么？"

他把指节在嘴唇上划了一道。"弟弟，"他说，"我在博物馆的时候就想告诉你了，但当时彼得也在。"

"你想告诉我什么？"

他坐直了一些。尽管坐在椅子上，但挺起身来的他却依然显得非常伟岸。西门眼中的伤感使这种伟岸变得更加悲凉。

"他们指控是我杀害了乌戈。"西门说。

第十四章

我全身冰冷，心里似乎开了一个深不见底的大洞，洞里有许多东西在急速移动，我在这个万物纷扰的洞里越坠越低，越坠越低。

他们看着我，等着我说些什么。但我却把目光投向了西门。我把双手平放在桌面上。我把全身重量集中在这两只手上，使它们不致颤抖。

西门没说话。米格纳托对我说："我想你一定吓了一跳。"

物体在洞里的移动速度似乎减缓了些。我的视线模糊了，物体在我眼中变得愈来愈缥缈，愈来愈缥缈。米格纳托用应该在别的情形下才有的怜悯眼神默默地看着我。我像一只拼死逃离老鼠夹的老鼠一样抽搐着身体。他们都已经知情了，并且都接受了这个事实。

"不，"我轻声说，"舅舅，你应该阻止他们！"

震惊过后，我的思维慢慢清晰起来。袭击米切尔、杀害乌戈、对我进行威胁都是为了一个目的：他们想通过这些方式接近西门。

"是加鲁波主教干的。"我想也没想便脱口而出。

米格纳托斜了我一眼。

"是都灵来的加鲁波主教。"我重复了一遍。

"别废话，亚历山大。"卢西奥说。

米格纳托从公文包里拿出另一份文件。"安德鲁神父，"他对西门说，"这是传票。昨天晚上法庭信使没能找到你，他把传票的副本寄到了你在安卡拉的住处。阅读传票以前，我必须告诉你你在庭审过程中的权利。"

"不必了。"西门说。

既然审判已经不可避免，那就坦然接受吧。这就是西门的策略。

"神父，"米格纳托轻声说，"所有处于你这种情况的人都必须得到提醒。"他检查了下袖口，然后说："梵蒂冈的审判系统和意大利不一样，梵蒂冈沿用古老的一问一答的审判方式。"

现在我知道米格纳托是什么身份了。他不是来送信的，而是来帮西门辩护的。昨天晚上前来卢西奥公寓的法庭信使一定通报了西门被指控的消息。舅舅雇用米格纳托，让米格纳托担任西门的辩护律师。

我看着卢西奥。他那置身物外的态度让人感到平静，可以确保我们能面对西门将承受的一切。

"在我们的法律系统中，"米格诺托说，"审讯时不包含观点针锋相对的控辩双方。法官让证人上庭，向他们提问，然后决定哪个证人的证词可以用，控辩双方可以提出一些建议，但法官有权不采纳他们的建议。这意味着我们不能在法庭上提出问题，不能让法庭考虑某个特殊方面的问题，不能帮着法官探寻出真相。这样一来，你就没有你所期盼的一些权利了。"

"我明白。"哥哥说。

"我必须提醒你，教廷法庭上的有罪判决同样也适用于刑事法庭，梵蒂冈的刑事法庭将根据宗教法庭的判决对你提起刑事诉讼。"

西门的表情没有发生任何变化。想必连我们的父母也从没料想到西门会有如此巨大的精神力量。在四个人中间，他甚至比卢西奥还要平静。但这种平静却似乎沉浸在一片哀伤之中。我想好好安慰他一番。但我不敢伸出手，我知道我伸出的手一定会抖个不停。

米格纳托把传票推向西门。西门拿起传票，在桌子上理齐，然后把传票推回给米格纳托。

"你应该把传票好好看看。"米格纳托说。

米格纳托把传票又推向了西门，西门一脸平静地对他说："教士先生，很感谢你的帮忙，但我不需要看这种东西。"

西门再次说话之前，会谈出现了短暂的冷场。在这个间歇之间，我的心猛地一沉，感到非常害怕，觉得西门又走回了老路。我祈祷是自己错了，西门已经不是以前的他了。但我很清楚他会说些什么。

西门站了起来。"我决定不为谋杀控罪辩护。"

"西门！"我大嚷了一声。

米格纳托的脸上露出怪异的笑容，显得十分可怕。我的心碎了，一阵阵疼痛排山倒海而来。

"你在说什么啊？"教士问，"你承认自己杀害了乌格里诺·诺格拉吗？"

西门愤怒地说："当然不。"

"那你一定要为自己在法庭上解释。"

"我不做任何辩护。"

"西门，"我劝他，"千万别这样！"

"根据教廷的法律，"米格纳托严肃地说，"你必须做些辩护。"

任何一个理智的人都会说这种话，任何一个明白事理的普通人都会说这种话。但这种人是完全不会了解我哥哥的。我抓住西门的胳膊，试图让他正视我的眼睛。

卢西奥叹了口气说："西门，你到底在说什么鬼话啊？"

西门没理舅舅，而是转身看着我，目光几乎是空洞的。他早就准备好要面对这一刻了。我知道，无论说什么都很难打动得了他。

"阿列克斯，我不该把你卷进来的，"他说，"对不起。从现在起，请不要再和这件事有任何瓜葛了。"

"西门，你别……"

"别傻了！"卢西奥大声嚷道，"你会一无所有的。"

西门还没来得及回话，迭戈已经走到了书房门口。他语气紧张地说："阁下，外面有人等着。"

西门看了看表。他从桌子旁朝迭戈打开的门走了一步，和过道里的陌生人打了个照面。

"你在干什么啊？"我问他。

"快回来坐下！"卢西奥歇斯底里地大叫。

但西门却把椅子往后一推，朝来人微微鞠了个躬。

我悲愤得浑身无法动弹，心里感到非常痛苦。他又变回以前那个无人能够改变，可以在刹那之间把世界隔离在外的西门了。

"舅舅，"他说，"他们让我接受软禁，我同意了。"

"太荒唐了，"舅舅指着门口站着的那个只能看见影子的陌生人说，"他是谁？快给我赶出去！"

但西门却对他的话充耳不闻。他优雅地转过身，开始向外走去。现在，没人能劝得了他。

的确没人能劝得了他。彼得从迭戈的桌子旁跑了过来。"你们谈话结束了吗？"

快到门口的西门停下了脚步。

彼得表情天真地看着西门。"能给我讲个故事吗？"

彼得无辜的眼神里充满了希望之情。西门是他的英雄，是个从不对他说"不"的人。

"对不起，"西门小声说，"我必须要走了。"

"你这是要去哪儿？"

西门在彼得面前跪了下来。他的手像无限延伸的信天翁翅膀一样抱住了彼得。他对彼得说："别担心。能为我做件事吗？"

彼得点了点头。

"不管听别人怎么说，只要相信我就行了，能做到吗？"他用脸紧紧地贴住彼得的脸，不让他看见自己眼中的感情。"记住我爱你。"

过道里的男人一句话都没说。他没和西门握手，没和我们这些人打招呼。等西门示意可以离开之后，就把西门给带走了。

卢西奥站起身。"给我回来！"他嘶叫道。

他的呼吸很浅。迭戈试图把他按回到椅子上，但卢西奥却踉踉跄跄地冲到门口，一下子推开了门。

远处的电梯正在关门。

"阁下，"迭戈说，"我可以打电话给楼下的警卫，让警卫拦住他们。"

卢西奥却只是靠在墙上说："这是怎么了？他以为自己在干什么啊？"

我匆匆走到卢西奥跟前。"舅舅，我也许知道发生了什么。"

我开始向他解释乌戈展览的秘密，解释来自都灵的神父对乌戈构成的威胁。但卢西奥却只是看着哥哥刚刚离开的那扇门。

"刚才来的那个男人可能是加鲁波主教派来的，"我说，"他来自都灵，是约翰·保罗二世任命的教廷法庭代理庭长。"

但隔壁房间的米格纳托却说："不是这样的。庭长不会发布书面指令。教廷法庭从来不发布什么指令。来人也许是个便衣警察。"

"如果加鲁波主教试图威胁西门的话,他绝不会留下书面证据。"我说。

卢西奥仍然呼吸困难。"如果有人试图威胁西门的话,"舅舅说,"他就不会以自愿随行的方式被带走了。"

米格纳托上前来。"我能迅速解决这件事,"他从公文包里拿出部手机,拨了个号码说,"阁下,您好,抱歉打扰了您的晚餐。我只是想问,您派了带走安德鲁的人吗?"他等了一会儿,然后又说:"非常感谢。"

挂上电话以后,他转身看着我们。"加鲁波主教不知道那个男人是谁。我还想补充一句,主教阁下和我已经是二十年的老朋友了,在我看来,你的谴责非常荒谬。"

我转过身。"教士大人。迄今为止,一个教廷国务院的神父受到袭击,我的住处被人闯入,今天下午有人往我的宾馆房间送了张带有威胁话语的纸条。干出这种事的家伙们正在追逐了解展览会的每一个人。"

卢西奥舅舅是呼吸更浅了。"你说错了,"他喘着气说,"这事和加鲁波没关系。"

"你怎么知道?"

他攒足力气,冰冷地看了我一眼。"都灵人没有在碳同位素测试后大肆杀戮,他们现在也不会这样干。"他大呼了一口气,接着又说:"找到你哥哥,我想知道到底是怎么回事。"

他举手让迭戈上去帮忙,然后一跛一跛地走进漆黑的卧房,门很快就关上了。

迭戈小声问我:"这到底是怎么回事?"

我小声说:"他们认为乌戈是被西门杀害的。"

"我知道这个。我想问的是,他们把西门带到了哪儿?"

"他们把西门软禁起来了。"

"那是在哪儿啊?"

我一直没想过这个问题。西门在梵蒂冈没有家,没有自己的房子。他住在千里之外的国家。

"不知道。"我刚想说些什么,迭戈已经随着舅舅走进了漆黑的卧室。

"你过来。"米格纳托对我说。他慢步走向书房的长条桌，进门的时候顺手关上了门。坐好以后，他拿起传票轻声对我说："你真觉得这是又一次威胁吗？"

"是的。"

他清了清嗓子。"那我倒要和你辩论一番了。但在此之前，我们有点程序问题需要解决。你能成为你哥哥的代理人吗？"

"成为他的什么人？"

"接收法庭文件以及为他辩护的代理人，"米格纳托指了指桌上的文件，然后又说，"代理人可以看发给他的传票，否则就不能给你看。签署这份文件你就是他的代理人了。"

教廷的法规太奇怪了。代理人是彼拉多在福音书中的职位，是签署耶稣死刑状的人的职位。只有律师才会使用这么古老的称谓。

"这些决定应该由我哥哥来做。"我告诉他。

"从刚才的交谈看，你哥哥没兴趣做任何决定。"

米格纳托翻找着公文包，从里面找到一包烟。在梵蒂冈这个世界上第一个全面禁烟的国家，在卢西奥舅舅这个位高权重的枢机主教家里，米格纳托竟点燃了一根烟。"神父，你怎么说？"他问。

我接过文件。"我干。"

"很好。那就仔细看清楚法官列在上面的条款，告诉我其中是否有似曾相识的内容。"

耐不住的好奇心使我迅速浏览了一遍文件上的条款。

二○○四年八月二十二日

西门·安德鲁神父
教廷国务院
梵蒂冈 00120 号

法令正文

安德鲁先生：

　　这封信的目的是要通知你罗马教区开启了一个针对你的诉讼程序。你需要在此程序中指定一个代表你的律师。你必须对附加文档上的指控给以迅速的回复。

　　此致敬礼
　　布鲁诺·加鲁波主教
　　梵蒂冈教廷代理大法官
　　罗马教区

　　抄送：教廷法官，安东尼奥·帕萨罗法学博士
　　抄送：助理法官，加布里埃尔·斯特拉斯拉法学博士
　　抄送：助理法官，塞尔吉奥·加格利亚多法学博士
　　抄送：检察官，尼科洛·帕拉迪诺法学博士
　　抄送：公证人，塔洛·塔尔利

　　我的脉搏加快了。"我认识第一个法官帕萨罗和第三个法官加格利亚多。但第二个斯特拉斯拉不怎么认识。"

　　米格纳托像早已预料到一样点了点头。"他们三个都已经在教廷法庭做了将近二十年的法官，如果你在罗马和他们有交集可一点都不奇怪。但针对神父的刑事诉讼由教廷法官来起诉那可就怪了。在教宗的允许下，只有主教和教廷使节才会得到这样的对待。这样问题就来了：你觉得帕萨罗和加格利亚多对你哥哥抱有敌意吗？"

　　现在我明白了。米格纳托是说威胁将以这样的形式出现。加鲁波主教会组织一个对西门不利的法庭。

　　"他们对西门没有敌意，"我告诉他，"帕萨罗在神学院教过西门，加格利亚多是我舅舅的朋友，他们对西门都很友好。"

米格纳托笑了。"加格利亚多教士在神学院比我高两级，你舅舅是他的导师。糟糕的是，他们都必须先保全自身。但如果加鲁波主教要威胁你哥哥的话，这些法官真会是他选择的吗？"

我犹豫了片刻。"也许加鲁波主教正是因为帕萨罗和加格利亚多需要自保才选择他们的。也许主教还留有一手，会用一些对我们家抱有敌意的法官替代他们。"

米格纳托翻看着文件。"这份文件可以让你更加确信。"

当他拿给我另一份文件时，我愣了一下。这正是起诉的关键性文件——发给西门的传票正文。

提交至教廷法官

帕萨罗神父

梵蒂冈

教廷检察官诉安德鲁神父一案

诉状 92.004 号

传票

我，教廷法庭检察官尼科洛·帕拉迪诺，控告在罗马教区担任圣职的西门·安德鲁神父违反了教廷法的第一千三百九十七条，犯了杀害乌格里诺·诺格拉的罪行。法庭指控他在二〇〇四年八月二十一日晚大约五点的时候在冈多菲堡教宗别墅枪击了诺格拉博士，造成对方的死亡。下面是列举出的证据：

人证：圭多·加纳利先生，冈多菲堡教宗农庄雇工；安德里亚斯·巴赫米尔博士，梵蒂冈博物馆中世纪及拜占庭艺术研究者；欧金尼奥·法尔科尼，梵蒂冈警察局局长。

物证：安德鲁神父在教廷国务院的私人档案；诺格拉博士在土耳其安卡拉教廷驻土耳其办事处电话上留下的口信；冈多菲堡教廷别墅

监控录像上留下的影像。

　　我请求法庭下达有罪判决，并判以以下刑罚：剥夺安德鲁神父的神职。

二〇〇四公历年八月二十二日下达

尼科洛·帕拉迪诺神父
教廷检察官

　　我把这份包含着威胁意味的传票放回桌面上。教廷法庭有权把他赶出教廷国务院，甚至有权把他驱逐出罗马。但检察官在传票上却要求教廷法庭对西门做出最严厉的刑罚：剥夺我哥哥的神职。我早已经意识到了这种可能性，但亲眼看到检察官在传票上如此求刑却还是在我的心头蒙上了一层阴影。

　　"看看他罗列的证据，"米格纳托说，"有什么熟悉的内容吗？"

　　"乌戈被杀的那天晚上，圭多·加纳利是我找去的，"我指着传票上圭多的名字说，"他帮我打开了别墅的门，开车送我找到西门。"

　　米格纳托开始做起了笔记："他看到了什么？"

　　我不知道他这样问的用意。"我在能看清现场一切的很久之前，就让他把我从车上放下来了。"

　　"那这个呢？"

　　他指着西门在教廷国务院的私人档案的那行问我。

　　"我不太清楚。我只知道西门今年夏天因为工作上的事情受到了表彰，但我看不出这之间有什么关联。"

　　"他为什么得到了表彰？"

　　"因为在沙漠里救了乌戈。"

　　这时我想起了米切尔的说法，他说西门是因为做了别的什么事才受到表彰的。

　　米格纳托抬头看了我一眼。"在你哥哥和诺格拉的关系方面，还有什么需要让我知道的吗?"

他甚至没打算掩饰自己的本意。

"没有了,"我高声说,"西门只是想帮他。"

米格纳托靠回到椅背上。"除非监视探头拍到了什么,我实在看不出有什么直接证据。靠目前的这些间接证据,他们必须找到令人信服的动机才行。如果动机不在你哥哥和诺格拉的关系上面,那还会有什么证据呢?"

"西门没有任何动机。"

米格纳托把笔放在文件首页的边缘,将笔作为隔开我们两人的边界。"安德鲁神父,你认为他们为什么用教廷法而不是刑法对他提起起诉呢?"

"你应该知道我的想法。"

"在教廷法庭的二十年间,我从来没遇到过谋杀审判,一件也没有。但我可以告诉你我对他们这样做的看法。他们之所以采用教廷法是因为教廷审判过程保密,记录封存,判决对外秘而不宣。在所有的层面上,教廷的审判都会做到安全保密,不必担心有什么让教廷感觉到不舒服的事会泄露出去。"

他故意用轻快的声音对我说,试图在不经意间把我知道的事情给套出来。

"我对那天晚上发生的事一无所知。"我对他说。

"在教廷法庭工作的二十年间,像他这样拒绝为自己辩护的人也是绝无仅有的。这说明我的客户很清楚那些会让教廷感觉到不舒服的事情是什么。"

我点点头。"你说对了。他们认为乌戈有个秘密,认为西门知道这个秘密是什么。"

"我想问你:他们搞错了吗?"

"搞错没搞错根本无关紧要。要紧的是你的话证明了我的观点:审判是威胁西门的一种手段。"

"你误会了。在对你哥哥进行起诉的前提下,进行教廷审判只是为了防止机密在审判中偶然被泄露的一种方式而已。"

"我哥哥没有伤害乌戈。"

"那我们重头再讨论一遍。为什么你哥哥在诺格拉博士被杀的那天晚上出现在冈多菲堡?"

"乌戈打电话给他，说自己惹上麻烦了。"

"在谋杀案发生之前的那天下午，他们做过交流吗？"

"我想不会有。乌戈说他去得太晚，没能救上乌戈。"

米格纳托指着传票上标明案件细节的那部分内容，指尖在"监视探头上留下的影像"这几个字上晃荡。"监视探头的影像上留下了什么？"

"我一点都不知道。"

他皱了下脸皮，在笔记上记下一段内容。

"你还有什么要解释的吗？"记完以后，他抬头看着我。"听说你和你舅舅聊过诺格拉博士的展览。既然来自都灵的裹尸布已经被证明来自中世纪，为什么你认为加鲁波主教会就展览上的这块裹尸布威胁你哥哥？"

"乌戈将证明测试的结果是错误的。"

米格纳托的眼睛稍稍瞪大了些。

"他还将证明裹尸布是如何到了这儿，如何落到我们天主教徒手中的。"我又说。

米格纳托又开始记起了笔记。"你继续说。"

"裹尸布过去保存在东正教徒控制的地域，在我哥哥曾经工作过的土耳其，它是属于东正教的基督教遗物。在教派分裂的一〇五四年之前，裹尸布属于统一的教会。"

我不确定裹尸布是怎么来到西方的，但无论它是怎么来的，其中的意蕴都不会有什么不同。

"这是件会引起争议的事情吗？"米格纳托问。

"大人，这会导致关于所有权的纷争，如果它出现在教宗本人的博物馆里那麻烦就更大了。"

米格纳托又唰唰写了起来。"你觉得裹尸布会在这场纷争中消失吗？"

"即便不在两大教派的纷争间消失，裹尸布也回不到都灵了。不发生所有权纷争的话，乌戈说裹尸布会被转移到圣彼得大教堂的圣物保管室。"

"根据你的说法，"米格纳托说，"反对诺格拉研究的那些人想阻挠这次展览。"

"就是这个意思。"

他抬起头。"这么说来,杀害诺格拉的人是想让他住嘴。"

我还没完全信服这个结论。"我想应该是的。"

"但你又说这么多人受到威胁——其中也包括你——是因为诺格拉有个秘密,他们想知道这个秘密究竟是什么。"

"我是这么说的。"

他停下笔,在两只手掌里转着这支笔。思考了一会儿,他用慈爱而坚定的声音对我说:"这我就不明白了。你说有人想阻止这次展览,有人不想让裹尸布公诸于世。但又说有人威胁你让你揭开这个秘密。"

"不相信我的话,我可以给你看送到宾馆房间的那张纸条。"

他极不情愿地同意了。我突然第一次意识到他还没琢磨好能从多大程度上相信我。

回到卧室以后,我发现彼得已经在床上睡着了。把被子替他盖好以后,我拿着信封回到米格纳托那里。看过照片后的文字以后,他保持了很长一段时间沉默。最后他说话了。"给我点时间。今晚能让我把照片带回去吗?"

"可以。"

"我还需要时间好好消化你刚才告诉我的那些事,"说着他看了看表,"明天早晨你能来我办公室见我吗?"

"当然可以。"

他给了我一张名片,在名片背后写上早晨十点的时间。"我还有很多诺格拉展览的问题要问你,麻烦你准备好相关问题的答案。同时,我希望尽快找到你哥哥在哪儿。如果你先找到他,请尽快跟我联系。"

我点头的时候,他已经站起身,把传票放回了公文包。

"最后还有一点,"米格纳托把包上锁时对我说,"你最好找管家谈谈家里被闯入的事情。"

"她绝没有对此撒谎。"

他低下声音。"神父,你让我相信一个我认为绝对不可能的说法。作为回应,我要你和你的管家好好谈谈。我必须知道警方为何会得出那种结论。"

第十五章

米格纳托离开以后，我独自在长条桌边坐了一会儿。我看着西门坐过的那把椅子，看着西门拒绝看的传票曾经放着的粗呢台面，心中百感交集。随着米格纳托的离开，形势已经很难逆转了。哥哥亲手把自己推向了绝境。

我们和愿意跟船一起沉没的船长没有太大的不同。尽管我们告诉孩子们犹大做的最糟的事——比背叛耶稣基督更糟——是选择了自杀，然而我们信仰的原动力却在于走向自我毁灭的冲动，为朋友舍命。耶稣在福音书中说，没有比这个更大的爱心了。我很想知道西门为什么要这么做。为了乌戈吗？为了对父亲的回忆吗？

是为了我吗？

西门十七岁时，也就是父亲死后刚刚几个月的时候，他和我们的几个瑞士卫兵朋友一起去了一个酒吧，看见几个警察正在酒吧里掰手腕。警察们不是在比赛，只是发泄工作之后残余的精力而已。西门还没到能开车的年龄，但已经是个子最高的人了。父亲死后，他经常去瑞士卫兵的健身房打练习反应的速度球。因此在西门走进酒吧的这个时刻，他的肱二头肌已经很粗壮了。警察们看见西门卷起的袖口下裸露出的肱二头肌，纷纷想和他比试比试。

卫兵们觉得有义务保护我哥哥。那时，我和哥哥还没走出父亲的死留给我们的伤痛，没有人比这些来自异国他乡的兄弟更了解我们的孤独。在酒吧里看到这个情形以后，他们把西门拉走，准备带他离开——瑞士卫兵的军官却让他们等等再说。他想先看看情势会如何演变。

西门输了第一局比赛。他稍稍把手肘抬离了桌面。趁着他这次犯规，对阵的警察一下子把他的手腕摁倒在桌面上。收拾好桌子以后，西门从瑞士卫兵的军官那里得到一些指导。这次他赢了，几乎把对方的胳膊弄骨折。这次掰手腕比赛成了哥哥命运的转折点。

那天晚上，军官把西门带到了瑞士营房自己房间外的露天平台。他问了西门两个问题：你真想成为一个神父吗？你愿意用另外一种方式为教宗服务吗？

军官向他解释了一种在我们教会代代相传的军事传统。五个世纪以前，有个士兵以军事纪律为基础建立了基督会，现在是时候荣耀基督会的精神了：招募士兵，对他们加以训练，把他们组织成一支军队并服务于这个纷争不断的世界。对西门这样的人来说，服务于这样一支军队能用上他在教会里永远用不上的体力。第二天晚上，西门跟着军官去了罗马，去参观一场军官口中的"集会"，军官让西门以开明的态度看待这场集会。

后来我才知道他们去的地方是一个名叫"斗狗"的酒吧。罗马警方一个月前取缔了酒吧里的斗狗活动，但很快热衷于此的人便在酒吧里搞起了搏击赛。大多数参加搏击的是无家可归者和移民。搏击赛进行得异常惨烈，许多次都以遍地的鲜血而告终。

军官让西门注意人群中的儿童。儿童中有男有女，年龄从八到十二岁不等。他们浑身脏兮兮的，为喜欢的搏击手大声呐喊助威。"这些孩子不来做弥撒，"军官说，"如果想接近他们，你就得做搏击手"。

后来，西门把那天晚上的一切都告诉了我。孩子们伸出手臂，触摸从他们身前经过的搏击手，狂热地抓住他们的裤脚不肯放开。达到可以下注的年龄的孩子们站在人群的前沿，把钱扔在搏击场上。不能下注的孩子们只能待在人群中靠后的地方。这时军官说了句西门永远无法忘怀的话：你从来没有见过哪个孩子这样看着他的神父吧。他指着一个拼命往投注者里挤、眼睛一眨不眨地看着搏击赛的男孩说。西门说这个男孩简直像油画里殉道的圣徒。

"先生，"西门说，"我不会搏击。"

"接受一定的训练以后，"军官告诉他，"你就可以进行搏击。如果你赢了，这些男孩就会追随你，甚至会去参加弥撒。"

西门什么话都没说。军官向他解释道："搏击其实并不邪恶。搏击只不过是激烈点的舞蹈，参赛双方约定不去打对方的脸。我训练你几个月，然后送你进搏击场。"

"几个月就行了吗?"我哥哥问他。

"你的速度球打得非常好,如果再练练力量和协调性,十周之内就能准备好了。"

一直没把视线从那个男孩身上移开的西门说:"十周后这个地方就不在了,我会把它给烧掉的。"

"别自欺欺人了。他们会再找个地方的。他们没有父母,没有神父的教导。但你可以用你的胳膊,你的力量引导他们。"

"你一定是想建立一个军事化的宗教团体吧,可他们还只是些孩子啊!"

"孩子,关键不在于他们,而是在于你。你的力量是天赐的财富。你怎么说?"

听见军官一声声地叫他孩子,我完全知道西门会怎么想。爸爸已经死了。医生没能发现母亲体内的癌细胞,但癌细胞却在母亲体内蔓延得很快。学业上总是超出同龄孩子的西门这时已经在上神学院了。上了神学院以后,他总是充当着朋友们的保姆,为他们拉架,看着他们喝酒喝到在床上呼呼大睡,睡到尿急的时候又把尿像野兽似的撒在自己或带回家的女孩身上。正是在这个时候,有位瑞士军官请他参加搏击。我从没问他为什么会同意。但我觉得西门一定是在人群中的那个男孩身上找到了我的身影。

于是卫兵们对他开始特训。他们把他带到兵营里我们以前从未被允许进入的比武场,西门在那儿学会了直拳、勾拳以及如何迎击对手的技巧。因为不想击打对手的头部,他没有学习上勾拳。但对于他这么高的拳手来说,这些技巧已经足够了。

九个星期以后,西门进行了自己的第一场比赛。和以往一样,他进行的这场比赛我又是最后一个才知道的。西门那场比赛的对手是个只要不在机场装卸行李就整天喝酒的阿尔及利亚人。至于别人是怎么形容西门的,那我就不知道了。

这场搏击进行得很艰难。西门左冲右突,佯装出拳,弄得对手很不耐烦。当阿尔及利亚拳手接近他想击打他时,西门却突然对他加以猛击。第三回合快结束时，对手已经知道西门这个大高个是想把自己耗死了。他那肉墩墩的胳膊不断地左打一拳，右打一拳，但一拳都没打上。但后排的男孩们却不干了，他们憎恨西门这种虚与委蛇、躲躲闪闪的打法。他们同情那个认为搏击就是要有些你来我往的阿尔及利亚人。赛后，西门告诉那些孩子们，他不是个拳手，只是个希望有朝一日能当上神父的青年人。他是为他们，为他们这些羔羊们才参加搏击的。每次搏击以后，他都不厌其烦地跟这些孩子重复这句话，使这句话深入到了他们的内心深处。他告诉他们，对对手感到害怕是种什么感觉，每场搏击前和搏击后自己又是如何祷告的。西门发现自己的话很快地赢得了这些孩子的共鸣。没几天，他们就开始为西门声嘶力竭地呐喊，等待着他标志性的出拳，为哥哥正视对手引起对手杀气的气势以及不断变幻的进攻和防守变化而叫好。

西门的搏击进行了六到七场以后，我的好朋友吉安尼·纳尔迪听说了这种搏击赛。他不知道西门也参赛了，只知道街头酒吧里的这种比赛非常刺激，于是我们就去了。

那段时间，我知道西门一定是去什么地方了，但不知道他去的是举办搏击比赛的酒吧，更不知道他也参加了搏击。以往的每个周末，他总会回家看看妈妈的身体情况，然后把我带到美国人在帕斯奎诺开办的电影院看上一场电影。现在他周末回来得少了，而且总是觉得愧疚似的给我带来礼物。

我当时十三岁，对世界上的一切都充满了好奇，同时又感到非常空虚。我已经习惯了家里的渐渐冷清，西门回家次数的减少对我来说根本不算什么。我知道，我必须依靠自己才能活下去。吉安尼的父亲是圣彼得大教堂的管理员，他有圣彼得大教堂屋顶工具房的钥匙，因此我们可以像国王那样在教堂的屋顶上和女朋友们一起野餐、喝红酒。那时他的女朋友叫贝拉·科斯塔。我的历任女友分别是安德丽亚·诺芙里、克里斯蒂娜·萨尔瓦妮以及身材丰满得不像十四岁少女，我常觉得连教堂屋顶的雕像都会忍不住回头看她的皮娅·蒂佐尼。我从没想过西门正在做些什么。即便别人告诉我他参加了搏击赛，我也不会相信。那时，我才是家里的斗士。西门属于罗马天主教——高大强健却不温不火——而我却继承了爸爸希腊人的基因，不屈不挠而永不服输。我经常和其他男孩子打架，并乐在其中。因此当吉安尼告诉我在"斗狗"酒吧有搏击赛时，我就央求他带我去，因为我想亲眼看看这种赤手空拳的自由搏击。

我们看的第一场搏击在两个流浪汉之间进行，这样的搏击只是为了换取观众一笑而已。进行到第六个回合的时候，观众早已坐不住了。报幕者宣布第二场开始，在第二场搏击比赛中，一个矮个子土耳其人很快把一个全身戴着护具抖抖索索的人给打趴下了。接着要开始第三场搏击，没等报幕员开口，拳台四周的男孩都起身安静下来。

率先走上拳台的是一个皮肤苍白的拳手，他像是马上要参加弥撒一样耐心地将鞋帮上的泥巴抠掉。一看到他，酒馆里的男孩们就发出了山呼海啸般的吼叫。他们闭上眼，声嘶力竭地为他叫好。拳手背对着我们，但脱了衬衫以后——像撕开一层胶布似的脱去衬衫——我觉得自己的喉咙突然一紧。我认出了拳手身上的肌肉，我对这些收缩在脊椎周围的肌肉非常熟悉。

"天哪，"我听到吉安尼说，"不看了，我们快离开这儿吧。"他拉住我的衬衫。"阿列克斯，拳台上站着的是你哥哥。"

但是我已经挤入了人群。孩子们不断地大呼小叫，使劲往地上跺脚。神——父！神——父！神——父！

前排站着的人把钱扔成两堆作赌注。这时，第二个搏击手跳入了绳圈。他虎背熊腰，肤色粉红。人群默念道，是个俄罗斯搏击手。在这样的对手面前，我平生第一次感觉到哥哥还只是个孩子，一个被扔进大箱子里的孩子。哥哥比对面的俄罗斯人高上九到十公分，前臂像搅拌混凝土的工人一样粗，但身体的其他部分却像是上帝扯出来的泡泡糖一样细瘦。

有人用扳手敲响了头顶上的一面鼓。西门率先从自己的那一角走到了绳圈中央。我喊着他的名字，但喊声很快在如潮的助威声中被淹没了。我挤到拳台边缘。这时，不知为何，我只是静静地站在那里看着拳台上的搏击。我急切地想要看到双方的搏击，急切地希望西门在搏击中伤害对方。

父母总是想方设法让我们避开这种地方。我在学校里打架以后，爸爸用鞭子抽了我一顿。但现在这里只有我们两个人了，我想，你可以展示给我看。因为我的身体里也有这样暴烈的因子。今天晚上，请尽情为我展示你的力量，用你的拳头打碎对方的下巴。

我的脚步随着西门在拳台上腾挪的步伐而不断移动。他对步伐快慢的掌握以及何时该停何时该动的直觉和我完全一致。俄罗斯人一定练过沙袋，手上和胳膊上的肌肉非常强健，但手和胳膊的移动速度却非常慢。他把拳头挥向西门的时候，西门早就躲到一边去了。这时西门就会用直拳重重地击打他。接着俄罗斯拳手又摇摇晃晃地展开第二次进攻。他的脸上流血了，肋骨两侧都是瘀青。被打，进攻；被打，再进攻；对手反复着这样的套路，一次一次被西门重击。

孩子们沸腾了。我咧开嘴，大声地呼叫着。

继续打，我叫着，把他打倒！

但叫着叫着却变了味：

"继续打，杀了他！"

西门突然在绳圈中停下了动作。他停下脚步，把视线盯向人群。

俄罗斯拳手靠在绳圈上，获得了喘息的机会。

我突然感觉到头上蒙上了一层阴影，西门应该不会在这道阴影中看见我。

但他可以感觉到我。我想转身就跑，但他正盯着人群，一跑就会被他发现。

俄罗斯拳手气势汹汹地又上来了，我能做的只是用手指着他，提醒西门注意。

西门及时地转过身。俄罗斯人只打到了他胸口的几根胸毛。但不知是什么原因，西门犹豫了一下。他看着我，失去了挥拳的节奏。连围观的孩子们都看出了这一点。

"神父加油！"人群中的一个男孩大声喊。

但西门一直没把视线从我身上转移开。

我向你发誓，我不会再来这儿了。但这一次，为了我，请你结束这场搏击。即便医生要把你的对手缝合起来，你也不能手软。拿出你的行动，告诉我你完全明白了我的意思。

从西门脸上的表情和他眼中的神态，我知道他明白我的意思了。他转过身，向俄罗斯人摆了摆手，示意对手重新开始搏击。

俄罗斯人往人群里看，寻找着我的身影。

别看他，西门做着口型，向对手挥挥手，冲我来。

人群重新沸腾起来，观众像食人族一样大吵大嚷。俄罗斯拳手朝前一步，击出拳头，然后又把拳头收了回去。

西门左右晃动了一下，但是没有出拳。

俄罗斯拳手连续出了两记直拳——西门让拳头重重地砸在自己身上，围观的男孩们都闭上了嘴。

"继续来。"他张开手说。但这次，他没有握紧拳头，而是张开了左右两只手。

俄罗斯人在西门的肋骨上重重地来了一拳，西门站在拳台上，什么动作都没做。他直起腰，脸上露出痛苦的表情。

俄罗斯拳手接着连续地出了一套三连击组合拳：拳头像货运列车一样从西门的肩膀旁边擦了过去。最后一记后手直拳打得西门乱了方寸，西门难受地弯下了腰。

西门不由自主地抬起手护住头，但两只手还是努力往下压。俄罗斯人打出一记左勾拳以结束比赛，脸上洋溢出开心的笑容。如果哥哥愿意承受打击的话——如果他一直像浮标那样垂下头——这记左勾拳对西门造成的危害将非常大。

在那之前和在那之后，我从来没见过类似的搏击。俄罗斯人放下右手，一点都不警惕，用拔出螺栓的系簧枪似的左勾拳打在西门的脸颊上。西门的头像是要从脖子上掉下来一样，但好在没有发生这样的事情，西门只是被俄罗斯人打得飞起来，然后躺在地上不动了。

我跳过绳圈，大哭大叫，不知道该干什么。但很快有好几双手抓住我的胳膊，把我拽了回去。我左右挥了几拳，不过西门此时在地上晃动起来，努力使自己站起来。他把身体转向我。浓稠的血从他的嘴角落下来，但他只是用眼睛牢牢地盯住我。这就好像一门课只有我和西门没能通过，我们两兄弟只能硬着头皮想出应对之策似的。

俄罗斯人捏紧着拳头站在那里，因为他知道接下来会发生些什么。

在我们头上的高排座位上，孩子们再也坐不住了。别再打了！他们喊着。不！他为什么不打了呢？我对西门摇了摇头，嘴角边流着一滴口水，我尖叫着，求求你，请千万别这么做！

但他只是用胳膊擦了擦流血的嘴唇，拍了拍脑袋两侧，重新投入到搏击中。

俄罗斯人使出了一记能把大树切成两半的上勾拳。这记拳头击中了西门下巴还没受伤的部分，西门的头被打得折转了方向。西门还没落地之前，比赛就结束了，西门输掉了这场比赛。

让我瞠目结舌的事情还在后面。

老天，这些孩子是多么地敬爱西门啊！他们像决口水坝涌出的洪水一样从高处的座位上跑了下来，搬来整支军队都很难阻挡他们。我坐在拳台边上的第一排，目瞪口呆地看着他们一波波地涌上拳台，围在西门身边，不让俄罗斯拳手再上前一步。我不知道搏击赛的组织者往常会对失败者怎么做——多半把他们带到街上，用车送到邻街扔到下水道里——但西门不会碰到这样的遭遇，孩子们已经里三层外三层地把西门紧紧围住，似乎未来的命运都维系在西门身上一样。他们把西门背在自己高低不一的背上，带着西门穿过人群，带出了门。我看见他们在酒吧门外站在一起，把手伸进口袋，摸索着送西门去医院的出租车费。半数的孩子看上去一星期都没吃过什么东西，但他们却掏出口袋里的最后一个铜板去救西门。

终于追上了这群孩子以后，吉安尼介绍了我们的身份，说我们会把西门带回家，我们住的那幢楼就有可以给西门疗伤的医生。孩子们诧异地看着我们，因为他们在吉安尼的话语中听到一个词语，一个具有魔力的词语，一个可以把海分开、使死人复活的词语。

梵蒂冈。

"请救救他，"一个孩子对我说，"别让他死。"

另一个说："把他送到二爸爸那里。"

二爸爸指的是约翰·保罗二世教宗。

在出租车融入夜幕之前，我看见的最后一幕是孩子们齐集在一起看着西门离开的场面。他们看着我哥哥从他们占据的这条街道消失，一边看一边为他祈祷。

坐在西门拒绝为自己进行辩护的这张长条桌边，我突然想到，他是权衡了利弊以后才这样做的，这样做才会对教会更好。他打心底里相信这样做是为了某人好。我不知道这个人是谁，更不知道是因为什么。

但我知道，我必须阻止他。

第十六章

离开前我去看了看彼得。他刚才还在看卡通片，但现在电视已经关上了。洗漱台上的洗漱袋带有水渍，我知道彼得已经刷过牙了。他甚至已经开启了夜光灯。我亲了亲他的前额，把他那沉睡的身体挪到床中央，心想他长大以后会不会像他的伯父那样扛上所有的包袱，像他的伯父那样伤我的心。

在电话旁边的便笺纸上，我给迭戈留了条口信

迭戈：

　　我出门为米格纳托办事，一两个小时以后马上回来。彼得醒了的话请马上给我打手机。

阿列克斯

接着我打电话给列奥，让他陪我一起去海伦娜修女所在的修道院。

修道院位于梵蒂冈山的一侧，夜里万籁俱寂。脚下的罗马是个纸醉金迷华灯齐放的世界，但这里却漆黑一片，伸手不见五指。我和列奥凭着记忆朝修道院前行。

他没有问我为什么去那儿，他什么也没说。当沉默渐渐变得凝重时，我决定把事情的原委告诉他。

"他们指控西门杀了人。他们认为他杀害了乌戈·诺格拉。"

列奥停住脚步。在黑暗中，我看不出他的表情。

"什么？"他问，"西门究竟做了些什么？"

"我不知道，他甚至拒绝为自己辩护。"

"你这是什么意思，拒绝吗？"

我实在想不出什么理由为西门解释。"西门……他只是……"

"他将把余生耗在瑞比比亚监狱[1]的号子里。"

"不会。西门将会被送到教廷法庭，这点请你对外界保密。"

他思索了很长一会儿，然后问我："他们为何要这么做？"

"我不知道。"

"西门没告诉你吗？"

"他被软禁了。"

更长的一阵沉默。

"如果你能搞清他被带到了哪儿，"我说，"我也许就有办法着手开始调查了。"

教宗宫各处都安排了瑞士卫兵。

"当然，"列奥说，"我会找到他的。"但他的嗓音柔弱，显然并不确定。之后他又轻声问了我一句："不是西门干的，是吗？"

我哥哥是个奇怪、高深莫测的人。即便在朋友看来，他也是那种什么事都能做得出的人。天知道教廷法庭的三个法官会对他怎么想。

过了不久，我们终于看见头顶亮着的一片灯光。我们到了建造于中世纪的一座高塔，塔的顶部竖着梵蒂冈电台的天线。塔边高墙上覆盖着圆饼式天线接收器的是约翰·保罗二世的另一个建筑工程：为本笃派修女建造的修道院。

"我在这儿等。"列奥说。

列奥没问我要干什么，他知道海伦娜就住在这儿。

我按响了修道院的门铃。没人到门前应门。一扇窗户透着光，但修道院里一点声音都没有。我站在门口耐心地等待着。在过去的一千六百年里，本笃派教徒的家庭都遵循着一个法则：客人来了必须像接待耶稣基督一样接待对方。

过了很久，门才被打开。站在我面前的是一位戴着白头巾和平光眼镜的圆脸女人。她身上的其他一切都是黑色的——黑色的面纱、黑色的束腰

---

1 罗马市郊的重刑犯监狱。

外衣、黑色的腰带和黑色的肩带。

"修女，我是阿列克斯·安德鲁神父，"我说，"我儿子由海伦娜修女照管，能让我同她谈谈吗？"

她默默地看着我。这里只住了七个修女——从规模上还难以称得上女修道院——互相之间了解得都很清楚。我很想知道她对我究竟了解多少。

"神父，我去叫她的时候你能否在小礼拜堂里等上一会儿呢？"

但我怕在礼拜堂说话会被其他修女偷听。"如果区别不大的话，"我告诉这位修女，"我宁愿在花园里等她。"

她打开门，像是我在这儿想怎么干都行似的。修女们播种收获，收成却由教宗独享。我的教会里没有本笃派教徒——东仪天主教的修道制度与罗马天主教不同，不像罗马天主教那样强调禁欲——但我对修女们的无私非常崇敬。

我一边等，一边在花园里的小道上踱步。梵蒂冈的男孩子都喜欢爬上树偷果子，教士们对此都会睁一只眼闭一只眼。没过多久，门口传来修女服下摆摆动的细微声音。我转过身，发现玛丽亚·特蕾莎院长站在我面前。

"神父，"她语气敬重地说，"欢迎你的到来，有什么需要帮忙的吗？"

她面容温和，看上去比实际年龄小，只是眼睛下一点点疏松的眼袋使她有了点老态。但她的表情却很严肃。我在晚祷后本笃派教徒都不能说话的"静默期"时来过这儿，只有和宾客寒暄的声音才能打破静默。

"事实上，我是来找海伦娜修女的。"我对她说。

"我知道。她一会儿就会和你谈。"

我猜她是出于礼貌才来和我打招呼的，卢西奥舅舅是本笃教派这一支派的保护人，是在梵蒂冈为她们争取共同利益的人。然而，她接下来的声音里却没了尊重。"下次，我就不会让海伦娜修女或我们这里的教会卷进这件事里了，希望你能理解。"

她一定知道了西门的事情。

"无论你听到了什么，"我告诉她，"那都不是真的。"

她把手放在身体后面，让我看不出她的身体语言。"神父，"她说，"我衷心希望你能尽快了结和海伦娜之间的事情，祝你晚安！"

她微微鞠了一躬，然后飘然向门口走去。门边站着熟悉的海伦娜，院长经过时她低下了头。院长离开以后，海伦娜在黑暗中向我走来。

海伦娜满是皱纹的脸上堆满了忧伤，她甚至连看我都不敢看。"阿列克斯神父，"她轻声说，"真是太对不起了。"

"听说西门的事了吗？"

海伦娜抬头问："他怎么样了？"

我松了口气。乌戈的死以及我家被人闯入的事情可能很多人都知道了，不过对西门的指控还没几个人知道。

"我必须问问你发生在家里的事情。"我说。

她丝毫不奇怪地点了点头。

"在闯入事件发生之前，"我问她，"西门有没有对你说过什么？"

她合上眼皮。"闯入发生以前吗？闯入以前我和西门谈过话吗？"她灰心丧气地叹了口气说，"我的记忆力该不会这么糟吧！"

她的记忆肯定没这么糟。

"在那之前你和他谈过吗？"我追问道。

看着我时，她脸上的悲痛被好奇所取代。"神父，发生什么了？他们说了些什么？几个小时前有个警察来了修道院，但在提问前就被赶走了。"

"请先回答我的问题。你和西门之前谈过什么吗？"

"没谈过。"

"没以任何形式交流过吗？"

"阿列克斯神父，"她说，"自打上次在您家给他做饭以后，我就一个字都没和他说过。"

"那是好几个月之前的事情了吧。"

"是的，圣诞节的事情。"

海伦娜身后站在修道院门口的院长大声喊："海伦娜修女，来访可以结束了吗？"

海伦娜飞快地说："跟我说实话，有人惹上麻烦了吗？"

"警察说根本没有人闯入我家。"

海伦娜怒了："难道家具是自己倒在地板上的吗？"

我把警察的想法告诉了她。"他们没有找到暴力闯入的痕迹。"

她像被人刺痛一般皱起了眉。"怎么会没人闯入，我听见了敲门声和撞门声，门很快被撞开了。"

"但临走时我可是锁上了门的啊！"

"是的，我记得。"

"你没把彼得带到别的地方吗？没带到萨穆埃尔家吃甜点吗？"

"没有。"

"门不是由于其他原因被打开的吗？"

"不会，"她脸红了，但似乎回忆起了一些事情，"我飞快地抱住彼得，但在我把自己和彼得锁在卧室里之前，对方已经闯进了门。"

院长又喊了一声："海伦娜修女……"

海伦娜失望地把手放在脸颊上。

"你已经竭尽所能了，"我宽慰她，"接下来的事情尽管交给我吧！"

玛丽亚·特蕾莎修女气势汹汹地走了过来。我退后一步，但海伦娜修女却抓住我的胳膊轻声说："她不让我再照看彼得了。"

"为什么不？"

"她被警察的来临吓坏了，我试着让她改变主意，但她坚持不肯松口。神父，真是对不起。"

我还来不及说话，她已经转身走了。院长狠狠地看了我一眼，然后带着海伦娜修女朝门口走去。六个黑乎乎的身影在楼上窗口看着我在漆黑的路上朝列奥那边走。

列奥把车开上前往卢西奥舅舅家的那条路，询问海伦娜修女究竟对我说了些什么。但我却示意他朝另外一个方向开。

"我们要去哪儿？"列奥问我。

"去我家。"

美景宫依然灯火通明，家家的电视机几乎都开着。二楼嫁给塞拉先生的阿根廷女人正在厨房里跳舞。快到门口的时候，楼道角落里正在缠绵的一对年轻人突然松开了彼此。我对回到这里感到由衷的快乐！

我回家了。

走进后门，我看见一个邻居像门房一样坐在大门内侧。"神父！"一看到我他便站起身来。

"你在这儿干什么？"我问他。

安布罗西奥是教廷网络办公室的全职计算机维修员。

他压低嗓门告诉我。"警察不再看守这幢大楼以后，我们几个就开始轮流值班了。"

我感激地搭了搭他的肩膀。他们至少相信海伦娜没说假话。

安布罗西奥问我有没有进一步的消息，我告诉他没有。因为不想被其他人注意到，我快步走上了楼梯。走上顶楼以后，我发现有人已经把从楼道口到我家门前的破灯泡换掉了。这里显然加强了警戒。到了门口以后，我弯下腰，仔细地检查了一下门。门锁的锁舌看上去没人动过，门框也没有毁坏的痕迹。我有钥匙，但转身问列奥："知道怎样撬锁吗？"

他笑了。"肯定比你强。"

我们使劲撬门，但门锁的机制非常牢固，锁芯一动都不动。

"太让人不好意思了，"他说，"我过去很擅长撬锁。"

我沿着过道，走到隔壁的医生兄弟家。我一直害怕会有要这么做的一天。

"你这是要去哪儿？"列奥问我。

我掀开他们家的门垫。

"该死！"他看见门垫下的光景以后轻声说。

父母搬进美景宫以后，我们家就把备用钥匙放在隔壁医生兄弟家的门垫底下。隔壁医生家同样也把备用钥匙放在了我家的门垫下面。不过其他地方就没放备用钥匙了。

我转过身，掀开了自己家的门垫。隔壁的钥匙仍然放在门垫下面。我揉了揉太阳穴。

"怎么会被其他人知道呢？"列奥问。

"米切尔。"我轻声说。

"什么？"

"是米切尔·布莱克告诉他们的。"

米切尔把我家的住址和如何进入我家的方法告诉了他们。爸爸总是忘带钥匙，米切尔很清楚我家的备用钥匙放在哪儿。

"我还以为他是你家的朋友呢！"

"他受人威胁了。"

列奥冷笑一声。"真是个懦夫。"

听到下面的楼梯传来脚步声，我赶紧蹑手蹑脚地回到家门前，用钥匙打开门。这时我突然想到，家里的另一份钥匙依然在别人手里，这意味着这两天持有钥匙的人依然可以在我家自由出入，兴许他现在都在我家呢！

"你的邻居们正在守卫着这幢楼，"听到我的想法，列奥尽力宽慰我，"闯入者不会再回来的。"

"那就好。"

家里没有任何变化。列奥伸手想要开灯，我拉开他的手，指着窗户对他说："别让人看见。"

他似乎受到了打击，没好气地问我："你准备怎么办？"

月亮在家具上投上了一道诡异的光芒。我没碰任何东西，试图想象出海伦娜修女那天晚上连续做出了哪些动作。听到敲门声时她坐在桌子旁边。敲门的人喊着我和西门的名字。我的视线沿着她抱着彼得逃奔的方向从厨房转移到卧室。她还没把卧室的门关好，外面的门就开了。家门和卧室门的距离还不到二十英尺。

我吐了口气。

"列奥……"

列奥觉我一定是听见了什么声音，把目光投向了楼梯口。他没能理解我的意思。

"彼得看见他了。"我说。

"你说什么？"

"昨天晚上他从噩梦中惊醒，然后哭叫着说，我看见他的脸了，我看见他的脸了。"

"不会吧，看到的话他一定会说些什么的。"

海伦娜抱彼得的时候总是保持着相同的姿势：让彼得贴在她的胸前，这样一来，彼得就可以看见她背后的情况了。

"你真这么想吗？"列奥问。

电话铃响了，但我没去理电话铃声，而是对列奥解释说："警察来的时候，他害怕得说不出话。之后我一直没提这件事，我不想让他担心。"

今晚我就不叫醒他了。但我会找来照片让他认人，一些他也许认得出的人脸照片。

自动应答机开始工作，但电话那头没有传来说话声，只有一声类似于关门的奇怪声音。

"我们走吧。"我对列奥说。

可我突然感觉到列奥把手放在我的身上，把我往后推。他正盯着门口的什么东西。我渐渐看清楚了，门口站着的是一个人。

"你是谁？"列奥问，"快报上名来！"

我退了一步。

那人没发声音，只是伸出了手臂。

灯亮了。

一个老头风风火火地冲进了我家，两只瞳仁瞪得老大。或许是为了遮蔽光线，又或许是为了躲避列奥的袭击，他举起一只手臂挡在身前。我看清楚了来人的样貌，是隔壁医师两兄弟中的萨穆埃尔。

"阿列克斯神父，"他说，"你回来了啊！"

"弟兄，你怎么到这儿来了？"

"我一直在试着给你打电话。"

"发生什么事了？"

他很紧张，用排练出来般的奇怪声音传递着某种不属于他的信息。

"有人来找过你。"

"什么时候啊？"

"今天早晨。我听到过道里有声音，于是出门看了看。"

"发生什么事了？"

　　他不安地蠕动着身体。"阿列克斯神父，我不想掺和在这件事里。我和对方说好如果再看见你，我就打电话告知。"

　　"萨穆埃尔，你在说些什么啊？"

　　"阿列克斯，我刚打了电话。"

　　刚准备回话，列奥突然不明不白地说了些什么。他正盯着过道里我看不清的什么东西。他的脸抽住了。过了好一会儿，他才好不容易说出句话来。

　　"我的老天啊！"

　　萨穆埃尔退了一步，然后马上溜进了自己的公寓。门很快咔嗒一声关上了。

　　我走到门外。

　　一个人影出现在过道尽头。这人一身黑衣盘桓在楼梯口。认出这个人后，我的皮肤突然一紧。

　　"阿列克斯！"

　　我的名字回荡在楼道间，声音像斧子一样击碎了我的心。

　　她犹犹豫豫地向前迈了一小步。"阿列克斯，真是太对不起了！"

　　我连眼睛都不敢眨。我怕再睁开眼睛，她又会不见。

　　"我听说了，"她说，"关于西门的事情。"

　　我说出了自己能说的唯一一个词，说出了如同福音书上每个章节的灵粮一样对我具有着至关重要作用的唯一一个词。

　　"莫娜！"

　　这是妻子生下的孩子学会走路以后我第一次同她说话。

第十七章

列奥默默地走开了。他和莫娜在楼道里打了个照面，接着两人就互换了位置，列奥离门越来越远，莫娜离门越来越近。我突然回忆起了过去温馨的一幕。我和莫娜站在门口，拎着我们买的杂货，扛着我们买的家具，抱着我们的新生儿。邻居们出门向我们嘘寒问暖，表示祝贺。萨穆埃尔弟兄放在我家门上的那么多气球让我和莫娜很难进门。

莫娜在门口站了一会儿，她需要我邀请她走进自己家。

"进来吧。"我对她说。

仅仅是她在我跟前走过时的气味，就催醒了我内心深处潜存的记忆。我熟悉这种味道。她经常在药店买的香皂就是这种味道，一种我在她身上每个隐匿处都找得到的味道。

我尽量在她进门的时候不去碰她。但流通的空气却使我的反应剧烈起来。我感觉出了她的细微变化。她的头发短了，她不再像以前那样把头发往后梳了，头发仅仅掠过了她的脸颊。她的眼睛下面出现了一点皱纹，但她的脖子和手臂比以前更瘦，线条也比以前更紧凑了。她穿的依然是以前的那条无袖黑裙，简朴却又讨人喜欢，她最爱这种款式：兼具传统和现代气息，体面但不失奔放。她上身穿的依然是以前胳膊需要包住时穿的那件黑色汗衫。我很想知道这身装束到底传递给我的是什么样的信息。

"能坐下吗？"她问我。

我指着一把椅子让她坐下，问她要喝点什么。

"水就可以了。"

她环顾着房间，表情中带着一丝悔恨。家里没有一丝变化，连镜框里的照片都没换。为了保存对她的记忆，或者说为了等待她的回归，我刻意没有改变家里的布置。和所有良善的罗马人一样，我和彼得在情感的废墟上开辟了自己的道路。

"谢谢你。"拿着杯子回来时莫娜对我说。我再一次确保两人的手没有接触。

等我在她对面的椅子上坐下以后，她让自己镇定下来，强迫自己的眼睛和我对视。开始说话的时候，她的语气很僵硬，似乎没做好足够的练习，又似乎意识到了自己的丈夫不只是一位观众。流失的岁月和这么些孤独的日子横亘在我和她之间，我迫切地期待着莫娜给我一个答案，看看她会对我说些什么。分隔的日子太久，莫娜意识到其中的很多东西用言语是弥补不了的。

"阿列克斯，"她开口了，"我知道你一定有很多问题，一定想知道这些日子我都去了哪儿。我会试着回答你想问的所有问题。但首先我有些话想对你说。"

莫娜哽咽了。她的眼神闪烁，似乎不想再对上我的视线。

"离开的时候，"她说，"我觉得这样做对你和彼得都好。我生怕留下来会对你和彼得不利。我的脑子里都是些可怕的想法。但一段时间以后，我觉得自己又是以前的那个自己了。现在我觉得自己好了点。我想打电话给你们，我想看看你们，但我又非常害怕。医生说复发的可能性很低，但即便只有千分之一的可能性，我也不能把你和彼得再卷进去。"

我想打断她的话，但她从桌面上抬起手，请求我在她能说话时让她把话说完。她的嘴抿得很紧。一时间她显得非常憔悴，脖子上的肌肉都绷紧了，咬紧牙关时，莫娜面颊上的两处凹陷显得更黑了。在那一刻，我感觉过去的几年使她一下子衰老了很多，似乎悔恨从内里将她侵蚀了一样。我心里的愤怒弱化了。我忘不了莫娜走后我和彼得遭受的那些痛苦，但遭受痛苦的显然不只是我们俩。

"我请家里人看看你和彼得过得怎么样，"她说，"他们四处打听，得知你们过得还不错。仅仅因为时机对我比较合适就把你们的生活搞个一团乱是不公平的。"

她第一次垂下了眼帘。

"但很快我就听说了西门的事情，"她说，"我知道你相当爱他，这件事一定让你很受打击。因此我告诉自己，既然事情有了变化，也许我该过来看看你们是否需要帮忙。"

莫娜的话结束得很无力，更像是对我提出了一个问题。她似乎无法确定自己是否有权介入这件事一样，突然低声哭了起来。她把双手按在桌面上，振作起精神，再次看了看我。她已经把自己能做的都做了。

我轻声问她："你听说了西门的事了吗？谁告诉你的？"

她松了口气。回答这个问题显然比回答存留在我们之间的其他许多问题轻松得多。

"埃琳娜的新男友在主教办公室工作，"她说，"埃琳娜看到了文件。"

埃琳娜是莫娜的表妹。我很想知道西门的消息从那个办公室传播了多远。

"谁把我和彼得的事告诉你的？"我问她。

莫娜又一次紧张起来。当她强迫自己和我对视时，我已经做好了接受最不愿意听到的答案的准备。

"我父母告诉我的，"她说，"去年我和父母恢复了联系。"

我受到了沉重的一击。这对卑鄙的老夫妇瞒了我整整一年。

"我让他们发誓不告诉你。"她合起双手，做出祈求的姿势，让我别责备他们。

我的愤怒消减了。不过这仅仅是因为看在她竖起的指头上还戴着结婚戒指的缘故。至少，莫娜今晚还戴着结婚戒指。

"这段时间以来你一直住在哪儿？"我问她。

"比特沃的公寓，我在那儿的医院工作。"

比特沃。到这里有两小时的车程。比特沃是向北的列车的最后一站。莫娜去了她能去的最远的地方，以确保我们不再相遇。

不过她总算没有逃遁到海边或是山里。比特沃是个清苦的中世纪小城，唯一的景点是教宗离开罗马在此经过时的一处教堂，这处颇为雄伟的教堂像圣彼得大教堂一样坐落在比特沃那块贫瘠的土地上。我告诉自己，莫娜这样做有她的理由，她要用回忆来折磨自己。

她看见了房间里放着的彼得的照片。看着看着，她的嘴角松弛了。莫娜试图在心里建立起一道堤坝，但还是忍不住流下了眼泪。她的泪花像热锅里的水一样不断舞动。但她不想向情感屈服，努力控制自己是不会崩溃的唯一办法。

我想伸出手，用自己的双手握住她的手。但我同样也处在崩溃的边缘。于是我打开钱包，拿出一张彼得的照片，把照片推到桌子的中间。

她拿起照片。看到当年的婴儿已经成了一个小男子汉，她哽咽地说："他长得很像你。"

这是我们重逢以后莫娜撒的第一个谎。彼得不只是像我，他那柔和的五官像极了莫娜。另外，彼得深黑色的睫毛和很具表现力的嘴巴也很像莫娜。但莫娜也许指的不是眼前的照片，她的声音焦虑，目光悠远。她一定是对彼得抱有一些偏见。彼得像我是因为我天天给他穿衣，每个月给他剪头发，每天早晨给他洗头。即便在墙上彼得画的自画像水彩画上，他和我的相似点其实也不是很多。事实上，彼得是我和莫娜共同演奏的一曲二重奏，听上去像是我谱的曲只是因为这首乐曲目前只是我一个人在弹奏。

"莫娜。"

她看着我，但眼神空洞。她在退却，她用身体语言让我不要进展得过快。她很坚强，但这比她想象得要难。

我等了好几年，总算等到了问这个问题的时刻，这个问题一直闷在我的心口，使我愤怒难忍。她应该给我一个答案。但看到她这个样子，我实在不忍心问出口。

她闭上眼。"我知道你的感受，"她挥了挥手，把手指向镜框里自己的照片，"我不明白你为何还要把它放在这儿。"她的身体因为呼吸加速而显得有几分扭曲。"我原本希望——我知道说这个没意思，但我希望你的生活能够展开新的一页。"

莫娜的话有些让我透不过气来，似乎她无法认同这种对忘怀的拒绝，甚至能为我想出另一种解决之道一样。

"莫娜，"我轻声问，"你找到另一个人了吗？"

她恼怒地摇了摇头，像是我不该问如此沉重的一个话题似的。

"那你为何从来不……"

她摆了摆手。别再问了，至少不是现在。

我们是陌路人。我们共享的只有伤痛。今天晚上我们也许只能谈得这么深了。

"那西门好吗？"她压低嗓门问我。

我把目光抛向一边。几年来她和父母瞒了我这么多事，现在她却问起我们家的事情来了。

"他没有杀害任何人。"我说。

她用力地点了点头，表示这是显而易见的。她一度认为神秘莫测的大伯现在成了一个自律的圣徒。

"我不知道他们为何要拿西门开刀？"我说。

她的表情刹那间柔和了一点。似乎在分离了这么多年之后，我对西门的忠诚是件可以大加褒扬的事情一样。

"我可以帮上点忙吗？"她问。

我试图抑制住声音里的感情。"我不知道。我必须想想怎样对彼得最好。"

她平静下来。"阿列克斯，我只求见他一面。"

我想都没想地说："我希望你见见他。"话一说完我就后悔了。

她一直看着地板上那辆无线电控制的小汽车，一辆被城墙撞坏了车轴的玛莎拉蒂。彼得在车门上写下了自己的名字。莫娜一直看着彼得写下的那几个潦草的字母。

"我非常喜欢它。"莫娜不住地低声说。

在发现这些话对我意味着什么的同时，我的心头突然响起一声警告。如果希望能得来如此容易，那失望也一样。

"在彼得准备好以前，我不能让你见他，"我说，"彼得需要一定时间。在那之前，你最好别再来了。"

她很挫败，一下子沉默下来。

最后我站起身。"彼得在我舅舅家，我要去接他回来。"

"你去吧。"

她站起身。直起身的她似乎比以前更壮了。她裹紧身上的衣服，然后向门口走去。到了门口，她停下脚步，作势要和我道别。离别使我想到了无尽的孤独。如果明天早晨她返回比特沃的话，我必须在彼得面前掩盖住自己的感情，我必须把今晚发生的事情永远瞒着他。

在我犹豫不定的时候，莫娜抬起手，像触摸玻璃墙一样把手停在半空。

"这是我的电话号码。"她说。莫娜手上的那张纸上已经写上了电话号码。"你和彼得准备好以后请给我打电话。"

莫娜离开以后，列奥慢慢地走回了我的身边。他没说话，老朋友这时候最了解我需要些什么。他默默地陪我走到了卢西奥家。

到了门口，他拍了拍我的胳膊，意味深长地看了我一眼。列奥用手做了个打电话的姿势说："如果想找人谈，尽管给我打电话。"

但我不想和人谈莫娜的事情。

彼得睡着了。他斜躺在床上，脚几乎碰在了枕头上。我挪了挪他的身体，他睁开眼。"爸爸。"说完他很快又睡着了。我吻了吻他的前额，揉了揉他的胳膊。

邻居家的妈妈们经常问我单身父亲如何能带好孩子。她们在几个家庭约好一起出游时碰到我，在小学之前让孩子们交上朋友的联谊会上遇到我，她们说彼得有我这样一个父亲真是太幸运了。她们从没怀疑过我会是个恶魔，从没想到过我是个被攀爬架上挂着的孩子拉回尘世的溺水者。上帝带走了莫娜，但把彼得留给了我。现在，莫娜又重新回到了我们的生活中，一个电话就能把她给叫回来。只是我不知道我会不会去拨打那个号码。

我为西门念了段祈祷词，然后决定在地上睡一觉。彼得应该一个人睡一张床。爬下床之前，我贴着彼得的耳朵轻声说：

"彼得，她回来了。"

第十八章

彼得在黎明时醒来，卢西奥和迭戈还在床上睡觉，但修女们却在厨房里剥着胡萝卜皮，清洗莴苣，准备着一天的饭食。彼得闯入她们中间，像杂耍艺人掀开幕帘一样掀开她们的修女服，闯出一条通路，口中喊着"麦片粥在哪儿，你们有哪种麦片粥"，修女们似乎根本没在意。任何一个有自尊心的意大利人都不会拿麦片粥当早餐，但如同教西门抽烟一样，米切尔·布莱克教我适应了美式早餐。我很想知道莫娜听闻彼得继承了我的这个习惯之后会怎么讲。

在倾斜的朝阳下，莫娜似乎无处不在。莫娜离开以后，当阳光遍洒大地，夜里的梦还没悄悄溜走之时，她经常会出现在我的心头。

"最好来点蜂蜜。"彼得一边说，一边从器具柜里摸索出调羹，然后跳到椅子上等待开饭。

我拿好了自己的餐具。彼得出生前，这里是不供应早餐的。在彼得这么大的时候，我曾经在圣诞节的第二天早晨问卢西奥舅舅要圣诞蛋糕，却被告知蛋糕全被扔掉了。喝咖啡的时候，我看着彼得碗旁的大盒牛奶，这盒牛奶是从冈多菲堡的教廷牧场新鲜出产的。我的思绪又回到了现实，列奥找到西门了吗？远处的教堂钟声意味着现在已经是七点半了。离和米格纳托见面还有两个半小时。

"我能和大孩子一起踢球吗？"吃完早餐，把碗递给修女清洗以后彼得问我。

作为对老师孩子的优待，神学院预备班的男孩们经常让彼得一起踢球，但彼得从没意识到他的年龄实在是太小了。

"我们要去一个地方，"我告诉他，"我们可以边走边踢。"

在教宗宫门前约翰·保罗二世盾徽形状的花园里，几个宫里的园丁正在起早工作，试图在正午前结束手里的活计。自己也有孩子的园丁组组长微笑着看我们踢着球走下陡峭的坡道。这里可不是教孩子踢球的好地方。一到下雨天，坡道上的雨水就像瀑布一样哗哗往下淌。在这里控球比在台伯河里逆水而上还要难。但和他的伯父一样，彼得就是固执地想要在这段下行的坡道上控住球。在无数次追球下坡，无数次被重力的作用击败以后，彼得终于学会了用一只脚盘球以缓冲重力，用另一只脚单足跳跃下坡的方法。他的技艺使另一个园丁做出了"完美"的手势。足球是梵蒂冈人的又一个共同爱好。

"我们这是要去哪儿？"彼得愉快地问我。

当我用手指着博物馆大楼时，他痛苦地抱怨起来。

博物馆九点才开门，但由于下午一点就关门，博物馆的办公室八点就上班了。在策展员上班之前，我只有半个小时独自参观展览。我要利用这段时间好好准备米格纳托的问题。

正门锁着，策展员办公室的门同样也锁着，门前还站着警卫。好在乌戈带我走过一段不为人知的小路，这段路从博物馆的侧面绕到地下室的艺术品修复作坊，转过一个弯，再从一部工作梯上楼。我和彼得很快走过了一排昨天我没见过的展品。彼得立刻被一根以往悬挂着耶稣被从十字架上放下的巨幅油画的吊杆迷住了，吊杆旁边是一块足以遮挡高速公路下人行通道的帆布画，画的是耶稣门徒望着空墓前的耶稣裹尸布目瞪口呆的景象。这里的墙上刻着福音书上的几句金句，句中的部分词语用上了黑体。读着读着，我被句子中的某些东西吸引住了视线。

《马可福音》十五章四十六节：约瑟**买了细麻布**，把耶稣取下来，用**细麻布**裹好。

《马太福音》二十七章五十九节：约瑟取了身体，用**干净的细麻布**裹好。

《路加福音》二十三章五十三节：约瑟取下耶稣的身体用**细麻布**裹好。

接着是非凡的最后一节。看到章节号我顿了顿。这无疑是类似理念首次在教宗的博物馆里宣扬。过道对面挂着一幅《四福音合参》书页的巨大复制品，书页上描绘了耶稣的死和葬礼。书页上的污渍被移除了，上面的希腊文清晰可辨。但其中留下了一团墨迹，表明非道派审查了文中《约翰福音》的这一部分。和其他福音书引用文相隔了很远，《约翰福音》中的章节被单独刻在了墙上。乌戈把福音书中的不和谐音分隔了出来。为了强调重点，乌戈在同前面三章截然不同的词语上用上了黑体字。

《约翰福音》十九章三十八节到四十节：彼拉多允准，他就把耶稣的身体领去了。又有**尼哥底母**，就是先前夜里去见耶稣的，带着**没药和沉香约有一百斤**前来。他们就照犹太人殡葬的规矩，把耶稣的身体用**细麻布**加上香料裹好了。

这完全出乎我的意料。乌戈截取我给他上的福音课上的内容，刻在展览厅的墙上供世人参观。《约翰福音》章节中标注的黑体字都是同其他几卷福音书完全不同的部分。为什么其他三卷福音语出一致，只有《约翰福音》意有不同呢？乌戈用单列出《四福音合参》中《约翰福音》这一章节的方式直白地表达了他的观点：他是想告诉观众，即便在十九个世纪以前的非道派时代，基督徒也知道《约翰福音》不是在记录历史。

我深为不安。我原以为乌戈是在研究裹尸布的历史，我原以为我给他上的福音课程是为了验证别的理论，验证裹尸布是怎样从耶路撒冷到了埃德萨的。但在这儿我看到的却是更具争议性的东西。教会觉得某些观点还不到暴露在世人面前的时候。对牧者有好处的东西对羊群不一定会有好处。没有领受福音学教育的人看了这个展览以后，会觉得《约翰福音》是次等的经书，或者因为篡改事实而干脆将它置之一边。乌戈在这儿展示的展品在技术上来讲都是绝对的真品，但他也冒上了公开这些思想让观众们自行做出判断的巨大风险。

我带彼得飞快地走过了我们昨天参观过的展厅，我们只剩二十分钟去看乌戈还展示了些什么了。

最后我们到达了几乎在博物馆尽头，展厅和西斯廷教堂接壤的一块区域。面前挂着的一块厚如帆布的黑色塑料幕帘遮挡住了整个入口通道。彼得紧紧抱住了手里的足球。他窥视着幕帘后面的黑暗，如同与海伦娜修女拥抱着躲在壁橱里的时候一样机警。

我把幕帘往后推。空气里有股泥土般的气息。长长的临时幕墙阻在窗前，遮挡了自然光的涌入。地上积满了灰尘。一定是出了什么岔子。展览三天后开幕，但准备工作却像是在这儿停下了。

我们周围满是华丽的展示架，但只是堆砌在这里，一点用都没有。玻璃台面上沾满了泥点。展示架和台面上凌乱地扔着些电线。我用手擦了下玻璃台面，看见玻璃下面放着生活在查理曼大帝时代二百年以前的基督教历史学家埃瓦格里乌斯·苏格拉蒂克斯所写的手稿。展现在我面前的页面叙述了埃德萨如何被一支波斯军队侵略，又是如何被一张神奇的耶稣裹尸布救下。边上是一份基督教史学奠基人尤西比乌斯的手稿，这份手稿写于公元三百年，手稿中写到他亲眼见证了埃德萨城的历史档案，档案中包括了耶稣和城主的来往信件。看到手稿上的希腊文，彼得露出了欢天喜地的笑容。"这些词语可真长啊！"他对我说。

因为手稿的创作年代先于词间空格的发明年代，所以手稿的每一页都由连续不断的字母组成。这些神秘而历史久远的文件因为古老，所以反映的世界不像我们现在的世界和福音书中所回忆的世界。神迹奇事在作者看来非常普通。历史、传说和流言的区别非常模糊。但乌戈的观点很明白：很久以前，东方的智者都知道埃德萨有一件起源于耶稣本人的基督教遗物。

我看着四周，想知道这里发生了什么，想知道这片区域为什么还没有开始布展。展览似乎正在经历着突然的变化。展品还是那些展品，但这次展览的趋向却非常奇怪。

"跟着我。"我招呼彼得跟着我走向下一个展厅，希望那里的情形会好一点。

但那里的展示柜却还在入口通道内，似乎工人们不知道这个展示柜该放在哪里的展厅似的。展示柜里放着篇千年以前一个神父所作的布道文。这篇布道文叙述了一个奇迹般的营救过程：一支拜占庭军队进军到埃德萨，从穆斯林手里夺取了这张神秘的耶稣裹尸布，并带着它途经高地和荒漠，经过八百英里抵达了东正教中心君士坦丁堡。

我停下脚步，仔细地审视着这份手稿。我知道乌戈有了一些发现，但没想到他发现的是这类布道文。这篇布道文作于十字军东征以前很久的公元九四四年，这意味着裹尸布不是罗马天主教从埃德萨抢出来的，东正教徒早在十字军东征以前就把它抢出了埃德萨。那我们是如何得到这块裹尸布的呢？

接着我们走到了最后一个展厅。这个展厅的墙被漆成了灰绿色。适应了展厅的色调以后，我发现灰绿色的墙壁上画着战船和军队，以及夜色下拱顶和尖顶的不同建筑所组成的一座古代城市。展示厅里只放着一个小展示柜，展示柜后面是通向下一道走廊的两扇门。彼得冲上前碰了碰门，却发现门早已经被锁上了。也许《四福音合参》就藏在这道门后面。我转身看着展示柜，发现展示柜里放着张写着希腊文的羊皮纸，羊皮纸上有个帝王样式的红色印章，文字下面标注的日期是公元一二〇五年。

我的心里打了一个结。这件展品的排列次序不对。乌戈在再前一个展厅里展出的拉丁文手稿年代要远早于这块羊皮纸，刚看到的那份希腊文手稿就更久远了。羊皮纸的年代颠倒了原本的次序，乌戈必定是想引入一个新的理念，从另一个角度证明他的视点。一二〇五年接近于本次展览原本不应该涉足的东正教历史上一个令人不安的历史节点。

羊皮纸旁边的卡片上说我正在看着的这份秘密文件来自梵蒂冈教廷的秘密档案。一封拜占庭皇室写给教宗的信。

我突然一阵战栗。拜占庭皇帝一二〇五年那年给教宗写信只能是出于一个原因。

强盗、遗物、不可原谅，这些词一个接一个地掠过了我的眼帘。我的心情沉重，难以释怀。事情不该是这样的才对。

接着我看到了在乌戈找到这封信时必定让他感到十分激动，而在西门向他解释了这代表了什么意思的时候又让他感到非常害怕的那行字。

他们偷走了最神圣的基督遗物，偷走了基督耶稣死后包裹身体的裹尸布。

我认出了墙上的画，明白乌戈为什么要把它涂成深色的了。这就是乌戈关注十字军东征的原因。这就是天主教会得到裹尸布的方式。裹尸布不是我们从埃德萨的穆斯林手里救出来的，而是从君士坦丁堡抢来的。

一二〇四年是罗马天主教会和东正教会之间最黑暗的年代，远比一个半世纪之前的教会分裂还要黑暗。一二〇四年，天主教的骑士们驾船前往圣地耶路撒冷，进行第四次十字军东征，然而他们却把停留的第一站放在了君士坦丁堡。他们想和东方的基督教军队合兵一处，使更多的东正教兄弟投入到这场伟大的宗教战争中来。他们很快就发现，这个东正教的中心城市和他们在西方见到的完全不一样。当时，君士坦丁堡是基督教世界的大本营。自从罗马陷落以后，君士坦丁堡一直是整个欧洲的保护者。君士坦丁堡的城墙一次都没被未开化的人攻陷过，城里累积了教徒们一千年以来赚取的财富。古代文明遗留下的财宝和教会里收藏的基督教遗物都被收藏在了这座城市。

那时，距罗马被外族攻陷已经有八个世纪之久，战争的硝烟和外族的压榨使得西方民不聊生、喧嚣不断。大多数天主教徒都很穷，生活在饥寒交迫之中。天主教徒买不起出征的战船，没钱进行自己发起的这场圣战。看到东正教中心如此富裕，天主教骑士犯下了教会分裂的一千多年之间最大的一次错误。

他们没有继续前往圣地，而是劫掠了君士坦丁堡。他们强奸东正教妇女，杀害东正教神父。他们杀害东正教徒，放火烧毁整个城市，从地图上彻底抹除了君士坦丁堡图书馆这座伟大的建筑。在相当于梵蒂冈圣彼得大教堂的圣索菲亚大教堂，骑士们把一个妓女请上了神坛。当拜占庭皇帝交不起换取城市自由的赎金时——把皇室的所有金子熔化都凑不足——骑士们闯入了各个教堂，把所有的基督遗物一抢而空。

今日西方所有教堂的基督遗物加在一起也仅仅是当时拜占庭教堂基督遗物的一个零头。几个世纪以来，东方的基督教城市为了预防异族的入侵，一直把最珍贵的基督遗物送到君士坦丁堡。这座城市保存的大量基督教宝藏成为了拜占庭文化的一个重要组成部分，但这些宝藏却在十字军骑士的劫掠中被抢夺，被毁坏。

展厅墙上画着的正是君士坦丁堡，在十字军骑士的劫掠中看不到光明的君士坦丁堡。

现在的西方天主教徒不理解这种伤痛的永久性，但历史上的另一个时刻却完美地诠释了这一点。十字军骑士从君士坦丁堡退走后的二百五十年，穆斯林军队开进了这个城市。在文明面临灭绝的威胁下，这座城市的东正教主教们被迫向教廷请求援助，他们到了西方，签订了一个屈辱的协议。回到君士坦丁堡以后，他们却被自己的教民抛弃了。教民们做出了自己的选择。他们宁愿死在穆斯林手里，也不愿向罗马教廷屈膝。

君士坦丁堡陷落了，在这座城市的遗址上诞生了全新的伊斯坦布尔。直到今天，如果你问伊斯坦布尔的东正教徒是什么造成了两大教派间的永久决裂，他会咬牙切齿地对你说："一二〇四年的那场劫掠。"

我眼前的这封信还原了那场恐怖的劫掠。乌戈发现了我所猜想不到的可怕事实。裹尸布如何被送到中世纪的法国不再是个谜，裹尸布为何看似没有过去不再是个谜。罗马天主教会完全有理由忘却裹尸布是怎么来的，因为它是我们从东正教会那里偷来的。

我对乌戈把这样一幅画安排在展厅墙上，安排在教宗屋檐底下的胆量感到由衷的敬佩。这是对天主教会所犯下的罪恶的坦率承认。尽管没人比我和乌戈那样接近真相，但对他这种不计任何代价都要展现事实的坚持，连我都动容了。如果要找到隐瞒这个伟大发现并沉默下来的时机的话，那现在就正当其时。我希望我能被乌戈的勇敢所打动，但同时又被他的这种不计代价所震惊。

我突然冒出了一个想法。之前的判断完全错了。教廷国务院不会阻止这样的发现，反而会支持公开这个发现，如果西门像十六年前父亲邀请东正教徒前往都灵一样参观这个展览，那只会达成博伊亚大主教担任教廷国务卿以来一直想要达到的目的：把两大教派之间的关系退回到半个世纪以前。几千个东正教徒在一二〇四年那场浩劫滋生的恨意中丧失了生命。现在，乌戈在两大教派间又挑起了新的恨意。

这就是西门拒不开口的原因。在他看来，保守这个秘密比丢掉神父的职位更为重要。但没布完的展览却告诉了我一切。难怪乌戈的展览会被打断，难怪乌戈没有把展览的秘密向卢西奥舅舅和盘托出呢！然而卢西奥舅舅却把完成这次展览的权力交给了西门，把改变这些展示品的权力交给了西门。但西门布展的区域却不是这里。这样的话问题就来了：西门为何会把这些展品留在这里呢？

我感觉到彼得在扯我的长袍。但我无法说出话来。我蹲下身子，抓住彼得，试图使自己镇定下来。

"到时候了吗？"他问，"我们可以离开了吗？"

我点点头轻声说："到了，我们可以走了。"

他放下长袍，抓住了我的手，然后一点点把我拽了起来。"我们现在去干什么呢？"

我不知道，我真不知道该怎么办。

第十九章

　　米格纳托的办公室在台伯河那边的蒙塞拉托路一百四十九号。我们经过了十几座教堂、一座神学院以及几幢门外的铭牌上标识着某某门徒故居的文艺复兴式建筑。这里的公寓为教廷所拥有,以低廉的价格租给教廷雇员。因此即便以罗马人的标准,米格纳托所居住的这条路也是梵蒂冈的延伸。

　　我们来早了,但我不知道还有什么地方可去的。我和彼得坐在教堂的台阶上,试着打西门的手机,但他没有应答。如果手机开着,那到今天晚上电池就会没电。如果手机是关着的,那就说明西门已经做出了自己的决定。总之,西门彻底失去了音讯。

　　"我想回家。"彼得说。

　　家,哪个家?

　　我把他抱在膝盖上说:"彼得,我感到很抱歉。"

　　他点了点头。

　　"这段时间会很辛苦,"我告诉他,"但过去了就好了。"

　　乌戈的发现也是对西门不利的一个方面。西门请来参观展览的神父一定会震惊暴怒,西门必然会因此受到羞辱。未完工的展厅甚至会让他们产生乌戈是因为教廷当局为防止秘密泄露而被杀的想法。我和米切尔的遭遇也验证了这种想法。

　　告诉我们诺格拉隐藏了什么。

　　我产生了一种奇怪的感觉。莫娜毫无理由的消失使我想到我会不会像失去妻子那样失去我的哥哥。这样的想法使我突然间不寒而栗。

　　"米格纳托教士会帮我们的,"我对彼得说,"我们去找他吧。"

　　彼得跟我讨价还价:"我们能先去找西门吗?"

　　"彼得,也许明天可以。"

　　他在鹅卵石马路上盘带着球,练习了几次他本想让西门训练得更加完美的马赛回旋。"好吧。"他一遍一遍地练习着马赛回旋。"也许明天吧。"他又重复了一遍。

彼得的语气里透着一点失望，但只有那么一点。生活告诉他不要对希望如此执着。

到了蒙塞拉托路一百四十九号以后，米格纳托在顶楼和我们通过内部通话装置接上了头。"神父，你来早了。"他说。这时他看见了跟我一起来的彼得，他稍稍犹豫了一下，然后说："你们俩快上来吧。"

米格纳托的办公室就是他住处的一个小房间。为法庭服务不赚钱，他这样的人通常兼任神学院的教授或教会杂志的编辑，以求在教廷的中产阶级中获得尊重。

办公室尽管空旷，但装饰得非常漂亮。地板上铺的东方地毯虽然非常薄，却不失典雅。米格纳托书桌旁架子上放着的大部头法律书给办公室蒙上了一股书卷气，书桌的边上放着一个古色古香的樟木茶几，茶几上放着一张米格纳托和约翰·保罗二世的合照，那时他们都很年轻。

"能找到一个让彼得独自玩耍的房间吗？"我问他。

米格纳托的脸红了。"当然有。"他说。

当米格纳托领着彼得穿过过道时，我才意识到他有多尴尬。这里的厨房刚好能放下一套桌椅，另外就只有一个卧室了。卧室的装饰很寒酸：一张床、床上挂着的十字架，以及一个长条桌和上面放着的小电视。

"能让他看电视吗？"米格纳托问。

"你这里有几个频道？"彼得天真地问。

教士把遥控器递给他说："只有天线收得到的那些频道。"

和米格纳托单独待在办公室以后，我对他说："教士，我刚去过博物馆。关于乌戈的展览，有些事需要让你知道。"

我向他解释了所有的一切——没有布完的展品，以及将要颠覆裹尸布辗转过程这一问题的答案。

"我错了，"我告诉他，"教廷国务院不会试图阻止展览的。完全相反，他们会尽量让展览继续进行才对。"

米格纳托阴郁地说:"那么我们就找到你哥哥的目的了。"

"不,他才不会杀害乌戈呢!"

教士前后摇晃着头,从完全相对的两个方面来对比事实。"阁下,"他指的是卢西奥舅舅,"阁下他告诉我你哥哥正致力于改善和东正教之间的关系。"

"只要西门有要求,乌戈可以为他做任何事。"

我不知道自己所说的是不是事实。乌戈试着就他的发现联系我,但他首先会去找西门。如果西门央求他保密的话,那乌戈就会中断布展,教廷国务院肯定会急于知道他为什么会改变心意。

米格纳托在纸条上记下一段笔记,然后把纸条放进一个文件夹。"之后我们再讨论这个问题,"他说,"现在我想问你几个重要的问题。首先,我一点不知道你哥哥被软禁在哪儿。他的软禁地你知道吗?"

"我也一样。但我已经让人在查了。我们还有多少时间?"

"如果这只是起普通的案子的话,我们会有几周甚至几个月。但你哥哥的案子却在以异乎寻常的速度推进着。我希望我们至少还有一周,"让我惊奇的是,此时他竟然笑了,"事实上,从昨天晚上到现在,进展已经不小了。"

他停下伸手去拿纸,我连忙克制住想说话的冲动。我期盼有好消息传来,又担心昨天取得的进展会对西门不利。

米格纳托交给我一个打开的信封。"传票里提到了你哥哥在教廷国务院的档案,但作为律师的我却没有收到这份档案的副本,因此我申请了一份。一小时前,法庭的通信员送来了这个。"说着他挥手招呼我靠上前去。"来看看吧。作为代理人,你也许应该看一下。"

信封里是单独的一张纸。

敬爱的米格纳托教士:

很荣幸处理您对西门·安德鲁神父个人文件的申请。但我们没能在教廷国务院的档案里找到这份文件，我对没能帮上您的忙感到非常遗憾。

致以非常诚挚的祝愿
全心全意侍奉耶和华

斯蒂法诺·安尼贝尔

我翻过这张纸，看看背面还写了些什么。"我不明白。"

"文件丢了。"

"这可能吗？"

"不可能。有人不想让这份文件被人看到。"

我把这张纸摔在桌上。"证据都没看见，我们怎么去为西门做辩护呢？"

米格纳托竖起根手指表明他的观点。"如果文件真的丢掉了的话，法官同样也见不到。"

"如果那份个人文件能帮到西门呢？"

米格纳托把一支旧的圆珠笔在嘴唇边滚了滚。"我也一直在问自己这个问题，直到二十分钟前法庭书记员打电话来说，你哥哥的私人档案似乎不是唯一丢失的文件。"

他目光闪烁着把一份传票推到我面前，中指放在证据列表中的一行上。

"你没在开玩笑吧。"我说。

米格纳托摆了摆手说："监控录像也没有了。"

我瞧着纸上打印的这些字，心里翻腾不已。

"你不知道我对那盘录像有多么担心，"教士说，"任何与你哥哥的证词相悖的细节都将是致命的。"

"那盘录像到哪里去了？"

"他们当然在四处寻找，应该在冈多菲堡和这里之间的某个地方。"他眉毛竖起，似乎在等待着我的反应。

"这是个好消息，对吗？"我试探着问他。

他笑了。"是的，我的确会这样说。"

很快他的笑容黯淡下来，眼神一下子锋利了许多。

"神父，我想给你些建议。但在那之前我想听听你真实的想法。"

"当然可以。"

"我觉得你哥哥在高层有个朋友，有个保护者。我觉得他被一个能接触到证据的人保护起来了。"

"这个高层的朋友是谁啊？"

"那就要你告诉我了。知道友军是谁对我们相当重要。"

"我不知道谁还会有这么大的权力。"

米格纳托扯了扯耳垂，等待着我的看法。

"你觉得是我舅舅吗？"

"会是他吗？"

我一时语塞。

"冈多菲堡的管理员不是向他汇报的吗？"米格纳托问。

"也许吧。但他的手伸不到教廷国务院，文件丢失不可能与他有关。另外，他现在的身体很不好，想必昨天晚上你已经看到了吧。"

教士耸了耸肩，似乎想表明舅舅这样的聪明人是不会被困难难倒的一样。"这两件证据的消失已经足够耐人寻味了。"

我看了看传票。录像和个人文件丢了以后，对西门不利的证据一下子减弱了不少。三分之二的直接证据烟消云散了。

"审判还有依据吗？"我问他。

米格纳托变得更严肃了。"但昨晚以来的进展不全是正面的。你也许还记得传票里提到了诺格拉在安卡拉教廷办事处电话上的留言，我还没听到这通电话，但教廷的检察官却认为这是对你哥哥进行指控的重要证据。"

"你为什么还没听到这通留言呢？"

"因为我向法庭提出了请求，希望验证这通留言的确是诺格拉本人留下的。"

"这是为什么呢？"

"因为我想多赢得几天准备时间。留言的确有可能是诺格拉留下的，不过……"

"如果留言真是来自于乌戈，那就没什么可担心的了。乌戈和西门是很亲密的朋友。"

米格纳托皱起眉头。"神父，这通留言有些非同寻常的地方，我认为还是多加小心为好。"

"什么地方？"

教士用手指摩挲着书桌内侧表面。他的视线短暂地离开了我。"诺格拉在办事处你哥哥的卧室电话上留了言，这通留言成为了法庭的证据。显然，有人窃听了你哥哥卧室的电话。"

我觉得全身燥热起来。"教士……"

"我知道，"米格纳托很快又说，"这会让你加深你哥哥被人做局的印象，但我想告诉你别做出如此幼稚的结论。我不想装作很了解教廷国务院的工作流程，但电话录音应该是常态化的。你我应该都知道，教廷国务院的神父很少在公开的线路上交谈，对隐私看得很重。在打探到更多的信息之前，我们没必要太过担心。"

"教士，你必须让法官把留言证据撤出证据列表。法律中一定有排除偷来证据的条文吧。"

"留言证据也许不是偷来的。安卡拉办事处的电话是教廷的公有财物，留下信息的答录机或许也该算是公有财物。无论如何，事实是法官已经把这份留言加入了证据列表。这就表明，留言中的信息可以用来作呈堂证供。"

我惊呆了。"这又是为什么呢？"

米格纳托做了个双手下压的手势，让我缓和一下情绪。"记住，这和一般国家的法律是不同的，"他说，"在梵蒂冈问答式的庭审体系中，法庭不会保护被指控者的权利，而是要追寻事件的真相。他们需要有说服力的证据。即便是非法得来的证据，也会在法庭上被考虑。"

"那他们还会对西门做什么？他们想要的又究竟是什么呢？"我怒气冲

天地问，"你还认为这事是正常公正的吗？"

"公正肯定公正，正常就谈不上了，教廷法庭审判杀人案本身就不正常。"

"答录机里的留言是谁录下来的呢？"

"我向你保证，我会试着把这个人找出来的。"

米切尔说在被打之前，他曾经在机场被来自教廷驻安卡拉事处的神父们跟踪过。众多线索都指向了同一个地方——教廷国务院。

"这个我来解决，"说着他聊起了另一个问题，"现在，我们需要解决另一个问题。如同昨晚我提到的那样，即便法庭不理会辩方提出的证据，我们也可以向法庭出示证据。考虑到你哥哥的神职危在旦夕，我希望劝说法官接受品格证人。如果你能给我一份证明你哥哥品格高贵的证人名单的话，对我将大有裨益。越是能打动法官的证人越好。"

我很快想到了一个人。"米切尔·布莱克。"

他拿出了支笔。"请再说一遍。"

"米切尔·布莱克。"

"我建议这类证人最低应该是主教一级的。"

"我不是推荐他做品格证人的，他被威胁我的那群人威胁了，他们把他打了一顿。"我从钱包中拿出照片，把照片递给米格纳托。

米格纳托严肃地看了看这张照片。"这个人现在在哪儿？我要找他谈谈。"

"米切尔和西门在同一个办事处工作，但已经辞去了神职。"

"如何才能找到他？"

我有米切尔的手机号码，但如果米格纳托打电话给他，米切尔将把这看成是对信赖关系的背叛。

"让我先和他谈谈。"我说。

米切尔把我家备用钥匙的存放地告诉了攻击他的人，一通付费电话远远不能弥补他欠我的情。

"如果要让他上庭的话，我们需要他尽快赶到罗马。"

"这事我来解决。"

他点了点头，他的默许舒缓了我的神经。看到米切尔的伤使米格纳托对我的顾虑少了些敌意。我们讨论了几个显然是迭戈提交给米格纳托的品格证人，但我的心思却停留在米切尔身上。有了米切尔的证据，警察也许会重新估量发生在我家的闯入事件。如果警察的调查结果能作为呈堂证供的话，法庭对西门的指控自然就不成立了。

"教士，"我对米格纳托说，"我还有些其他事要告诉你。我觉得彼得看见了闯入我家的那个人。"

他的表情变了，脸上没有了一丝的喜悦。"你跟他谈过这事了吗？"

米格纳托的语气里有种类似警告的嘲讽。

"我还没跟他提过这件事，"我说，"你让我找管家谈谈，和她交谈的时候我突然产生了这个念头。"

米格纳托皱起眉。"你儿子还太小，我们不能让他回忆起这件事情。"说着他仁慈地对我笑了笑。"辩护需要的东西已经差不多够了，但我很感激你对我提及这件事。"

我突然觉得非常尴尬，一时间什么话都说不出来。

米格纳托甩了甩手中的文件。"继续寻找你哥哥的下落，"他说，"有什么风声请马上给我来电话。"

米格纳托的话让我有点猝不及防。这时他已经绕过桌子，要送我走了。

"教士先生，我一定照办。谢谢你了。"

去卧室找彼得的时候，我感觉到米格纳托一直在我身后看着我，对我进行着考量。走到门口时，米格纳托对我说了句以前从来没人跟我说过的话。

"你舅舅是我们那时神学院里最聪明的人，你在很多方面让我想到了你舅舅。"

"我吗？"

他握紧我的双手说："但请听我一句，从现在开始，你们必须让我来。"

第二十章

我把彼得带到公园，可以趁他玩的时候好好想些事情。我不知道米格纳托了解不了解乌戈发现的重要性，了解不了解这个发现对我们和东正教之间关系将造成的伤害。我回忆起乌戈死后我和西门与卢西奥舅舅的第一次谈话——我无论如何都不理解他当时的举动。那时，他坚持展览不能有任何变化，坚持《四福音合参》不能代替裹尸布成为展览的主角。展览《四福音合参》能掩盖一二〇四年的事实真相，又能在不造成任何伤害的前提下让东正教徒参观展览。但在获得舅舅布置展览的授权下，西门却没有拆除最后一个展厅里的展品。只要粉刷下墙壁，搬掉几个展示柜，乌戈的痕迹就能全部抹除，但西门却没有这样做。

我看着彼得爬上了一棵树。他爬到一根树杈的弯曲处坐了下来。发现我在看他，彼得笑着向我挥了挥手。我很想知道米格纳托是根据什么说我和舅舅很像的，也许让彼得讲出闯进我们家的人是谁的想法使他发出了如此感慨吧。

我们从另一个方向绕回卢西奥的家，途中我让彼得和夏秋之交放假在神学院上预科班的孩子们玩了一会儿。当他们在神学院宿舍外面开始玩接球游戏的时候，我给预科班的教务长维特利神父写了张纸条，告诉他家里的情况也许会影响我的任职。我和孩子们的关系很密切，班主任都很喜欢让我来任课。

送完纸条回来的时候，有个男孩朝我走来。他看上去像是一直在等我。

"神父，"他说，"我们有个问题要问你。"

老师们叫这个孩子"自负的格里高利"。他长着一头黑色的鬈发，发梢像黑色的葡萄藤一样从耳边垂落。他和一个主教关系很好，因此在同班同学面前总有高人一等的感觉。

"什么问题？"我问他。

其他同学都紧张起来了。一些学生只敢看着自己的鞋子。有个同学支了支格里高利的胳膊，但格里高利没去理他。

"安德鲁神父，关于你哥哥的事是真的吗？"格里高利问我。

我咬紧牙关，皮肤感到一阵刺痛。"你从哪里听来的？"

格里高利把手挥了挥，指着周围的同学们说。"所有人都听说了，我们只想知道这是不是真的。"

彼得看了看四周，不知道周遭为什么会一下子这么安静。必须在流言传开之前控制住事态。我用眼神乞求学生们不要再说了。不能听任他们让彼得的心受到伤害。

西西皮奥是人群中最大的男孩，对其他孩子有一定的威慑力，他探出身子，在格里高利身上投下一道阴影。其他男孩彼此对视了一眼，似乎都同意保持沉默。然而，他们的目光却充满了渴求。格里高利没有撒谎，他们确实想知道真相。

我和学生们有过约定，即便事实难以接受，我也会把《圣经》按照原文一五一十地教导他们。我不会矫饰，更不会一笔带过。诚实是班里最重要的东西。

但他们都还是孩子，我不能把西门的事情告诉他们。

"对不起，这不是我们该讨论的事情。"

但他们都在等着我的回复。平时我和他们谈该不该玩电子游戏，该不该交女朋友；谈春天一个老姊妹差点死于车祸，谈一家的小孩子死于先天缺陷。如果允许他们谈耶稣是否真的能行走在水上，如果允许他们谈教宗是否真的永远正确，那这个问题也该让他们问。

"这是个非常私人的问题，"我说，"在这儿谈不太合适。"

格里高利哼了一声。"那一定是真的了。"

我意识到选择的时候到了。这些住在梵蒂冈城内的男孩来自意大利各地，在圣彼得大教堂的弥撒上做侍奉。然而，我在宿舍前沙尘里所说的这些，也许会成为他们记得最牢的一番话。

"坐下。"我对格里高利说。

格里高利犹豫了。

"请坐。"我说。

他坐在了地上。

"你们所有人,"我说,"都给我坐下。"

我的脑子转得很快,渐渐在脑海中形成了一套说辞。我知道利用目前掌握的信息应该对他们说些什么。我渴望把这些话说给他们听。问题是该怎样对他们说这些话。

"有个人面临着一场审判,"我开腔了,"他被指控犯了一起可怕的罪行,有证人说这起罪行的确是他犯下的,但这个人却什么都不肯说。他甚至不屑于为自己辩护。他最亲密的那些朋友对他失去了信心,他们抛弃了他。"

我让这些话深深回荡在他们的心弦。

"你们都知道耶稣受审的这个故事吧。"我问他们。

几个孩子轻轻地点了点头。

"受审的这个男人是无辜的吗?"我向他们提问。

"是的。"男孩们异口同声地答道。

"无论别人对这个男人说了些什么,我都不会动摇,因为我很清楚他是个什么人。我知道我对他的认知就够了。无论别人说他们有什么证据,没人能改变这一点。"

这是最直白的答案。不管有什么证据或做出什么判决,我永远都相信西门。

但我对这些孩子负有责任,仅仅把我的想法告诉他们是不够的。

"父母让你们上神学预科班的目的是什么?"我问他们,"是来问我怎么想的吗?还是说要锻炼你们自我思考的能力。"

一股强烈的感情从我的喉咙深处涌了上来。

"如果你们相信别人对你们说的话,"我说,"那你们就不用做神父了。没人需要这样的神父,你们必须成为法官一样的人物。人们会说谎,会偏信,有时也犯错误。要找到真相,你们必须知道寻找真相的方法。"

这番不算坚定的告白,这番不加掩饰的情感流露,一下子抓住了他们的心,他们开始用心听我的话了。我知道接下去该怎么办,具体的对策已经在我的心里形成好几天了，但直到这一刻我才打定了主意。

"很久以前，"我说，"我们教会有本名叫《四福音合参》的第五福音，这本福音书是由四卷福音汇编而成的。作者把四卷福音整合成一个故事。因为这个原因，《四福音合参》有个很大的缺陷。你们知道是什么缺陷吗？"

我似乎感觉到乌戈就在我的身边，我和他正一起看着这份古代手稿的页面。

"它的缺陷在于四卷福音书并不总是步调一致的。《马太福音》说耶稣在同一时间同一地点连续做了十件神迹奇事，《马可福音》却说这十件事是在不同的时间不同的地点完成的。我们该相信哪卷福音呢？"

男孩们没有人敢举起手。

"希望你们停下来好好想想，"我说，"然后回答接下来的这个问题，不过我会帮你们找到这个问题的答案。问题如下：说出另一个连续做出十件神迹奇事的宗教领袖的名字。"

前排的一个男孩——将来必将成为一个伟大神父的布鲁诺——轻声说："摩西连续降下了十次灾祸。"

"没错。那摩西和耶稣有什么关系？《马太福音》为什么不惜篡改事实也要把耶稣和摩西联系上呢？"

没人能回答这个问题。他们还不可能想得如此透彻，但影响却已经造成了。

"你们应该记得，"我说，"耶稣的一件神迹是在海上平息风暴。他的一个门徒问，'谁能像耶稣那样让海和风都遵行己意呢？'从这件神迹你们能联想到摩西做了什么吗？"

"分开红海。"格里高利不甘心落在布鲁诺后面。

"现在我们又进一步了。我们可以不关心《马太福音》怎么说，而是问自己《马太福音》为什么要这样写。这里我再给你们一条线索。《马太福音》还说，耶稣刚生下来的时候，希律王不惜以杀掉伯利恒所有婴儿的代价杀掉他。联想一下，你们之前还听到过类似哪个国王把以色列婴儿都杀戮干净的故事吗？"

他们渐渐想到了与之关联的那件事。想到以后，孩子们开始跟我进行眼神接触了。

"摩西五经中说，法老干过同样的事情。"一个新来的男孩说。

我点了点头。"在这里我们又一次看到，《马太福音》让耶稣的形象和摩西的形象重合了。其他几卷福音书验证过《马太福音》的这些记载吗？完全没有。《马太福音》只是想告诉我们一些事情。想想摩西是什么人：摩西是在锡安山上和上帝面对面、带着十条诫命下山的男人，是给我们设立法令的男人。"

这下孩子们坐不住了。两三个男孩同时站了起来。"摩西带来的是《旧约》里的十条诫命，耶稣给我们带来了《新约》里的十条诫命。"

"这就是《马太福音》对于耶稣告诉我们的最重要的事：耶稣就是新的摩西，甚至比摩西还伟大许多。耶稣是在哪里发布新的十诫的？耶稣是在哪里说'温柔的人有福了，怜恤的人有福了，使人和睦的人有福了'？耶稣又是在哪里说'有人打你的右脸，把你的左脸也转过来让他打；爱你的敌人以及莫想我来要废掉律法和先知；我来不是要废掉，乃是要成全'的呢？我们知道，这些经句都是耶稣在山上的一篇布道中所说，因为《马太福音》告诉我们耶稣是在一座山上布这篇道的。与上主把旧的律令发布给摩西是在同一个地方。其他几卷福音的描述和《马太福音》有所不同，《路加福音》说耶稣是在平原上布这篇道的，但《马太福音》之所以这样记载是有其理由的，每卷福音的描述都有着自己的理由。"

"这就把我们带回了起初的问题上。如果要把四福音汇编在一起，你该怎么做？如果你把四卷福音书写成一个故事，你会选择哪个福音里的故事呢？你们认为耶稣是连续做了十件神迹奇事，还是在不同的时间不同的地点做了这十件神迹奇事呢？你们认为耶稣是在平原还是山上布那篇道的呢？"

这些新的理念使孩子们的眼里闪烁着光芒。这一刻我像是成了个魔术师。但这些理念还需要经过测试。

"这就是《四福音合参》失败的原因：把四部福音汇编在一起的时候，书里记述了一个前后对不上的故事。每卷福音书中这些故事之所以成立的基础不存在了。换句话说，福音的写作者有自己的想法，自己的目的，你听到的和读到的不一定是事实。同样，教会对此也有话要说。在教廷的法律下，你们猜法官在证人不认可的情况下会怎样做？法官会不分青红皂白地就把所有证人的证词都汇集在一起吗？"

看清了其中逻辑的孩子们不假思索地摇起了头。

"当然不会，"我说，"那明显是个错误。那教廷的法律让法官怎么做呢？教廷的法律要求法官不能只看表面，而是要在考虑所有证据真实性的基础上找到事实真相。"我克制住自己的愤怒，没对格里高利瞪眼。"所以你们一定不能听信那些把好人说得很坏的流言。因为福音书告诉我们，我们可能错怪了一个无辜的人。"

我略有深意地在这句话上加重了音调。年纪还小的学生也许不知道我在说什么，但年纪大的学生一定都懂。一些孩子看起来学乖了，还有些接受了我的观点似的点起了头。这时彼得突然哭了起来。

格里高利和他坐在一起，我的第一个反应是格里高利说了些伤害他的话。

正当我准备转身问格里高利时，我突然看见远处的小路尽头站着个人影，有个女人正站在花园里的雕像后面一动不动地看着我们。

我愣住了。把彼得抱进怀里的时候，我看见她用双手捂上了嘴。

她克制不住自己地跟我们走到了这里。既然已经离得这么近了，她当然想看上一眼自己的儿子。

我有气无力地说："孩子们，今天就到这里了。现在，回宿舍去吧。"

一些人转身张望，想知道是什么吸引了我的注意力。但布鲁诺把他们全招呼走了，一个接一个地回到了宿舍。

我想知道莫娜到底做了些什么，她是怎么把彼得弄哭的。我对莫娜打破约定的做法感到非常生气。

彼得瞪大的眼睛里满含着泪花。他小声在我耳边说了些什么，一开始我没能弄明白他到底在说些什么。

"怎么了？"我追问着，"发生什么事了？"

他的呼吸很粗重，吐出的字模糊不清。

"格里高利说西门在监狱里。"

我抬起头，格里高利已经走了。

"这不是真的。"我捏了捏彼得，似乎要把格里高利散播的毒气从他的小身板里捏出来一样。"格里高利完全不知道自己在说什么。"我告诉他。

但彼得却对着我的耳朵哭喊着："格里高利说西门是个杀人犯。"

"彼得，他在撒谎，"我告诉儿子，"你很清楚，这不可能是真的。"

孩子们回到宿舍以后，莫娜离我们又近了些。她的表情很痛苦，她看见彼得在哭。

我挥手让她走开，但莫娜已经停住了脚步，她记得我们的约定。

"别理睬格里高利，"我轻声对彼得说，"他只是想让你伤心。"

"我想见西门。"

我朝彼得努了努前额。"我们无法见到他。"

"为什么不能？"

"你还记得他走之前说了些什么吗？当时你又是怎么答应他的？"

彼得点了点头，但他仍然很伤心。

即便手里抱着彼得，但我还是能想见神学院预备班的孩子们在宿舍里传播流言的样子。天知道梵蒂冈已经有多少人听说了这件事。

莫娜依然在离我们一百英尺的地方看着我们。我应该对她生气，她不该出现在这儿的，我们一起做出了决定。但我很了解把她带到这儿的冲动。我们隔着彼得的肩膀彼此对视了一阵子。她像个影子一样站在小山顶上。但很快她举起手，表明自己要离开了。

我把彼得放在地上，告诉他我们这就买芬达去。离开梵蒂冈比冒险待在这里要安全得多。任何一个碰到我们的人都可能知道西门的事情。

但彼得却说："就去舅公那儿吧，他那儿有芬达。"

他要去卢西奥舅舅那里。在他这个年纪，我最不愿意去的就是卢西奥家。

"你确定吗？你不想去别的什么地方了吗？"

他摇摇头说："我想和迭戈一起打牌。"

他用胳膊抱住我的大腿，用手指捏了捏。

"好吧，就去你舅公家。"

他从一处树丛里拿起足球，把足球带回家。因为生怕弄丢这个足球，彼得像对待他的其他玩具一样，在足球上写满了自己的名字。他一点不知道如此反转所带给我的迷茫。原本遥不可及的莫娜变得如此之近，原本近在眼前的西门却变得伸手难及。

"我们走吧，"我指着山上卢西奥的住处说，"我们一起跑过去吧。"

第二十一章

孩子的性情真是很难摸透啊！一和迭戈玩上牌，彼得就把格里高利忘到九霄云外去了。

"爸爸，西门到底上哪儿去了啊？"打牌时他只问了一次，还没把视线从牌面上移开。

"正在和人谈诺格拉展览的事情呢。"我对他说。

彼得像是觉得这件事很重要似的点了点头。"迭戈，"他问，"你能再发次牌吗？"

趁着他们打牌，我打电话给列奥，看看他是否打听到了西门的去向。答话的时候，列奥的声音里似乎多了种特别的意味。"再给我一小时，我想我们快摸对路了。"等待回音的时候，我突然冒出了个想法。我溜进西门的卧室，看看他在卧室里有没有留下点什么。

西门的房间几乎是空的。梳妆台和台面上空空如也。被人带走的时候钱包和手机多半都在他身上。衣橱里挂着个保护衣服的衣套。衣套上有一张迭戈手写的纸条，纸条说西门把衣套忘在从机场送他回家的车上了。西门似乎没有碰过这个衣套，但在衣套外的小口袋里，我却找到了一本印有教宗王冠和表示神权的钥匙的棕黄色小册子。王冠和钥匙下面印着"外交护照"这几个字。我打开了这本护照。

护照的右边贴着西门身穿长袍的照片，照片上盖着的戳上有几个拉丁文红字——教廷国务院外交部专用章。我的视线转移到了照片下面的一行手写的拉丁语笔迹上：

教廷国务院二等秘书西门·安德鲁神父。此护照有效期五年，于二〇〇五年六月一日失效。

最下面签着教廷国务卿的名字：博伊亚大主教。

我把护照翻到有出入境签章的签证页。签证没有令人惊奇的地方。土耳其、保加利亚和意大利，没有别的国家，连日期都和我记忆中的一模一样。

我继续搜寻。衣套的一个塑料内袋里放着西门的行事历，行事历里夹着一封写给西门的信，信上的笔迹很熟悉。邮戳是三个星期前的。乌戈在向我发送最后一封电子邮件的前几天给教廷办事处的西门寄了这样一封信。

信写在一张查经纸上——左边空白，神父可以把查经的章节写在这里的空白处。我给过乌戈几张查经纸让他对比经文用，这张查经纸是其中的一张。这封信写得很匆忙，乌戈显然是随意拿了张纸当信纸用。我很想知道这究竟是为什么。

> 左边一列：《马可福音》十四章四十四节到四十六节，《约翰福音》十八章四节到六节，《马太福音》二十七章三十二节，《约翰福音》十九章十七节，《路加福音》十九章三十五节，《马太福音》二十六章十七节，《约翰福音》十九章十四节，《马可福音》十五章四十到四十一节，《约翰福音》十九章二十五节到二十七节，《马太福音》二十七章四十八节，《约翰福音》十九章二十八节到二十九节，《马可福音》十五章四十五节到四十六节，《约翰福音》十九章三十八节到四十节，《路加福音》二十四章三十六节到四十节，《约翰福音》二十章十九节到二十节，《路加福音》二十三章四十六节到四十七节，《约翰福音》十九章三十四节
>
> 右边一列：信件原文

二〇〇四年八月三日

亲爱的西门：

几周以来，你一直在向我保证这次会面不会被推迟——即便出差也不会被推迟。现在我才意识到你这话是认真的。我可以告诉你我已经做

好了准备，但我也许是在撒谎。一个多月以来你一直在偷偷跑出去——我知道这对你来说非常难——但你要理解，我也一样有负担。我一直在四处奔波，准备我的展览。改变眼下的一切，完成我们在卡西纳的会面对我来说会非常难。是的，我仍然想定下个主基调。但同时我也觉得这样做会迫使我对东正教做出很高的个人姿态。在过去的两年中，我把我的生命投入了这个展览。现在你接替了我的工作，将它展现给更广大的观众——当然这非常棒——但也将给这个主基调赋予沉重的意味。这将是我正式交出我亲手带大的小宝贝的一刻，也将是我带着喜悦的心情挥别我生命的一刻。

因此，接下来，我将把你不在城内的时候我做了些什么都告诉你。我希望这能和你制定的会面日程相吻合。首先，我在阿列克斯那里认真地学习了福音的课程。我日夜学习《圣经》，学得非常辛苦。我还继续着对《四福音合参》的研究。这两项探索给了我非常丰厚的回报。振作起精神，因为我在这个过程中最后一幕用到的一个词可能会使你害怕。这个词便是"发现"。是的，我的发现会抹去我以为自己对都灵裹尸布所知道的一切。它摧毁了我们寄望的主基调中的最核心信息。它也许会让你邀请的客人大吃一惊，甚至让他们心生恐惧，因为这个发现证实都灵裹尸布有个相当黑暗的过去。碳同位素测试的结果抹杀了这块裹尸布在十四世纪之前的历史。但真相渐渐浮出水面之后，我觉得会有一小部分观众认为事实比裹尸布是块赝品的说法更难接受。对裹尸布的研究使我意识到我们一直在为彼此眼中的误读感到内疚。事实上，相同的误读却揭示了有关裹尸布的事实真相。

我的发现罗列在所附的证据里面。请认真地看上一看，因为我将在卡西纳和你的朋友们谈到这个发现。同时，请代我向已经成为你的紧密追随者的米切尔致以最良好的祝愿。

友谊长存
乌戈

乌戈的字迹使我难过得许久说不出话来。他仿佛在这封信中又活过来了。兴致勃发，充满着渴望和期待。他发给我的最后一封邮件所透露的紧迫感和忧虑在这封信中却一点都没见到。西门似乎转移了乌戈提到的证据，但留下的这些已经足够说明问题了。

看来这应该是真的了：乌戈有了个引人注目的发现。奇怪的是，尽管我压根不知道乌戈在我给他上的福音课以及对《四福音合参》所做的研究中有过什么发现，但信里却将发现归功在这两件事上面。他的发现自然是一二〇四年我们对裹尸布的劫掠——但我实在想象不出他是如何在对比查经纸上的经文时有了这个发现的。乌戈似乎没意识到一二〇四年的那场劫掠会对观众产生多么猛烈的冲击力，也没意识到证明裹尸布比碳同位素测试出的年代久远会给刚刚缓和的教派关系重新投上一道阴影。我不用猜就知道哥哥会对乌戈所谓的发现有什么反应。无怪乎乌戈的证据不会出现在这个信封里。在西门看来，我也许会忍不住将这个发现曝光。也许这正是乌戈在仅仅四天之后写的邮件中会如此灰心失意的原因：西门刚向他解释过一二〇四年发生的事件会有多大的毁灭性，如果公布的话会掀起多大的波澜。也许乌戈想从我这个东仪天主教神父这里获得补充意见吧。

这封信还带来了更大的惊讶。米切尔·布莱克说得没错：西门确实把东正教神父邀请到了罗马。乌戈似乎知道这事——他提到了西门的旅途以及在将要进行的会面中对东正教会做出的姿态。最令人感到惊讶的是，信的末尾竟然暗示米切尔将加入到他和西门正在进行的工作中去。唯一对西门的展览有过帮助，却又不知道这些安排的人就是我了。

我推开卧室的门，询问迭戈他能不能为我查点东西。

"请帮我查查过去几周卡西纳的日程安排。"

信里提到了乌戈准备向来访的东正教神父宣扬展览主基调的卡西纳。卡西纳是梵蒂冈的一座夏季别墅，从我家走到那里大约需要十分钟。这座建于文艺复兴时代的夏季别墅是教宗在宫外的憩息地，不过约翰·保罗二世很少去那儿。除了教廷科学协会偶尔在那儿开一次会以外，其他时间都空关着。这个协会也许与乌戈所提到的会面有关。教廷科学协会是一个由世界各国的八十个研究者和理论工作者所组成的组织，其中还包括了十几个诺贝尔奖获奖者。这些人对乌戈展览的认同可以否定碳同位素测试的结果。只有他们有资格证明今天的科学成果超越了过去的科学成果。我想西门邀请东正教神父和协会的人见面多半是为了向他们保证父亲在都灵裹尸布上的惨败绝对不会重演。

等迭戈回来的时候，我翻了翻西门的行事历。行事历上的大多数内容都很寻常。西门到罗马的旅行被标上了黑色的"X"字符，上面用红笔写着："阿列克斯和彼得！"米切尔强调西门有在周末失踪的习惯，行事历上果然写了西门周末的约会。但西门标注的符号我却一点都看不懂。他用铅笔在七月的第三个星期六旁边写了"RM"——上午十点。我猜"RM"表示的是大主教的位分，但边上既没有名字，也没写地点。接下来一周的周末标注了"SER"——上午八点四十五分的字样。"SER"代表的应该是一个主教。但旁边同样既没有名字，也没写地点。

行事历的一处地方使我停了下来。行事历的开始列着西门的联系人方式。我看到其中一个联系人的旁边同样写了"RM"这两个字母——又是个主教。但他的电话号码却很奇特，这个电话号码像土耳其的号码一样有许多数字，看上去像是国际线路的电话号码。

我在手机上拨打了这个号码，等待电话的主人接听。

"伯纳祖，"电话里传来一个男人的声音，"保拉图帕里。"

我和许多土耳其人通过电话，对方绝不是土耳其人。

"你会意大利语吗？"我用意大利语问他。

对方没有回答。

"你会说英语吗？"

"会说一点。"

"我打的这个电话是在哪个国家？你能把所处的位置告诉我吗？"

对方愣了下，似乎马上要挂电话，我灵机一动地问："你在哪儿？"

"布加勒斯特。"

"谢谢你。"我支吾地说。

我看着西门在行事历上写下的"RM"这两个字母，"RM"代表的不是大主教的意思，它的意思是罗马尼亚。我哥哥和布加勒斯特的什么人有联系。

那么"SER"也不是主教的意思,它代表的应该是——

"这里是贝尔格莱德。"拨打的第二个电话号码的主人说。

"SER"指的是塞尔维亚。

我不敢相信自己的耳朵。罗马尼亚和塞尔维亚是东正教国家,西门已经把手伸到我想都没敢想的东正教神父身上去了。土耳其、保加利亚、罗马尼亚、塞尔维亚,他在大半个东正教世界修筑了一条通往意大利的广阔道路。如果他从这些国家各自请了些神父来参观展览,那就相当于已经在两个教派所属国家的首都之间建立起一座标志性的桥梁。

我拿出钱包,看着钱包里米切尔满身是血的照片。他的身后依稀出现了一个似曾相识的飞机场标识"PRELUARE BAGAJE"。我很想知道这两个词代表的是什么意思。

我打电话给梵蒂冈电台的总编室,让人在斯拉夫语小组替我找个译员。一个声音老成的耶稣会会士接了电话。听到标识上的词语以后,他笑着说:"神父,这是罗马尼亚语中'行李提取处'的意思。"

这么说米切尔是在罗马尼亚遭人殴打的。他看似不可能会去帮助西门,但乌戈在信的最后不经意地提到了他的名字——向米切尔致以最良好的祝愿——却表明他们三个的亲密程度超出了我的想象。你的紧密的追随者,乌戈是这样称呼米切尔的。我没有猜出米切尔第一次改变心意离父亲而去的原因,同样也不知道乌戈对裹尸布的研究是否足以让他第二次改变心意。

我在手机里存的号码列表里找到了米切尔的电话号码,当我打过去时,米切尔却并没接听。

"米切尔,"我亢奋地在语音信箱里留言说,"我是阿列克斯·安德鲁,请听到留言后马上给我打电话,我想和你谈谈有关罗马尼亚的事情。"想起米格纳托对我的嘱托,我又补充了一句:"西门有麻烦了。我们需要你的帮助,请速速回我的电话啊!"

我留下了我的手机号码,但没提需要他回罗马。在语音信箱里就提出请求未免太急了些,这事比我想象得要微妙得多。如果哥哥只和米切尔亲密合作了几周，那么飞机场发生的事必定已经改变了一切。在电话里米切尔似乎对西门充满着敌意，像是要西门为我们其他人这些天来遭受的一切负责似的。

迭戈像捧着书一样手捧着手提电脑回来了。"屏幕上显示的就是卡西纳的日程安排。"

我看了看屏幕。"这就是全部吗？你确定吗？"

他点了点头。

很奇怪：卡西纳整个夏天几乎没什么人住。

"科学协会下一次会议什么时候举行？"我问他。

"下月有个工作小组将开会讨论水资源冲突的问题。"迭戈说。

那是乌戈展览开幕之后很久的事情了。

我又追问了一句："你有参会者名单吗？"

"明天可以给你弄来。"

"谢谢你，迭戈。"

迭戈刚要走，我的手机响了。

米切尔来电话了，我琢磨着。

但手机屏上出现的却是本地的电话号码。

"安德鲁神父吗？"对方问。

米格纳托的声音有些动摇。

"没出什么事吧？"我问他。

"我刚得到消息，他们明天就要开始审判。"

"你说什么？"

"我不知道命令是从哪儿来的，但我要你立刻找到你哥哥。"

第二十二章

迭戈同意替我照看彼得，我便匆匆下楼赶去瑞士卫兵的兵营。但还没出卢西奥家的大楼，我便在楼梯上碰到了列奥。

"我替你打探到了一些消息，"他说，"跟我来。"

楼外的气温很高，罗马夏天的暴热烘烤着我身上外层的长袍。我不知道列奥是如何手拿军帽，全副武装地跑到这儿的，但他却还在一个劲地催促我。"正在交接班，"他说，"必须在他离开之前赶到那里。"

"你在说谁？"

"跟着我就行了。"

我们走过半个梵蒂冈，来到职员和居民出入国境的圣安妮门。这里是教廷宫东部边缘和高大的梵蒂冈银行的接壤处。这个时候，银行大楼在地上投出一道巨大的阴影。到达银行大楼之前，我们停住了脚步。

这段广阔的城墙是梵蒂冈最为奇怪的一处地方。墙那边是居民们不可一见的教宗宫，约翰·保罗二世就住在宫里颇为隐秘的一侧。任何前往教宗住处的车辆必须经过这里以西八分之一英里的一处门，经过隧道和检查点，穿越教廷国务院的内院和我和列奥现在站的地方对面的一个用木门锁着的私家花园。接下去再怎么走就不知道了，因为我从未进过那个花园。一百多年以前，教宗宫出口旁边的部分地区被敌军士兵所占据，于是庇护十世在花园墙上钻了条隧道，隧道的终点就是我和列奥现在站着的地方。我不知道他这样做是为了给雇员提供一条回家的道路还是仅仅为了给自己提供一扇出入花园的后门，但这条隧道现在却成了教宗宫的安全隐患。隧道里现在装了一道铁门，铁门旁驻守着瑞士卫兵。我们去见的一定是执行巡视任务的其中一个士兵。

"从这儿走。"列奥朝我挥挥手，让我进入隧道。

隧道里又黑又凉。我抬头看着隧道里的楼梯。四个男人站在楼梯上的铁门旁边。列奥伸出手，不让我再向前一步。我们在黑暗中耐心地等待着。

两组卫兵正在楼梯上的铁门旁进行换防。下一班上岗了。前一班的士兵走下楼梯之后，列奥问："伊戈尔下士，能跟你说句话吗？"

两个人同时停住了脚步。"关于什么的？"站在前面的一个尖锐地问。

"这是安德鲁神父。"列奥告诉他。

一把手电筒亮了起来，手电筒的光芒照在了我的脸上。兴许是伊戈尔下士的那个人转身对列奥说："不，他不是。"

在手电筒灯光的反射下，我依稀看清了他的面容。现在我把人和名字对上了，我只是不知道列奥为何带我到这儿来。

"你说的是我哥哥西门，"我说，"我是阿列克斯·安德鲁神父。"

他迟疑了一会儿，然后问我："西门是你哥哥吗？"

六年前，一个卫兵用训练用的武器结束了自己的生命，从那以后，西门便自愿为那些有心理问题的卫兵进行咨询。伊戈尔的上级认同西门开展的这项工作。伊戈尔和我哥哥一起工作了一年多。在列奥看来，除了约翰·保罗二世教宗，伊戈尔只有对西门才会尽力。

"是这样啊。"伊戈尔说。

他的声音不带一丝感情色彩。卫兵们的言语通常都很简洁，但伊戈尔的语气里却带着种空灵。

"昨天晚上，"列奥说，"一个铁路警察在总督宫外看见安德鲁神父坐进了一辆汽车。他说车是向着大教堂方向去的。他说车没有右转开向城门，而是左转开向了福尔诺广场。"

这一定是把西门带走软禁的那辆车。列奥追踪到了车驶往的地点。

"是卢森博格上校告诉我的，"列奥说，"你昨天晚上驻守在第一道门是吗？"

伊戈尔抓了抓嘴角，点了点头。

列奥清了清嗓子。"如果那辆车真是穿过了福尔诺广场的话，它一定会从驻守在第一道门的你面前经过。"

伊戈尔转身对我说："我不认识你，我也没在任何一辆车上看见安德鲁神父。"

"嗨,"列奥拍了拍他的胸膛,"我告诉你他就在那辆车里。你到底看没看见?那应该是在……"他从口袋里拿出一片纸,拿着手电筒对纸照了照。"八点十分左右的事情。"

"八点零七分广场上过了辆车。"伊戈尔说。

列奥看了看我。"好吧,就算是八点零七分,那它停在了哪儿呢?"

我知道列奥在想什么,于是说出了他的想法:"是不是在老监狱?"

梵蒂冈成为一个独立国家的世界,教宗在列奥提到的广场旁建了个三间囚室的监狱。那里过去关些小偷和纳粹战犯,但如今却被当作了仓库。找西门的人绝对不会想到西门被关在了那里。

"也许你该查看一下昨天晚上的记录纸。"伊戈尔说。

列奥咬紧牙关克制住自己。"伊戈尔,我看过了。因为你没有记录经过门前的车,所以我才会找你问有没有车停在广场旁的老监狱。"

"下士,"我对伊戈尔说,"西门帮助过你,请你这次也帮帮他,"我试图和伊戈尔对上眼,以此看出他的内心。西门总能这样打动迷途羔羊的心弦。

"车没停在广场边,"伊戈尔小声说,"车直接开过了门。"

"开进教宗宫了吗?"列奥冒出火来,"那纸上为何没有留下记录?"

伊戈尔慢慢地扭动了几下脖子。"我只是做了上面让我做的。"

列奥抓住伊戈尔的制服,但我把他拉回来轻声问:"那其他的几张记录纸上一定留有这辆车的记录,是不是?"

列奥的视线一直没离开伊戈尔。"你说错了。我看了昨天晚上所有的记录纸,纸上没有任何行车记录。下士,这你怎么说?"

不用多言语,我已经从伊戈尔的目光中看出名堂了。他已经帮了我们。

"列奥,"我轻声说,"我相信他。"

但列奥却钳住伊戈尔的下巴说:"告诉我,车为何过了三个检查点,却没有留下一笔记录?"

伊戈尔的搭档第一次开了口。"凯勒下士,这样做太出格了。"他松开列奥的手,把搭档拉开了。列奥站在他们面前,挡住了隧道的出口,但我觉得我们也不会取得更多的线索了，我们也许发现了比伊戈尔重要得多的线索。

"让他们走吧，"我轻声对列奥说，"就这么着，你已经弄到了我要的线索。"

和列奥在圣彼得广场的哨所分别之后，我沿着年幼时便已经熟悉的道路往前走。在广场和梵蒂冈的住宅区之间是个几世纪以来城墙建了又破损、破损了再建的无人地带。在无尽的黑夜中，我通过贝尼尼式柱廊之间的微小缝隙进入住宅区，朝一个被大多数人忘了的地方走了过去。

多年以来，卢西奥舅舅的一项工作就是悄无声息地拆除一些历史遗迹。梵蒂冈只有五百常住人口，每天却要接待一千五百个在此上班的人和一万名旅游者，因此相比于历史遗迹，梵蒂冈更需要停车场。第一处遭此命运的便是文艺复兴时期教宗们举办格斗和斗牛的观景楼花园。花园被拆除以后，这里建起了教廷雇工停放菲亚特和小型摩托车的停车场。接着卢西奥舅舅又把老教堂边的罗马神庙改建成了能停放二百五十辆车的地下停车场。最近，他又拆毁了一座二世纪建成的庄园，在庄园的旧址上建起了一座能容纳八百辆汽车和一百辆旅游大巴的大型停车场。人们看到垃圾车装满了帕尔马干酪似的旧城砖离开梵蒂冈的时候，总会发出保护古代遗迹的呼吁。而我所去的地方正是在梵蒂冈国土上修建的最早一处停车场。

上世纪五十年代，工人们拆除了梵蒂冈博物馆和我所住的公寓楼之间长条地带上的古建筑，为教宗修筑一个停车的场地。施工的时候，工人们在地下几英尺发现了一具古罗马皇帝侍从的尸体，还在这位侍从的身上发现了笔和墨水瓶。这位侍从的墓地现在成了教廷的汽车修理点和停车场。这个停车场又矮又黑，房顶上种着一排植物，看上去有点像个防空洞。停车库里只有一扇每当车辆进出时才开上几十秒的车库门。太阳还没落山，但周围没什么人的街道却已经阴沉沉的了。机油从车库门下流淌出来，在灯光下像铬合金一样闪着光。

"神父，有什么需要帮忙的吗？"开门的工作人员说。

他穿着教廷司机的制服：黑裤子，白衬衫，黑领带。

"我找纳尔迪。"我说。

他像是我在他最忙的时间打扰他一样揉了揉脖子背后，好像哪个高级教士还会在即将入夜的这个时分用车似的。实际上这里的晚班一般只有在年迈的神职人员需要进行急救的时候才会出车，平时上班的时候不会有什么事情。

"神父，很抱歉，"他说，"你能过一会儿再来吗？"

"我的事很重要，请让他赶快出来。"

他扭着脖子往后看了看。我想他也许在等什么人。值夜班的司机有时会在上班时和女友私会。

"你等等，我去看他在不在。"

过了一会儿，门又开了，门里走出了吉安尼·纳尔迪。

"阿列克斯，你怎么来了？"

上次见吉安尼已经是一年多前的事了。和一年前相比，吉安尼增加了不少体重。他的衬衫上全是皱褶，头发也好长时间没剪了。我们相互吻了吻对方的脸颊，长时间地紧紧握手。碰面时间相隔得越长，旧友相逢时的那种热情自然就更为炽烈。总有一天我们会渐渐疏远，成为完全的陌生人的吧。

"找我有何贵干？"说着他作势看了看四周，仿佛街上有支游行队伍似的。阿列克斯·安德鲁，竟然找我来了。他总会让稀松平常的小事充满了生趣。

"我们可以找个私密点的地方谈谈吗？"我问他。

"没问题，跟我来。"

他没有问为什么，这样一来，我就知道了第一个问题的答案。吉安尼必定已经听说了西门的事情。

我们爬了几级台阶，到了种满植物的停车场屋顶。

"阿列克斯，对不起，"我还没来得及开口他就说话了，"我应该先给你打电话的。你和彼得现在怎么样？"

"我们都还好。你又是怎么知道的呢？"

"你在开玩笑吗？警察早就把这件事传得满天飞了！"他手指向下，指着下面的停车场，"现在还有三个警察在下面问问题呢！"

看来这就是不让我进入停车场的原因。"什么样的问题？"

"关于一辆他们从冈多菲堡拖回来的阿尔法汽车，那辆车现在在他们的拖吊场里。"

乌戈驾驶的是一部阿尔法·罗密欧。

"吉安尼，"我说，"我需要你的帮助。"

我和吉安尼在少年时代是最好的朋友。这座停车场见证了我们的友情。一年夏天，我们听说一条流言，流言说停车场建造的时候，工人们在地下发现了一大片古罗马墓地，一块挨着一块，中间以地道连通。这意味着我们这些居民就居住在一块坟地上面，居住在曾经发誓绝不和基督徒为伍的异教徒的头顶上面。我和吉安尼想要亲眼见证这个事实。

进入这些地道并不很难。下水道几乎可以把我们带到地道里的任何地方。一天晚上，我们走过地道里的一长段石头路，在路的尽头发现了一道新建的金属格栅。格栅通向一个储藏室，储藏室背后就是停着教廷车辆的停车场。

在意大利十八岁才能驾驶汽车。我们那时才十三岁。停车场墙上的一块板上挂着八把豪华轿车的车钥匙。一年多以前，爸爸用家里的菲亚特五百教会了西门开车。那年夏天，我用车库里一辆后座被改装成教宗御座的梅赛德斯防弹车自学学会了开车。

我想请女孩们和我们一起去地道玩，但吉安尼却说不行。我想藏在汽车的后车厢里，和约翰·保罗二世教宗共行一段路，吉安尼又说不行。别太贪婪，当我把一辆豪华轿车开到花园里时他说，你总是要得太多。这是我第一次认识到真正的吉安尼。几年后，他笃信了让人不要太贪婪、让人不要希冀得太多的一种宗教。中学毕业以后，我上了神学院，但吉安尼却说他要当滑板运动员，一头扎进了圣马里内拉海滩。一年以后，他父亲发现他在圣彼得大教堂当上了一个清洁工。圣彼得大教堂每天都会有许多垃圾，吉安尼必须做大量的清扫工作。厌倦了从墙上刮下口香糖以及用扫地机打磨教堂里的大理石地板以后，吉安尼思索着自己到底想要做些什么。

他决定当个司机。

吉安尼回到这里并不是偶然。当他想成就自己的事业，去当一个司机的时候，他一定想起了我们在停车场的那个夏天。当吉安尼做出这个决定以后，每当看到他时我就会想，除了西门以外的梵蒂冈男孩是否真的有胆量体验一下梵蒂冈以外的世界。

"他们把西门软禁起来了，"我对吉安尼说，"瑞士卫兵说看到他坐的车进入了教宗宫，我想知道具体是在哪个方位。"

卫兵们也许不清楚最后的目的地，但那辆车的司机一定能告诉我。

"阿列克斯，"吉安尼说，"上面说不许谈这件事。"

我怕的就是这个。吉安尼和伊戈尔一样被下了封口令。

"有什么能告诉我的吗？"我问他。

吉安尼压低嗓门说："那个男人被杀以后这里的气氛就非常古怪，我们被禁止谈论任何事情。"他像过去那样对我淘气一笑。"因此接下来的谈话只限于我们两人之间，千万不可外传。"

我点了点头。

"昨天晚上，上面打了个电话说要用车。我不知道用车的请求是从哪儿来的，不过调度员派我的朋友马里奥出这趟车。马里奥从你舅舅家带来了西门。"

"他把我哥哥放在了哪儿？"

"放在电梯那里。"

"哪处电梯？"

"就是那处电梯。"

古老的教宗宫没有几处现代设施。吉安尼指的一定是教廷国务院内庭花园里操纵水塔用的那个电梯。一个国家的总统和几个国家的总理拜访梵蒂冈时用过那处电梯。

但说到这处电梯时，他却摇了摇头。他用鞋尖在地上的土里画出一个巨大的正方形。"这是大马士革花园。"

他指的是教廷国务院前面的那个花园。

他在大方块旁边又画了个小方块。"这是尼古拉五世宫。"

尼古拉五世宫是教宗宫最后面俯瞰着圣彼得广场的那座宫殿。

他画了条线把两个方块连在一起。"这两个地方之间有个开阔地，开阔地上建了条拱廊。拱廊里有道不为外人所知的门，门后面有部隐秘的电梯。马里奥就是在那儿把西门放下来的。现在你明白了吗？"

我明白了。这解释了一切。我很想知道西门为什么会接受被软禁在那里，很想知道他起初知不知道自己会被带到哪儿。

"怎么了？"吉安尼问我。

尼古拉五世宫有四层。和文艺复兴时期建造的许多教宗宫一样，这座宫殿的第一层是给仆人和马匹用的。最上面两层属于教宗，如果教宗希望软禁西门，他没有理由自己插手这件事。剩下的一层是教廷国务卿的住处。

"吉安尼，"我用双手捧住头，"他们把西门带到了博伊亚的家。"

这对我来说是个巨大的打击。没人可以接触软禁在教廷国务卿家的西门，甚至连卢西奥也不能。西门接受软禁的时候，他肯定想不到命令不是出自法官办公室，而是出自自己的上司。

"之后呢？"我问吉安尼，"马里奥把西门带到别的什么地方去了吗？"

他缓缓地摇了摇头。"阿列克斯，就我所知，在那之后就没有哪个司机见过他了。如果去了别的什么地方，他一定是步行去的。"

可是尼古拉五世宫有许多巡逻的瑞士卫兵啊。如果西门被护送到那儿的话，列奥一定会听到风声的。

"我不明白，"吉安尼既像对我，又像对自己说，"他们为什么把他带到了尼古拉五世宫？"

我告诉他我也不明白。但我可以猜到一个答案。软禁在那里可以确保西门无法回到博物馆，无法清除乌戈展览中最糟的一二〇四年的那部分内容。

"还有什么奇怪的用车电话吗？"我问他。

他对我浅浅地笑了笑。"你还有多长时间？"他压低声音说，"那人被杀的那天——我从没经历过这种事情。早晨五点，我在家接到个电话。他们要我上从正午到晚上八点的新的班次。我告诉他们下午两点我约好了去看医生。天杀的，五小时以前我才刚刚下了班啊！他们让我取消预约。到了单位以后，我发现所有司机都已经到了，所有人都接到了相同的电话。"

"为什么会有这种情况？"

"调度员只告诉我们宫里有人需要车来回接送人。根据安排，我们需要短途接送花园里一项活动的参加者。但地点突然变了。根据改变后的安排，两个资格老的司机将留下来应付日常工作，其余人不做记录地去冈多菲堡接人。"

"这是什么意思？"

"不记录出去和回来的时间，不记录出车的行程。书面上他们希望和平日一样只有正常的出车记录。"

天空在我眼里似乎变得很高，变得让人晕眩。吉安尼的说法和伊戈尔对瑞士卫兵在检查点的记录如出一辙——对车辆的移动不做记录。未知的因素变得越来越多了。

"奇怪的还不只是这些，"吉安尼说，"他们说除了下车接客人之外，我们不能走出车外。我们不能和任何人打招呼。在行车的四十五分钟时间里我们不该说一句话。"

"为什么？"

"因为这些人不会说意大利语，不了解罗马，更不喜欢闲聊。"

"他们是谁？"

他作势扯了扯实际上并没有的胡子，然后指着我说："和你一样的神父。"

我的心跳加快了。是西门请来参观展览的神父。

"他们有多少人？"

"我不知道，大约有二十到三十吧。"

我目瞪口呆。爸爸请了九个东正教神父前来参加都灵裹尸布的碳同位素测试，结果只来了四个。

吉安尼对我点了点头。

"你能精确地描述下他们穿了些什么吗？另外，他们戴没戴十字架啊？"

神父穿戴的细节可以告诉我他们来自哪里。东正教内部分裂成了希腊系和斯拉夫系。斯拉夫神父的脖子上戴十字架，希腊的神父脖子上不戴。

"我车上的那个戴十字架。"吉安尼说。

这意味着一个来自于塞尔维亚或罗马尼亚的斯拉夫系神父。

吉安尼说："但十字架是别在帽子上的。"

我大吃一惊。"你确定吗？"

吉安尼把几根指头合拢在一起。"比指头大一丁点的十字架。"

是个斯拉夫系的主教。帽子上佩戴十字架的人甚至可能是东正教会里第二高等级的大主教。主教和大主教是东正教的最高层，只有相当于罗马天主教教宗的东正教长老地位比他们高。

"他们的脖子上戴着画着一些画的链子吗？"我问吉安尼。

吉安尼点点头。"你是说类似圣母像的护身符吗？是的，有个搭我车的人戴着这链子。"

吉安尼对十字架的描述看来是没错的了。这种挂链是东正教主教的另一标志。我试图掩饰起自己的惊讶。西门要把东正教主教邀请到梵蒂冈几乎完全不可能，天知道他用了什么策略才把他们安排到这儿的。

然而，他的策略越是成功，乌戈对一二〇四年掠夺事件的发现就越是有毁灭性。我好像已经开始看到了这起诉讼案的大致轮廓了。

"回到刚才的那句话。你说他们把会见的地点改在了冈多菲堡，原本安排的地点应该在哪儿？"

"在城内的花园里。"

"具体是在哪里？"

如果没弄错的话，事情已经开始对上了。

"在卡西纳别墅。"他说。

这就对了。乌戈的信里提到了卡西纳举行的会议。他指的必定就是这次会议：在冈多菲堡举行的就是乌戈和西门几星期前讨论的会议，乌戈要在这次会议上宣布他的重要发现。尽管地点在最后一刻改变了，但会议内容却早就安排好了。

"所有搭乘你们车辆的乘客都是神父吗?"我问他。

吉安尼点点头。

迭戈的日程表没错:会议和科学协会没有一点关系。科学协会的会员都是些平信徒。卡西纳会议的参加者都是些东正教神父。

但会议地点为什么改变的问题还没得到解答。

"卡西纳别墅能容纳二十到三十人吗?"

"可以。"

因此场地的大小不会是个问题。梵蒂冈有许多大型的会议场地,为什么要选择四十五分钟车程以外的新地点呢?冈多菲堡的唯一优势是它的私密性。

"为什么不让你们做记录呢?"我问他,"是不是不想让某个特定的人知道这件事?"

我这才想到,这是种极端的预防措施。没有了记录的话,就没人会根据记录追查会议地点了。

吉安尼朝我摆了摆手。我的问题不是他这个层级的人可以回答的。不过我却一直在想着这几个时间点。把前后日期排列了一遍以后,我发现米切尔受袭几乎和乌戈写那封信是在同一个时间。之后的每一件事——裹尸布的秘密转送。会议地点的诡异改变、在遭到谋杀乌戈的指控前西门就开始采取的完全噤声的态度——也许都是对米切尔被袭事件的反应。发生在米切尔身上的事说明西门的合纵已经泄露了。这让我不禁联想起米格纳托所说的西门手机被窃听的事来。如果真有什么泄露的话,我想多半是因为乌戈和西门对卡西纳会议的事情谈论得太公开了。

我的沉默似乎使吉安尼感到紧张。他往嘴里丢了粒糖说:"这么说西门会没事吗?"

他的问题打了我一个措手不及。"当然没事,你很清楚他没有杀任何人。"

他点了点头。"再过一千年也不会。我对别的司机说,如果可能的话,他会为死者去挡子弹。"

我很欣慰能听到他这么说。至少梵蒂冈有人知道真正的西门是什么样的。我们都看到了西门在拳击台上战斗的形象，因此吉安尼知道他的能力如何，同时也知道他的尺度在哪儿。

我把谈话从西门身上扯开。"说说他们从冈多菲堡开回来的那辆阿尔法。"

"冈多菲堡一定发生了什么事。警察就司机座问了机修工一些问题。"

米格纳托一定不同意我接下来的举动，但我还是孤注一掷了。"你能下去看看那辆车吗？你的发现或许会对我有所帮助。"

"阿尔法车已经不在这儿了，它在那个改作扣车点的停车场内。"

虽然乌戈的车被藏起来了，但我却开始觉得冈多菲堡才是问题的关键。如果不知道那处山间别墅发生了什么事情的话，为西门辩护无异于痴人说梦。

"我帮你四处问问去，"吉安尼自告奋勇地说，"我认识的一个司机去过阿尔法被转送的那个车库。"

但我不能让吉安尼四处提问，更不愿意通过别人的眼睛来观察和思考问题。

"吉安尼，"我说，"我要你帮我一个更大的忙，我想亲眼去看看那辆车。"

他瞪大眼睛看着我，似乎我在和他开玩笑一般。

"请务必让我去看一眼。"我央求道。

"我会因此被炒鱿鱼的。"

我看着他的眼睛说："这我知道。"

我等待着，等待他求我帮忙，等待他让我许诺或是让卢西奥舅舅对他伸出援助之手。

但我轻看了他。吉安尼把最后一颗糖倒入手掌，看着手里的这颗糖。"操蛋，"他说，"西门都快不能做神父了，我还在担心这该死的工作。"他把糖扔进黑暗的夜色，然后站起身，把衣角塞进裤子。"待在这儿。看见我开车过来，就马上上车。"

第二十三章

吉安尼走出视线之后，我立刻给米格纳托打了个电话。

"教士，我找到了西门在哪儿。他们把他带到了博伊亚家里。"

"该死的，"他咆哮道，"他们都抱成团了。一小时前，博伊亚主教打电话给我，说我们不能得到布莱克神父的私人卷宗。"

"为什么要看布莱克神父的私人卷宗呢？"

"看看教廷国务院对他的受袭是如何定义的？"

在黑暗中探寻吉安尼和车的踪迹时，我听见米格纳托在电话那头沉重地呼吸着。我再次想起了西门接受软禁的这件事。他之所以接受软禁不是为了遮掩冈多菲堡的秘密，就是为了保护我和彼得。在发生了米切尔遇袭的事情以后，他也许已经分不清两者之间的区别了。

"你哥哥在明天早晨作证的证人名单之中，"米格纳托最后说，"品格证人作完证以后就是他。"

"你可以提交抗诉，让法庭将他释放吗？"

"这改变不了任何事。"

"那我们该怎么办？"

他不明所以地长叹了一声，然后说："再等等，看你哥哥的守护天使有多强大吧。"他思考了很长一会儿，然后说："就这样了，明天上午八点法庭见。"

我犹豫了一下。"要我作证吗？"

"神父，你是代理人，你和我一起坐在辩护台前。"

下方的停车场传来门被打开的声音。我猫下腰，以防被其他路过此地的司机看见。但走向平台楼梯的正是吉安尼。看到他身后的那辆车，我不禁吃了一惊。

"教士，我必须得走了。"我说。

"如果查到了别的什么事，"他说，"你任何时候都可以……"

"我会给你打电话的。"

我挂上电话,蹑手蹑脚走下平台楼梯,抑制着想大笑出声的冲动。吉安尼开了辆白色的菲亚特军用吉普,所有人都知道这是教宗的专用车。

"快上车,别让人看见。"吉安尼心急火燎地说。

我很熟悉这辆车。十三岁时,我和吉安尼花费一整夜的时间在车座上寻找约翰·保罗二世留下的血点,约翰·保罗二世坐在这辆车的后座上刚在圣彼得广场遭人枪击过。

"你要我坐在哪儿?"我问他。

军用吉普的后座改装成了约翰·保罗二世专用的扶手椅。副驾驶座上放着下雨时为教宗遮风挡雨的塑料防水布。

他移动了一点塑料防水布。"钻下去。"

我用了好一会儿才理解了吉安尼的用意。他想让我蜷缩在踏脚的车地板上。

"无论发生什么,"他带着充满不确定性的语气说,"什么都别说。扣车点门外站着个警察,但过了他以后,停车库里就没人了,我想我能替你争取到十来分钟的时间。"

我蜷缩在副驾驶座的地板上,吉安尼用防水布遮住我。很快吉普车便开动了。

这一路很辛苦,军用吉普已经有二十多年的历史,几乎和我一样大。二十五年以前,约翰·保罗二世去都灵瞻仰裹尸布的时候,菲亚特总部把这辆车送给了他。十三个月后约翰·保罗二世在这辆车里被人枪击的那一天,几个裹尸布研究者正等在圣彼得广场,准备向教宗提交他们的初步报告。住在梵蒂冈城里的一个秘密是,对于住在里面的人来说,需要他们操心的事其实并不多。

"保持安静,"吉安尼说,"我们快到了。"

穿过竖起的障碍物进入工业区时,吉普发出了一声惊人的巨响。工业区里都是油腻腻的作坊和仓库。周围没有声音,只有厂房里的电灯在一闪一闪地亮着。吉普降速以后,我才听到了人的说话声。

"先生,禁止再往前开。"

吉安尼停下车。他用脚尖碰了碰我让我别出声。

"今晚不能进去。"看门的警察说。

吉安尼说:"安东尼命令我来的。"

他报的是诺瓦克大主教的小名。

"什么命令?"

我希望吉安尼知道自己在干什么。每次坐这辆车的时候,约翰·保罗二世总会带个保护他的警察。只要打电话回局里,吉安尼的谎言就会被揭穿。

吉安尼用手拍了拍我头顶的塑料防水布说。"明天有可能会下雨。"

警察说:"进去吧,需要多久?"

"十分钟,我还要看看备用的防水布。"

现在我明白吉安尼的计划了。明天是约翰·保罗二世接见教民的星期三,只有星期三约翰·保罗二世才会用到这辆敞篷的军用吉普。

"今晚扣车库是个禁地,"警察说,"我和你一起进去。"

吉安尼浑身一个激灵,脚踏在发动机上,使发动机在一个较高的速率上空转着。我听见警察打开带有金属滚轮的铁门,吉安尼把吉普掉了个头,把车慢慢地停进了停车位。

"那是谁的阿尔法车?"我听见吉安尼在问。

他已经看到了乌戈的车。

"不关你的事,"警察厉声说,"你要找的东西在哪儿?"

吉安尼犹豫了。我的心跳得很快。吉安尼不是个会撒谎的人。

"在那边的一个盒子里。"他说。

他拔出车钥匙,像是要捡什么东西似的把手探了下来。当手比划到我眼前的时候,他朝我这一侧的车门外指了指。阿尔法一定在门的这一边。

接着他就走了,两人的对话声越来越小。

我小心翼翼地把头伸过低矮的车门。车库又长又窄,并排只能停两辆车。吉安尼正好把车停在了阿尔法的旁边。阿尔法的门开着,似乎有人正在检查车内的情况。

现在我明白警察为何要把这辆车带到这儿了。阿尔法司机座一侧的窗户碎了。窗户上的破洞形状不规则,比人头稍微大一点。司机座上有不少玻璃碴子。

我的心跳加速了。我无法在不被警察瞧见的情况下大摇大摆地走下菲亚特。我只能放下车门上的玻璃，悄悄地从车窗里钻了出去。

乌戈的车进了水，有股发霉的气味。警察在踏脚的地方用红色的塑料记号笔画了个箭头。箭头指向后方的司机座。司机的座位下什么都没有，但座位的皮套上有个长方形的压痕，像是上面曾经摆过什么东西一样。我必须凑近去瞧瞧。

吉安尼和那个警察已经开始在我身后搭雨篷了。留给我的时间还有五到十分钟。

我弓身爬上乌戈的车座，用钥匙链上的手电筒照着车座下方。吉安尼说警察就司机座问了许多问题。司机座和车体之间由几根金属杆相连，一部分金属杆被移走了，地上的东西必定和这些金属杆是连着的。

我用手电筒照了照周围的地板，发现有东西在闪光。车地板上的地毯旁有块指甲盖大的金属。我弯下腰，要拿起这片金属，但马上想起不能留下指纹。我带过一个监狱里的读经班，班里的一个成员偷藏了一根用过的针管。为了抓到偷藏者，班上的成员都被提取了指纹和血液的样本。我把长袍的袖子拉到手上面，隔着长袍的布料拿起了这块黄铜色的弧形金属。

弧形金属的外部很平整，内侧却参差不齐。金属的某一部分给我一种似曾相识之感，但我一时半会儿想不出相熟的地方到底在哪儿。

远处传来一声响。吉安尼在给我发信号了。我把这块金属放入口袋，开始爬向教宗的车。

爬向军用吉普的途中我遇到一辆杂物车。杂物车的的顶端放着些多半从乌戈的车里拿出来的物品。物品里有一个手机专用的充电器，有个刻着乌戈名字首字母的烧瓶，还有几页散落的纸张。底下还放了些别的什么东西。我停下脚步，伏在杂物车边上。

塑料袋上贴着一个写有"证据"二字的红色封条。标签背后的格子里填着收集的时间和地点，案件号以及前后的监管部门。很奇怪，这些证据袋没有被送入法庭，而是被留在了这里。杂物车上摊着张纸，纸上写着"留待进一步命令"几个字。米格纳托多半还不知道这些证据的存在吧。

肯定有些别的东西没有了。杂物车里没有形状类似司机座上印痕的物品，没有形状像小型手提电脑的物品，也没有能系在车座底下金属杆上的物品。也许这正是车窗玻璃被打破的原因：偷窃放在司机座下地板上的东西。

我伸手去拿堆在上面的塑料袋，但塑料袋里的东西却看不到——这时我的视线突然投射在刚刚看见的那几张纸上。

有张纸上写着个电话号码。

我凑近瞧了瞧。看到这个电话号码以后，我惊得完全喘不过气来。

是我家固定电话的电话号码。

停车库后部传来尖锐的敲击声——是吉安尼在敲雨棚的边框，告诉我时间已经不多了。

我匆忙爬进了菲亚特。

吉安尼没看我是否回到了车里，就发动了吉普。路程不长，我们很快回到了出发时停车场的那个角落，他停车把我放了下来。

我想谢谢他，但他却目光急切地问我："找到什么有用的东西了吗？"

"找到了。"我告诉他。

他频频点头。"很好，这很好。"

我下了吉普。吉安尼的气喘得很急。"如果还需要帮些……"他说。

"你做得已经够多的了，"我的心里只想着纸上的那个电话号码，"吉安尼，感谢你为我所做的一切。"

他挥了挥手，做了个之后给他打电话的姿势，好像有事的话只管打电话找他似的。尽管这样说，吉安尼的全身却抖得很厉害。他把菲亚特朝停车场的门开了过去。

我经常看见乌戈的笔迹。他坚持在上完福音课后做家庭作业，因此我见惯了他在查经纸上留下的潦草经文。无论走到哪里，我都能认得出乌戈极具个人特色的笔迹。那张纸上的电话号码绝不是他写的。

证据袋里的证据不会一直留在扣车场里。如果警察正在等人拿走这些证据，那对方一定不想让这些证据暴露在光天化日之下。

想到吉安尼最后对我做的那个手势，那个打电话的手势。我突然冒出了一个念头。

第二十四章

停车场后面就是美景宫。我一路慢跑上了楼，进门之前，我贴着门，聆听门那边有什么声音。锁换之前，每次进门以前我都会这么做。但我发现我们上次来的时候列奥在门和门框之间夹了张纸片。他在兵营里确认列兵没溜到罗马时用的就是这种伎俩。如果纸片落到了地上，那就说明有人曾经出入过这道门。纸片没落在地上说明没有人来过。列奥上次放的纸片还在，我放松了点。

我进了公寓，走到厨房的电话机旁。很奇怪，乌戈为什么需要我家的座机号码。就《四福音合参》的问题咨询我时，他总是拨打我的手机。也许这次他想找的是西门，而不是我。问题是，乌戈是何时把电话打过来的。

我翻查着来电号码列表，没在其中看到乌戈的号码。不怎么熟的号码有三个——其中有一个是梵蒂冈号码——这三个电话都是在乌戈被杀的前一天晚上打来的，相隔不过四十分钟。那天晚上我和彼得去看电影了，我一点都不知道来过这些电话。

我突然有了一些零星的想法。为了验证这些想法，我重新查看了一下打来这些电话的日期。这些电话像是为了查证我们确实离开了家而打来的，为了在闯入前好好侦察一番。但第二天晚上——闯入发生的那天晚上，却没有一通陌生号码打来的电话。

我当机立断，在手机上拨打了梵蒂冈的那个陌生号码。电话铃响了一声以后，有个女人接起了电话。

"你好，家园宾馆，有什么可以帮您的吗？"

接电话的是家园宾馆的前台修女。

"你好，"我说，"我想找宾馆内线打给我电话的一个人，你能帮我转接吗？"

"先生，他叫什么名字？"

"我不知道他叫什么,只知道是内线号码。"

"先生,为了替客人保密,我们无法满足您的要求。"

"修女,这事非常重要,请务必帮我这个忙。"

"对不起,我实在帮不了这个忙。"

我突然间想到了什么。"他叫乌格里诺·诺格拉。你能替我找下乌格里诺·诺格拉名下的房间吗?"

乌戈没理由住在家园宾馆。他在博物馆对面有他的公寓。但我希望能问出些线索来。

电话里传来修女击打键盘的声音。"先生,没有叫这个名字的客人。你确定他没退房吗?客人交了钥匙以后我们就把他的信息消除了。"

钥匙。我知道似曾相识的是什么了。乌戈车垫下的那块金属应该是宾馆钥匙的一部分。

"修女,谢谢你。"放下电话以后,我把两只手插进了长袍的两个口袋。我从一个口袋里拿出乌戈车里的金属片,从另一个里拿出我的宾馆房间钥匙。

钥匙上附着一个刻有房间号码的椭圆形挂牌。挂牌的颜色和厚度搭配得恰到好处。金属片正是从挂牌上掰下来的。

仔细地观察了一番以后,我发现了金属上的损痕。一定有人拿金属片撬过东西。不管撬了什么,一定没撬成功。

我坐在桌子旁边,试图把所有信息组织成一种自己可以把握的线索。打到我公寓的电话可以追踪到家园宾馆。乌戈被抢劫的那辆车同样也可以追踪到家园宾馆。这也许是能把闯入案和杀人案真正联系起来的第一条线索。但随之产生的另一个想法却使我寝食难安:我和彼得住在家园宾馆的那天晚上,凶手和我们住在同一个屋檐之下。

我抚摩着掌心中的金属片。家园宾馆。这座宾馆是为外面来的客人而建,但同样也居住着回梵蒂冈办公事的教廷国务院外派人员。米格纳托在电话里告诉我博伊亚大主教不想让我们知道殴打米切尔的是些什么人,他拒绝透露与之有关的情报。爸爸死后,博伊亚大主教就是反对天主教与东正教重新联合的急先锋。他以教廷国务院为武器反对约翰·保罗二世对东正教会所做的良好姿态。

西门一定知道邀请东正教神父参观展览是种冒险。他必定曾尝试着把这事瞒过博伊亚大主教。这就解释了他的外交护照上为什么没有前往塞尔维亚和罗马尼亚的记录。他可以办理普通的意大利公民护照前往这两个国家。然而，一旦有主教，甚至大主教同意来罗马，事情就穿帮了。主教是公众人物。主教出行会带有随从，他们的出行计划会出现在公告或教区日历里。只要他们一来，纸就包不住火了。

在西门与东正教神父接触得最频繁的时候，乌戈发现裹尸布是从君士坦丁堡偷来的。这一定给了哥哥更大的触动。

这个发现导致了随后一长串事情的发生。米切尔被希望了解乌戈发现的人袭击了，同样的威胁写在了送给我的照片后面。博伊亚大主教似乎知道乌戈有了发现，但不知乌戈发现了什么。他也许希望通过软禁西门把这个秘密问出来。

讽刺的是，他去看看乌戈的展览就能知道想要的发现。尽管展览的布置尚未完成，但答案却显而易见。如果大主教大人懂一点希腊语，他就会意识到真相已经被画在了墙上。

我站起身，摸黑走回了自己的卧室。西门也许把展览放在了自己的神父身份之上，但我不会。西门肩负的使命比请几个东正教神父来罗马参观展览要重要得多。明天作证的时候，法官们需要听到些什么才是目前最为紧要的事情。

我朝梳妆台上看了看，但是没有找到我要找的东西。我越过卧室里假想中我和莫娜之间存在的那条线，打开我们订婚后她爸爸给她的那个珠宝盒。莫娜离开时除了一大包换洗衣服以外什么都没带，又因为神父的妻子很少有戴珠宝的机会，因此珠宝盒的珠宝大多数都在：宝石耳坠、少女时代佩戴的戒指、带有十字架的金项链。只有她走的那天兴许戴在脖子上的希腊式十字架[1]不见了。我打开珠宝盒下部的一个小抽屉，里面是把钥匙，我把这钥匙扣在了脖子上戴的项链上。

---

[1] 四臂等长的十字架。

回到门口的途中，我停下脚步，打开闯入期间被打翻的柜子。柜子里放着我和彼得备用的电线、天线和转接器。我把柜子里看似可以充电的东西都收集起来，放在我的长袍里。

下楼梯之前，我振作起精神，准备面对将要看到的一切。

公寓大楼的底层是梵蒂冈唯一的诊所。我和西门还没长大的时候，美国神父宁愿飞回纽约做体检，也不愿找梵蒂冈的医生看病。五十多年以来，在任的每位教宗都留下了在梵蒂冈进行治疗的惨痛记忆。五十多年以前，庇护十二世染上了经常打嗝的毛病，他的医生竟然给他注射羊脑提炼出来的液体。另一个教廷的医生把庇护十二世的医疗记录卖给报社，又用一种还在实验阶段的方法给教宗的尸体防腐，当朝圣者前来瞻仰时，尸体不仅皮肤皱巴巴的，而且尸身上还青一块紫一块。十年后，保罗六世要切除前列腺，教廷医生竟然在他的书房完成了这次手术。他的继任者保罗一世刚继位三十三天就死了，教廷医生不知道该给他服用改善血气的一种药。考虑到殡葬业者所拥有的经验，你们也许认为梵蒂冈的殡葬业世界一流。但梵蒂冈既没有殡葬业，也没有停尸房。教宗死后在自己家由罗马来的志愿者进行防腐处理，其他人得病的话就只能在梵蒂冈诊所的后房进行治疗了。我现在要去的就是那间后房。

诊所有两扇门，一扇主教专用，一扇服务其他人。即使是现在，我也会用切合于我们这种层次的人的那扇门。我用莫娜的钥匙顺利地打开门。彼得出生以前，她和梵蒂冈所有医疗界的人士一样，除了在梵蒂冈外面的医院上班以外，还时不时在诊所进行无偿服务。

在爸爸犯心脏病的那天之后，我再没有进过这间屋子。屋子的窗户分别对着停车场和博物馆，因此我没敢打开灯。但不打开灯我也知道房间里是什么样子——白色的地板和墙面，白色的百叶窗帘，以及穿着白色大褂、当我们把父亲送来时似乎已经知道他将走入天堂而动作缓慢的医生和护士们。当莫娜到这里自愿服务时，我没有一次下楼接她下班，她也没有问过一次其中的原因。

我沿着走道，一间一间地打开了候诊室。和我料想的一样，我要去的是最后一间。没开门之前，我就已经闻到了防腐液的气味。候诊室里没有放着卫生纸的治疗床，只有一张覆盖着白被单的铁桌子。被单下放着一具隆起的尸体。

我像是感觉侵犯了乌戈的隐私一样把视线从他的尸体上移开。这是一个在家里的门上装了两层锁，在办公室门上装了一道安全锁的男人，这是一个和我一起工作时从没给我看过家里照片的男人，他甚至连家里有些什么人都没跟我提过。也许这正是死了三天以后他的尸体还孤零零地躺在这里没人给他守夜也没人给他做告别弥撒的原因。

"乌戈，"我大声说，"真是太对不起了。"

为到这儿打断你的平静而对不起。为你向我求助时我视而不见而对不起。

我转过视线，看着面前的手推车，搜索着他的遗物。手推车里没有什么遗物，而是放着一个贴有"乌格里诺·诺格拉"标签的马尼拉文件夹。文件夹的第一页是张满是手写笔迹的头盖骨图。为了不留下指纹，我从墙上的工具盒里拿出一副橡胶手套戴上以后才触碰了这张纸。

图上头盖骨的右侧画着个黑洞。头盖骨的边上画着诊断情况。左侧是处伤口，同样也写着诊断结果。下一页是张写满了乌戈皮肤上伤疤和变色点位置的列表。我在这页纸上看到了"黄疸"这个词，后面的注释表示可以参见十一页上的病史。

我把文件往前翻。文件大多是过去十八个月编制的，开始于他的第一次埃德萨旅行之前。那时，他接种了伤寒和破伤风的疫苗。今年春天，他的肝病检测结果为阳性。他的视力检测结果也不怎么好。之后，他的看诊记录更频繁了。乌戈似乎每次回梵蒂冈都要去看诊。尸检报告中备注的第十一页记录了不到一个月前的诊断内容。

> 患者有酒精依赖和继发性妄想的症状。恐惧失去工作。害怕被跟踪被伤害。有虚构症的迹象。做了科萨科夫综合症的检测，但是没有记忆缺失的症状。建议六个月后再做一次记忆缺失的测试。服用维生素A，转到专科医师做治疗。

　　看病的日期是在他发送给我最后一封电子邮件之前不久。医生只看到了他对酒精的依赖，忽视了其他的一切。我的心里又涌起了一股罪恶感。

　　返回验尸报告。我找到了个人财物的目录：列表里没有提到皮夹和钱包，也没有提到带有椭圆形挂牌的宾馆钥匙。我的信心更足了，车上地毯下的金属块绝不是乌戈留下的。

　　目录中还提到乌戈的裤子、衬衫和大衣口袋也全是空的。但我的判断没错，鉴识员在乌戈的内侧胸袋里找到了手机。

　　米格纳托跟我提到的证据列表里没有什么手机。我刚想搜索另一个红色标签封口的证据袋时，视线突然被报告上的最后一行字吸引住了。

　　两只手上都有染色。

　　我停下手上的动作，又看了一遍验尸报告上的这行字。我翻着文件，找到了下一条注释。全身图旁边的一行字提到了乌戈遭到枪击时遮挡子弹的手上留下的射击残留物。但注释上不是这么说的，注释上说乌戈的两只手上都有染色。

　　听说尸体有点异样，手和脚似乎有什么不对。

　　我看着金属台被单下面的突起物，对自己将要做的事情感到恐惧。

　　只有西门进入这个候诊室看了爸爸的尸体。两天以后，在教堂朝打开的棺材俯下身体时，我闻到了一股殡葬业者在他的身上洒的科隆香水味，那时我才意识到爸爸真的已经不在了。眼前的尸体很陌生，没有任何一个东仪天主教神父会往身上洒科隆香水。但那股气味一直跟着我，一直埋葬在我的记忆深处。走向金属台的时候，记忆深处的气味又一次涌上了我的鼻息。

　　我看着白色被单下隆起的乌戈的尸体。我秉持着神父对待死亡的一贯态度，死亡没有什么大不了的。人的灵魂不会死。乌戈仍然还活着，只是脱离了他的肉身而已。

　　但这具被遮住脸的尸体仍然让我感到困扰，似乎死亡全都留在了这里。我和死亡之间紧密无间，只隔了一层薄薄的被单。不知因为什么，我想起了坐在他家餐桌旁向我展示裹尸布复制品的乌戈。他的手敬畏地放在裹尸布顶上，没有碰裹尸布一下。

扯开被单的时候，我觉得这条被单像薄薄的一层纸。

他的手上有一层黄色的锈渍。锈渍的形式很独特，手指和指尖比较重，手掌上几乎没有。

我的心跳得很快，不断把血液输送向两侧的手臂。

我放下被单，走到桌子另一侧。他左手上的痕迹看着非常熟悉。乌戈死前不久手上还拿着《四福音合参》。他为什么要拿《四福音合参》的手稿？手稿的修复者应该早就把修复工作给做好了才对啊！《四福音合参》经卷放大后的照片已经挂在了展厅里。我觉得展厅里最后那道门——我和彼得没能打开的那道门——是因为《四福音合参》的手稿已经被精心地布置好才被锁上的。乌戈没有移动这份手稿的理由。

除非他把手稿带到了冈多菲堡，除非他因为某种理由要向东正教的神父们出示这份手稿。如果这样的话，《四福音合参》也许已经被人偷走了。手稿形状和乌戈司机座上的那个印痕非常相像。

我不耐烦地检查着金属托盘上的东西。最后在一小叠纸的下面找到了一个没有标签、没有警方标识的普通塑料袋。袋子里放着乌戈的手机。待机三天以后手机早已经没电了，于是我从长袍里拿出一根充电线，给手机充起了电。接着我翻看起手机里的来电和去电列表。

手机接到的最后四个电话都是西门打来的。下午三点二十六分、三点五十三分和四点十二分这三次乌戈没有接听。乌戈看来有半个多小时没有与外界联系。西门在四点四十六分打了最后那通电话，两人通话了大约九十秒钟。不到九十分钟之后，乌戈就死了。西门在不到六点的时候打电话给我，让我去冈多菲堡找他。

我打开了乌戈的语音信箱。果真没错，西门在他的语音信箱里留了言。语音信箱的提示音说，"下午三点二十六分"，紧接着就是西门的电话留言：

　　　　乌戈，是我。我只是想让他们浏览一下手稿。有几点你特别要注意。意大利语不是他们的母语，所以说话请说得慢一点。我会向他们介绍你，你只需要说二十分钟话，因此不必担心。另外，别对外人说我们谈了些啥。

停顿以后他又说：

另外，我想让你知道结果比我们预料的要好得多。我们谈到了一小撮反对者，但教宗对我们非常支持，因此无论听到什么风声你都别大惊小怪。这是我们遵循既定方案的又一个重要原因。我们不想让教宗失望。

接着，他又停顿了最后一下：

我知道这对你来说相当难。但你肯定可以做得到。如果你想喝一杯的话，千万别喝，务必坚强一点。我每一刻都会跟你在一起。

我保留了这条留言。离四点还有七分钟的时候，西门留下了第二通留言。这次他的声音比上次紧张了点。

你在哪儿？门房说你抽烟去了。几分钟后我们这边就开始了，我真的需要你回到这里。

二十分钟以后，西门留下了最后一通留言。

我不能让他们等着。我只能自己和他们谈了。乌戈，如果你在喝酒的话，那你就干脆别来了。跟他们谈完以后我再给你打电话。

没有更多的留言了。自动应答机回到了起始。五点一刻时西门和乌戈通的那次电话，西门没有留下口信。

我感到如释重负。西门不知道乌戈去了哪儿。乌戈一个人在花园的时候，他正在跟满屋子的东正教神父说话。乌戈遇袭的时候他也许还在那儿。

法官们应该听听这些留言。他们需要就这些证据为何没被提取做出自己的判断。米格纳托会对我的做法暴跳如雷，但我还是拔掉了电话的插头，把电话放进了长袍口袋。接着我检查了一下候诊室，确保没落下东西。为乌戈的尸体做完最后一次祈祷以后，我退回到诊所前厅。

公寓楼和停车场之间的一小块空地上，有辆车停了下来。车的灯光照进垂直的百叶窗，好在车的主人不过是个打着呵欠回家过夜的邻居。邻居消失在楼内以后，我踮着脚走出诊所，用莫娜的钥匙锁上门。

已经是午夜了。我想了想是否要给米格纳托打电话，但很快就决定等到早上再说。八个小时后，我们就会在法庭上见面。他可以对我做的事情发怒。不过气消后，他会发现工作一下子变得非常容易了。

第二十五章

凌晨五点半，我被米切尔·布莱克的电话吵醒。

"你在哪儿?"他问。

"米切尔，"我睡眼惺忪地说，"这里天还没亮呢。我不准备跑出去给你打什么付费电话。"

"你留口信说你要和我谈谈。"

"我要你坐上飞机过来，"我说，"我们需要你出庭作证。"

"再来一次吗?"

"教廷国务院不肯提供你的个人档案。除非你亲自作证，否则我们没有一点法子证明你曾经被袭击过。"

他的语气变了。"你想让我为你哥哥豁出命吗?"

"米切尔……"

"你让我说什么? 他什么都没告诉我啊!"

我坐在床上，打开电灯，挤出眼睛里的眼屎。我的脑子转得很慢，但知道必须要小心行事。他什么都没告诉我：这显然是在说假话。乌戈在信里把米切尔称为西门的"紧密追随者"；米切尔之所以在罗马尼亚的机场遭到殴打，也是出于他帮西门邀请东正教神父参观乌戈展览的原因。他在和我私下通话时却不肯承认这些，看来很难说服他上法庭了。

但米切尔至少打来了电话，他是有心要帮忙的。

"你一到罗马，"我对他说，"我就把我所知道的每一件事都告诉你。但我不想在电话里跟你说。"

"你知道吗? 我不亏欠你任何东西。"

"米切尔，"我用稍微严厉的声音说，"你欠了我的，你不光告诉他们我的公寓在哪儿，还泄露了备用钥匙所藏的位置。"

电话那头一片沉寂。

"警察认为没有人闯入而拒绝帮忙。"我说。

"我对此感到抱歉。"

"我不需要你的抱歉！我要你搭下一班飞机回罗马。到了以后给我打电话。"

没等他回话，我就挂上了电话。我向天父祈祷，希望这番话能让他回心转意。

两个小时以后，我临时决定把彼得带出来，让他和两个梵蒂冈居民的六岁女儿阿莱格拉·科斯塔一起玩。出门的时候，我和彼得用了比平时更长的时间和他们说"下次见"。我们习惯了不说"再见"，这是莫娜悄然离开后我们养成的另一个习惯。她像农夫们从地里挖出的陶瓷片一样总是在那里，从来未曾离开。为了彼得，我应该打电话赶紧让她回来。然而看上眼手表，我的心思马上从她身上飞走了。我全身心猛地一紧。现在，我要前往的是一个完全不同的地方。

法庭宫在家园宾馆的斜对面，和梵蒂冈加油站并排而建。因为汽车尾气直接排放在法院大楼上，所以大楼的外侧墙面上蒙了一层灰呼呼的油污。教廷法院的法官通常在河对岸米格纳托办公室附近的一座文艺复兴时期的建筑里办公，但今天三位法官却必须来这里上庭。过去，法庭宫里只审判民事案件，教廷的审判都在梵蒂冈城外进行。但唯一一位修订了两部教会法的教宗约翰·保罗二世——一部罗马天主教的教会法，一部东仪天主教的教会法——却把审判的场所也一并改变了。

法庭宫似乎弥漫着一种慵懒的气息。法官们徘徊在法庭外面，手拿假发靠在墙上，在两个案子的审判之间虚度着光阴。和梵蒂冈的医生和护士一样，梵蒂冈的民事法官是义务帮忙的平信徒，他们在罗马都有自己本职的司法工作。但今天的法官却不是这类志愿者。教廷法庭是罗马教会中仅次于教宗的权力机构。对案子的判决只有教宗才能推翻。教廷法院是解决世界上所有主教教区民事刑事纠纷的终审法院。每年教廷法庭要裁判几百起案子，每个工作日几乎都要宣布一宗天主教婚姻的失效。周而复始的审判造成了极其严重的后果。据说许多教廷法院的法官老得非常快，繁重的工作使他们变得冷酷、公式化和没有耐心。教廷的法庭里绝不会有意大利式的慵懒。

我到的时候，米格纳托已经等在法庭外面了。米格纳托看上去非常优雅，他穿着一件教士的长袍，两侧由绒球固定的长袍腰带垂荡在外，让人想起神父和执事做弥撒献香时腾起的烟雾。这样的穿着早在三十年前就被教宗制定的简化穿戴法令所禁止。但不知是米格纳托认为自己资格老，还是认为这样传统的穿着能迎合法庭上的什么人，他就是这么穿了。对于罗马天主教的这些细微差别来说，我是个完完全全的外人。

"西门来了吗？"我问他。

米格纳托的声音很职业，不透露一丝感情。"他在出庭名单上，博伊亚大主教让不让他来就是另外一回事了。"

"我们没有什么能为他做的吗？"

"我已经做了我能想到的一切。现在，请向我解释你舅舅所做的决定。"

"什么决定？"

米格纳托期盼地看着我，似乎在等待着我的答案。见我发愣时他才说："阁下已经进入法庭了。一小时前他说今天他要在辩护席前做代理人。"

我瞪着法庭的门，咬了下自己的舌头。

米格纳托尽力装出没有被激怒的样子。他对我们家的印象并没有实质性的改善。"我觉得他已经跟你讲过这事了。总之，我提交了一份任命他为递补代理人的授权书。当然，是在你无法出庭的时候。"

递补代理人即代理人的代理人。

"我不能进入法庭吗？"

"至少今天不能。"

"他为何要这么做？"

米格纳托低下声音。"他说这能激发你哥哥作证的勇气。他觉得两个晚上的软禁足以改变西门的态度。"

卢西奥使我看上去像个傻子，我对此非常气愤。只是如果他觉得自己能让西门开口，那他一定有什么理由。另外，他的决定也给了我一个机会。

我把手伸进长袍，拿到乌戈的电话。"在你进去之前，我有点事要告诉你。"

说完以后，米格纳托的脸刷一下变白了。"我不是告诉过你吗，"他说，"不要做这种事，不要把自己也牵扯进来。"

"你同样也说过，无论证据来自何方，无论证据是从什么渠道得到的，法官都一样会接受。"

"你在说什么啊？"

"他们窃听了西门的手机，知道西门给乌戈留了什么言。"

米格纳托怒视着我。"我跟你说的是法官会采用任何有说服力的证据。这其中就包括了行为证据。如果教廷国务院封锁证据或对自己的员工搞窃听，法官就会觉得这是为你哥哥而做的。如果辩方再偷窃证据，那对你哥哥就更不利了，法官们只会留下于他不利的印象。"

"教士，你理解错了。我是说警察找到了对西门有利的证据，但他们却没去搜集，隐而不报。"

"你到底在指什么啊？"

我想告诉他闯入前夜打到我家的那几个电话，告诉他乌戈车里的纸片上写有我家的电话号码。但这就意味着要把昨天晚上的行动告诉米格纳托，知道以后他一定会被气坏的。

我换了种说法。"法官为什么没见到这部电话？电话为什么不是呈堂证供？语音信箱里的留言表明，西门甚至不知道乌戈在冈多菲堡。这本应在控方所要提供的第一批证据里。"

教士的脖子上暴露出青筋。"我再提醒你一次，"他说，"这不是基于刑法的刑事审判，警察和检察官的配合没那么亲密无间。警察进行自己的调查。只有在法庭提出要求的前提下，警察才会出动。因此，没有什么邪恶的阴谋在针对你哥哥。没有人在庭审中——法官不会，检察官不会，辩护人不会，进行最初调查的警察也不会——在教廷法庭上审理什么谋杀案。我们不习惯警方的罪案报告，不知道什么样的报告可以用。尽管我们努力弥补着教廷法庭的种种缺陷，但当审判进行得如此之快时，证据的收集往往会非常难。"

"那为什么教廷法庭要进行自己力不能及的审判？他们肯定受到了来自某一方面的压力。"

米格纳托皱了皱眉。"神父，有人显然认为诺格拉的死是威胁这次展览的一起丑闻。在某些人看来，化解这次丑闻的最好办法是快快地进行审判。除此以外，我看不出还有其他的可能性了。"

法庭的门开了，这时和米格纳托争论不会有任何意义。在米格纳托离开之前，我必须确定他已经理解了乌戈的手机对审判的重要意义。

"西门作证的时候，"我对米格纳托说，"就问他给乌戈打了哪些电话。如果他不回答的话，你就播放乌戈电话语音信箱里留的言。"

米格纳托咬紧牙关。他拿走电话，转身背对着我离开了。进门前他留给我最后一句话："神父，你根本没听我的话。在法庭上提问的是法官而不是我。"

我急于打听到庭审的情况，不想离开法庭宫，于是决定待在法庭外面。几分钟后，第一个证人走入了法庭。

第一个证人是西门就读的卡帕尼亚神学院前校长帕科米奥主教。帕克米奥主教稍微有点胖，前额宽阔，头上几乎没了头发，眼睛炯炯有神。尽管他穿着件普通的神父服，但胸前厚重的金项链却表明他不是个普通的神父——他在都灵教区当了近十年的大主教。对法官来说，他还算是个公众人物——出了几本书，出演过电视节目。米格纳托一开始就拿出了杀手锏：让帕克米奥主教出行四百英里来为西门作证。

警察为帕克米奥主教开门的时候，我看了眼法庭里面的情形。三个法官表情像守护灵柩的人一样坐在法官席上。法官的背后是如同陵墓入口一般阴森的木门，门上挂着个黑色的铁质十字架。

门很快被关上了，里面的情况完全看不见，我又开始了漫长的等待。我在到处是灰的花园里来来回回走了五十来分钟，不知道还有什么可以为西门可做的。这时帕克米奥主教神色平静地走出了法庭。我想问他庭审的进展情况，但法庭有禁令，帕克米奥主教无法回答我的问题。我只能看着他拖着步子离开了。我拿出手机，看手机上有没有米格纳托发来的短信。

没有人给我发来短信。

没多久，一辆大众高尔夫拉低车窗开过来了。车上下来了一个我有十来年没有见过的男人：和爸爸一起在宗教合一办公室工作的斯特兰斯基神父。那时，办公室里除了一个文件柜以外几乎什么都没有。岁月漂白了他的头发，消瘦了他的脸庞。他走到我面前，疑惑地看了我一会儿，然后似乎想起了什么。"我的老天！"他感叹道，"你是小阿列克斯·安德鲁。"

"汤姆神父，你好。"

他像把我当儿子似的拥抱了我。我不知道米格纳托是如何把他找来的。上一次有他的消息时，他还在耶路撒冷的一个学院里当院长呢！

"我刚好在罗马，"他对我眨着眼说，"纯粹是个偶然。"

肯定是卢西奥干的。只有卢西奥舅舅能让这些人离开自己的岗位赶过来，兴许他们的机票钱都是卢西奥舅舅出的呢！

汤姆低下声音："你哥哥把自己卷进什么麻烦了？"

"神父，他没干任何错事。他只是不肯告诉法官自己是无辜的。"

斯特兰斯基摇了摇头，他知道西门是个死脑筋。他指着法庭的门问我："和我一起进去吗？"

我解释了我不能进去的原因。他笑着对我说："祈祷我能表现得好一点吧，我已经十来年没有研习过教廷法了。"

老前辈说出的话很谦逊。汤姆神父正在和两个主教就未来和非教徒的关系起草一份具有前瞻性的历史文件。尽管他只能证明年轻时的西门操守纯良，但米格纳托的策略却一目了然：用西门品格证人的位分震慑住法庭上的诸位法官。

一小时后，汤姆神父离开，第三个证人抵达了法庭宫——这是个很讨巧的证人。

克拉科大主教是西门第一次被派到保加利亚时教廷驻保加利亚的大使。克拉科大主教出生在印度，在罗马接受了神学教育，是梵蒂冈资深外交官中的一位。在二十五年的外交生涯中，他出使了十来个国家。今天，他穿了件白色的长袍，束了条粉红色的腰带。这身热带地区的主教服使他的到来显得更加威严了。我很明白他之所以来这儿的原因。通过他的到来，米格纳托和卢西奥向法官传递了这样一个重要信息：尽管教廷国务卿的首脑不帮西门，但整个教廷国务院都在支持着他。

又一个小时过去了。下午两点，最后一个品格证人在克拉科大主教作完证后出现了。看到这位品格证人，我惊讶得几乎不敢相信自己的眼睛。

这位品格证人是卢西奥舅舅都难以企及的。塔兰大主教是教廷国务院里位高权重的大人物。人们一度传言他将成为新的教廷国务卿，取代博伊亚，使我们和东正教会之间的关系产生突破性的进展。但紧接着塔兰大主教却查出了和约翰·保罗二世一样的帕金森氏病。为健康考虑，他被调任到了责任小一点的教廷图书馆馆长的职位上。在出任图书馆馆长之前，他曾经在神学院给西门上过外交课，教廷图书馆馆长会把西门指认为他最得意的门生。

塔兰大主教悄然从我身边走了过去。他低着头，脸上露出自得的微笑。有了他的存在，整个辩护的体系就构成了。我真想到法庭里面，瞧瞧法官们在见到这位教廷高官时的表情。难怪卢西奥舅舅要亲自出席第一天的庭审呢！

下午三点，塔兰大主教从法庭里出来了。接下来的舞台是西门的了。梵蒂冈的大多数岗位从一点开始休息，职员们至少能午休一会儿，我希望法官能宣布暂时休庭。于是，我站在门边等着米格纳托，打算为顺利的庭审开端对他表示祝贺。

但没人从法庭出来。安静的时间越长，我越是感到不安。法庭上的人都在等待着西门，但西门却并没有来。

二十分钟以后，一辆轿车开了过来。司机下车打开车的后门，站在车门边等待着。法庭的门被推开了，舅舅生气地走下了门前的楼梯。

"怎么了？"我问他。

卢西奥径直从我身边走过，坐进等待着他的那辆车里。没一会儿，车开走了。我转过身，米格纳托正站在我身后。

"出什么岔子了吗？"我问米格纳托。

"法庭还没收到来自博伊亚大主教的消息。"米格纳托怒气冲冲地说。

"他们怎么能这样对待西门呢？"

米格纳托没有说话。

"我舅舅还会来这儿吗？"

"不会来了。"

我清了清嗓子。"那我可以进入法庭了吗？"

他把矛头转移到我这儿来了。"你必须明白，如果你们家的人老是想把局面控制在自己手里，那我就不能正常地为他辩护了。"

"教士先生，很抱歉。但乌戈电话里的……"

"我知道电话里的留言有什么用。但如果你不同意我的请求，那我就不再为你哥哥辩护了。"

"我明白这点。"

"你考虑做的每件事都必须和我商量后再做。"

"好的，没问题。"

我的认可似乎使他平静下来。"很好，"他说，"最后一场作证一小时后开始。吃点午饭，五十分钟后和我会合。"

我原本以为一小时后能见到西门，但现在还需要等。"谁会出庭作证？"

"巴赫米尔博士。"

巴赫米尔博士是乌戈的布展助手。法官一定是想对乌戈的展览有所了解。

"五十分钟后见。"我对米格纳托说。

四点半的时候，法庭门开了。米格纳托带我走到法庭右边的一张桌子旁。法庭左边的控方席位和这边完全对称，控方由教廷检察官所带领。教廷检察官身边坐着公证人，没有公证人的话，这场审判将是无效的。两侧的桌子后面有几排没人坐的长凳，这是法庭的旁听席。检方席和辩方席之间是个带有麦克风的小桌子。桌子上放着一罐水和一个水杯，我很清楚谁会站在那里。

米格纳托轻声说："这里不能提问。如果有什么不同意见，就把问题写下来。我会把其中我认为对审判有用的问题提交给法官。"

"请就座。"庭长说。

接着，警察把巴赫米尔博士带了进来。巴赫米尔博士穿着随便，他胡子拉碴，头发胡乱地扎在一起。我和乌戈一起工作的时候曾经见过他两次，知道乌戈有很多事都瞒着他。我不知道他对展览到底了解多少。

公证人站起身，让巴赫米尔博士做宣誓。誓词有两段：一段是保密誓言，一段是真实性誓言。巴赫米尔博士在做这两段宣誓时看上去有点畏缩。

"请证明你自己的身份。"首席法官说。首席法官是个穿戴老式、面容温和的教士，他戴着一副黑框大镜片眼镜，满头银白的头发向后梳，梳成了一个大背头。我不认识首席法官，也不认识法官席上的另两位教士。米格纳托说得没错：认识西门的法官都已经被撤换了。首席法官操着波兰口音，他一定是约翰·保罗二世担任教宗之初任命的法官。尽管已经当了这么多年法官，坐在法官席上的他却仍然显得很不自在。他的声音发虚，肢体语言畏畏缩缩的。当法官们私下开会，就判决进行投票表决时，很难想象这样一个人能对其他法官施加多大的影响。

首席法官的左边是个年纪不到四十的年轻法官。这位法官的头发剃得很短，表情非常友善。他像个新生似的，渴望让每个人都高兴。最后是一个竖着眉毛、颜色非常严厉的老法官。他比两个法官都大，不介意把一脸愤怒表现在众人面前。直觉告诉我这个案子就取决于他了。

"我叫安德里亚斯·巴赫米尔。我是梵蒂冈博物馆中世纪艺术和拜占庭艺术的策展员。"

"巴赫米尔博士，你可以坐下，"首席法官说，"我们今天在这里探讨乌格里诺·诺格拉博士被杀的原因。首先，你和诺格拉博士一起工作过吗？"

"从某种程度上可以这样说。"

"把你对展览的了解一五一十地告诉我们。"

巴赫米尔博士抱怨地挑起了他那浓密的眉毛。他似乎觉得这个问题太宽泛了，于是简单地说了一句："乌格里诺不太肯就他的工作和人交流。"

"捡你知道的讲。"首席法官说。

巴赫米尔博士看着自己的鼻尖，聚精会神地思考了一会儿。然后他说："这次展览将表明对都灵裹尸布所做的碳同位素测试的结果是错误的。裹尸布作为一件名叫'埃德萨形象'的基督教神秘遗物在公元第一个千年的大部分时间都存在于东方的基督教世界里。"

法官们对视了几眼。有个法官轻声说了些什么。我不知道巴赫米尔是否说了些能让控方作为证据基点的话，全身肌肉突然猛地一紧。只有一个动机可以把西门和谋杀乌戈联系在一起：乌戈要揭露一二〇四年天主教骑士在君士坦丁堡对裹尸布的抢夺。如果巴赫米尔不知道一二〇四年的那场浩劫，辩方今天就取得了完胜。

年轻的那位法官说："这些研究结果新奇而令人兴奋，但安德鲁神父又了解多少呢？"

"我不知道。我仅仅见过他几次，从来没就展览和他有过交流。但他和乌格里诺的关系比和我亲密，我想他对展览的了解一定远超于我。"

"你能想出什么原因，"首席法官说，"会让被告因为他所了解到的事情去杀害诺格拉博士呢？"

巴赫米尔还没回答，我就紧张起来了。法官是要让巴赫米尔提供超出他能力范围的信息。即便巴赫米尔知道一二〇四年的那场浩劫，他也不会知道西门请东正教神父参观展览的事。我看了米格纳托一眼，注意到他的眼中微光一闪。也许这个问题就来自他提交给法官的建议。

巴赫米尔却让在座的所有人都吃了一惊。

"是的，"他说，"我能想到一个理由。我们最近发现展览的一个重要组成部分不见了。有人从上锁的展示柜里拿走了《四福音合参》的手稿。"

我难以置信地从椅子上跳了起来。我还没开口，米格纳托就拉住了我的肩膀，把我拽回到椅子上。坐在对面席位上的检察官瞪大眼怒视着我们。

"你是不是想暗示安德鲁神父偷走了那本书？"首席法官问。

"我只知道西门神父在乌格里诺被杀后的第二天来到博物馆，"巴赫米尔说，"对展览进行了改动。他拿走了一张展示《四福音合参》页面的放大冲印照片。我问他为什么，他却没做出解释。"

我匆忙给米格纳托写了张纸条。

他在乱讲，博物馆的墙上仍然有《四福音合参》的照片。

米格纳托张开嘴无声地问，你确定吗？

看见我点头以后，米格纳托起身对法官说："能允许我到前面来吗？"

法官们挥手让他过去。低声嘀咕了一阵以后，米格纳托脸色僵硬地回到了辩护台前。

年轻法官问："巴赫米尔博士，安德鲁神父拿走了所有的冲印照片吗？"

"我让他就拿走的冲印照片做出解释，之后他就收手了。"

米格纳托皱起眉头。他没想给法官们留下这种印象。但路已经被巴赫米尔走死了，难有回旋的余地。我又开始思索起乌戈双手上的污渍来。他是否有可能把《四福音合参》的手稿带到了冈多菲堡，导致了它的消失呢？

"巴赫米尔神父，"首席法官说，"你能想到是什么原因……"

然而他的问题却被法庭后门的开门声打断了。巨大的开门声压过了静悄悄进行的庭审。我转过身。

一个长着面团脸的高个子男人走了进来。他低垂着眼睛，穿着一件朴素的黑色长袍，无声地坐在听众席的最后一排，显然不想引起过多的关注。警察没有拦住他。但他的出现却还是在法庭上引起了波澜，连法官们都把视线对准了他。

"你们继续吧。"面团脸男人用带着波兰口音的意大利语说。

他在梵蒂冈住了二十六年，但依然没改掉口音。

"阁下，"首席法官问新来的人，"有什么需要帮忙的吗？"

"没什么，没什么，"诺瓦克大主教似乎对引起了骚动感到后悔一样，"我只是来看看的。"

法官们不安了。看看是一回事，被教宗的左右手看看就是另外一回事了。

"巴赫米尔博士，"首席法官说，"你还能想到被告偷窃《四福音合参》

的其他什么原因吗？"

我觉得这些问题荒唐无比。没有证据显示西门动过《四福音合参》的手稿一根指头。

"打断一下，"坐在后排的诺瓦克大主教又开腔了，"这个问题是什么意思？"

法官向他解释了一遍巴赫米尔揭露的手稿被偷的事。

"实在是很抱歉，"诺瓦克说，"你可以问接下来的问题了。"

法官试图理解诺瓦克这样说的含义。因为无法确定，他又向巴赫米尔问了之前那个问题。

但诺瓦克却不干了。"原谅我的打扰，但别就这类问题继续纠缠下去了，你们已经超出了提问的范围。"

两位法官看了看彼此。我轻声问米格纳托："他说的是什么范围啊？"

米格纳托没有回答，像是被惊到了似的看着诺瓦克大主教。

首席法官翻阅着眼前的几份文件，然后捧起其中的一份。"阁下，"他说，"我手里拿着此案的诉状，诉状上说此案讨论的范围是西门神父……"

诺瓦克举起手轻声说："教宗说审理的范围有了点小小的变化，请别在这个主题上多做纠缠。"

米格纳托潦草地在拍纸本上写了一行字。

审理范围是指哪些事需要在法庭上被证明。

首席法官非常惊讶，他用波兰语对诺瓦克大主教说了些什么。年龄大些的法官问："阁下，教宗说的是哪个主题？"

"诺格拉博士举办的展览。"诺瓦克说。

米格纳托愣住了。他的视线一直锁定在诺瓦克身上，而手却在桌子下钳住我的前臂捏了捏。如果法官们不能就展览的问题进行提问，那西门就没了可能的动机，法庭也就形同虚设了。

"阁下，你确定吗？"首席法官问。

对面的检察官明显有点坐不住了。

诺瓦克大主教点了点头。"有其他议题的话，你们可以继续。"

证人席上的巴赫米尔博士清了清喉咙，他明显不擅长讨论其他议题。

三个法官协商了一阵以后，首席法官说："巴赫米尔博士，你可以离开了，法庭延期到明天开庭。"

米格纳托平静地打开公文包，把拍纸本放在里面。这时他像是突然想起了什么似的，在拍纸本的第一页上写了点什么。检察官走过来，站在辩护席和旁听席中间，准备和米格纳托一起找法官进行协商。

"稍后我再给你电话。"米格纳托对我说。扣上公文包以前，他撕下拍纸本的第一页，把这页纸递给我，然后就和检察官一起见法官去了。

走出法庭官的时候，诺瓦克大主教已经离开了。我坐在加油站边的长凳上，闭上眼，让自己镇定下来。我的人生中没有几次祷告灵验的状况，这次便是其中的一次。镇定下来以后，我打开米格纳托给我的那张纸。米格纳托简单地在纸上写下了一行字：

我想我们已经找到你哥哥的守护天使了。

第二十六章

接彼得的时候，我看着远处的教宗宫，回味着刚才目击的一切。博伊亚试图让西门开口说话，诺瓦克却想把展览的事当成一个秘密。教廷宫里似乎分成了截然不同的两个阵营。如果约翰·保罗二世支持展览——如果他支持西门的话——那这些事就都不会发生了。他有权终止审判，有权让博伊亚大主教遵从于他的意志。当教宗临近死亡的时候，他也许会发现自己的老朋友们是一群披着羊皮的狼。这时，诺瓦克大主教就可能承担起幻术师的角色，制造出一个没有权力真空的强力教宗的假象，但这种假象无法持续太久。

最让我疑惑不解的是《四福音合参》的消失以及它现在在哪儿。为什么乌戈要把《四福音合参》的手稿从博物馆里取出？为了把冈多菲堡那些东正教贵宾的注意力从一二〇四年的劫掠事件上转移开，还是为了向他们验证些什么？我和乌戈上次研究《四福音合参》时，乌戈说这份手稿可以填补他研究中的最后一项空白。如果他说得没错的话，那就意味着裹尸布是被耶稣的一位门徒带到埃德萨去的，并已经在圣经中找到了相应的证据。

在我们一起工作的最后几周，乌戈狂热地学习着福音书。他像饮酒一样沉醉在福音书里。我在彼得睡着以后通常会读会儿书，这时我的手机响了：乌戈来电问我耶稣是否真的把水变成了酒，因为《约翰福音》是唯一提及此事的福音书。有时，乌戈会在我们吃早餐的时候敲门进来：问我耶稣有没有把拉撒路从死里救活，因为《约翰福音》是唯一提及此事的福音书。有时他会给我在神学院预科班的电话里留言，想弄明白《约翰福音》为什么没有记录耶稣的二十件治病救人的神迹奇事和所有七次驱魔的经历。

为了让自己有闲暇的时间，我拿给乌戈一叠西门用过的查经纸——在西门包里发现的乌戈来信用的就是这种查经纸——我们发明了一种特有的练习给他做:他开始逐章地写出四福音中相对应的章节,一个词语一个词语进行比对,划出福音作者表述不一和添加的部分。这令乌戈十分激动,他觉得这样做能撇开神学上的大道理,接近耶稣生平的历史事实。他每天带着写满福音书段落、上面划出许多横线尤其是《约翰福音》的段落上被划出许多横线的查经纸来我这里。尽管感到有那么点不耐烦,但看到他对经文的理解越来越精准,犯的错也越来越少,于是决定一直教他到底。

那时,手稿的修复者告诉我,乌戈有时甚至会在修复工作室待上一整夜。他们讨厌乌戈片刻不让《四福音合参》离开他视线的做法,觉得乌戈不信任他们。他们的想法使我进一步确定了乌戈的真正意图。他并不是觉得把福音书浓缩到最核心部分就能揭示出裹尸布是如何离开耶路撒冷的真相,而是觉得我们在一起的工作是为阅读《四福音合参》做准备——希望《四福音合参》具有充分的说服力。

《四福音合参》的作者塔蒂安属于一个名叫禁戒派的基督教宗派。"禁戒"在希腊语里是自律的意思。他们的确配得上这个称号:禁戒派的教徒不喝酒,只吃蔬菜,连结婚都不许结。耶稣做的神迹奇事中有一件是在婚礼上把水变成酒,我很想问问禁戒派教徒到底能对福音书的内容了解多少。但塔蒂安就很了解所有的四卷福音书。

把《马太福音》《马可福音》《路加福音》《约翰福音》串联在一起非常难。但塔蒂安对自己的要求比这还难。他的目标是准确无误地描述出耶稣的一生,从而否定异教徒关于《圣经》自相矛盾的说法。在塔蒂安所生活年代的一个多世纪以前,《马可福音》被编辑修改后产生了两卷新的福音——《马太福音》和《路加福音》。这时,塔蒂安却要编辑整理出所有的这四卷福音书。一个上帝,一条真理,一卷福音。对于任何一个试图证明裹尸布的确出现在埃德萨的人来说,他的这些编辑修改都是真正的无价之宝。

在把四卷福音合并成一卷的过程中,他留下了有关自己以及他所生活的那个世界的一连串线索。比如说,《马太福音》说耶稣接受的是一个名叫施洗者约翰的人的洗礼,施洗者约翰以食用蝗虫与蜜为生。然而,作为禁戒派教徒的塔蒂安却是个素食主义者，把蝗虫视为肉食的一种。于是他在《四福音合参》中把文本改成了奶与蜜。

同样，《四福音合参》只要用一个词就能证明塔蒂安见过裹尸布，而且裹尸布曾经出现在埃德萨。线索也许很明显，也许很难分辨。如果《四福音合参》在某处提到了耶稣的外表，那应该就是我们希望找到的线索。四卷福音中从没提过耶稣的长相，因此《四福音合参》中的描述就应该是塔蒂安觉得真实无误的耶稣画像。这样一来，《四福音合参》的每一页都变得真实无比了。我和乌戈每天都要察看修复师从手稿污渍下发现的文字。

修复工作进行得非常慢。我告诉乌戈，即便拆掉装订可以加快修复进度，也千万不能拆。《圣经》最早的版本梵蒂冈抄本就是因为被修复师拆了装订的原因，现在只是玻璃下的几张散纸了。因为装订不拆，《四福音合参》每天只能修复两页。于是乌戈让修复师们从他最感兴趣的那些页开始修复——描述耶稣之死的那些页——有天早晨，一个修复师走到我们面前说："博士，你要求我们修复的那部分内容已经修复好了。"

手稿修复室里到处是些奇思妙想的装置。修复室里有好几个由像自行车轮胎一样大的手动轮操纵的铁砧状机器。天花板上垂下的吊衣绳吊着个大南瓜一样的东西。修复师们围在薄薄的一本手稿前，用存放着化学制剂的小瓶子、小号镊子和刷子进行修复。除去手稿上的污渍是个令人万分痛苦的工作。修复师们把手稿摊开在需要修复的那一页，然后放进特殊的容器恢复整整一夜。乌戈凝视着修复师们呈交的手稿修复件。尽管他已经在教廷开办的大学开始了希腊语课程，但还无法把所学的知识运用于实践。

"神父，"他轻声说，"告诉我上面写了些什么。"

修复师除去污渍的地方蒙着淡淡的一层水迹。呈现在我们眼前的是乌戈最感兴趣的一段经文，他渴望着发现的那段经文。

"上面写的是单数的'布'。"我感叹道。

"哈哈，这支持了我们的论断！"

他很兴奋，但绝没有狂喜。他已经得到了足够的教训，知道塔蒂安可能是由于别的原因选择了单数形式。塔蒂安用的"布"这个字眼来自《约翰福音》，塔蒂安只是把《约翰福音》中的复数形式改成了单数形式，没有采用其他福音书中完全不同的词语。面对不同福音书中的差异，塔蒂安采取了调和折衷的方式，非道派则直接剔除了《约翰福音》。这两种做法证明不了任何问题。

但发现还不只是这些。

"看这儿。"我指着页面上的一个字眼说。

根据《马可福音》和《马太福音》的记载，兵丁拿混着苦胆的酒给耶稣喝，使他减轻钉十字架的痛苦。但塔蒂安崇尚禁酒，不想让救世主喝酒的形象暴露在世人面前。因此《四福音合参》把酒改成了醋。

"他又一次改动了原文。"我对乌戈说。

乌戈招呼一个修复师。"把这部分手稿其他地方的照片拿给我。"

我在照片中寻找着其他的例子。

ΚΑΙΠΛΕΞΑΝΤΕΣΣΤΕΦΑΝΟΝΕΞΑΚΑΝΘΩΝΕΠΕΘΗΚΑΝΕΠΙΤΗΝΚΕΦΑΛΗΝ

"又用荆棘编作冠冕给他戴上。"我读道。

乌戈看了看我，但什么也没说。

ΚΑΙΕΤΥΠΤΟΝΑΥΤΟΥΤΗΝΚΕΦΑΛΗΝΚΑΛΑΜΩΙ

"又拿一根苇子打他的头。"

ΚΑΙΠΑΡΕΔΩΚΕΝΤΟΝΙΗΣΟΥΝΦΡΑΓΕΛΛΦΣΑΣΙΝΑΣΤΑΥΡΩΘΗ

"带他出去，要给他钉上十字架。"

"你在寻找什么？"乌戈问。

这些地方写了能使裹尸布产生明显印记的伤痕。如果塔蒂安的确见过裹尸布的话，他就会和在其他地方做的一样，用自己的所见所闻对经文进行增补。福音书上没有说耶稣被打了多少下，也没说他受伤的严重程度。福音书没有说耶稣身体的哪一侧被矛所刺，也没说十字架钉在他手指的哪个部位。只有裹尸布能表明耶稣身体的哪些部分流了血。对于基督徒在罗马帝国全境都遭受迫害的时代撰写《四福音合参》的塔蒂安来说，充分表达耶稣受难时的恐怖应该很有必要。

"我在寻找增加和拿掉的章节。"我对乌戈说。

"给阿列克斯神父拿本《圣经》。"乌戈下令道。

我挥了挥手。"我了解这些章节。"

可这部分内容似乎没有变，一个字都没变。

"你看出什么了吗？"乌戈问我。

"没看出什么。"

"你确定吗？请你再看一遍。"

但已经没有必要再看了。从耶稣第一次遭人折磨到最后提到裹尸布，福音书只有短短的不到一千个词。这段话我可以倒背如流。

"也许我们没找对地方。"我提出了自己的想法。

乌戈神经质地捋了捋头发。

"还有几十页没修复，"我说，《四福音合参》和四卷福音书的相异之处可能在任何一个地方，我们只要保持住耐心就好了。"

乌戈拿手指在鼻子下面摩挲了一下，想了会儿事情，然后小声对我说："也许问题不在这儿。跟我来，我有些东西想让你瞧瞧。"

我跟乌戈回到他的公寓。

"这件事非常机密，"他不安地拧着手说，"你明白我的意思吗？"

我点了点头。自从我们第一次在这儿见面谈到展览的事情以后，我还没见过乌戈如此紧张过。

"我总是说裹尸布是在耶稣被钉十字架之后被带到埃德萨的，大约在公元三十三年左右，"他说，"这点你同意吗？"

我点了点头。

"因为《四福音合参》是在一百八十年之后所写的，"他又说，"所以我们不必太过精确。我们只需要证明一点：先有裹尸布，后有《四福音合参》。当《四福音合参》在埃德萨写成的时候，裹尸布就已经在那儿了。"

"是的。"

"但是，"他一边说一边目光一闪，"如果我们把相同的逻辑应用在《约翰福音》上又会怎么样呢？"

"你这是什么意思？"

"《约翰福音》写于公元九十年前后。如果先有裹尸布，后有《约翰福音》这个逻辑成立的话，裹尸布在《约翰福音》撰写之前就已经在埃德萨了。"

"可是乌戈……"

"听我说完。你向我表明塔蒂安在他认为合适的地方增改了内容，那约翰会不会在他的福音书就裹尸布也增添过一些新内容呢？"

我举起只手阻止他继续说下去。"乌戈，你的步子迈得有点大了。塔蒂安是在埃德萨写成《四福音合参》这本书的。如果裹尸布在埃德萨，他多半亲眼见过裹尸布。可《约翰福音》并不是在埃德萨写的，这本书的作者又怎么可能亲眼见证到裹尸布呢？"

乌戈没有回答我的问题，而是走到书架前，打开卷在一个卷轴里的地图。地图里展示的是从地中海到底格里斯河与幼发拉底河的古代叙利亚。他用食指戳向了一个熟悉的地点。

"这是安提阿，"乌戈说，"《约翰福音》最有可能是在安提阿写下的。"说着他又把手指向内侧移了移。"这是裹尸布所在的埃德萨。"说着他看了看我。"两座城市挨得很近。如果裹尸布在公元三十年左右就到了埃德萨，那安提阿的人应该在公元九十年之前很久就得知这个消息了。"

我摇了摇头。"乌戈，这其中想象的成分太多了点。"

"才不是什么想象呢！许多历史记录表明，两座城市之间的信息交流非常频繁。"

我不安地在椅子上移动着，感觉有点发慌。《约翰福音》里的确加入了许多新的元素——诺斯替教派的理念、异教徒哲学以及当时的基督徒对犹太人的态度——但乌戈想表达的却是不同的概念，一个更糟的概念：《约翰福音》被类似于《四福音合参》中的个人和地域偏见玷污了。真正的问题在人性上，而不是地域上。塔蒂安是个杰出的人物，但他性格孤僻，颇有些神经质，和主流的基督教世界越离越远。他改变了福音书的一些部分，使福音书更切合于个人宗派的信仰。《约翰福音》的作者就完全不一样了，尽管我们不能完全确定《约翰福音》的作者是谁，但他把视角投入在更高一个层次的境界上，涉及到所有基督徒的根本，在无形中把上帝展露在我们面前。这位作者不仅是个哲学家，还是一个天才。

乌戈说："请你务必理解，我不是轻易提出这个理论的。试着脱离你的个人感情看问题。这个假设完全可以说得通：《约翰福音》和《四福音合参》的两位作者知道耶稣的一位门徒把裹尸布带到了埃德萨，然后把这件事写进了各自的作品。"

"那么我们就试着验证这个假设吧，"我说，"《约翰福音》说过裹尸布上有耶稣的影像吗？没有。《四福音合参》上说过裹尸布上有耶稣的影像吗？没有。《约翰福音》和《四福音合参》上说过裹尸布被人从耶路撒冷带到了埃德萨吗？同样也没有。好了，我们的验证失败了。"

"神父，"乌戈指责我说，"你知道这样说是不对的。两千年前的作者并没有义务要告诉我们这些在他们看来显而易见的事情。如果所有人都知道裹尸布在埃德萨的话，在书中特别写出才叫荒唐呢！这和我们对圣彼得大教堂大惊小怪一样荒唐。"

"那你到底想干什么？"

"我想在福音书里找到些暗示，可以明确当时在埃德萨和安提阿的所有人都知道裹尸布在哪儿的暗示。"

"你说的暗示在哪儿呢？"

"在回答你这个问题以前，先回答我一个问题：门徒发现裹尸布之后，你觉得谁应该保有这块裹尸布？"

"我不知道，我猜裹尸布应该成为教会的公有财产。"

"门徒出发去全世界传播福音。你认为他们中的哪些人能保有这块裹尸布？"

"你是在让我做猜测。福音书没有提及这方面的问题。"

"真没有吗？告诉你，《约翰福音》给了我们一条线索。"

他停顿了一会儿，似乎想让我自己猜出来。

"你还记得爱猜疑的多马吗？"他问。

我背诵起福音书中的经文来："那十二个门徒中，有称为低土马的多马。耶稣来的时候，他没有和他们同在。于是他们就说：'我们已经看见主了。'多马却说：'我非看见他手上的钉痕，用指头探入那钉痕，又用手探入他的肋旁，我总不信。'过了八日，门徒又在屋里，多马也和他们同在。门都关了，耶稣来站在当中说：'愿你们平安！'他又对多马说：'伸过你的指头来，摸我的手；伸出你的手来，探入我的肋旁。不要疑惑，总要信。'多马说：'我的主，我的神！'耶稣对他说：'你因看见了我才信；那没有看见就信的有福了。'"[1]

"非常好，"乌戈说，"现在，我问你：其他的任何一卷福音书提到过爱猜疑的多马的事情吗？"

"没有。《路加福音》里有类似的故事，但细节完全不一样。"

"是的。《路加福音》说耶稣在死后复活，他的门徒都为之惊恐万分。但《路加福音》却并没提到多马。《路加福音》也没有提到用指头探明钉痕来验证耶稣身份的事情。那为什么《约翰福音》要增加这些细节呢？《约翰福音》像是在《路加福音》的基础上特意增加了多马和钉痕这些内容。"

乌戈就这样成了我创造出来的一个怪物。他既能像神父一样解经，又能像科学家一样对经文进行测试。中规中矩的问题应该是这样的：各卷福音书经文的内容有何区别？这些区别意味着什么？如果记述不实的话，它们为什么能出现在福音里？为了不让乌戈得寸进尺，我只能对他说："我也不知道。"

但乌戈不会善罢甘休。"记得之前向你提出的问题吗？我问你哪个门徒接受了裹尸布。我想《约翰福音》里对这件事的叙述应该就是我们要找的答案。"

"你认为多马得到了裹尸布吗？"

他站起身，指着墙上古代埃德萨的地图说："这幢建筑是埃德萨最出名的一个教堂。"他用手指点击着玻璃后面的一个小点。"这座教堂是多马死后，人们为了供奉他的遗骨而特别修建的。阿列克斯神父，多马去过埃德萨。之后的记录表明他把耶稣裹尸布呈现给了那里的国王。我只是想

---

1 出自《约翰福音》二十章二十四到二十九节。

说，《约翰福音》证实了这一点。《约翰福音》的作者知道多马去过埃德萨的事，并把它加入了自己写的福音书。"

我斜看了他一眼。"乌戈，《约翰福音》对多马的记述也许另有原因。"

"是的。但请你再重复背诵一遍多马故事的开头。"

"那十二个门徒中，有称为低土马的多马。他……"

"停！"乌戈说，"就是这里。那十二个门徒中，有称为低土马的多马。我们想想低土马是什么意思。"

"低土马是希腊语中双胞胎的意思。"

"是的，为什么叫他双胞胎？"

"旁人都叫他双胞胎，这是他的昵称。"

"他和谁是双胞胎？"

"福音书里没有提到。"

《约翰福音》却说他是'人称低土马的多马。'把某人称为'双胞胎'却不说他和谁是双胞胎，这难道不奇怪吗？"

我耸了耸肩。耶稣给许多门徒起了新名字。西门成了彼得，西庇太的儿子雅各和雅各的兄弟约翰被耶稣称为半尼其，就是雷子的意思。[1]

"但古怪之处还不只是这些，"乌戈说，"我想你一定知道，'低土马'的昵称还不是多马的唯一奇怪之处，他的本名多马就很奇怪。"

"多马的意思也是双胞胎。"我说。

乌戈的兴头上来了。"没错！如同低土马在希腊语里是双胞胎的意思一样，多马是阿拉伯语里双胞胎的意思。因此'人称低土马的多马'实际上意味着'人称双胞胎的双胞胎'！你说这怪异不怪异？为什么《约翰福音》要如此称呼他？"

我笑了笑。如果乌戈不是博物馆策展人的话，他将是个很受欢迎的神学预备班教师。"约翰有时会用阿拉伯语词汇，有时又会用希腊语词汇，这并不意味着……"

"神父，约翰另一次同义复用是用在耶稣身上。'弥撒亚，救世主！'

---

1 据传雅各和约翰都很暴躁。

'拉比，先生！'为何他在多马身上也这么用呢？"

"为什么不能由你来告诉我呢？"

"你知道多马的双胞胎兄弟据说是谁吗？"乌戈问。

"我知道，据传就是耶稣。"

乌戈笑了。

"但那仅仅是个传说。"我补充道。

《马可福音》说耶稣有兄弟姐妹。信徒们不可避免地认为昵称为"双胞胎"的多马就是他的兄弟。

乌戈没有理会我。"耶稣的双胞胎兄弟，耶稣的复制品，和耶稣从一个模子里刻出来的。"他低下声音，"这让你想到了什么？"

我终于明白了他的意思。"你觉得人们把多马和裹尸布联系在了一起，你认为这才是多马得到'低土马'昵称的原因。"

"不，还不只是这些：我觉得'多马'和'低土马'就是裹尸布本身。以前门徒们从没见过类似的东西，因此他们就把裹尸布上的形象称为反射物、复制品和双胞胎。后来他们把这个名字赋予了把裹尸布带出耶路撒冷的人。撰写第一部福音书的时候，大多数基督徒讲希腊文或拉丁文，他们不知道'多马'在阿拉伯语里是什么意思，他们也许认为'多马'就是这个人的本名，因此《约翰福音》增加了希腊文的'双胞胎'低土马提示他们。"

我靠在椅子上，不知该说些什么为好。我阅读了几百本有关耶稣生平的书籍，但从没遇到过这样的说法。约翰叙述这个故事也许还有其他理由——但乌戈的理论非常有吸引力。他的理论简单、优雅，又不乏依据。一时间，《约翰福音》的作者仿佛不再是一个难以企及的哲学家，而变成了一个不让伟大的基督教遗物流出我们记忆的普通基督徒。

"我觉得这是可能的，"我说，"奇怪的事情往往是真的。"

"我们这算是达成一致了吧！"

"可是乌戈，如果不能在《四福音合参》中找到相应证据的话，这种理论很难让人信服啊！"

乌戈把调查日志翻到钢笔像书签一样插着的那一页。"这就要说到我们的论证方案了。《约翰福音》里有三个段落谈到了多马：十一章十六节、十四章五节，以及讲述爱猜疑的多马的故事的二十章二十四节。我让修复员在做其他的事情之前，先把这几个章节修复出来。"

我从他手里接过笔，打开笔的笔帽。"其他的福音书中第四次提到了多马。多马出现在了十二门徒的列表里。"

"那是在哪儿出现的？"

《马可福音》三章十四节。《马太福音》十章二节和《路加福音》六章十三节抄写了这一节的内容。三段经文上都提到了多马，因此《四福音合参》也应该提到多马。如果在《四福音合参》上找到这个名字以外的东西——某个修饰词，另一个昵称，其他的任何东西——都可能成为你想要的那种联系。"

"很好，"乌戈并拢起双手，"等待修复师工作的时候，我还有件事想请教你，关于爱猜疑的多马的最好的一本专著是什么？"

我在他的日志上写下了一本书的名字：《约翰福音故事的象征意义》。

"你有这本书吗？"他羞怯地说，"我不想在图书馆里看。"

"为什么不想？"

"书架上新装了监视器，他们也许能知道我们在书架上取过什么书。"

"我的书你尽可以用，"我说，"明天我把书给你带来。"

他笑了。"阿列克斯神父，我们越来越亲近了，我觉得我们现在非常亲密。希望你也有相同的感觉。"

下午回到家，我浑身感觉轻飘飘的，我想乌戈肯定也和我一样。那天晚上我在祷告中祈求上帝给我智慧，给我洞察力。第二天早餐时我从书房里拿出《约翰福音故事的象征意义》，在里面插了张写给乌戈的纸条，在上课前把书投进了他的办公室信箱。一整天我都在想着多马和双胞胎的事情。我绝没有想到，前一天和乌戈的谈话是我们作为朋友的最后一次。

一夜之间，他完全变了。那天早晨受邀参加一次重要的——他没有说是和谁一起开的——会议之后，他完全变了样。

我回想到发生了什么事情。两周之前，西门那年夏天最后一次出现在罗马。他只待了一个晚上。下午,他到罗马剃头刮胡子。临睡之前,他清理了新长袍上的碎线头。第二天早晨天亮时他就不见了。几个小时以后,他带来了给彼得的白色塑料念珠。这些白色念珠是教宗和教廷的办公室对外送出的礼物。只是教廷没有哪个办公室会发出早上七点开会的邀约——更没有哪个教廷的外交人员会漂洋过海回梵蒂冈参加这么早的会。西门和教宗一起做了弥撒。他从没向人吹嘘过这件事,连提都没提过。没有别的解释。如果约翰·保罗二世向西门伸出了手,那他的手也一定伸到了乌戈那里。

开完会后的那天,乌戈中止了修复工作室的工作,他告诉修复员恢复修复的时间等他另行通知。乌戈像是侥幸逃脱了这项工作一样锁上了修复室的门。这一次,他得到了来自高层的支持。接着,他给我打了个电话。

"神父,我们需要谈一谈。早餐时和我在约拿咖啡馆见一面。"

约拿——卢西奥舅舅在圣彼得大教堂屋顶开的咖啡馆的昵称。他要在公开的场所和我见面。回忆起来,这标志着我们友情的结束。

我到的时候,乌戈已经一手拿着杯子一手拿着公文包等着了。他聪明地避开了和我握手或拥抱。

"会议上发生了什么?"我问他。

没有人听得到我们的谈话——咖啡机呜呜在响,墙上的空调大声地吐着气——他却像是交换商业机密一样把我带离了咖啡馆。

约拿咖啡馆玩了个文字游戏:起名于圣徒彼得的希伯来文姓氏。但这个咖啡馆和卢西奥舅舅修建的其他地方一样,一点都没有幽默感。墙上贴着标语,垃圾桶里扔着客人们丢弃的苏打水罐。看上去像捐献箱的邮箱立在门边,吸引着游客们把贴着一本万利的梵蒂冈邮票的明信片扔进去。

"我知道你做了些什么了,"他低下头小声对我说,"我对你的背叛感到非常失望。"

我迷惑地眨了眨眼。

"你怎么能这样做?"他不依不饶地问,"你怎么能辜负我的信任呢?"

"乌戈,你到底在说什么啊?"

他怒视着我说:"你知道你哥哥去见过教宗吧,那你也应该知道这全要归功于我的工作。"

我点了点头。"那又怎么了?"

"我不允许我的工作被人偷走。阿列克斯神父,这是我的展览,不是你哥哥的展览。你怎么能背着我把展览变成廉价的讨价还价的工具?你应该知道,我对东正教以及两大教派之间的关系一点都不感兴趣。一切都结束了。我和你已经完了。"

我的心猛地一凉。"我不知道你在说什么。"

"去死吧你。"

"教宗对你说了些什么啊?"

乌戈从桌子边站了起来。"你问我教宗怎么讲?哈!幸好他不是关注我工作的唯一一个人。"

我从来没有干过和这些指责相对应的事情。仔细回想,旁人已经把乌戈真正见了谁所需要的信息全都告诉我了。但那些最伤人的话却一直回荡在我的记忆中。

"阿列克斯,别再说一个字了。我不想听你的谎言。请你尊重我的意愿,远离我的展览。永别了。"

那天下午,我打给他十几次电话。接下来的一周,我又打给他更多的电话。乌戈却一直没有回我的电话。我去了修复工作室,但警卫却不让我进去。一天晚上,我等在博物馆外面,在他出门时迎上前去。但无论我跟他到哪儿,他就是拒绝说话。我一直不明白,他一直不解释。我们再也没谈过。

我们在约拿咖啡馆见面之后的那天早晨,我给土耳其外交办事处的西门打了电话。那时他正好在出差,过了三个晚上才电话给我。告诉他这一变故以后,他和我一样失望。但这时我却出离地愤怒起来。

"他没有告诉你更多的事情了吗?"西门问,"他没有说他们告诉了他什么吗?"

"他一个字都没有说。"

"他还在罗马吗?你能试着和他谈谈这件事吗?"

"西门，我一直在试。"

"阿列克斯，请你再试试。这意味着很多事情。对我来说……对我来说，他是个相当重要的人。"

"对不起，我和他已经完了。"

我不知道乌戈的沉默为何伤得我如此之深。也许这是因为他最后的谴责有真实一面的缘故吧。我把不属于自己的工作看成是自己的。我把他的展览夸耀成"我们"的，他完全把我看穿了。

但我这样做也不是没有原因的。和乌戈在一起的工作使我觉得，我也是一项有意义的工作的一部分。这项工作最令人激动的一部分不是我一个人觉得而是我们都觉得它紧迫而动人心魄。我从来没羡慕过西门的旅行和协商的工作。相对而言，神父和教师的工作比较适合我。但成天和一个刚从学步车和围嘴的包围中走出的孩子打交道的我，却期盼一段成人间的友情，和银行柜台出纳以及卖猪肉屠户的简短谈话都会让我觉得很开心。每天早上和乌戈一起走进修复工作室，猜测手稿里藏着的秘密——晚上临睡前和乌戈通电话，消除白天的挫折感或分享手稿带给我们的惊喜——是我这些年来除了和莫娜一起走进彼得卧室、感慨新生儿将教会我们为人父母的经验之外的最亲密经历。在没有意识到这一点之前，我让乌戈填补了莫娜离开之后所留下的空白。他不做解释地离开我之后，熟悉的一切又回来了，过去的噩梦又回来了。走路上班，拨打电话，彼得睡着后看书的时候我都会感到一阵沉重的孤独感。这种孤独感像只挂在我脖子周围的铁锚一般，悬摆着深入到见不到底的深渊。

更糟的是，乌戈的消失不见验证了我对莫娜消失的判断：从某种程度上来说，错误出在我身上。生活给了我弥补的机会，但我还是没抓住。我和乌格里诺·诺格拉的最后一次联系是他的那封电子邮件。对邮件的忽略造成了我生命中无可弥补的损失，给我最终好好地上了一课。

第二十七章

去科斯塔家接彼得的时候，他一见我就说："我不想去舅公家，我想回自己家。"

"阿莱格拉对你说了些什么？"我问他。

"我只是想玩自己的小汽车。"

"我们可以回家去拿些玩具，但我想我们不会在那儿待很久。"

"我能回家洗个澡吗？我不喜欢舅公家的浴室。"

他的坚持似乎并不奇怪。"坐到我的肩膀上吧，这样会回去得快一点。"

到家了。七岁的时候，我和西门数过到顶楼的台阶数和从楼梯到家的步数。我已经忘记那些数字了，但数数的习惯还在。我和彼得大声地数着台阶数和步数。彼得说将来当他作为世界知名的足球运动员住回来的时候，爬楼梯他肯定比我爬得快。

趁彼得洗澡的时候，我收拾了一遍屋子，家总算像个家了。

"我饿了。"彼得洗完澡告诉我。

我拿出单身父亲必备的麦片盒。等他吃完饭的时候，我拨打了物业维修电话。

"马里奥，我是四楼的阿列克斯。我要换把门锁，你这儿有门锁吗？"

马里奥的手脚不是很麻利，但我们小时是同学，我知道可以相信他。

"神父，很高兴知道你又回来了，"他说，"我马上上来。"

彼得吃完第二碗麦片以后，马里奥替我们带来了一个新的门球和一把新钥匙，他甚至亲自替我们装上了。

"要什么尽管打电话给我。"临走时马里奥说。

他抚摸了一下彼得的头发，然后就下楼了。他肯定知道了西门的事情，但他给我们的只有安慰。我爱这幢楼，我爱这幢楼里亲如一家的气氛。

马里奥离开以后，彼得把碗送到水槽，然后走到门边玩起了新门球。"我为西门做过祷告了。"他突如其来地说。

我尽量装得不过于惊讶。

"小子，我也为他做过祷告了。"我说。

"你是向谁做的祷告呀？"

彼得有次告诉我，祷告像是足球队的教练把圣徒一个个叫下替补席似的。

"向圣母做的祷告。"我告诉彼得。

圣母马利亚，代求最为应验的圣母马利亚。

他严肃地点了点头。"我也是。"他拿起一辆玩具车，把玩具车向前猛地一推，但轮胎转了几圈就不动了。

"为什么问这个？"

他揉了揉脸。"我不知道。"接着他转变了话题："爸爸，这辆车应该是没电了。"

他打开电话边放电池的抽屉，顺手按下了应答机上的按钮。

"彼得，西门会没……"

听到自动应答机里传来的声音，我来不及把话说完就冲上前去关。

阿列克斯，是我。我不该从比特沃去你教的预科班看彼得的。请你……

我总算在莫娜把话说完之前关掉了自动应答机。

"谁的电话？"彼得问我。

这时说莫娜的名字会让我心碎的。"是你不认识的人。"

但彼得知道女人很少给这儿来电话。他伸出手，翻看着来电清单。

"谁是比特沃？"他问我。

我瞪了他一眼。"别多管闲事。"

他不服气地哼了几声，开始在抽屉里翻找起电池来。

每次电话铃响起的时候，我就会感觉如此惊慌。每次有人敲门的时候，我的心就会突然一紧。莫娜，全是因为莫娜！

"海伦娜修女啥时候能回来？"彼得问我。

"我不知道，"我已经不想再撒善意的谎言了，"应该不会很快。"

彼得不再寻找电池，他叹了口气，把没了电的玩具车推向自己的卧室。

"彼得。"我叫了他一声。

他拿着平时一起睡觉的毛绒兔子从卧室里走出来，像第一次拿到的时候那样一直看着它。卧室里原先放着的泰迪熊和毯子被换成了纸牌和足球海报，彼得真的长大了。他不再是个儿童，已经是个懂事的少年人了。

"爸爸，什么事？"他朝我走过来。

电视里的卡通熊说过，孩子的兴趣来得也快，去得也快，彼得或许早就把自动应答机里的声音忘了吧。

但我却不会忘。不把这件事告诉彼得，只要一静下来，我就时时刻刻会听见莫娜留下的声音。

我张开手臂，把彼得抱在我的膝盖上。我想记住这个时刻。

我用手指捋着彼得的头发说："彼得，我想告诉你一件事情。"

他不再把兔子的两只耳朵扯着碰在一起。"好事还是坏事？"

如果真能判断出是好事还是坏事那就太好了。从我的经历来看，这件事很难说是好事。

"是好事情。"我告诉他。

我说出了几乎从彼得出生以后他就一直在等的一句话。

"应答机里的话，"我告诉他，"是你妈妈说的。"

他说不出话了，眼里都是迷茫。

"两天前的晚上她回来过，"我告诉彼得，"那时你在你舅公家。"

彼得摇了摇头。起初他满心疑惑，但很快就明白过来了。我把这个奇迹，这次奇妙的探访隐瞒了没有告诉他。

"她在这儿吗？"彼得望着家里的几个卧室问我。

"不在家里，但如果你想要她来的话我们可以打电话给她。"

他更加不解了。"什么时候可以打电话叫她来？"

"我想任何时候都行。"

彼得期待地看着桌子上的电话机。但在打这个电话之前,我还有些事要和他进行确认。

"我期待这一天已经很久了。"我开始和他谈。

他点点头。"非常久了。"

在彼得形成对母亲的回忆之前,莫娜就离开了。

"你觉得怎么样?"我问。

彼得手拍着桌子,脚在下面乱踢。"非常好。"他说。我很清楚他的意思:快给妈妈打电话,求你了。

"你记得耶稣复活的故事吗?"我问他。

只有用我们都熟悉的故事才能向彼得解释这件事。

"记得。"

"耶稣复活以后发生了什么?门徒们认出他是谁了吗?"

彼得摇了摇头。

这是福音书中最神秘但也是最凄惨的一刻。

"门徒中有两个人往一个村子里去,这村子名叫以马忤斯,"我背诵道,"耶稣亲自就近他们,和他们同行,只是他们的眼睛迷糊了,不认识他。"

我过去常把这两个门徒想象成一对一高一矮的兄弟,现在我把他们想象成了一对父子。

"妈妈回来以后,"我告诉彼得,"她也许和以前不一样了,可能和照片里的她不那么相像,可能和我给你讲的她不那么相像。也许起初我们不认识她,但她仍然是你的妈妈,明白了吗?"

彼得点了点头,但这席话却使他对妈妈的回来充满了渴望。

"耶稣复活之后,他还做了些什么?"我继续问他。

我这个老师当得实在是很差劲。耶稣复活之后做了许多事情,我却希望彼得能说出我要他说的那件事。

但彼得很清楚我指的是什么。我们总是能相互理解,步调一致。

"耶稣回来以后不久,"彼得带着一丝绝望的口吻说,"他就又回到天上去了。"

我趁着这个势头对他说。"如果妈妈再次离开，我们会很难过，但我们可以理解她，是吗？"

彼得猛转过头，从我的膝盖上跳下来。他用手猛擦着眼泪，想让我知道他有多么绝望。

"彼得。"我跪在他身旁。如果我让他对莫娜的回来感到恐惧，那我就太糟糕了。但我又不能让他希望太大。这两天，我经常会想莫娜再走的话彼得该怎么办。但我必须让彼得安心。"彼得，我相信你妈妈不会再走了。她如果要走的话，这次就不会回来了。无论发生什么，她都是爱你的。她不想伤害你。她绝对不会做伤害你的事情。"

彼得点了点头。他的眼睫毛上仍然垂着泪花，但眼睛已经干了。我的话说到他心里去了。

我把双手放在彼得的身体两侧。他的肋骨比我的手指还细。"看到你时，你妈妈会觉得美妙极了。世界上没有哪种爱能比得上母亲对年幼孩子的爱。"

这是整个天主教的主基调。母子之间的爱是创世主创造的这个世界上最纯真的爱。

但我不想给他虚假的希望。我们都不知道莫娜的动机，我连自己到底怎么想都不太清楚。我和彼得过着平静的生活，莫娜的到来却会使我们的生活发生翻天覆地的巨变。而且在眼下这个时刻，我们必须把精力放在西门身上。但我无法拒绝彼得，他等得已经太长了。

"能让她过来吗？"彼得用手去够桌子上的电话，"请你叫她来。"

彼得的这个"请"字深不可测，让我感到十分抓心。

"我们这就打电话给她，"我说，"行吗？"

彼得把手指放在了按键上，急切地想拨打莫娜的电话。

"等一下，"我对他说，"想过要对她说什么了吗？"

他毫不犹豫地点了点头。

一阵撕心裂肺的心疼。我没想到他已经为和母亲的对话打好了腹稿。

"那你就打吧。"我说。

令人惊讶的是，他却把话筒放了回去。"我们能一起打吗？"

　　我握着他的手指，拨打了莫娜给我留下的电话号码。

　　我轻声问："准备好了吗？"

　　他无法回答，他把精力都放在对方的铃音上了。

　　莫娜很快就接了电话，似乎我们打的是为超人准备的紧急专线一样。彼得已经欣喜若狂了。

　　"是阿列克斯吗？"她问。

　　彼得的蓝眼睛张得老大。我把电话设置成免提，把自己变成了个旁观者。

　　"阿列克斯？"莫娜说。

　　彼得非常惊讶。他没有认出莫娜的声音。彼得内心深处的心结还没有完全打开。

　　彼得堆出个笑容来。他小声问："是妈妈吗？"

　　我真想看看莫娜的表情。

　　话筒里传来声响。彼得警觉地瞪着话筒。他没有听出莫娜的哭声。

　　"彼得。"莫娜在话筒里叫了一声。

　　彼得又看了看我，不是为了确认，而是为了问我该说些什么。我这才意识到他没有为对话做准备。

　　"彼得，"莫娜说，"很高兴你给我打电话。"

　　莫娜也在琢磨着该说些什么。对我早已习惯的彼得，她连一点应付的经验都没有。

　　"我……你……你今天都干了些什么？和爸爸一起开心吗？"

　　她话说得很慢，词汇用得也很简单，似乎在和年龄只有彼得一半大的孩子对话似的。好在彼得已经恢复过来了。他没有回答莫娜的问题，而是坚持着自己的想法："你能到我们家来吗？"

　　我和莫娜都很吃惊。莫娜说："可以是可以，但我不知道……"

　　"你现在就可以来，我们晚上吃麦片粥。"

　　莫娜在电话中的笑声让彼得吓了一大跳，彼得不知道母亲是个如此善于制造噪声的女人。

　　"彼得，"她仍然笑着说，"亲爱的，我们应该征求一下你父亲的意见。"

莫娜永远都像渔网中的鱼那样幼稚。

彼得把话筒从桌面上推了过来。"好，"他说，"爸爸就在这里。"

二十分钟以后，莫娜到了。我可以不让她来的，但我从没看到彼得如此兴奋过。我应该早点让他平静下来。

他像直冲进隧道的列车机车一样冲到门口为莫娜开门，连犹豫都没有犹豫。

莫娜穿着件我以前没见过的外套。她没有穿保守的运动衫，而是穿了件靛蓝色的裸肩裙。她蹲下身子，脸上堆满着笑容，犹犹豫豫地伸开手，不知道彼得会不会接受她的怀抱。看出了母亲的犹豫，充满了矛盾心理的彼得还是向前一冲，接受了母亲的怀抱。整个过程中他一句话都没说。

我大松了一口气。年幼的彼得尚不明白懊悔的含义。但我却感觉到阴影还没从我们头上完全消散。

莫娜伸手拿起脚边的塑料袋："我带晚饭来了。"

塑料袋里装着个食品盒。听说我们晚上只是吃些麦片粥，她给我们带食物来了。

"诺娜给你的礼物。"莫娜对彼得说。

诺娜是彼得的外祖母。听到这个名字，我畏缩了一下。

彼得像是还有时间改变订餐种类似的说："我喜欢吃玛格丽特比萨。"

"很抱歉，"莫娜垂头丧气地说，"我带来的是黑胡椒干酪意大利面。"

听说她带的是带胡椒的意大利面，我的内心不怀好意地笑了。她妈妈做的饭食对彼得来说太辣了一点。用口味特殊这个词来形容我的岳母是再合适不过的了。

"我们已经做了麦片粥了。"彼得告诉莫娜。他拉着莫娜的手把莫娜带进了屋子。"你能待多久？能在这儿过夜吗？"

莫娜求助般地看着我。

"彼得，"我抚摸着儿子的头发说，"今天晚上不行。"

彼得皱起眉。他不喜欢任何事都要我替他们传话。

"为什么啊?"彼得问。

奇怪的是,莫娜选择这个时机坚持己见。

"彼得,我们还没做好准备,你应该对我们再耐心一点。"

彼得脸上出现了明显的怒容。我和莫娜真是两个伪君子。我们需要爱,但不是现在。

"我给你带了些东西。"她把手伸进包。

彼得充满期盼地等待着,等到的却是一张带镜框的照片。照片上我和莫娜正在电视上看球赛,我举起手为进球而挥舞。意识到她把照片保存了这么多年,我努力克制着自己,不让感动流露出来。彼得却接过镜框说:"很好,谢谢你。"然后把镜框放到近旁的桌子上。

我向莫娜伸出手。"把意大利面拿来,我把面放进冰箱。"

接过塑料食品盒的时候,我们的手指发生了这么多年来的第一次接触。

母子俩在一起的时光颇为令人伤感,部分原因在于彼得发现和母亲在一起是那么地美好。第一次和儿子在一起,莫娜显然有点尴尬。但彼得却像是自来熟一样,毫无第一次见到陌生人的尴尬。他把莫娜领到他的卧室,在地板上坐下,让莫娜在他身边坐下。彼得向莫娜讲述他和她不认识的男孩们因为他们的恶作剧打架的事情。彼得的意大利语讲得很不连贯,莫娜对他的小伙伴又不熟,因此母子俩的交流就像鸡同鸭讲。"蒂诺,你已经下楼了吗? 是星期二,但却不是这个星期二是吗? 他对吉达说如果吉达把内裤给他看,他就把自己的零花钱都给他。吉达说不行,他却硬要看,结果吉达把他的手指弄断了。"说话的时候,他时而开着玩具汽车,时而向莫娜展示西门教他的足球技巧。彼得像是要在太阳落山之前把这些年母子之间的空白全都补上一样。

彼得压抑着的愤怒让我不忍直视。他仿佛觉得自己是一种双重的存在,他不仅在过着自己的生活,也在策划着自己的生活并把它展示给人看,为了母亲的回来而把自己全都展示出来。更让人伤感的是他想用这个晚上把整个展览都展出完,好像不知道自己还会不会有下一次机会似的。

西门在两天之前的夜晚刚离他而去，痛失亲人的记忆还流连在心头没有被驱散。展览结束以后，我不知道今晚他还能不能睡着。他的脑子里一定全是能不能再看见母亲的事，其他什么都不会去想。

现在，他拼命地展示着自己，急切地想把自己知道的一切都告诉莫娜。莫娜想记住他说的每一件事，却怎么都跟不上他。最后她索性认输了，只是享受着听他讲话的快乐。

当彼得第二次讲述了小蝌蚪的事以后，我不得不对他说："彼得，马上到睡觉时间了。"

我原本没打算今天晚上住在家。但我们有了把新锁，和睦的邻居们又在为我们站岗巡逻。更重要的是，我们终于有机会用好的回忆代替不那么好的回忆了。

"我不嘛。"彼得冲我嚷道。

莫娜插话说："能让我给他讲个故事吗？"

彼得充满期待地跳上床。这是陌生人闯入时他和海伦娜修女恐惧地躲藏起来的房间。但是现在，除了他母亲以外，他对什么都毫不关心。

"换上睡衣，刷完牙再听好吗？"我提议道。

彼得把莫娜拉到浴室，浴室的台面上放着一把旧梳子和两个牙膏盖。台面上没有杯子，我们直接对着水龙头漱口刷牙。我们的牙刷还在卢西奥那里，彼得眼明手快地从抽屉里拿出一把旧的牙刷来。男人杂乱无章的世界使莫娜不由得生出一脸苦笑。

"需要好好整理一下。"她说。

和彼得待在一起的这件小事让莫娜彻底放松了下来。

"给我牙膏。"彼得用医生问护士要手术刀的口吻说。

"给你。"莫娜把牙膏递给他。

我的视线停留在乌戈死的那晚西门在浴室里匆忙洗澡后在台面上留下的几件小饰物上。西门像阴影似的罩在莫娜的回归和我们的幸福上面。彼得的笑容让我想起了今晚一个人的哥哥。

莫娜和彼得读了《匹诺曹》中的几章。接着我宣布祷告的时间到了。彼得握住双手，跪在床沿。莫娜看了我一眼，不知该如何是好。

"一起祷告吧。"我轻声说。

周遭一下子安静下来，我这才意识到夜已经深了。因为无论在哪里，有两三个人奉我的名聚会，那里就有我在他们中间。

"全能慈悲的天父啊，"我祷告着，"今晚你把我们一家三口带到你的面前。你用这个赐福告诉我们：在你，一切都是可能的。尽管我们不知道未来如何，尽管我们不能改变过去，但在此我们谦卑地祈求你带领我们依着你指引的路前行，并照看我们所爱的西门。阿门。"

接着我为西门又单独祷告了一段：

"天父，请你照看今天晚上独自一人的西门。他不要你的怜悯，只要你的公义。上帝，请你把你的公义赐给他。"

离开之前，莫娜在门口对我说："谢谢你。"

我点了点头。"你对他意味着很多。"

我实在说不出更多的话了。

莫娜没有太多的压抑。"我很愿意再回来看看你们俩。明天你想让我再带点晚饭吗？"

明天，太快了吧。我必须一早就去法庭，我必须准备好米格纳托在一天中任何时候可能问到的问题。

我刚想开口，她却已经看见了我的表情。"不必是明天，你准备好了再打电话给我。阿列克斯，我是来帮忙的，不是来给你添麻烦的。"她犹豫了一会儿然后又说："如果你有什么事要做，我甚至可以带他……"

"就明天吧，"我说，"明天我们一起做晚饭。"

她笑了。"如果明天早上你没改主意的话，打电话给我。"

我等待着，看她接下来会如何做。如果她吻了我，那我们走得太快了，也太远了。她走以后我必须对今天晚上发生的事情好好想想。

但莫娜只是把手放在我的胳膊上捏了捏。她的手指在落下时不经意地碰到了我的手指。她举起手，跟我说了再见。

明天就再见了，我想。

太快了一点吧。

第二十八章

早晨七点半，我到达了法庭宫外。米格纳托让我来开个早会，我只得把彼得留给萨穆埃尔医生和他的两个医生兄弟照看。我到的时候，他已经在法庭宫前花园的长凳上看着一份文件了，文件上显然罗列的是今天的宣誓证人。他无言地把文件递给我。第一个是圭多·加纳利，之后是两个我不认识的人。名单上的最后一个名字是西门。

"他真的会来吗？"我问米格纳托。

"我不知道，但这也许是法庭询问他的最后一个机会。"米格纳托转身看着我，好像这是早会的原因一样。"神父，审判也许今天就能结束。"

"你这是什么意思？"

"诺瓦克大主教不允许在法庭上做出有关展览的证词，法官们就不可能判断出杀人的动机。没了冈多菲堡的监控录像，他们连西门有没有杀人的机会都不可能知道。"

"那就是说西门可以释放了咯？"

"法官给予检察官提出新的证人的权利，但如果事情没什么进展的话，法庭还是找不出任何有力的依据，指控便会随之而取消。"

"那可真是太好了。"

他把手放在我的胳膊上。"之所以要告诉你这个是因为我决定把诺格拉的电话提交为证据。法庭需要用乌戈的声音和他在土耳其外交办事处给你哥哥的留言做鉴识对比，乌戈电话里的声音正好可以派上这个用处。我希望法官借此能听到你哥哥在冈多菲堡给诺格拉的留言。但与此同时，我还是要对这种取得证据的方法提出批评。我们很走运，法庭禁止代理人上庭作证，不然你就要面对很难答得上的问题。我不知道电话是谁给你的，但我必须再强调一遍，如果审判今天不能结束的话，为了你哥哥，千万别再这么干了。"

"是的，教士先生。"

他放松下来。"我向法官递交了一份请愿书，要求法庭把西门置于你舅舅的看管之下。我不知道法官们是否会同意。既然他拒绝说话，我看不出让他作证会对控方有什么样的好处。"

米格纳托收回文件，摆弄了一会儿公文包上的锁，把文件收回公文包。

我用一只手臂搂了搂他。"教士，多谢您了。"

他轻轻地在我背上拍了拍。"别感谢我，要感谢主。"

诺瓦克大主教从远处向法庭宫走来。我们安静地看着警察为他打开门，又在他进去以后关上了门。

快到八点的时候，法庭门开了，我们余下的人走进法庭。八点整，法官们从法庭和办公区连接的边门鱼贯而入。进门以后一位法官就说："警官，请叫上第一位证人吧。"

圭多被带进法庭。他穿着黑色的西装，灰色的衬衫和白色的领结，手腕上戴着块硕大的金表。只有皮革般的皮肤表明他是个农民。公证人起身，引导圭多读了两份誓词，验证他的确是圭多·弗朗西斯科·安德烈·多纳托·加纳利——罗马唯一名字比教宗还长的人。

"乌格里诺·诺格拉被杀的那天晚上你去过冈多菲堡吗？"首席法官问。

"去过。"

"把你看到的告诉我们。"

"正当班的时候，被告人的弟弟阿列克斯·安德鲁给我打来了一个电话，他让我帮他开下门。"

老法官探出身子。圭多的供述既不粗略，也不夸张，甚至在提到我的名字时都没伸出指头指着我。

"我开着我的车带他进了别墅，"圭多说，"我们几乎快到……"

法官用手拍了下桌子。"停！你是不是说你因为朋友的请求就把别墅的门打开了啊？"

圭多畏缩了。"先生，我做错了，现在我知道了，我在这儿表示道歉。"

主审法官咆哮道:"你开车把你的朋友、被告人的弟弟带到了哪儿?"

"进门后只有一条路,我们只能沿着这条路开,阿列克斯神父看到他哥哥以后就下来了。"

米格纳托举起一只手。

年轻法官预料到米格纳托会提出反对。他像发射连珠炮般地问,"加纳利先生,你看见被告人了吗?你知道他弟弟看见他了吗?"

圭多喝了几口水,然后转动了一下手腕,调整手表的重心。"我知道诺格拉的尸体是在哪里发现的,阿列克斯神父下车的地方离那儿不远。"

首席法官举起双手。"我们还是一样一样来吧:被告人的弟弟是什么时候联系你的?"

"是在他出现在别墅门口的十五分钟之前。那时我正好看了表,应该是在六点四十二分。"

"他是在哪儿打电话给你的?"

"他说是在山脚下的停车场。"

法官写了点东西。"从那儿开到冈多菲堡有多远?"

"十七英里,开车要开四十五分钟。"

"你确定吗?"

"我每周日都要开到那儿看妈妈。"

法官又写下了一条记录。"诺格拉被杀的那天晚上不是下雨了吗?"

"是的,像是天父有了什么感应似的。"

"因此开车会用更长的时间是吗?"

圭多耸了耸肩。"下雨相对车也会少一点,因此时间长短也不一定。"

我开始明白法官想干什么了。他知道圭多在冈多菲堡什么都没看见,但他想根据西门打电话给我的时间重新测算乌戈死亡的时间点。我发现米格纳托露出关切的表情。

首席法官点点头说:"先生,谢谢你。"

正当首席法官示意圭多退庭的时候,米格纳托对他做了个手势,首席法官让圭多走上前。米格纳托在法庭上所有人的注视下递给首席法官一张纸。首席法官默默地看了看，然后对他点了点头。

"最后一个问题。"他说。

走上法庭以后，圭多第一次看了我一眼，他的眼里满是恨意。我意识到他吓坏了，他只想回家。

"请问吧。"圭多说。

"为什么要为被告人的弟弟开门？"

我知道米格纳托是什么目的。一时间我甚至有点可怜起圭多来了。审判的大方向尽管已经定了，但如果要找释放西门的理由的话，那就只能是这个了。

圭多兴奋起来，他错会了法官的意思。"我这么做是因为我和阿列克斯神父是一起长大的。我们是老朋友了。"

首席法官平铺直叙地说："你没问他要贿赂吗？你不是问他要了两张诺格拉博士的展览票吗？"

老法官严厉地看着他。圭多像受了伤害的小狗一样惊恐不安。

"是的……但我只是……"圭多·加纳利求助似的转身看着我，"不是这样的，我只是想……"

米格纳托在拍纸上写下一行字，但只是为了隐藏住自己的兴奋而胡乱写了些什么而已。

"加纳利先生，"首席法官带着明显厌恶地说，"你可以离开了，法庭已经做完了对你的听证。"

圭多从椅子里站了起来。他理了理裤腰带，整了整领带，一句话没说就离开了。

"警官，带下一位证人，"法官看了看眼前的名单，"把吉诺先生带进来。"

这是米格纳托证人列表上我不认识的两位证人之中的一位。

这个人是谁？我在我和米格纳托之间的拍纸上写道。

米格纳托没理我。

第二位证人自称吉诺·佩，在教廷的车队工作。吉安尼没有说过同事要出庭作证，所以这应该是个临时请来的证人。米格纳托认真地审视着这位吉诺·佩。

"先生，"首席法官在证人宣完誓后问，"文件上你的职位是调度员，这个职位意味着什么？"

"先生，这不是什么职位，只是老资格司机额外多做的一份工作而已。这意味着用车要求来的时候，由我分配对应的在我班上的某个当班司机出车。"

"换句话说，所有的用车请求你都知道是不是？"

"在我当班的时候，是这个情况。"

"你在司机班工作多久了？"

"十二年了。"

"十二年里你载过多少位乘客呢？"

"没有上千也有好几百了。"

"如果我们要问你某个特定乘客的话，又怎么能指望你记住他呢？"

"先生，这用不着记。我们对工作情况做了详细的记录。车是什么时候离开的，什么时候回来的，搭车的人是谁，目的地在哪儿，这些都有记录。"

法官看着多半是检方提供的一整页纸问题。"这就好，我想问你乌格里诺·诺格拉死亡那天的出车情况。"

我不知道有没有人意识到这个问题会遇到阻碍。

"对不起，先生，"吉诺指了指检察官，声音紧张地说，"我已经告诉过他了，我回答不了这个问题。"

"为什么回答不了？"

"那天没有任何记录。"

"你这是什么意思？"

"上面不让我留任何记录。"

"谁命令的？"年纪大的法官嘟哝道。

吉诺·佩犹豫了一下，然后说："先生们，这个我不能讲。"

检察官看了看法官们，似乎想观察法庭会有什么反应。

首席法官似乎第一个意识到了法庭将要面对的问题。"你是不是发了誓不能谈这件事啊？"

"是的。"

首席法官摘下黑框眼镜，揉了揉自己的鼻梁。坐在椅子上的检察官显得非常紧张。法官无权让证人违背誓言。想问的问题不能问，能问的问题却得不到想要的答案。

"这是什么鬼？"年纪大的法官生气地问，"谁能让司机们发誓保密啊？"

检察官点点头，似乎问题问到了点子上似的。我看了眼米格纳托，他正紧张地看着检察官。

"对于被告人而言，你有什么可以告诉我们的吗？"首席法官问。

"没有。"吉诺说。

"你能告诉我们你在冈多菲堡看见了些什么吗？"

"先生，我不能。"

法庭里非常安静，公证人打字的声音分外刺耳。

法官席上的法官们交头接耳了一会儿，接着首席法官说："够了，你可以离开了，法庭将传唤下一个证人。"

吉诺离开以后，我兴奋地看着米格纳托，感觉离宣布西门无罪释放已经很近了。法庭的气氛发生了明显的改变。法官们看上去很不耐烦。一个法官用掌心来来回回地揉着笔，前后上下，反复不停。

一个睡眠不足的平信徒走进法庭。他的眼神悲伤，眼睛底下有一对相当大的眼袋，还长着一个直直的鼻子。宣誓前他向法官鞠了个躬，然后说自己是罗马警察局的法医文森佐·科尔维。听到这个头衔，米格纳托皱起了眉头。

年轻一点的法官问："科尔维先生，梵蒂冈警察局在这个案子中求助了你们的法医处。他们为何要这样做？"

"他们请我对现场发现的两件物证做专业分析，并对一份录音记录进行验证。"

"你能跟我们说说这些证据吗？"

"现场找到的两件证据是一颗直径六点三五毫米的子弹和一根人的头发。录音记录是一通应答机的留言。"

"我们就从冈多菲堡发现的证据开始说起吧，子弹是和头发一起发现的吗？"

"不，它们是从两个地方被发现的。"

"你能向法庭说说你的发现吗？"

科尔维拿出眼镜，看了眼报告说："子弹是在尸体附近找到的，子弹的形状变化与死者头盖骨上的射入伤及射出伤完全相同。"

"这就是杀害诺格拉博士的那颗子弹吗？"

"多半是，也就是我们谈到的贝雷塔 950 发射出的子弹。"

米格纳托吃惊地瞪大了眼睛。他先看了看科尔维，又看了看法官，最后把视线投在检察官身上。看了一圈以后，他从椅子上站了起来。"辩方不知道凶器已经被找到的事情。"

法官看上去同样也很吃惊。"法庭同样也不知道。"一位法官坚决地说。

科尔维避开了米格纳托和法官们的视线。他翻动着文件，似乎想在文件上找到什么东西。他看上去吓坏了。没有哪个天主教徒想在梵蒂冈的教廷法庭上让法官们大失所望。

首席法官改变了语调。"先生，"他平静地说，"如果警察隐瞒了情报，我们很想知道他们隐瞒了什么。"

法官的话让我很激动。如果警方的报告存在疑问的话，那西门离获释就更近了。

科尔维几乎有一分钟没有说话。他一直在看着眼前的那份报告。在这之间的沉默中，米格纳托两眼始终在瞪着检察官。

科尔维从文件中取出一张纸。"没错，写在这里呢，"他说，"是贝雷塔 950。"

法官席上传来难以置信的惊呼声。

"警察是什么时候找到那把枪的？"首席法官问。

科尔维抬起头。"就我所知，警察并没有找到枪。我手里拿的不是证据列表，而是一份武器的登记文件。"他举起手里的那张纸朝法官席晃了晃。"乌格里诺·诺格拉向枪支管理局登记了这把枪。"

米格纳托上气不接下气地转身问我："诺格拉有把枪吗？"

我愣在当场："这事我一点不知道啊！"

"先生，"老法官声音沙哑地说，"你是说死者是被自己的步枪射杀的吗？"

"不是步枪，"科尔维说，"而是一把手枪。"

"你是说军用手枪吗？"

科尔维再次翻了翻眼前的文件，从文件里拿出一张武器制造商的产品照片。照片上一只伸出的手正举着一把黑色的小手枪。贝雷塔950不到人的手掌和手指加起来那么长。

"这怎么可能呢？"首席法官问。

意大利的普通百姓很少能拥有这种手枪。

"意大利政府允许公民拥有打猎用的步枪，"科尔维拿起第二张纸说，"但诺格拉的执照是因为自卫而发放的，这是认定凶器的另一个理由。"

我想起了乌戈的医疗档案里所写的注释。害怕被人跟踪，被人伤害。我在米格纳托面前的拍纸上写下一行字：你能问问他是什么时候提交枪支申请的吗？

米格纳托还没来得及问，首席法官就向科尔维提出了这个问题。

"申请上的日期是七月二十五日。"科尔维回答说。

就在米切尔被人殴打的仅仅一周之后。乌戈看到邮箱里米切尔的照片，必定马上就做出了武装起自己的决定。

"你是不是想暗示有人拿走了诺格拉的手枪，用这把枪杀了他呢？"年轻法官问，"凶手是如何处理这把枪的呢？"

科尔维举起双手。"那就要你们的警察去调查了。我只能把法医鉴定和数据库的结果告诉你们。"

米格纳托拿过辩护台上的文件。找到写着证人名单的那页纸以后，他又浏览了一次文件上的证人名，像是要确认今天没有警察会被传唤到庭似的。

"你提到了被要求分析的第二件物证，"法官看着自己刚才记下的笔记说，"第二件物证是什么？"

科尔维点了点头。"警察在死者的车里找到根头发。他们把头发送到我这儿来鉴定。"

米格纳托起身提出反对。西门坐过许多次乌戈的车，一根头发证明不了任何事情。但这一次，法官没有理会米格纳托的抗议。汽车上的证据正好触发了他们的想象力。乌戈不会在冈多菲堡神父们聚会时带上枪，因此车上被打碎的那扇窗显得更加可疑了。

"头发是在哪儿发现的？"

"司机座旁边。"

太奇怪了。乌戈从没让人开过他的车。

"是安德鲁神父的头发吗？"法官问。

"是的。"

他说这两个字的时候出现了一次可疑的停顿。在这次停顿之间，我突然产生了一种可怕的预感。我犯了个大错。

科尔维看着鉴定报告说："经过对比，我们发现这根头发所含的 DNA 和三年前我们在瑞比亚监狱提取的一份血样是一致的。"

我的心头投上了一块巨大的阴影。

"血样上的名字是亚历山大·安德鲁。"

米格纳托的眉毛拧在了一起。他抬起头茫然地看着前方，仿佛觉得有哪里弄错了。接着他脸色苍白地转身看我。

我沉默了。法官们一齐把目光投向我。

"休庭，"米格纳托忙不及地转身对法官说，"先生们，我请求短暂的休庭。"

米格纳托在法庭宫前的花园里安静地踱着步。比两层楼房还高的大理石圣徒像站在圣彼得大教堂的壁龛间，俯视着脚下的人间百态。

"教士，我需要看看那辆车，"我说开了，"没想到……"

"你闯进了警方的扣车场吗?"米格纳托依然没停止踱步。

"是的。"

"一个人吗?"

我不想将吉安尼牵扯进来。"是的。"

米格纳托把手用力往下砍,好像要把时空一分为二似的。"你是在那儿拿到诺格拉的手机的吗?"

"不是。"

他停住脚步。"那你是在哪儿拿到的?"

"我家楼下的诊所。"

他快要无话可说了。"你做了些什么?"

"我原以为……"

"你以为,你以为会没人注意吗?"

"我只是想帮帮西门。"

"够了!这就是你们一直以来的计划吗?这就是你和你舅舅一直以来的计划吗?以为自己能决定这次审判的结果吗?"

"当然不是!"

他朝我迈近了一步。"你知道检察官在那儿对我们做了些什么吗?"

我不知道他这话是什么意思。在我看来,控方从圭多和吉诺·佩那里没有问出任何有用的东西。

说出我的想法以后,米格纳托彻底爆发了。

"别天真了!检察官从加纳利身上问出了所有他想要的东西,在教廷的司机那里更是使出了高人一等的谋略。"

"你在说些什么啊?"

"谁不让司机写报告?谁又让司机发誓不把那天的情况泄露出去?要知道,司机班是向你舅舅报告的啊!"

"你给司机的证词加上太多的含义了。"

"那你告诉我检察官把圭多·加纳利叫来的目的何在。他什么都没看到。他没看到你哥哥,没看到诺格拉,更没看到犯罪现场。检察官为何让他出庭作证?"

"我不知道。"

"神父，因为加纳利看见你了。他可以证实你哥哥的第一反应不是打电话找警察，而是打给自己的家人。现场报告说你们两人都打电话给警察求助，这说明你们在警察之前就到达了现场。你们用从舅舅那里拿来的展览票贿赂了加纳利。难道你还不明白检察官在绘制一幅什么样的图景吗？"

我再一次无话可说了。

"法官们得到这些证词以后会自问些什么问题？监控录像的丢失，行车记录的断档，证人们做出的不透露实情的誓言。不让证人开口，隐藏关键证据，是这次审判的一大特点。法官们想知道压力来自谁，检察官告诉了他们这个问题的答案。你哥哥打电话向你求助，车里的头发表明你帮他清理证据。你舅舅让所有司机发誓不开口，然后让西门按照他觉得合适的情形重新布置诺格拉的展览。最后，展览突然又不能作为作证时的议题了。神父，你来告诉我，是谁让证人保持沉默的？你哥哥拒绝上庭作证又说明了什么？诺格拉的手机在我们手里只能对控方的所有指控加以证实。"

"教士先生……我感到很抱歉。"

他挥展了下手臂。"够了，我们走吧。"

"你真的以为在法庭考虑你和西门的合谋关系的时候我还会让你坐在我身边吗？"他厉声问，"你把我置于必须向法庭说谎、告诉他们头发是你和诺格拉一起坐在他的车里时留下的窘境。我必须为通话、贿赂、展览以及诺格拉手机的事编出种种理由。别让我再看见你了。只有能承担让你出庭作证的风险时，我才会继续让你做西门的代理人。"

"教士先生，我不知道该说什么好了。我……"

没等我说完，他就一把拎起公文包，背对着我离开了。

法庭宫门口站着此案的检察官。他离我和米格纳托很远，听不见我和米格纳托的对话，但却一直在打量着我。米格纳托从检察官身边经过时，两人没有做任何交流。但米格纳托走进法庭宫之后，检察官却依然在看着我。

第二十九章

我在法庭宫门口等待着。米格纳托和检察官回到法庭宫后很久，我一直在法庭宫门前的花园里来回走动着，时刻关注着法庭宫门口的情况。一直没人出来，我也没指望他们能很快出来。等待着某种结果的想法让我一直都没有停止脚步，渴望而焦急的心情逼着我不得不做点事情。

我开始给人打电话。米切尔·布莱克没有应答。于是我又试了第二次，第三次。他不理我，我却要使他筋疲力尽。

第六次没接电话以后，我给他留了条说话不怎么连贯的口信。

"米切尔，请把你的电话拿起来。如果你害怕得不敢来罗马，那你必须得和西门的律师谈谈。他必须知道发生在机场的事情。"

我一边看，一边审视着通往法庭宫的道路，寻找着西门的踪影，但寻找的努力完全是种徒劳。

二十分钟以后，罗马警察局的法医出现了。一个警察送他到了边境，看着他走出城门。西门仍然没有来。

没过多久，一辆贴着防晒膜的轿车停在法庭宫门口。我连忙站起身来。司机走出车门，打开后座的门，我连忙冲向前去。

没有人从后座上下来。司机要我让到一边去。我走到他的身侧看了看车后座的情况。车后座上没有人。

过了一会儿，法庭宫的门打开了。诺瓦克大主教走出法庭宫的门，向打开的车门走去。我自觉地往后退了一步。

诺瓦克低垂着眼睛，甚至没看我的脸。他伸出手臂，表示让我先过。"你先过去吧。"他说。

"请阁下先上车。"

他重复着让我先过的手势，等我先从他身前走过去。

"阁下，能和您谈谈吗？"

他驼着背，块头非常大，比我高几公分。他的长袍裁剪得不怎么整齐。他面带悲伤，神情恍惚，没有发现我是他在法庭上见过的人。诺瓦克大主教的父亲是位波兰警察，诺瓦克很小的时候他父亲就在交通执勤时被一辆横冲直撞的卡车给撞死了，现在他正要去奄奄一息的重生父亲约翰·保罗二世那里去。把西门的两难处境跟这么个看透人生悲喜的人讨论不会有什么用，但我必须做出些事情。

"阁下，"我说，"这件事很重要。"

诺瓦克没有动，而是对我说："是的，我知道，安德鲁神父。"说着他最后一次做出伸出手臂的姿势。

这时我明白了，他是邀请我上车。

上车时我的心扑扑直跳。我的长袍非常笨重。我拉紧长袍，缩在后座一边，给大主教空出了一个地方。司机向大主教伸出手，要扶他上车。我回忆起小时候在街上遇见他时父亲突然拉住我的胳膊把他指给我看的情形。那时的诺瓦克和现在的西门是一个年纪，现在他已经六十五岁了。他的体型像约翰·保罗二世那样硕大而沉重，脖子跟枪管一样细，脸上有许多赘肉。目光虽说还没到听天由命的程度，但已经十分隐忍了。他仍然在笑，但笑容中却透露着些许悲哀。

司机为他关上门以及汽车开动时他一句话都没说。汽车启动的瞬间我看见米格纳托正好走出法庭。汽车上路时我们的目光通过挡风玻璃相遇了。我看见他嘴张得老大，显得惊讶不已。

"我记得你，"车开了一段以后，大主教终于开口了，他的声音非常威严，"我记得小时候的你。"

我试图不表现出敬畏，举动不太过幼稚。

"阁下，谢谢你。"

"我同样记得你哥哥。"

"你为什么要帮他？"

诺瓦克大主教稍稍靠过来了一点，缩短了我和他之间的距离。和他说话的时候他那双低垂的眼睛一直在看着我，表明他在听我说话。

"你哥哥做了很棒的事情，"诺瓦克用波兰口音说出"很棒"这个词，

"教宗对此非常感激。"

诺瓦克想必知道展览的事情，想必知道教宗想和东正教修复关系的事情。

"阁下，你知道西门被软禁在哪儿吗？"

我知道这个问题太意气用事了一些。只是他热情和投入的态度让我觉得问这么个问题也未尝不可。

"是的。"诺瓦克大主教的眼睛垂得更低了，他知道对我来说这个话题必定非常痛苦。

"你能放他出来吗？你能停止审判吗？"

当车开进教宗宫的第一个入口时，瑞士卫兵向车敬了礼。

"审判的目的是为了查出真相。"诺瓦克说。

"但你知道真相，你知道他把东正教神父请到这儿，知道请他们来的原因。审判只是博伊亚大主教向西门施压，想从西门嘴里打探出展览原因的一种手段。"

汽车开过了一个个安全检查点，司机没有停车。

"神父，"诺瓦克大主教轻声说，"明天展览开幕之前，我们必须知道诺格拉博士被杀的真相。"

似乎要强调这个问题的重要性一样，他让司机停下了车。我们已经到了教廷国务院的院子里——教宗宫最里面教宗和博伊亚大主教工作的地方。

"阁下，我哥哥没有杀任何人。"

"你是因为当时在冈多菲堡才这么确定吗？"

"我是因为了解我哥哥才这么确定的。"

感觉到有些异样，两个瑞士卫兵走了上来，但司机挥手让他们走开了。

"如果解除你哥哥的软禁的话，"诺瓦克大主教问，"你能把诺格拉博士被杀的原因告诉我吗？"

我彻底明白了。诺瓦克大主教在法庭上对展览的事情禁言，是因为不想让博伊亚知道来访的东正教神父的事情。诺瓦克大主教和我们一样，不知道乌戈为何会被杀，只能猜测出谁会有理由杀他。西门没告诉任何人一二〇四年的那场劫掠，甚至连签署把裹尸布从都灵转运到梵蒂冈的转运文件的人都没说。

"阁下，"我对诺瓦克大主教说，"乌戈·诺格拉说天主教骑士在第四次十字军东征期间从君士坦丁堡偷来了裹尸布。裹尸布不属于我们，裹尸布是东正教会拥有的基督教遗物。"

诺瓦克打量着我。他的眼神变了，可以说是吃惊，但也可以说是失望。

"是的，"他说，"说得没错。"

"你已经知道了吗？"

"还有更多的吗？"他问我，"除了这还有更多的吗？"

"没有，当然没有了。"

大主教伸手握住了我的手。"你和你哥哥完全不一样。"

他一边看着我，一边拍了两下坐垫。司机打开门，跳下车，然后打开了我这边的车门。

"我不明白，"我说，"你打算让博伊亚大主教放我哥哥走吗？"

司机把手放在我的肩膀上，命令我下车。

"神父，很抱歉，"诺瓦克大主教说，"这事没你想的那么简单，你哥哥没有把全部真相告诉你。"

他像约翰·保罗二世教宗有时在圣彼得广场遇到陌生人时那样伸手捏了捏我的手，似乎我是为了什么自己都没理解的事情专程来找他一样。

汽车后面的一个瑞士卫兵叫了声"神父"，再没有其他的了。

诺瓦克大主教在我下车之际放开了我的手。即便在这时，他的视线也一直没离开我。

手机里已经有了三条米格纳托发来的短信，让我立刻回到法庭宫。我没有理会这些短信。

我走到东门口站岗的瑞士卫兵处，他见我下了诺瓦克大主教的车。

"是戴维吗？"我问他。

"神父，我叫丹尼斯。"

"丹尼斯，我要见我哥哥。"

博伊亚大主教家在我的头顶，西门就在我的头顶。

"我帮你打电话上楼。"他说。

"不，我自己上去找他。"

我走上宫门口的台阶，却被丹尼斯挡住了前路。"神父，我必须先打个电话上楼。"

我把他推到一边。"告诉博伊亚大主教西门·安德鲁的弟弟来找他哥哥了。"

另一个卫兵突然间冒了出来。

"洛里斯，"这个卫兵恰好我认识，"我需要进去。"

洛里斯用肩膀搂住我，带我走下台阶。走到台阶底下他问我："神父，究竟是怎么了？"

我推开他的手臂。"让我去见西门。"

"你不能去见他。"

"他就在上面。"

"这我知道。"

我被他这么一说愣住了。"你见过他了吗？"

"我们也不能进去。"

"跟我说实话。"

他犹豫了一下以后说："见过他一次。"

我像是当胸被人打了一拳似的。

"他还好吗？"

"我不知道。"

"让我进去。"

"你现在应该回家。"

他的手又搭到我的身上来了，我很快就把这只手甩开了。另一个瑞士卫兵见状忙打对讲机请求支援。

"神父，"洛里斯说，"出去，现在就给我出去。"

我退后一步，然后扯着嗓子对二楼的窗户大喊："博伊亚大主教，你在吗？"

又有两个瑞士卫兵从教廷国务院的方向跑来了。

我往后再退了一步，继续扯着嗓子大喊："阁下，我要见我哥哥。"

四双手一齐抓向我，他们开始把我拖向院子的出口。

"你想知道什么，我都告诉你，"我大声喊，"只要你能让我见一眼我哥哥！"

我尽力甩着肩膀，但他们却拖着我沿鹅卵石路往后退。

"求你们了，"我对卫兵们说，"我必须见他一面。"

把我拖到院墙外以后，两个在院子门口站岗的卫兵关掉了院门口的铁门。

"神父，在你还能离开这儿的时候，快从这里离开吧。"洛里斯指着离开教廷宫的路对我说。

我拖着麻木的双腿向外走。

你哥哥没有把全部真相告诉你。

我看着铁门上的栅栏，感觉身心俱疲。我朝院子那头望了望。二楼的窗帘被拉开了。博伊亚大主教在窗帘后现了下身，很快便消失了。

我麻木地继续向外走。走到教廷宫大门的时候，我发现米格纳托正在那儿等我。看到我眼中的神色，他搀过我的手臂，对卫兵说："我带他离开这儿。"

我们一路无话地走回了法庭宫。我不知道他有没有听见我的叫声，不管他听没听见，我都不在乎。

法庭边有间办公室。米格纳托忙着手里的差事，一句话都不跟我说。一个管档案的助理拿来一文件夹文件让他签署。更多新的证据，更多新的证人。

"还没找到监控录像吗？"他问那位助理。

女助理摇了摇头。

我不知道米格纳托如何还能把工作进行下去，不把这次审判当成一场闹剧。

"这就是我要的照片吗?"他指着一叠照片问。

女助理翻看着照片,验证着照片上的内容。照片上似曾相识的证据袋里放着警方从乌戈车上提取的证据。米格纳托因为我闯进扣车场的事情暴跳如雷,这时却要来了我找到的那些证据。我怒视着他,但他仍然一句话都不说。

"先生,就是这些照片。"助理说。

"小姐,谢谢你。"

米格纳托把手放在我背上,带我离开了办公室。走出办公室以后,他转过身来看着我。

"神父,我们一起去吃饭吧。"

太阳刚开始落山,日头还毒辣得很,米格纳托举起一只手遮住阳光。

"不用了。"我对他说。

"让彼得一起来吧。我们有必要分析一下诺格拉在外交办事处给你哥哥的留言。法庭已经采纳了这项语音证据。"

"我不去。"我倔强地说。

他拿开手,两眼盯着自己的双脚。"我明白你的感觉。可我觉得你还是暂时离开这里出去休息一会儿为好。"

"我现在还有事要做。"

米格纳托斜着看了我一眼问:"诺瓦克大主教到底对你说了些什么啊?"

"他说西门对我撒了谎。"

"撒了什么谎?"

我不知道西门撒了什么谎。如果有充足的理由,什么谎都有可能。

"安德鲁神父,快告诉我。"

这时,我的手机响了,手机屏幕上出现了一个我很熟悉的号码。

"是米切尔神父吗?"接通电话以后我便焦急地问道。

"阿列克斯,刚才我在飞机上,因此没能接你的电话。"

"你说什么?"

"现在我已经在机场了。"

"哪个机场?"

"廷巴克图机场。你在想什么呢?一小时后我就到城里了。如果西门的律师想找我谈的话,先让他做好准备吧。"

是他吗?米格纳托做出嘴型问。

我点了点头。

"让我来和他说。"

我把手机递给米格纳托。

"是布莱克神父吗?"米格纳托问。

他从长袍的双层袖口里拿出支笔,准备在文件夹的封面内侧写下和米切尔交谈的内容。在米格纳托的身后,进出博物馆的车辆川流不息。我再次想到了诺瓦克大主教的话。离展览开幕只有二十四个小时了。

"你会作证吗?"米格纳托问,"需要准备多久?"

我看着他手中的文件夹,看着他问助理要来的那些照片。一张照片拍的是乌戈的手机充电器,另一张照片拍的是潦草地写着我家电话号码的那张纸片。

"我们要讨论一下你的遭遇。今晚能否在我的办公室见个面呢?"

旁边一张照片显示的是那天晚上因为吉安尼催我离开扣车场而没有检查的那个证据袋。证据袋里放着一包烟、乌戈每次开车进入梵蒂冈国境时向瑞士卫兵出示的身份证以及一串钥匙链。这些东西都没乌戈司机座上的印子那么大。

"我们见面的时候他不会在场,那不是代理人的工作。"

我的下巴垮了下来。钥匙链上的椭圆形饰物引起了我莫大的兴趣,上面写了三个字母和三个数字:DSM 三二八。

我从米格纳托手里拿过文件夹。他朝我晃了晃手机,然后对我怒目而视。

DSM,家园宾馆的拉丁文简称。三二八肯定是房间号了。椭圆形饰物上掉下了一块金属片。

这不可能是他的宾馆钥匙,他可不需要什么宾馆房间。这串宾馆钥匙必定属于打碎阿尔法车窗玻璃的人。

"我没听见你在说什么，电话刚才断了一会儿，能请你再说一遍吗？"

我闭上眼睛。我在欺骗自己。凶手不会在作案现场留下自己的钥匙。那钥匙会是谁的呢？

米格纳托从我手里拿过文件夹，在文件夹的封面上又写了些字。我不知道米切尔为何突然又决定来。这不像他的所为。

答案很快揭晓了。米格纳托把手机还给我说："布莱克神父想跟你再说几句话。"

"听着，"米切尔对我说，"律师说今晚见面的时候你不能在场，但我想和你私下里聊聊。和他见面之后我们在圣彼得大教堂见个面。"

"在教堂前面的广场吗？"

"不，在右面的耳堂。我会把北门留着，你知道是哪扇门吗？"

米格纳托想要偷听我们的话，我朝边上避了两步。

"啥时候见？"我问他。

"暂定在八点吧。如果我不在的话，明天你必须找个新的证人了。"

"明天你会作证吗？"

"晚上八点，记住了吗？"

挂上电话以后，米格纳托对我说："不能和他见面，明白了吗？要见必须我在场。"

我没理睬他。"教士先生，晚安，"我对他说，"明早见。"

我给萨穆埃尔弟兄的家打了个电话，让他再照顾一会儿彼得。接着我给莫娜打了个电话。

"今晚的安排取消了。"我告诉她。

莫娜一定是从我的声音里听出了什么。"你没事吧？想跟我说说吗？"

我不想告诉莫娜，但话却脱口而出。

"我很生气，西门对我撒了谎。"

莫娜没有马上说话。她的沉默表明她在内心深处还对西门保留着疑问。

"撒了什么谎?"过了一会儿她才问。

"这事和你没关系。"

更长的沉默。

一段时间以后她才缓缓说道:"我在我父母家,我可以在任何你希望的地方和你见面,告诉我在哪儿就行。"

"我现在无法和你见面。我……我只想和你说说话。"

"彼得怎么样?"莫娜问。

我闭上眼。"我一整天都在法庭,萨穆埃尔弟兄说他很好。"

"阿列克斯,你的声音听起来很不好,让我帮帮你吧。"

我坐在法庭宫门口花园里的长凳上。最后几辆离开法庭宫的车正在加油站排队加油,我隔着这些车的车顶看着远处的家园宾馆。

"我需要些时间来好好想想,"我说,"我明天再打电话给你。"犹豫了一下以后我又说:"今天晚上的事情我感到很对不起你。"

没等她说话,我就结束了通话。几个小时累积下来的疼痛使我备受折磨。妈妈死后,每当我和西门感到痛苦时,我们总会在梵蒂冈的国境之内跑几圈,在小山、台阶、城墙之间跑来跑去。跑得精疲力竭以后,我们会喘着气到喷泉下面冲个凉。我闭上眼。上帝,把哥哥还给我,我需要他。

我一扇一扇数着宾馆的玻璃窗,我知道三二八房是哪一间。三二八房间在我和彼得住的楼下一层,但却在楼道的那一头。根据我的计算,这应该是个拐角的房间,我现在观察的就是它向西的那扇窗户。

也许这就是博伊亚的计划,他要把西门扣留到展览开幕的那一刻。

三二八房间向西那扇窗户的百叶窗拉上了。其他房间的窗帘都拉开着,只有三二八的房客不想放新鲜空气进屋,不想欣赏窗外罗马的午日风情。我打开手机,拨了宾馆的前台号码。

"修女,请帮我接三二八房间。"

电话铃一直在响。房间里的人拒绝接不期而至的电话。

我挂上电话。最后一辆车驶离了加油站。周围又安静下来。一阵微风吹在家园宾馆入口旗杆上挂着的梵蒂冈国旗上。

我站起身,心事重重地走向家园宾馆。

前台修女的问候让我很吃惊。

"神父,您好,欢迎您的到来!"

她说的是希腊语。

直觉告诉我,应该用希腊语和她说话。"您好,姐妹,谢谢你。"

"你喜欢住在我们这个国家吗?"

"非常喜欢。"

"需要什么帮助吗?"

"我要回自己的房间。"我向她晃了晃自己的钥匙,继续往前走。

我离开以后,这里的保安加强了。大厅里的告示说每部电梯只到指定的一个楼层。住客们乘梯前都要向电梯操作员出示他们的客房钥匙。

只能走安全梯了。当我正准备打开三楼的通道门时,楼上传来一个人对我说话的声音。

"神父,你上错层了,还要再上一层。"

一个瑞士卫兵从四楼一步两阶下到三楼。好在我们并不认识。

"能让我看看您的钥匙吗?"他问。

他的岗位似乎就在消防门的外侧。

给他看了钥匙以后,他对我点了点头。我和彼得的客房钥匙上写着四三五这几个数字。

"跟我上楼。"他用不流利的意大利语说,然后夸张地朝我挥了挥手,带我上了楼。

四楼活力满满。四楼的走道里到处都是神父。我惊呆了。所有神父都穿戴着东正教的饰物,他们一定是西门请来的东正教神父。走道里站着十一个神父。刚数完神父的人数,第十二个神父从自己的客房里探出头来,他和走道里的同事交谈了两句,然后又回到房间。我分辨不出他说的是塞尔维亚语还是保加利亚语。

我突然明白前台的修女为什么对我用希腊语了:住在这里的神父里肯定有不少操的是希腊语,在不知道我国籍的情况下,她使用了这几天常说的希腊语。西门一定来过这儿，他来这儿提前做了安排。

我很想知道他到底走访了多少个国家，家园宾馆里现在又有来自多少个国家的多少名神父。梵蒂冈从来没有做过类似的尝试。

我回头看了看消防门外站着的瑞士卫兵，不禁产生了另一个想法。瑞士卫兵是由教宗控制的，只有约翰·保罗二世教宗和诺瓦克大主教能把他们派到这里。西门做了什么他们两人大致都知道。

此时我所能做的只是观察，观察走道里的这些东正教神父。神父们分分合合，组成不同的小团体进行谈论。东正教没有中央集权机构，没有天主教这样的教宗。伊斯坦布尔的大主教是东正教的名誉领袖，但东正教会实际上是各国东正教会的联合体，许多国家都有自己的大主教。这种没有上下级指令关系的民主制度是天主教会决不允许的，认为这只会给教会带来无尽的麻烦。然而，两千多年以来的传统和尽兴的交流使这些来自不同国家的东正教神父很快就成了朋友。尽管过道里弥漫着一股期待中的紧张气氛，但他们还是跨越了国界的限制，或流利或断断续续地用不同的语言交流着。一张张长满胡子的脸上都挂满了笑容。我仿佛走进了使徒们身后的古代教会，有股奇怪的家一般的感觉。

几个东正教神父并排朝我走了过来。我意识到自己正站在电梯前。电梯门开了，我让到一边，三个东正教神父鱼贯而入，他们的话我一句都没听懂。我觉得自己似乎听到了"晚祷"这个词。他们中的一位用意大利语命令电梯操作员别关电梯门，还有人要坐这部电梯下楼。

这时过道里的一扇门开了，一个年轻神父从门里走了出来。他胡子很细，来回在门口踱步，不时往门里看上两眼。我感到一阵激动，我知道这代表什么意思，他是在等他的上司。

我尝试着没去盯身穿宽松而漂亮的长袍、年届五六十岁的主教。和吉安尼说的一样，他戴着一顶烟囱样的高帽子。主教走过过道时，其他的神父纷纷为他让出路来。电梯操作员想关上电梯门，但主教却对他摇了摇头。电梯里的一位神父说："请再等等，还有人要来。"

我朝过道走了过去。另一位主教从同一扇打开的门走了出来。这位大主教挂着一根带有圣母马利亚像的金链子。虽然离得很远，但我还是看见了他头戴的高帽子上闪耀着代表了大主教或长老身份的十字架。大主教比刚刚走进电梯的主教至少年长七岁，走路还稍稍有点跛。两位助理站在他的身侧，防止长袍被脚踩上。

但那扇门仍然没有被关上。突然，走道里出现了一阵骚动，神父们交头接耳，小声地说着些什么。几个神父聚在门口，不时向里面看上两眼，其他几个神父站在过道远端的墙边。很快，他们像红海一样分开了，有人从房间里走了出来。

一个一身白衣的人。

第三十章

我全身一阵战栗。过道里的神父们纷纷低下头鞠躬。我简直不敢相信自己的眼睛。

走近以后，我才看清这个人的样貌。不是约翰·保罗二世，而是个年纪还要大一点的人。他的眼睛上沾着黑色的眼屎，下巴上长着一口大胡子。

胡子像一抹白雾似的挂在他憔悴的长脸上，一直垂到他胸前手拿的带有十字架的高帽子上。从其他神父身边经过时，他举起一只手对他们表示祝愿。

我愣住了，我知道这个人是谁了。

白衣老人用不流利的意大利语对我说："愿上帝保佑你。"

"也保佑您。"我战战兢兢地说。两个神父走出电梯，腾出地方让白衣老人上电梯。

西门完成了不可能完成的事情。罗马尼亚东正教会的长老长久以来一直穿一身白衣。眼前站着的竟然是东正教会的九大长老中的一位。

我开始从楼梯匆匆下楼。电梯一定是去一楼圣彼得大教堂临近家园宾馆的那个小堂。

这时我突然意识到：不能跟他们去一楼，最好别和他们有任何瓜葛。因为我的长袍和胡子都和他们很相似，他们也许会误以为我是个东正教徒。而且由于教派的不同，我作为东仪天主教的神父被严禁和他们一起领圣餐。即便隐瞒身份和他们一起做晚祷也是种不敬神的表现。

我没有径直下楼，而是一到三楼的楼梯口就溜进了三楼。我紧张地靠在墙上，琢磨着整件事怎么会发展到现在这个地步。如此有历史意义的一件大好事竟然弄得乌戈丧命，西门失去神职，真是太不值了！

这时，三楼一间客房门开了。一个罗马天主教神父走出房间，向电梯走了过去。按下电梯外按钮的时候，他朝我看了一眼。

我对这种目光非常熟悉。尽管同楼上的东正教神父相比，我和他之间有着更多的共同点——都笃信天主教，都跟随教宗，可以在同一间教堂领圣餐——但在他看来，我和这个地方是格格不入的。

"神父，晚上好。"我用意大利语打消他的疑虑，或者说用一种表里不一的方式打消我自己的疑虑。接着我继续朝三二八房间走去。

在三二八房门口，我平心静气地念了两遍耶稣祈祷文。

主耶稣，上帝的儿子，请你怜悯我这个罪人。

主耶稣，上帝的儿子，请你怜悯我这个罪人。

这里不会有任何危险。只要一呼救，整幢房子的人都会跑过来帮忙。如果有人在，我会请他出来谈谈。在房间外面，绝对不进这个房间。

我敲了敲门。

没有人应答。

我盯着窥视孔，琢磨着房间里是否有人在看着我。我向前走了一步，又敲了下门。

仍旧没有人应门。

我拿出手机，打电话给前台。"姐妹，能帮我转接到三二八房间吗？"

我听见门那边的电话铃在响。我站在窥视孔前，拿着手机朝窥视孔比划了一下。我们可以用这种方式交流。只要能说上话，无论什么方式都不要紧。

但没有人接电话。

朝过道尽头的大扇窗户向外看，太阳正在缓缓落山。我突然想到了什么，连忙低下头往下看。

门下面没有光。加之百叶窗又关着，客房里应该没有人。

我打电话给前台："姐妹，我要下楼到餐厅吃饭去。能在我不在的时候让人来打扫吗？我是三二八房的房客。"

"神父，你的客人刚让我转接过电话。我马上派做清洁工作的修女过去，你的房间已经很长时间没让人打扫了。"

谢过她以后，我在电梯旁边一直等待推着清洁车的修女来。她打开门以后，我立刻跟着走了进去。

"你到底怎么回事？"修女吃惊地问。

客房里一时间漆黑一片。宾馆外面几缕灰暗的阳光透过百叶窗帘射进来，带来微弱的一点点光线。修女很快就打开了灯。

客房里没有其他人。

"修女，"我一边打量着客房，一边漫不经心地说，"别介意，我只是落了点东西在这儿。"

这里的布置几乎与我和彼得的房间完全一样：一个带着驼背形床头架的窄床，一个床头柜，一个十字架。

我坐在桌子边，假装做笔记，等着她离开。她关上壁橱，卷起铺在地上叠成两层的床单。住在这里的神父一定喜欢像西门那样睡在地上。窄床上也很乱，像睡过人似的。

住在这间客房的一定有两个人，长时间不打扫客房必有原因。

打扫卫生的修女收拾完床铺，清空了垃圾桶，我趁她忙活的时间看了看地上放着的东西。立式灯旁放着个没有名牌标签的旅行包，床头柜上放着一包洗涤用品、一个照相机、一本软皮书。修女看了看洗涤包下的那叠纸，然后回头看了看壁橱。

"神父，"她问我，"谁和你一起住在这里。"

"一个同事而已。"我临时扯了个谎。

我被床头柜上的软皮书吸引住了，是本有关裹尸布的书。

我心头一紧。我读过这本书，我有同一版本的这本书。换句话说，这就是我家被人闯入时不翼而飞的那本书。

我心急火燎地审视着这间客房。修女清空的垃圾桶里有个盛放格拉巴酒的玻璃瓶，这种格拉巴酒是乌戈的最爱。但我没看见喝酒的酒杯，没有迹象表明酒是在这儿喝的。乌戈家里的垃圾桶堆着很多这样的玻璃瓶，看来乌戈的家也被人闯入过了。我不知道客房里有多少从我家和乌戈家偷来的东西。

修女又看了一眼床头柜上的那叠纸，不知为何她似乎急着想把清洁工作马上结束。

我趁修女打扫浴室的时候看了看床头柜上的那叠纸。看到以后，我一下子愣住了。

清洁车的轮子响了，修女在关门前对我说："神父，我去找人上来，我认为这不是你的房间。"

这不是一叠纸，而是一叠照片。

一叠我的照片。

我颤抖着手拿起这一张张照片，然后翻看着这些照片。行走在花园里的我，站在法庭宫外的我，和彼得牵着手在楼下院子漫步的我……最后，我找到了那张照片，那张塞在我门缝下、后面写着威胁性语句的照片。

我想静下心来好好思考，但心里感到的只是害怕。

一个名字，一张面孔，我需要一样线索。

我推开壁橱。衣架上挂着件黑色带扣子的长袍，一件罗马天主教神父的长袍。修女一定知道这件长袍不可能是我的。

我查看了一下衣服上的标签。在一个民众几乎穿着相同的国家，人人都把名字写在自己的衣服上。但这件袍子上什么都没有，只有万神庙附近一家裁缝店褪色的徽章。另一个衣架上挂着罗马天主教神父在正式场合穿的平领长袍。这时我终于明白了。我面对的是某位神父最好的长袍和礼服，他必定是要参加乌戈明天晚上举办的展览。

我需要想办法把他指认出来。我把长袍放在床上，打开钥匙链上的小刀，在领子背后的地方划了一刀。刀口几乎辨认不出。但当长袍从肩膀背后展开时，刀口的地方就会起皱，旁人就可以透过刀口看见长袍里的白衬衫。

过道里传来声音。我重新挂上长袍，准备起身离开——这时我突然生出个想法。

我回到书桌边，检查了一下抽屉。我要找的东西必定在客房的什么地方。抽屉里有张餐饮发票，还有一张类似停车券一样的纸片。我在床头柜上看见了要找的东西。床头柜上散落的几张纸下面放着宾馆的拍纸。我打开百叶窗，把拍纸放在窗缝间倾斜的夕阳下。在夕阳的光照下，我依稀看见拍纸上有几处写过字以后留下的印记——正是我家电话号码中的那五位数。

乌戈车上的那张纸就是从这来的。乌戈死前我接到的三个电话多半是从这里打来的。

这个客房曾经住过两个神父。两人几乎同时地闯入了我家和乌戈在冈多菲堡的那辆车。阴谋就是在这里策划的。如果及时阻止修女清理垃圾桶，必定能得到比一个空酒瓶更多的情报。

门突然被打开了。一个修女走进客房，身后跟着刚刚打扫卫生的那位修女。

"神父，解释下到底是怎么回事。"

我退后一步。

"这不是你的客房，"她说，"跟我走。"

我没动一步。

这时修女身后出现了我方才在楼道里看见的那个瑞士卫兵。

"神父，照她说的做。"瑞士卫兵说。

我心生一计。

"我不懂意大利语，我来自希腊。"我用希腊语对他说。

卫兵皱起了眉。过了一会儿，他突然想到了什么。"他应该住在楼上，一定是走错了楼层才会来这儿的。"

我像弄不明白似的眨了眨眼。领头的修女咂了两下舌，挥手招呼我跟她上楼。我大松一口气，跟在了她的后面。

打扫卫生的修女却开口了。"不对，"她说，"他在撒谎，我跟他说的是意大利语。"

我被带到了宾馆大堂。一个警察等在那里。警察把我带过宾馆门口的院子，来到设在法庭宫内的警察局。警察局里有间留置室，但他没有把我带进留置室，而是让我坐在前台边的长凳上，掏出衣袋里的东西。

我从衣袋里掏出餐饮发票、停车券、手机，然后又把钱包里的东西一一拿出。

他仔细地看了两遍我的梵蒂冈身份证。看到身份证上我的名字以后，他转身看着我说："我记得你。"

我同样也记得他。他是乌戈在冈多菲堡被杀那晚出现在凶案现场的警察中的一位。

"神父，你在宾馆里到底做了些啥啊？"

不敬的语气表明他已经没有了对我的尊重。在他看来，我已经不值得像个神父那样被尊敬了。

"我想打个电话。"我说。

我盯着拿出的那张停车券，试图记住上面的车牌号码。

他想了想，然后摇着头对我说："我需要和局长谈谈。"

去他妈的局长。"我舅舅是西弗里枢机主教，"我说，"把手机给我。"

听到卢西奥舅舅的姓时，他明显畏缩了一下。但我不姓西弗里，他有足够的自信怀疑我。

"神父，待在这儿，"他说，"我去去就来。"

局长一定是对他交代过了些什么。二十分钟以后，唐·迭戈来接我了。我想他一定很生气。不出意料，他的确很生气，但并没对我发火。

"你应该为没有因为这件事而丢掉饭碗感到庆幸，"他对这位警察说，"别再让这个家族的任何一个成员感到难堪了。"

警察知道梵蒂冈的规矩，看上去非常恐惧。

当我们走向卢西奥家的时候，太阳已经落在远处的地平线上了。迭戈什么话都没说。他的沉默表明，我摊上了他这个层级难以评判的大麻烦。但我很难把注意力放在迭戈身上，我满心想的都是博伊亚大主教在窗帘间瞪着我的那种眼神。

我在楼门口对迭戈说："谢谢你，迭戈，不过我没打算上去。"

"你这是什么意思？"

"我有别的地方要去。"

过五分钟就是八点，和米切尔·布莱克的见面时间马上就到了。

"但你舅舅……"

"我知道。"

"他的命令非常明确。"

"我会找个时间好好道歉的。"

我感觉离开时他一直在看着我。

太阳从不会照在圣彼得大教堂的正北面。天热的时候，神父们会像青苔似的聚集在这里，偷偷地在教堂的阴影下抽烟。这里的墙又高又厚，再烈的阳光都晒不到这里。

这时候大教堂里的所有门都锁上了。值班的工匠会检查这里的每一道门，每一处楼梯，每一间会堂。但此时一扇边门下还透着层淡淡的光。一定有哪个工匠还欠了米切尔的情。

我走进边门，悄悄溜入会堂。白天来这儿的旅游者大多只看见大理石地板和高高的天庭，但其实这里有许多连大多数神父都不知道的隐秘之处。很多楼道通向建在石柱内的小堂，神父们可以在不被平信徒打扰的条件下诵经祈祷。会堂里还有几处祭台助手帮助神父们为弥撒换装的衣帽间。头顶的舞台灯后面藏着只有工匠们吊墙壁的金属挂钩之间的绳索时才能打扫到的几处天台。墙壁内人类血管似的一系列通道把会堂各处连接在一起。会堂的内墙和外墙之间建有可以游历整座会堂的秘密通道。因为这个原因，没有哪个神父可以确认自己独自在这个会堂内，也没有哪个神父为了保密的原因会选择这里。

米切尔深知这一点，他是算准了这点才把我约到这儿的。没人会想到两个神父晚上会在这儿秘密约会。

我从一位过去教宗坟墓下的通道走到会堂的主殿，被无尽的黑暗所淹没。这时，角落里传来类似开锁的细小声音。

"阿列克斯，"我听见米切尔在问，"是你吗？"

我循着声音走到教堂北侧的耳堂。米开朗基罗设计圣彼得大教堂时，本打算把教堂建成四臂等长的希腊十字形。但后来他为教堂增加了一个中殿，使向东的一面长出了些，形成拉丁十字形。我站着的地方是主殿唯一不让旅游者进入的右侧大梁处。对大多数东仪天主教徒来说，这是个非同寻常的地方。墙边是一排信众前来告解的小隔间。告解室建得像朝两侧打开的棺材似的，当中是相对封闭的神父聆听室，两边各有一个开放的小间供信众进行告解。和罗马天主教徒不同，东仪天主教徒在开放处进行告解。因为在长方形会堂待了很多年，我很快听出了一间神父聆听室打开的声音。

"米切尔，"我轻声说，"是我。"

门被打开了。

过了这么多年，我又一次看到了活生生的米切尔·布莱克。

米切尔是十六年前突然不告而别的。碳同位素测试结果出来以后，爸爸回到旅馆房间，发现米切尔已经不见了。他既没有出现在回罗马的火车上，也没在周一去上班。爸爸试图找到他，但很快便陷入了最终让他丧命的抑郁之中。搜寻很快中止了，我们再也没见过米切尔。

过了很久我才知道发生了什么。离开都灵的路上，一个东正教记者拦住米切尔，谴责他引诱天真的东正教徒到意大利，让他们横遭侮辱。米切尔夺走了这位记者的录音机，并把这位记者痛殴了一顿，打得记者住进了医院。都灵警方因为考虑到米切尔是为了保护都灵保存的基督教遗物而没有对他加以处罚。警方和受害人达成了个交易，警方送米切尔去山里专门的医疗机构进行治疗。没人以为短短几个月的治疗真能治好什么严重的疾病。但反过来说，也没多少人觉得他有什么重病。

米切尔个性很冲，说话强硬。但意大利人都见怪不怪，毕竟他来自美国这个盛产牛仔的国度。真正的麻烦在他下山以后才来。下山以后，米切尔被教廷国务院收留了。

在世界许多地方，教廷必须为生存而战。神父们在世界上一些不敬神的地方被监禁，被绑架，甚至被当街杀戮，教廷国务院会派一些专门的神父前往这些地区。卢西奥舅舅在教廷宫的前任是一位和西门差不多高但比西门壮上两倍的美国大主教。教宗出访菲律宾时，一个歹徒试图用刀袭击教宗，这位大主教抓住袭击者，把袭击者扔出老远。米切尔的体格远不及这位美国大主教，但在一些人眼里他具有和这位大主教同样的气质。

博伊亚大主教一定看中了米切尔的另一种潜质。当约翰·保罗二世建议向东正教伸出橄榄枝时，博伊亚决定派自己的某个爪牙搅黄他的计划。足以乱真的谣言和私下进行的外交工作能在短时间内使约翰·保罗二世的计划毁于一旦。西门责备米切尔是博伊亚在土耳其的最得意爪牙，但我却认为错误应该由米切尔的监护人承担，他不应该任用米切尔这个情绪不稳定的神父，在米切尔最为脆弱的时候让他觉得自己有权袭击东正教记者，让米切尔觉得自己有权以这种方式行使神父之职。神父是体系里的人，是教廷的一颗颗旗子。为教廷国务院服务的神父需要非同寻常的力量才能摆脱教廷国务院的影响，西门就是如此，但眼前的米切尔却不是这种人。

米切尔比我记忆中要矮上一些。他呼吸沉重，几乎像是在大口喘气。常年的鸡尾酒会和各种餐会让他变胖了。他摆弄着腰带，发出一连串难懂的喉音，显得很不安定。米切尔好几天没刮胡子了，比我记忆中粗犷。原因显而易见，脸上伤口附近的胡子一定很不好刮。

米切尔脸上的伤仍然很明显。一条伤口像裂缝似的划过他的左眼。他的鼻子也没好利索：鼻梁仍然歪向一侧。他和普通美国人一样和我握了握手，而没有像意大利人那样和我拥抱。十来年后他见我的第一句话竟然是："该死，没人告诉我你还是东仪天主教的人，我还以为你像西门一样随大流了呢！"

我在他的话里听到了悔罪的意思。米切尔在圣彼得大教堂的出现意味着他想为他对我和彼得造成的伤害进行弥补。

"见过米格纳托教士了吗？"我问他。

"你是说那位律师吗？"他问，"是的，我见过了。"

"谈得怎么样？"

"明天他会把我请上证人席。"

明天。米格纳托真是说干就干啊！

"不过我告诉他，"他说，"我不打算在法庭上撒谎。我才不信让教派重新联合、要我们向大胡子们低头的鬼话呢。如果法官问我，我就照直说。"

"米切尔，你在电话里说，被殴打之前，他们问了你有关乌戈调查的问题。"

他点了点头。

"能详细说说吗?"我让他细说一下当时的情形。

他看着自己的指节说:"他们认为乌戈一定有所发现,一些不利于和东正教重新交好的发现。他们认为西门让他隐瞒了这个发现,因此特别想知道这个发现是什么。"

我已经懒得保密了。"第四次十字军东征时,我们于一二〇四年从东正教徒手里抢走了裹尸布。"

"不,不是这事。"

我惊呆了。"米切尔,我很确定。"

米切尔是罗马天主教徒。即便跟我父亲工作了这么多年,他也许也不明白一二〇四年对东正教徒来说意味着什么。

他摇了摇头。"应该是诺格拉在《四福音合参》里的发现。"

"不可能,我和乌戈研究了整整一个月《四福音合参》。"

他吹了声口哨。"你很幸运!"

"怎么幸运了?"

"博伊亚大主教至今为止还不知道你也参与了,难道这还不幸运吗?你才是他一直以来要找的那个人。"

也许他觉得自己被博伊亚大主教叛卖了。被自己的主子袭击的确很不好受。我真想知道为什么会发生这种事。

"你为什么会在那个机场?"我问他,"你在帮西门的忙吗?"

他怒气冲冲地说:"我已告诉过你这个了。"

"告诉我什么?"

"我无法对发生的事进行谈论。"

我用力把头往后仰。我把这事给忘了。又是该死的发誓!

"我跟律师也说了,"他说,"这事不能放在法庭上谈。"

"别管发誓不发誓的,把真相告诉法官。"

他突然发怒了。"我和律师都说好了,你别横插一杠。"

"那你为什么来这儿呢?"

"因为这是下给我的命令。"

我浑身一冷。"你在说什么啊?"

"今天,博伊亚大主教给我打了个电话,他知道我在城里。"

"这怎么可能呢?"

"你的律师把我列在了一份文件上。"

"他威胁你了吗?"

"没有,只是给了我点小小的忠告。给完我忠告以后,他还问怎么才能接近你。"

我的脉搏加快了。"你这是什么意思?"

"他说你朝他嚷了,朝他的窗户嚷了。"

"我只是想……"

"引起他的注意吗? 很好,你成功了。"

"你想告诉我什么啊?"

"阁下想和你见一面。"

我紧张地看了看周围。"现在吗?"

米切尔哼了一声。"明天早晨开庭前,七点半在他家。"

"为什么见我?"

"我不知道。希望你别碰到我在机场碰到的那种事。"

第三十一章

我又问了他几个有关博伊亚大主教的问题，但米切尔没有回答。博伊亚大主教的名字对米切尔有种怪异的影响。他开始对上司大夸特夸，博伊亚是个伟大的人，博伊亚是传统的捍卫者。接着米切尔亮出了自己的观点：和东正教的联合会削弱罗马天主教会，弱化天主教徒的存在感，把教宗变成普普通通的一个长老。米切尔的固执劲又回来了。

我觉得浑身冰冷，寒风渗入我的皮肤里面，让我觉得浑身冷飕飕的。我不想再这么扯下去了："够了，米切尔，我要走了。"

转身离开的时候，我感觉到他一直在看着我。如果我知道夜里还有哪条路能离开长方形会堂，我一定会选那条路。回家时，我一直把手按在手机上。我不止一次想到要不要给米格纳托打电话。但我知道他会对我怎么说。别听米切尔的，别和博伊亚会面。

我把彼得从楼下医生家接了回来。彼得丝毫没有想睡觉的样子，我头一次看到他这么想离开萨穆埃尔弟兄家。

"你在想什么？"我把新钥匙插进新锁。

他欢快地跳着小步。"我们能打电话给妈妈吗？"

"彼得，今天晚上不行。"

他皱起眉，他一定以为我在戏弄他。经历了一整天的分别以后，我不会真的拒绝他想打电话给妈妈的愿望。

我带他走过过道去刷牙洗脸，让他洗漱完以后回自己的卧室，告诉他我会在那儿等着他。他的表情有点不高兴，但还是照做了。

我打开放在圣母像边的《圣经》，圣母马利亚安详地看着我翻动着《圣经》的书页。我真想有她的这份平静和从容。

彼得带着一股他喜欢的姜味牙膏的味道回到了卧室。他穿上内衣，爬上床，然后把被子盖到喉咙口。

"彼得，我想跟你谈谈西门伯伯的事情。"

他惊恐地看着我，眼里顿时充满了只有孩子才有的没法去阻止害怕的事情的无力感。

"你还记得诺格拉先生吗？"

他点了点头。

"五天前，诺格拉先生死了。"

彼得前额上的皮肤皱了起来。我等着他提出问题。

"怎么回事？"他终于问了。

怎么回事？这个问题超出了我能解答的范围。

"无须害怕，你应该知道人死了以后会在哪儿。"

"会回家。"他说。

我使出浑身解数隐藏我的真实情感，只是对他点了点头。

"你应当知道和他的死有关的一些事情，"我捋着他的头发说，"我们不知道乌戈为什么会被杀。有人说西门该对此负责，有人认为西门伤害了诺格拉先生。"

彼得的肌肉慢慢僵硬起来，身体开始微微震颤。

"别害怕，"我对他说，"我们很了解西门，不是吗？"

他点点头，但身体的僵硬感却没有消除。

"你知道我今天去了哪儿吗？"我问他，"去了一个谈论西门的地方，全部的意大利人去那儿只为了谈论西门。你知道他们中的一些人说了什么吗？"

"那是个什么地方？"彼得反问了一个问题。

"那些宫里的一座。"我吞吞吐吐地说。

"舅公住的地方吗？"

"不是，"我继续随着自己的话题展开下去，"教士和主教纷纷去了那里，甚至还有大主教。你知道他们到那儿以后是怎么说的吗？他们说西门是个大好人，他们和我们的认识完全相同：西门绝对不会伤害任何人，尤其是他的朋友。"

彼得的头点得更重了。但他这样做只是为了回应我的期待，试图向我证明他完全可以承受得了如此可怕的消息。我伸出双臂抱住他，把他搂入怀中，让他知道不必强装自己已经长大了。彼得马上放松下来，眼里刹那间满是泪水。

"我知道，我知道。"我抚摸着彼得的头发，感受着他的泪水流淌在我长袍上的热度。

他像比他还小的孩子那样嘤嘤哭了起来。

"我的孩子啊。"我感受到只有我们父子俩单独在一起时才会有的那种充实感。我是他的，上帝为了眼前的这个孩子造了我。

床头柜上的圣母像隔着打开的《圣经》看着我们。《圣经》这一章的标题是：对耶稣的审判。这一章我和彼得已经读过很多次了。但今晚再读的时候，我希望彼得能真正开始理解。我不知道明天和博伊亚大主教之间会发生什么事，我会冒一冒也许会后悔的风险。但今晚，我可以用一种彼得日后一定会理解的方式告诉他，我为什么要去承担那种风险。

基督徒应该以使徒为榜样活出他在基督里的生命。除了模仿他们的优点，也要经历他们的失败。当使徒面对被捕以及对他们所相信的人的审判时，他们在恐惧中抛弃了他们相信的那个人，把个人的安危和人世间的裁定放了自己的良心之上。[1]

除了对彼得的爱之外，世界上最重要的就算我对西门的信任了。我永远不会舍弃对彼得的爱和对西门的信任。

这就是西门和彼得之间的共通点。为西门做的，我也会为彼得去做。这是我在上帝名下为自己定下的一条律法。这就是爱。

上帝就是爱。

彼得哭了，我紧紧地抱住他。等他睡着我才最终把他放开。

我一直没睡着。午夜，我走出卧室，坐在客厅的沙发上。看着窗外的月亮，我开始祷告起来。

天还没亮，我就开始烧起了咖啡。七点四十五，我去隔壁的萨穆埃尔兄弟家让他们帮忙照顾彼得，这时他们已经起床在洗澡了。我在厨房桌子

---

1 参见彼得三次不认主。

上摆上了彼得喜欢的超级英雄茶杯，倒上家里最后一点的芬达，接着用彼得一定能够读懂的词语留下一张纸条。

彼得：

　　我去帮助西门了。我办完事马上就回来。如果有事要找我，萨穆埃尔弟兄会让你用他们的手机的。我向你保证，等我回来以后，我们就给你妈妈打电话。

爱你的

爸爸

　　写完以后我又看了一遍纸条上的字句。看到"等我回来以后"这几个字时，我一时情难自已，我很高兴能回到这个家，待在这个屋檐底下。我已经在这套房待了二十多年，只有在这儿我才能感到父母的存在。但现在我知道了：博伊亚有办法把这个家从我们手里拿走，把房子重新分配给另一个家庭。连卢西奥都无力加以阻止。博伊亚可以让神学院预科班解雇我，剥夺我作为神职人员应有的权利。我和彼得将失去食物供给，我们无法买免税食物。我们要用几乎相当于现在两倍价格的罗马油价买汽油，停车也无法再免费了。这样一来，我们就无法再养得起车了。约翰·保罗二世教宗每个月会给有孩子的神父一点补贴，没了补贴和工作，我和彼得就一无所有。我的储蓄仅仅能够帮我们维持几个月。我知道，我将要做的事情肯定是对的，但我不希望彼得会因此受罪。

　　去教廷宫的路上，主教乘着专车，平信徒骑着摩托车，修女骑着单车不时从我身边经过。我匆匆地走在人行道上，拼命不去想自己是多么地渺小。到达第一个检查点时，我告诉在那儿值班的警察们，"我和博伊亚大主教有个约会。"他们对我嘲讽地笑了笑。打电话验证完这件事以后，警察们便挥手让我进去了。

　　到达教廷国务院的院子以后，我的心开始怦怦怦地跳了起来。我不知道该继续往哪里走。吉安尼说院子里有道通往私院和电梯的拱门，但那扇拱门已经被一扇大门封住了。我只能走回头路，从我唯一知道的国务院办公室旁边的那部电梯上了楼。

走出电梯，我看到了一个完全不同的世界。教廷宫的这一部分已经有五百多年的历史了。这里长二百英尺，高二十五英尺，天花板上漆着拉斐尔的画作，空间非常巨大。这里来来往往的都是教廷国务院的神父。他们或是神学院的高材生，或是家乡教区的优秀神父，或是在语言上别有天赋的神父。即便如此，他们中的许多人很快就被淘汰了。这里的信条是，挤走别人你才能上位。在我看来，西门不属于这里，他斗不过这里的人。西门已经证明，他是为了大场面而生的，但教廷国务院的那班人却会在他第一次露怯的时候把他排挤出去。

我走到教廷宫的最里面，检查点的瑞士卫兵替我打了个通报电话。我离西门只有百步之遥了。我时时刻刻都想着西门，否则我会被自己所要做的事情吓坏的。

大主教的助理在门口迎接我。他长得很瘦，身上穿着布料泛出银光的昂贵长袍。他做出既像作揖又像祈祷的姿势，避免和我拥抱。他对我点了下头，然后领着我走进什么都没有准备的书房。

书房地上铺着块面积很大的红色波斯地毯，墙和门上都挂着锦缎。门一关，门和墙就连成一个整体，看不出哪里是门，哪里是墙。书房里的椅子、脚凳和枝形烛台上都镀了金。西门曾经告诉我，教廷国务院的挂毯有的是文艺复兴时代外国送的礼物，有的是哥伦布从美洲带回来的。但助理没有向我炫耀这些事实，只是把我带到了书房中间的谈判桌。他让我坐在离桌首一臂之遥的椅子上等着，然后就离开了。

没过多久，书房侧面的门打开了，一个巨大的黑色身影出现在书房里。

第三十二章

博伊亚大主教像一台巨大的轧路机似的向我迎面走来。他填满整个门洞，遮蔽住了书房里的灯光。人们都叫他"统治者"：傲慢、目空一切、以强凌弱。他又强壮，又时刻以自我为中心，是个不好对付的人。

我站了起来。大主教见下属总会轻轻鞠一躬，或吻吻他的戒指。我不想通话开始时就卑躬屈膝，但不讲礼仪的结果会更糟。

可博伊亚大主教却完全不讲礼仪。他径直走到桌子边上，在桌子上放下一叠纸和一个录音机。"展览会再过十二小时就开始，你哥哥再要向我求助已经不可能了。"

"阁下，除非你让我见他一面，否则我不可能帮你。"

博伊亚挥了挥手，没理睬我的话。"满足我的要求，我可以让你哥哥不受审判。不然，我就让他做不成神父。"

我不知道该怎么说才好。人人都知道博伊亚大主教是什么人。他表弟因为偷税在那不勒斯被捕。他的兄弟，一名在西西里做神父的主教，因为将教堂的公产私用而受审进了监狱。博伊亚大主教收受某些有钱的宗教团体的现金，为这些团体的徇私舞弊大开方便之门。他是过去梵蒂冈的代表。十余年间，他击溃了觊觎他职位的所有人。

博伊亚大主教把录音机放在一边，像是不想把自己所说的话录下来一样。他的手划过纸张，用肠衣一样肥大的手指一页一页拿起这些纸，终于找到了他要找的两个文件夹。他把文件夹推过桌面，两个文件夹上的标签分别是"西门·安德鲁"和"米切尔·布莱克"。

我觉得自己已经处于劣势。米格纳托这些天来一直想把这两份文件弄到手。

博伊亚把一张方方正正的白色纸套放在我们俩中间，纸套里放着张光碟。光碟上的标签写着：监控录像 B-E-9。

看着这张光碟的时候，我感觉博伊亚大主教正凝视着我。他希望在我脸上看到示弱的迹象。这是以前从未露面的关键证据。我本以为这盘来自冈多菲堡的光碟在西门的保护者手里，我的判断完全错了。

"这是副本，"他说，"原件在送往法庭的路上。如果会面结束时我得到了我想要的东西，这盘光碟就不会作为呈堂证供了。"

我没打算轻易就范。"我知道哥哥在这儿，"我说，"我想见他一面。"

博伊亚大主教咆哮道："你哥哥不在这儿！"

我用冰冷的声音对他说："瑞士卫兵看到载着西门的车进了宫，我知道他就在这儿。"

博伊亚叫了个名字。我好不容易才听清楚博伊亚是在叫他的助理特斯塔。助理很快出现在门口。

"安德鲁神父想见见他哥哥。"博伊亚说。

助理犹豫着："阁下……"

"现在就带他去找。"

特斯塔分开门帘。阳光从南面照了进来。北面的窗户外面出现了一个俯瞰着教廷宫私院的小阳台。

"神父，跟我来。"特斯塔说。

教士领着我走进一条两边全是门的走道。走道四通八达，走到底就拐向另一个方向。整个楼层像个迷宫似的。西门也许被关在哪个我甚至都没看到的房间里。

"他在哪儿？"我问这位助理。

特斯塔带我看了餐厅和厨房，带我看了小礼拜堂和圣器收藏室，甚至还带我看了他自己的卧室。他是想告诉我西门不在这里。

我提出想去博伊亚大主教自己的卧室看一眼。

"这不可能。"特斯塔斩钉截铁地说。

这时博伊亚来到了我们身边。

"照安德鲁神父说的去做。"他说。

不会在他的卧室里。西门不会在他们愿意给我看的地方。"我知道他在这儿，"我说，"我跟开车送他到你私人电梯入口的司机谈过。"

博伊亚突然转过身，眼睛里冒出恶狠狠的狰狞目光。我犯了个错误，但不知犯的是什么错。

"神父，跟我来，"他走到俯瞰下面院子的一个阳台上指着下面对我说，"看到那儿了吗？"

院子另一边靠近拱门的地方有个从地面直通到房顶的烟囱。

"那里是电梯井，"博伊亚说，"现在请跟我来。"

我们绕到楼的另一边。"注意到什么了吗？"他指着内墙说。

这里既没有门，也没有电梯。

博伊亚像牛一样哼了一声。"电梯只到一个地方，现在你知道你哥哥在哪儿了吧。"

重新回到谈判桌以后，博伊亚大主教让特斯塔为我们带点吃的和喝的过来。他把手放在我椅子上，并没有拖出来给我坐，是为了表现出他的诚意。他告诉我我把一切都弄错了，声音柔和了不少。他知道不用再以蛮力吓唬我，只要摆出事实就足够了。

"你真的认为他在迄今为止的一系列事件中是无辜的吗？"博伊亚问。

"我知道他肯定是无辜的。"

阁下刻薄地笑了笑。"我指的不是你哥哥，"他把手向上指，"我指的是他。"

"教宗为什么要软禁我哥哥？"

"因为他无法容忍在这么多重要客人访问梵蒂冈时出现丑闻。他觉得你哥哥会在重压下崩溃，对他私下里道出真相。"

我摇摇头说："教宗软禁他的原因是让他远离你，远离你开启的对于他的审判。"

"如果审判由我来开启的话，"博伊亚大主教刻薄地说，"证人们就不会被禁止对展览的事情进行作证了。对你哥哥是不是进行惩罚跟我没任何关系，我只想知道诺格拉究竟隐藏了些什么。"

我瞪了他一眼。"你怎么知道证人被禁止在法庭上就展览的问题进行作证呢？"

博伊亚大主教没有理会我，而是顺着自己开启的话题继续说了下去。

"教宗之所以开启这个审判是因为想知道你哥哥是否杀害了诺格拉，不想让证人们讨论展览是因为他不想让我知道他为今晚所制定的计划。只顾着对我保密，却完全没意识到诺格拉也对他隐藏了一个秘密。"

"这就是请我来这儿的原因吗？"我反击道。

博伊亚大主教交叉起胳膊。"你和你哥哥有我要的东西：你们知道诺格拉发现了什么。作为回报，我也有你们想要的东西。"

我看着桌子上的光碟，看来这就是西门的守护天使给予他的回应了。

"好几个星期以前，"博伊亚大主教说，"我听说你哥哥开始了和东正教的修好，我马上要求教宗召他回罗马，让他对这件事负责。我以为问题已经圆满地解决了。但十天以后，我听说你哥哥仍然在四处奔波。在这种情况下，我必须亲自出手。"

他的说话声从叙述变成了咆哮，像是对约翰·保罗二世私下进行这种事非常不满似的。我想他的"出手"指的多半是对米切尔·布莱克的袭击吧。

"为什么要和教宗作对？"我责问道，"他是想和东正教会修好啊！"

博伊亚大主教把手举在头上，向自己弯下一根手指。我不明白这个手势代表了什么意思。这时我看见两个修女站在我身后的门边。看见阁下的手势以后，两个修女把两个咖啡杯和一盘巧克力送了过来。喝了口咖啡以后，博伊亚大主教放下杯子，用纸巾擦了擦嘴角。然后他拉开椅子，把自己庞大的身躯填了进去。

"你觉得这点子很不错是吗？"他把肉嘟嘟的两只手拧在一起，"两大教派在一千多年以后合欢，是不是非常好？"他笑了。"可你是教授诺格拉福音学的老师啊，你应该知道经文里不是这样说的。"

我的手在桌面底下握成了拳头。"经上说的是，'凡一国自相分争，就成为荒场，一城一家自相分争，必站立不住。'"

博伊亚大主教不经意间露出牙齿，问了个让我始料未及的问题。

"告诉我：耶稣所爱的门徒做了什么？在第四卷福音书中，是什么使他卓然于众人之外的？"

我想象不出他想要描述什么观点。耶稣所爱的门徒只在《约翰福音》

里出现过，是《圣经》中一个神秘的人物形象，圣经里从没提过这个门徒的名姓。

没等我回答，博伊亚就继续说了下去。"当耶稣受捕并被人带到大祭司面前的时候，他所爱的门徒一直跟随在他左右，而彼得却没有。当耶稣被钉十字架的时候，他所爱的门徒站在十字架前陪着他，而彼得却没有。彼得跑去看耶稣的空墓，那个门徒也一同跑，而且比他跑得更快。其他三卷福音都没提到这个门徒。在其他三卷福音中，只有彼得跟他到了大祭司面前，只有彼得跑去了耶稣的空墓。门徒中彼得才是领头的。为什么《约翰福音》记述了耶稣所爱的门徒的见证，而另三卷书都没提到呢？"

我告诉他众所周知的事实——耶稣所爱的门徒是文学创作出来的形象，是使得《约翰福音》与众不同的一种尝试——但大主教却打断了我的话。

"他是个文学形象。其他教派的基督徒想通过他对我们说，'我们也一样重要，我们所说的话也值得一听，我们和彼得一样重要。'然而，他们的重要性绝对无法和彼得相提并论。基督耶稣借彼得之手建立了教会，其他三卷福音对这点非常明确。但东正教的长老们却说：'我们同样是使徒的传人，我们的地位和教宗一样举足轻重。'但他们没那么重要。世上只有一个彼得，他的继承人是历代的这些教宗。没有任何人可以和教宗相提并论。这是主的旨意，我会尽全力施行他的旨意。"

我对他无话可讲。我们周围的一切福音书中也同样没提过，没有教宗宫，没有大主教，甚至没有教廷国务院。博伊亚更是福音书绝对不会提到的抢夺权力者。

"现在，你哥哥需要你的帮助，"他倾身向前对我说，"把我想要的告诉我，你就可以得到这份证据的原件，"他的嘴唇兴奋地翘了起来，"你可以把证据的原件扔在火里。"

他的话很对。没有录像证据的话，法庭就无法给西门定罪。但我能给他的却只有事实真相。

在我犹豫的那一刹那间，博伊亚像是从我这里问到了教宗没从西门那里问来的情况似的，目光亮了起来。假使知道他所要的信息，我的确会对他言无不尽的。

"诺格拉没告诉我他发现了什么,"我说,"我也不认为他告诉过我哥哥。"

博伊亚大主教的眼睛眯了起来。

"事实上就我所知,"我说,"乌戈唯一有所争议的发现是有关于十字军东征的。"

博伊亚对我戳了戳手指。"别对我撒谎!你是教授诺格拉福音学知识的教师,你应该知道真相。"

我对他眨了眨眼。

他一边看着我,一边拿起录音机。他按下录音机上唯一一个按键,录音机里传来一声机械的声音。

八月三日星期二,下午四点十七分

停顿一会儿以后,录音机里传来乌戈的声音:

西门,还是我。你到底去哪儿了?为什么不回我的电话?

声音里满是怒气,很难辨认得出这是乌戈的声音。

我不会对展厅进行改变。没有我的允许,你们不能对展览进行一星半点的改变。我的工作目标是展现事实,而不是满足某种政治目的。

之后是更长的沉默。我双手抓住长袍,这是我记忆中的那个乌戈,无所畏惧,甚至还带些粗野地去支持真理的那个乌戈。此时他的声音甚至比在圣彼得大教堂屋顶告诉我不再和我一起工作时还要狂野。但接下来这段话才是最关键的。

再次开口的时候,他的语气完全变了。粗野不见了,他的声音里没了生命的气息。

算了，这都无关紧要。西门，打这个电话的真正原因是要告诉你一切都结束了。一二〇四年的那场大劫掠和展览的主旨无关，而且展览是无论如何进行不下去了。我发送给你的邮件可以解释我的发现。仔细看看我的邮件……另外，再给我打一个电话。无论如何，请给我打个电话。

博伊亚大主教停止了播放。我惊恐地看着他。这无疑是科尔维验证了声音来自乌戈以后法庭接受的语音证据。

"你窃听了西门的手机。"我说。

我仍然不相信刚才听到的这一切。我怎么都没想到乌戈会如此怒火中烧。

"我及时得到了这份语音信息的情报，"博伊亚说，"并在邮件发送到你哥哥之前就打开了他在办事处的邮箱，复制出这封邮件。"

他从那叠纸里又拿出一张纸，把它推到我面前。我的心头一紧。

"从表情看，你已经认出它来了。"博伊亚说。

这是我在西门记事本里发现的那封信的影印件，就是乌戈关于卡西纳会议的那封信。

博伊亚大主教指向信上的一行。

我认真地在阿列克斯那里上了福音课程。

博伊亚一定是通过这封信知道我的。

"信上写得很清楚，"博伊亚阁下说，"诺格拉说他隐藏了一个秘密。告诉我，是什么秘密？"

"我不知道。"

"你和你哥哥在和我玩游戏。信里只有这薄薄的一张纸，我不知道自己为何要把它重新封起来。"

"我根本不知道乌戈发现了什么。"

"别撒谎了！"

我茫然地看着眼前的这封信，慢慢才开始意识到这封信不像看上去那么简单。

博伊亚狂吼一声："特斯塔！"

助理立刻出现了。

"把这人送出去！"

"别这样，"我对他说，"你这是在攻击一个什么错都没有的神父。"

他转过身，指着我手上的信对我说。"我终将会发现诺格拉找到了些什么的，你亲手结束了你哥哥在宗教界的前程。"

第三十三章

独自一个人以后，我很快打开了这封信。在俯瞰着准备展览的车辆来来往往的博物馆的小山上，我又读了遍乌戈写的这封信。

> 左边一列：《马可福音》十四章四十四节到四十六节，《约翰福音》十八章四节到六节，《马太福音》二十七章三十二节，《约翰福音》十九章十七节，《路加福音》十九章三十五节，《马太福音》二十六章十七节，《约翰福音》十九章十四节，《马可福音》十五章四十到四十一节，《约翰福音》十九章二十五节到二十七节，《马太福音》二十七章四十八节，《约翰福音》十九章二十八节到二十九节，《马可福音》十五章四十五节到四十六节，《约翰福音》十九章三十八节到四十节，《路加福音》二十四章三十六节到四十节，《约翰福音》二十章十九节到二十节，《路加福音》二十三章四十六节到四十七节，《约翰福音》十九章三十四节
>
> 右边一列：信件原文

二〇〇四年八月三日

亲爱的西门：

　　几周以来，你一直在向我保证这次会面不会被推迟——即便出差也不会被推迟。现在我才意识到你这话是认真的。我可以告诉你我已经做好了准备，但我也许是在撒谎。一个多月以来你一直在偷偷跑出去——我知道这对你来说非常难——但你要理解，我也一样有负担。我一直在四处奔波，准备我的展览。改变眼下的一切，完成我们在卡西纳的会面对我来说会非常难。是的，我仍然想定下个主基调。但同

时我也觉得这样做会迫使我对东正教做出很高的个人姿态。在过去的两年中，我把我的生命投入了这个展览。现在你接替了我的工作，将它展现给更广大的观众——当然这非常棒——但也将给这个主基调赋予沉重的意味。这将是我正式交出我亲手带大的小宝贝的一刻，也将是我带着喜悦的心情挥别我生命的一刻。

因此，接下来，我将把你不在城内的时候我做了些什么都告诉你。我希望这能和你制定的会面日程相吻合。首先，我在阿列克斯那里认真地学习了福音的课程。我日夜学习《圣经》，学得非常辛苦。我还继续着对《四福音合参》的研究。这两项探索给了我非常丰厚的回报。振作起精神，因为我在这个过程中最后一幕用到的一个词可能会使你害怕。这个词便是"发现"。是的，我的发现会抹去我以为自己对都灵裹尸布所知道的一切。它摧毁了我们寄望的主基调中的最核心信息。它也许会让你邀请的客人大吃一惊，甚至让他们心生恐惧，因为这个发现证实都灵裹尸布有个相当黑暗的过去。碳同位素测试的结果抹杀了这块裹尸布在十四世纪之前的历史。但真相渐渐浮出水面之后，我觉得会有一小部分观众认为事实比裹尸布是块赝品的说法更难接受。对裹尸布的研究使我意识到我们一直在为彼此眼中的误读感到内疚。事实上，相同的误读却揭示了有关裹尸布的事实真相。

我的发现罗列在所附的证据里面。请认真地看上一看，因为我将在卡西纳和你的朋友们谈到这个发现。同时，请代我向已经成为你的紧密追随者的米切尔致以最良好的祝愿。

友谊长存
乌戈

重读这封信使我焦虑起来。信里的某些部分似乎有点不对劲。写下这封信的四天以后，乌戈给我发来一封气急败坏的电子邮件。写这封信的同一天，乌戈怒气冲冲地给西门留了言。这封信里的平静和热情只是个表象，是种幻觉。

为什么通过写信传递这样一种信息？为何要在信里公开谈论卡西纳别墅和东正教神父们举行的会议？这封信像是要引起外界对这次会议的关注。如果让博伊亚大主教关注到这次会议以及最后一刻加强安保措施并把会议地点改在冈多菲堡的人是乌戈的话，那他不是太不细心了，就是唯恐天下不乱。

乌戈说秘密就在这封信里，但信只有这一页。好好看看这封信，乌戈在语音留言里说。他在信里重复了同样的话。我感觉，如果好好看的话，也许真能发现出现在我眼前的证据呢。

我浏览了一遍读经纸左边一列的经文条目，不知有没有什么错过的内容。给乌戈上课期间我们一直使用着这种纸张，每当两卷经文用不同的方式讲到同一个故事时，乌戈就会把对应的章节记下来，对它们进行对比。如果经文的排列顺序里隐藏着什么秘密的话，那正文的作用就只是引开不相干人的注意力了。

我深究起左边的这一栏。第一个条目是《马可福音》十四章四十四节到四十六节，这一段描述了耶稣受审前的被捕过程。一群带着棍棒的人来了，犹大吻了吻耶稣，把他指认出来。《马太福音》和《路加福音》也有同样的记载。但在记录的下一条《约翰福音》的章节里，犹大并没有亲吻耶稣。在这段经文里，耶稣知道将要临到自己的一切事，就主动站出来。拿着棍棒的这群人问："拿撒勒的耶稣是谁？"耶稣说："我就是。"他们就退后倒在地上。

约翰在这里阐述了一个神学上的观点："自有"代表了上帝本身。在《旧约》里，摩西听到烧着的荆棘说："你要对以色列人这样说，'那自有的打发我到你们这里来。'"[1]这句话表明了上帝就是耶稣本人。乌戈另外还想表明一个观点：相对于《马可福音》，《约翰福音》更接近于神学的实质。《约翰福音》揭示了属灵的真理，但却不一定是事实。

接下来两节经文说明了相同的道理。在《马太福音》的二十七章

---

1 《出埃及记》三章十四节。

三十二节，耶稣被带到钉十字架的地方，被鞭子抽打以后，他已经虚弱得无法肩负起自己所背的十字架了。他的十字架便由过路的古利奈人西门背负。《路加福音》和《马可福音》认可了《马太福音》的描述，《马可福音》甚至记录下了西门两个儿子的名字，来表明叙述准确无误。但乌戈在这里又一次引用了《约翰福音》中更具有神学意义的对应经文。因为耶稣为我们所有人背负了重担——同时也因为他要为人类所犯的罪而死——《约翰福音》没办法创造出为他背负重担、代替他去死的人物形象。因此《约翰福音》中没有古利奈人西门这个人物形象。对此，《约翰福音》是这么说的："他们就把约翰带了去，约翰带着自己的十字架出来。"乌戈又一次表述了相同的观点：约翰为了揭示属灵的真理而改变了事实。

看着乌戈引用福音书的那一列，我注意到这个模式一次次地出现。另外，我还注意到这里的许多经文和乌戈节杖图上的经文是一致的。这些经文着眼于《旧约》上的两个意义深刻的标志物——好牧人和上帝的羔羊——约翰用这两个标志物来回答基督教教义中最难解答的问题：为什么全能的耶稣要为我们钉死在十字架上？这两个标志物似乎跟随耶稣走过了生命中的最后那段日子。《约翰福音》上说，耶稣进入耶路撒冷的时候，他像《旧约》上的好牧人一样骑了头驴。当耶稣被钉在十字架上的时候，《约翰福音》又说，兵丁们拿海绵蘸满了醋，绑在实际上根本撑不起海绵分量的牛膝草上给他喝。另外三卷福音都说海绵是绑在芦苇上，但《约翰福音》注重的是象征意义，而牛膝草是为擦拭逾越节涂在门柱上的羔羊血所种植的植物。《约翰福音》甚至改变了耶稣的死期，让上帝的羔羊耶稣死在了逾越节祭上帝的羔羊的同一天。

乌戈对好牧人和上帝的羔羊的痴迷非常明显，这两者一定非常重要。但我还是看不出这些经文能够作为某种发现的证据来。我不安地觉得，我离以前未曾明白的发现开始有点近了。

在第一天的审判中，乌戈的助理巴赫米尔说西门在受命监管展览的时候做了件奇怪的事情：拿走了一张展示《四福音合参》页面的冲印照片。审判时，他的这一控诉看起来非常荒谬。现在，他的控诉却看上去没那么荒谬了。我不禁在想，那一页《四福音合参》上的经文会不会正好是信上标注出的某一个章节呢，乌戈的所谓发现是不是只要看到那张冲印的照片就能明白了呢?

时间不等人，审判还有半个小时又要开庭了，必须迅速赶回法庭宫。

第三十四章

到那儿的时候米格纳托正在宫外的院子里闲逛。

"你怎么迟到了？"他问我。

"你为什么没进去？"我反问他。

"休庭了，"他生气地说，"好让法官们考虑新提交上去的证据。"

是博伊亚在搞鬼。

"是封信吧。"我问。

"还有监控录像和个人档案。"

"教士，我需要和您谈谈。"

这时，法警却打开了门。

"谈不成了，"米格纳托断然说，"我们必须进去。"

就座以后，法警把米切尔·布莱克带了进来。他坐在法庭正中的证人席上，喝了口已经喝了一半的水。之前的作证一定被新来的证据打断了。

我试图小声对米切尔说话，米格纳托捏了捏我的手臂，制止了我的尝试。我又看了眼乌戈那封信的影印件，突然冒出了一个新的想法。

博伊亚大主教把东正教神父比作耶稣钟爱的门徒，他一定也想到了《约翰福音》，或许也动过破译这封信的念头。

我在面前的拍纸上写了一行字——我要打电话给舅舅——然后把拍纸递给了米格纳托。

西门拿走照片冲印件那天，卢西奥也在博物馆。卢西奥或许知道他把它放在了哪儿。

米格纳托嘟哝了句类似于"太晚了"之类的话。我环顾了一下法庭，想知道卢西奥舅舅是否也在，但只在旁听席上看见了诺瓦克大主教。

我们站立起来，迎候三位法官和监督宣誓的公证人的到来。米切尔殷勤地看着他们，似乎他们才是舞台的主角一样。

"请向法庭介绍你自己。"首席法官说。

"米切尔·布莱克神父，教廷驻土耳其外交办事处的随员。"

法庭对他表示了敬意。"神父，谢谢你同意从土耳其到这里来作证，"首席法官说，"法庭认可你做出的努力。"

米切尔点了点头，脸上维持着教廷国务院神父惯有的温暖。他举止泰然，充满了贵族气息，一定会是个具有说服力的证人。

"神父，"法官问，"你认识死者诺格拉博士吗？"

"认识。"

"诺格拉博士被杀前你们之间有私底下的来往吗？"

米切尔点点头说："诺格拉开车十来个小时从埃德萨来过安卡拉几次，他是来看安德鲁神父的，有两次安德鲁神父正好出去旅行了，于是我便结识了诺格拉博士。"

提供这段证词的时候，米格纳托回头看了看诺瓦克，想知道诺瓦克对提及西门的旅行会不会进行反对。迄今为止，诺瓦克大主教还没有任何反应。

"诺格拉和安德鲁神父关系好吗？"

米切尔露出苦相。"法官，这事说起来很复杂。"

"你说说看。"

"老实跟你们说，诺格拉这家伙非常讨厌，他一直在缠着安德鲁神父。自从西门把他从……"

"安德鲁神父。"法官纠正了他的用词。

"自从安德鲁神父把他从酗酒的泥潭里解救出来以后，诺格拉就一直依赖着他。"

"你对安德鲁神父的评价似乎相当正面。"

"我不会这么讲。正面谈不上，负面也不好说。他是那种比较特殊的神父。当人们对他可以做的事情有所期待时，他会鼓励对方的这种期待。在我看来，这种鼓励无异于火上浇油。"

法官们感到了米切尔的言不由衷。米切尔显然在绕开一些事情，不把这些事情在法庭上表述。米格纳托写了张纸条，递给法官中的一位。接到纸条以后，法官马上把他念了出来。

"安德鲁神父对他又有何期待呢？"

回答这个问题之前，米切尔把头偏转了一点，看了眼旁听席上的诺瓦克大主教。

"安德鲁神父为一个……"他开始进行作证。

诺瓦克大主教举起手。"这个话题免谈。"

米切尔不说话了。

法官们的表情像是受到了挫败似的。沉默了一会儿以后，一个法官问："诺格拉博士是否对你说过，安德鲁神父对他进行施压，不让他谈论某项发现？"

"说过。"

"那是什么时候的事情？"

"其实说过两次，一次是在他被杀前一天。"

我看了眼米格纳托。我不知道乌戈那天打电话给米切尔。但米格纳托却看似一点都不吃惊。他和三个法官中的一位不时做着些眼神间的交流。

"你能描述那是个什么样的发现吗？"法官问。

"描述不出来。像你刚才说的那样，诺格拉觉得自己有了一个非常大的发现。安德鲁神父叫他别把这个发现泄露出去。我问诺格拉到底是什么发现，他却说要和安德鲁神父讨论过之后才能告诉我。"

法官探头问："能否这样理解，诺格拉博士被杀前一天本想就这个两人间存在分歧的问题和西门·安德鲁神父进行交流？"

米切尔似乎有点不太耐烦。"他是这么说的。"

首席法官在之后的沉默中举起了手里的一个文件夹。从上面的标记看，这是份教廷国务院的个人档案。这份档案想必就是博伊亚大主教刚提交的证据。

"布莱克神父，"法官说，"你能不能告诉法庭你脸上的伤是怎么来的？"

米切尔撅起嘴唇。"不行。"

"为什么不行?"

"我发过誓,不能对这件事进行谈论。"

诺瓦克大主教似乎对这个话题非常感兴趣,双眼热切地盯着米切尔。

"能告诉法庭这伤是在哪里受的吗?"

"不行。"

"是在机场吗?"

"不知道。"

"在布加勒斯特吗?"

法官从私人档案中取出张照片,然后把照片举了起来。这是我在乌戈保险柜里发现的照片副本,我的皮夹子里现在有张完全一样的照片。

"布莱克神父,照片上的人是你吗?"

米切尔吹了声口哨。

法官放下这张照片,拿起一张我之前没见过的照片。照片上显示着米切尔被打的行李提取处。

"你去那儿干什么?"法官问。

米格纳托这才露出了关注的表情。这份文件的出现成了审判的"X"因素,谁都不知它会把审判引向何方。

"既然知道答案,"米切尔咆哮道,"还把我叫来干嘛?"

"调查报告说还有一位教廷国务院的神父也去了布加勒斯特,"法官问,"那位神父是谁?"

米切尔脖子上的肌肉扭曲起来,开始用右手摩挲着桌角。法庭已经受够了沉默,法官们开始作弄起他来了。

法官说:"你是和安德鲁神父一起去的,对吗?"

"是的,是和他一起去的。"

庭审稍稍停顿了一会儿。米切尔发脾气了,他违背了自己的誓言。

"布莱克神父,被告在罗马尼亚做了些什么?"

诺瓦克大主教再次举起手说:"这个话题免谈。"

米切尔没理会他。"我告诉你们他都做了些什么。他和我一样是执行命令去那儿的。"

诺瓦克站了起来。他没看米切尔,而是对着三位法官说:"你们可以问布莱克身上的伤,但是不能问安德鲁神父的旅行,谢谢你们。"

"是的,阁下。"首席法官说。接着,他像害怕再也不会有机会似的抛出了有关布莱克身上的伤的问题。

"布莱克神父,你被谁袭击了?"

米切尔浑身一紧,并利用这个机会整理了下思路。"无可奉告。"他说。

法官从文件里拿出一张照片。"这是机场的监控探头拍摄下来的。"他说。

我和米格纳托同时伸长了脖子,想知道照片拍下了些什么。照片上,一个穿着黑色长袍的身影居高临下地站在地上躺着的米切尔前,冷冷地看着他。照片很模糊。米切尔尖利地看了诺瓦克一眼。

米格纳托一直看着那张照片,我听见他轻声说:"我的老天啊!"

"照片上的人是谁?"我轻声问。

"布莱克神父,告诉我们发生了什么。"法官像是害怕诺瓦克大主教马上会开口似的匆匆说。

又看了一次照片,我仍然分辨不出照片上的那张脸。然而我的肚子不知为何收紧起来。站在米切尔面前的身影像个拳击台上的拳击手。

"我已经告诉过你们了,"米切尔说,"他有他的任务,我有我的任务。"

我感到惶恐,呼吸越来越沉重。

法官再次拿起米切尔的脸部照片。"你是说有人指使被告这么做的,是这个意思吗?"

"安德鲁受命去布加勒斯特和那儿的主教见面。博伊亚大主教想知道他去了哪儿,于是派我进行跟踪。西门神父看见了我,和我发生了肢体冲突。"

"他差点杀了你!"

"不,我们只是吵了一架。我先给了他一拳,他还手了,狠狠地打了我。他去布加勒斯特只是因为有人要他去那儿。"

首席法官斜着眼看了看他。"你是在帮他说话吗？"

米切尔狠狠地捶了下桌子。"才不会呢！这个伤把我害惨了，使我直到现在都不能回去上班。我怎么还可能帮他说话呢。"

"那你是什么意思？"

"我是说你们——"他指着法官席上三位穿着丝绸和貂皮斗篷的法官说，"你们没弄明白。在你们看来，事情不是对的就是错的，但眼下的这件事却完全不一样。在这件事里，你们必须要为所要相信的一切进行抗争，进行抗争。"

"你到底想表达……"

这时米切尔突然用迷乱的双眼看着我。"阿列克斯，很抱歉在机场的事情上对你撒了谎。但你必须知道，西门错了，这件事他完全做错了。"

我完全不明白他是什么意思。一切看起来都那么遥远，看都看不清楚。我的视线聚焦在米切尔脸上尚未痊愈的伤口上。西门不可能造成这么重的伤害，完全不可能。

法官叫停了米切尔的陈述，他们告诉他作证已经结束了。我木然看着他离开了法庭。接着我听见首席法官在叫下一个证人，最让我担心的那个证人。

"警官，把你们的长官带上来。"

一个穿着深蓝色风衣、戴着格子领带的身影走入法庭。从远处看，他满是皱纹的脸上突出着一只鹰钩鼻，其他什么都看不真切。到了近处，他的那双黑色的小眼睛却格外分明。这就是洞悉梵蒂冈的一切、熟悉每一张看着教宗的脸的那个人。他在梵蒂冈服务了五十来年，在警察局服务了四十来年。圣彼得广场约翰·保罗二世遭两次枪击几乎送命的那天，他徒步追踪开枪者，最后把枪手捉拿归案。现在，他在我眼前吐词不清地轻声宣读着誓词。知道他脾性的法官们不以为意。梵蒂冈报纸说他从来没接受过采访，五十多年以来一次都没有。

"局长，"首席法官说，"你能向法庭介绍你自己吗？"

他依次看了看三位法官，接着用深沉的声音说："我是梵蒂冈警察局局长欧亨尼奥·法尔科内。"

说完话，他把手伸进胸侧口袋，从里面拿出一张做记录的纸。

米格纳托见状，马上采取了行动。他一边举起手，一边在拍纸上匆匆写了行字。我在他把拍纸交给法官前刚好看到他写了些什么。

教廷法典第一千五百六十六条：证人只能口述证词，禁止阅读任何书面材料。

法官没有理会米格纳托，法庭继续听取法尔科内的陈述。

"死者是被六点三五毫米直径的子弹近距离射杀的，子弹击中了他的右侧太阳穴。死者登记了一盒该型号的子弹。我们有理由相信，被杀前子弹就存放在车上的枪盒里。"

法尔科内的陈述让法官们瞠目结舌，却补上了我的调查的一处盲点：乌戈的车的司机座下被拿走的东西就是那个枪盒。

"死者的车窗被人打碎了，"法尔科内继续说，"枪盒不在车里。我们认为，被告人闯进了死者的车，为进行谋杀取走了死者的枪。"

首席法官提出了自己的第一个问题。"我们从科尔维法医那里听说，警察希望找到一支特殊类型的手枪。你们的预测是正确的吗？"

法尔科内把手中的纸放在一边。"我们仍然在寻找枪和枪盒。"回答法官的问题时他几乎没张开口。

"法医说尸体身旁没有发现钱包和手表，这两样东西警察在冈多菲堡找到了吗？"

"没有。"

"这难道没有让你觉得是起抢劫案吗？"

"我觉得有人人为造成了抢劫的假象。"

"为什么这样说？"

"死者的车被人闯入，但车上的工具箱却没被翻动过。"

米格纳托又写了张纸条，把纸条递给年轻法官。

"局长，"年轻法官插话说，"你能告诉我们，警察搜寻枪、枪盒、钱夹和手表一共搜寻了多久吗？"

"六天。"

"你投入了多少人手？"

法尔科内的口气里多了层防备。"十二个班次，每班三个人。"

梵蒂冈几乎三分之一的警力。

"有外人帮忙吗？"

"宪兵自然也参与了。"

意大利警方。

"这些东西可能会在哪儿？"

法尔科内怒视着法官。据说他可以把一个成人像张纸片似的从教宗身边扔出去。法尔科内没有回答法官的这个问题。

"这里有一段警方报告的节选，"年轻法官说，"你手下一位叫布雷科的探员在冈多菲堡对安德鲁神父进行了质询。有这么回事吗？"

"有这么回事。"

"质询时两个人离得有多远？"

法尔科内的面容阴沉沉的，他觉得这个问题非常不可理喻。

"有跨过这张桌子一条手臂的距离吗？"法官比划着问。

"差不多。"

"这就是说，布雷科对安德鲁神父看得很清楚是吗？"

"是的。"

"你告诉我们，凶手丢弃了所有不利于他的证据。既然找了这么久都没找到这些证据，你们考虑过凶手转移证据的可能性吗？"

"这是我们在此问题上的考虑基准。"

"在布雷科警员离安德鲁神父只有一只手臂远的情况下，安德鲁神父又怎能转移走证据呢？"

法尔科内的表情尴尬起来。他从兜里掏出块手帕，擦了擦鼻子下面。"安德鲁已经把它们藏起来了。"

法官举起照片。"这是你手下的人在冈多菲堡拍的，是吗？"

"是的。"

"照片上显示的是诺格拉博士被杀当晚的安德鲁神父。你看见他穿的是啥吗？"

"长袍。"法尔科内说。

法官点点头问:"局长,你知道神父在长袍里面会穿些啥吗?"

法尔科内清了清嗓子。"会穿条裤子。"

"是的。因为还要穿裤子,所以长袍上面有口袋,只是在和裤子贴近的地方剪了几处切口。知道我为什么要提这个吗?"

法尔科内冷酷地看着前方。"我不知道。"

"虽然听上去似乎不太得体,"法官说,"但一些神父在长袍里面没有穿裤子。夏天时,棉质长袍里套条裤子让人非常难受。"

法官举起另一张照片。照片上西门蹲在乌戈的尸体旁,长袍的下沿掀起来了,露出长袍里面穿着的黑色长袜。西门没有在长袍里穿裤子。

"局长,"法官问,"你明白我的意思了吗?"

我感觉如释重负。西门身上没有任何地方可以藏东西。这就是为什么西门从盖在尸体上的长袍里拿出自己的手机和护照以后,只能把这两样东西拿在手里的缘故。他没地方可以放这两样东西。

法尔科内仍旧怒视着法官。但这一次法官却没有服软。警长必须回答法官提出的问题。

"这个问题不用考虑。"法尔科内沉吟了半晌说。

"为什么不用考虑?"

法尔科内朝门口的警察挥了挥手,这位警察走进法庭,然后推着辆放着电视的车回来了。"因为监控录像上的画面。"法尔科内说。

米格纳托站了起来。"反对,辩方还没有看过证据,监控录像是一小时前才向法庭提交的。"

首席法官点头表示同意。"暂缓出示,"他说,"法庭将休庭……"

话说到一半,他突然瞠目结舌地看着我的身后。

我转过身,诺瓦克大主教在第一排旁听席站了起来。他用缓慢而低沉的声音说:"放一下监控录像吧。"

"阁下,"米格纳托谦恭地说,"请让我们先在庭下商议了以后再说。"

诺瓦克却不依不饶地说:"这很重要,给我马上就放。"

警官把光碟放进播放机。刹那时,法庭里没一个人出声,只有光碟挠心的转动声。很快录像就开始放映了。

录像很模糊，没有任何东西在移动，但我马上就认出了录像的背景。

"这是死者车旁的摄像探头拍摄的画面，"法尔科内说，"离发现尸体的地方不到一百英尺。"

播放了不一会儿，一辆车从路上开过。一棵树的树枝有规律地摇摆着。乌云在远处开始聚拢起来。马上就要下雨了。我的心里突然涌起了一阵不祥的预感。

屏幕上突然出现了一个影子。法尔科内摁下遥控器的一个按键。图像停顿下来。

是活着的乌戈。他从左向右在离门不远处走过屏幕。看到他我突然泛起一阵感伤。乌戈看上去是如此孤独。

"诺格拉从别墅向南回车里。"法尔科内说。他指了指屏幕右侧底端的时间显示。"请注意这里。"

十六点四十八分。差十二分钟到下午五点。

我试图让自己平静下来。乌戈似乎计划好开车离开冈多菲堡一样，从西门和东正教神父那里离开。这是他和西门最后一次用手机通话后不久的事情。

法尔科内结束暂停，乌戈在探头下继续朝右走。如果播放用的是正常速度的话，那乌戈一定走得很快。当乌戈离开探头的视野时，法尔科内又指了指屏幕下方的时间显示。还是差十二分钟五点。

法尔科内开始快进。树枝狂野地舞动，带动起一片片树叶。

"看这里。"结束快进时法尔科内说。

画面中出现了另一个人影。这人的骨架比诺格拉大很多，在渐弱的阳光下，这人只是一个剪影。但法庭上的所有人都能认出他来。

"差十分下午五点。"法尔科内说。

西门在追诺格拉。没几秒钟，他就从屏幕上消失了。

两分钟。

乌戈和西门在录像里出现的间隔时间只有短短的两分钟。

法尔科内又拿起证人台上的那张纸。"下面这段内容来自质询报告。

布雷科：神父，发现诺格拉博士的时候，他是个什么情况？安德鲁：他已经不动了。布雷科：他是被枪击的吗？安德鲁：是的。布雷科：你来之前看到或听到了什么吗？安德鲁：没有，什么都没有。"

法尔科内抬头看着法官席上的法官们，向他们指了指屏幕，一句话都没有说。

西门对警察撒了谎。

法官们又放映了一遍监控录像，接着又放映了第三遍。米格纳托坚持多放几遍，他希望能听见录像里的声音。他坚持不用快进，想看看西门出现之前和之后的情形。也许他觉得这能缓和法官们的震惊，用重复播放的方式让他们麻痹起来。但法官们知道辩方的用意：米格纳托只是为了争取想出更佳办法的时间。在米格纳托身上，我看到了自己：一个急于抓到救命稻草的人。

每次播放都会放出一些新的情况来，有些情况对西门更为不利。放出声音以后，录像里出现了枪响声。西门肯定听见了枪响。这点毫无疑问。博伊亚大主教把这盘录像看作自己的王牌。

"法官们，"米格纳托精神恍惚地问，"能再看一遍录像吗？"

首席法官说："不行，已经够多了。"

"先生……"

"不行就是不行。"

让法官们惊讶的是，米格纳托竟然直接向法尔科内甩出了问题，"局长，你认为安德鲁神父经过那里以后发生了什么？"

年老的法官嚷了起来："教士，快给我回到你的座位上去！"

首席法官却挥手劝阻了他。

米格纳托又问："你是在暗示安德鲁神父跟着诺格拉一起到诺格拉的车那边去，然后打碎车玻璃，拿出车里的枪杀了他是吗？"

法尔科内不动声色地坐在证人席上。他不能回答来自律师的问题。

"局长，"首席法官说，"你可以回答他的问题。"

法尔科内清了清嗓子。"安德鲁神父知道诺格拉拥有武器，也知道武器放在哪儿。我们有理由认为……"

米格纳托挥着手插话说。"不，这只是一种假设。你假设安德鲁神父知道诺格拉持有枪的事情。局长，这事非常重要，这关系到一个神父的前途。如果安德鲁神父不知道诺格拉持有枪的话，他就不可能在司机座下面看到一个枪盒，不会打碎车窗去拿自己不知道存不存在的东西。因此，我们必须明确一点，你只是在向法官们做出你的假设。"

法尔科内的声调没有半点改变。"我不是在做什么假设。有个瑞士卫兵承认向诺格拉提供过有关手枪型号和枪盒类型的建议。这个建议是通过安德鲁神父转达的。"

我似乎被钉在椅子上似的浑身无法动弹。我知道提供武器建议的瑞士卫兵是谁。

米格纳托仍然困兽犹斗。"但关键在——关键在事情的先后次序上：按照你的说法，安德鲁神父先打破车窗，再拿走枪，最后射杀了诺格拉神父。是这样吗？"

"是的。"

米格纳托颤抖着手说："先生们，我坚持再放一遍录像。这次你们用耳朵听，而不要用眼睛看。"

录像结束前传来一声沉闷的声音。和枪响声不同，这像是声金属的破裂声。我判断不出到底是什么声音。或许是远处公路上汽车的刹车声，又或许是什么东西撞上别墅网眼铁篱笆的声音。紧闭双眼，我觉得这更像是玻璃的碎裂声。

我马上明白了米格纳托的用意。如果这是车窗破碎声的话，那法尔科内认定的先后顺序就不成立了。从声音判断，车窗破碎应该在枪响之后。

米格纳托让法尔科内停止播放。法庭里充斥着不安的宁静。

年纪大点的法官问："教士，这代表着什么意思？"

一双双眼睛都对准了米格纳托。

"我说不准。"米格纳托说。

"这可能是任何东西的声音。"法官说。

"其中就包含着可能证明安德鲁神父无辜的证据。"米格纳托意气用事地说。

法尔科内轻蔑地说:"证据已经很清楚了。"

但他的立场很快就被人否定了。

"不,"诺瓦克大主教轻声说,"这可不见得。"

米格纳托看了看表说:"先生们,我请求暂时休庭。"

"为什么?"首席法官问。

"时间已经非常晚了。另外,展览马上就要开始,我们的下一个证人也许无法出庭作证了。"

这里存在一个我不了解但法官们却都明白的逻辑。他们点点头,同意了米格纳托的请求。

"休庭十五分钟。"首席法官宣布。

米格纳托从桌子后面站了起来,开始朝门口走去,我把手放在他的胳膊上不让他走。"我们好好谈谈乌戈的那封信。"我急促地对他说。

他脸色苍白,胳膊在微微颤抖。

"现在不行,"他说,"所有的事情都必须延后处理。"

我跟在米格纳托身后走进过道,在过道里看见了卢西奥舅舅。卢西奥舅舅没有问庭审的情况,而是带着米格纳托走开了。

"舅舅,"我感觉到机会来了,"我想知道西门从展览现场拿走的照片冲印件被派上了什么用场。他拿走照片冲印件的时候,你……"

卢西奥舅舅打断我的话说:"亚历山大,我不知道那个。现在,请离我们远点。"

他把米格纳托带进了一间空的办公室。关门前我听见米格纳托在向舅舅请求:"阁下,我扔给他们一些东西让他们去想。请再给我一天,你最好重新考虑考虑。"

我转身就跑。还有十五分钟,我必须找到列奥。

到达兵营以后,我打电话让列奥出来。他穿着牛仔裤和苏黎世草蜢俱乐部的球衣,手里拿牌从院子里走了出来。

我控制住火气轻声说："为什么不告诉我西门为了帮诺格拉买枪找你咨询的事情？"

他用双手抱住头。

"给你十分钟，把所有的事情都一五一十地告诉我。"我对他说。

"阿列克斯，不是我，他找的是罗杰。你应该知道，我是不会……"

我提高了声调说："只有十分钟！把枪的事告诉我！"

他揉了揉自己的额头说："跟我来。"

我们走到院子里的阴凉地。几个和他一起打牌的瑞士卫兵坐在一张野餐桌旁。一些瑞士卫兵穿着挂有多种颜色绶带的迷彩服。

列奥对其中一个说："罗杰，借用你点时间。"

列奥叫的是一个头像烟管一般的壮汉。他的一双大手完全遮盖住了手里的那手牌。

"我很忙。"他说。

我朝前走了一步："罗杰，我是安德鲁神父。"

罗杰转过身。他的那手牌很快被反扣在了桌面上。他站起身。对神父的尊敬深植在他们每个人心中。"有什么能帮你的吗？"

他操着一口带着德语口音的意大利语。

"他要看看你车里的自备旅行箱。"列奥说。

桌旁的人都抬起了头。

罗杰不喜欢这个请求，探询地看着列奥。

"罗杰，照我说的做。"

巨人嘟哝了两句，把肩带挎在了肩膀上。

我们跟着他走向梵蒂冈银行旁瑞士卫兵晚上需要去罗马时临时停车的空地。罗杰的车是辆为个头小的人设计的银色福特护卫者。他跪在鹅卵石马路上，把手放进司机座一侧的搁脚处。先是咔哒一声，然后是丝绸碎裂的声音。罗杰站起身，不发一语地把放在司机座搁脚处的旅行箱递给列奥。

这是个黑色的蛤壳状橡皮盒子，四周是弧形的，只能紧挨着放上三副牌。列奥把箱子递给我，我的第一感觉是这个箱子非常重。橡皮盒下面是个金属的框架。盒子里放着个非常沉的东西。

"西门来找我,"列奥犹豫地说,"他说诺格拉在土耳其受到威胁,所以在黑市上买了把枪。"

"你怎么没跟我提过这事呢?"

"听我说,这毕竟是把枪。西门让我处理掉这把枪,于是我告诉诺格拉他需要的应该是辆小汽车。我告诉他,如果操作不当的话,这把贝雷塔会误伤自己的。但是后来,我们还是登记了这把枪。我向你发誓,我们用大量的时间练习了使用的每一步,并试图尽可能让他远离这把枪。后来,西门让我想个安全携带这把枪的方法,最好弄个诺格拉醉酒时很难打开的盒子。这是他的原话。于是我让西门去找罗杰。"

他把蛤壳状盒子还给罗杰。"罗杰,给他演示一下盒子的操作方法。"

"列奥……"在家园宾馆,他坐在我身边听我倾诉乌戈的死,却一直没提这把枪的事情。对于列奥,我真是无话可说了!即便西门让他保密,他也不该把这件事瞒着我啊!

他乞求似的看着我,乞求我在他的同事面前帮他保存脸面。

罗杰指着嵌在小盒子前面带有号码的圆柱体勉强地说:"号码锁。"

接着他把小盒子翻了个身,指着盒子背后横贯的一根钢管说:"这是连在链子上的钢管。"

"什么链子?"

他指着司机座下面的搁脚处。我看见破了的司机座皮垫下面有个把座位固定在车上的金属架。金属架上套了根比自行车链条还细的黑色链条。黑色的链条上挂着把打开的锁。

"这根链条负责把盒子固定在司机座上。"列奥说。

罗杰向我演示了把盒子重新锁回链条的过程。

"钥匙能打开链条,"列奥说,"但要打开盒子必须知道密码锁的密码。如果不是经常开箱的话,密码很容易忘。喝点酒以后密码就更难记住了。"

我看着盒子的大小。"你确定六点三五毫米口径的贝雷塔枪能放进这个盒子吗?"

罗杰哼了一声。

"我们执勤的九毫米口径枪摆放的盒子，"列奥说，"恰好和西门给诺格拉买的盒子一般大"

我低下声音。"如果叫一个不知道密码的人打开这个盒子，他该怎样去开呢？"

罗杰笑了。"神父，撬开就行。"

我试图用手指把盒子撬开，这么做自然没用。接着我从长袍里拿出家园宾馆的钥匙，把钥匙金属挂牌的边缘强塞进蛤壳状小盒子的缝隙里。大小正好合适，但盒子并没有被打开。我把挂牌往下一压，挂牌的边缘开始弯曲。如果再用力的话，挂牌就会断裂出一块形似乌戈司机座下发现的金属片。

"不用密码锁是打不开的。"罗杰说。

这是乌戈之死的另一个奇怪之处。乌戈是被一把——从车地板上断裂的金属片可以看出——没能成功地从枪盒里取出的手枪打死的。

列奥向罗杰做了个手势，表明不再需要他帮忙了。大汉锁上车，移动着缓慢的步伐离开了我们。

"我很抱歉，"列奥小声说，"我告诉自己，杀死乌戈的不该是那把枪。阿列克斯，我想让你明白，这种枪几乎是杀伤力最小的一种，所以我才推荐了它。没有密码的话，外人只有使用撬棒才能打开罗杰的这种枪盒。没人能在不借助密码锁的情况下打开那个枪盒。至今我依然坚持这一点。"

他的声音不像是在陈述事实，更像是跟神父做告解。

"我和西门觉得这是把能救命的枪，"他说，"所以没对他做任何阻拦。"

我可没有听他告解的心情。"西门知道密码吗？"我问他。

"我不知道，"他犹豫了一会儿，然后又跟我道了次歉，"阿列克斯，我真的很抱歉。"

时间快到了，还有三分钟就要重新开庭。

"你应该早点告诉我的，"我对他说，"但乌戈的遭遇绝不是你的错。"

我在法警关门的时候及时走进法庭。坐在辩护台前的米格纳托还没有打开他的公文包。我们俩中间没有拍纸，也没有笔。他茫然地看着墙上的约翰·保罗二世画像。

证人席上没有站人。搬动电视机的小车不见了。法尔科内警长想必是执行什么任务去了，展览的安保工作一定非常严密。我问米格纳托今天的庭审是否就这样结束了，他看着约翰·保罗二世的画像对我说："这个很快就能知道。"

门开了，诺瓦克大主教走了进来。我一度以为他会是最后一个证人，但他还是坐在了旁听席之前坐的座位上。

我不知道诺瓦克大主教为什么会在这里。为什么在西门被软禁在约翰·保罗二世那里时，他还要字斟句酌着不会比他了解情况更多的证人的证词。西门必定还是拒绝开口。约翰·保罗二世只要说句话，就能终止这场审判——甚至可以在开始前就阻止——但在东正教神父还有两个小时就要参观展览、就要看到乌戈发现的情况下，教宗需要找到答案。如果两个小时决定着西门命运的话，那最后一位证人就是我们的最后一根救命稻草。

我从长袍里拿出乌戈的信，再次看了一遍福音经文的模式，猜测是什么促成了他的发现。仅仅在三周之前，他还在追踪爱猜疑的多马把裹尸布带出耶路撒冷的可能性呢！究竟是什么使他发生了这么大的改变呢？

可我无法把视线定格在这封信上。我更关心乌戈生命的最后十五分钟。我深知西门并不只是隐藏了乌戈的发现，西门隐瞒枪响一定另有什么原因。

法警打开法庭的门。米格纳托转身去看，表情中暗含着一种期待。这种不安使我转过了身。

法官们各就各位。我听见一个法官在我背后说："下一个证人就要进来了。"

法警立得笔直，他大声向庭内喊道："延请卢西奥·西弗里大主教。"

我目视着舅舅走进法庭。

第三十五章

三个法官都表示尊敬地站起了身。所有的法警面向卢西奥舅舅鞠了个躬。公证人和书记员也站了起来。米格纳托站起身，示意我也要站起来。连诺瓦克大主教都站起身来。

卢西奥舅舅没有穿普通神父的一袭黑衣，而是换上了枢机主教的长袍。卢西奥舅舅头戴的帽子和长袍上的纽扣、衣边、缎带都是连大主教都无法染指的深红色。他在长袍外面穿着件重要场合才穿的深红色披肩，胸前戴着个巴洛克式的十字架。他右手的无名指上戴着教宗送给诸位枢机主教、代表神权力量的大金戒指。包括诺瓦克大主教在内的在场者都不具备如此的权威。

门口鞠躬的法警要把舅舅搀扶到证人席，但被舅舅拒绝了。他还拒绝了往常一直搀扶着教宗的诺瓦克大主教伸出的双手。他怒视了诺瓦克大主教一眼，表现出一种可怕的威严。卢西奥舅舅的所有身体疾病突然都不见了。他高昂着下巴，目光直视地走进法庭。我瞬间停止了呼吸，他那高大而憔悴的样子简直和西门一模一样。

卢西奥坐进椅子，但法庭上的其他所有人却还保持着站立。

"你们可以开始了。"卢西奥舅舅说。

首席法官说："阁下，根据法律，您可以在自己选择的任何地方作证。如果想在别的什么地方作证，请您尽管告诉我们。"

舅舅挥了挥手。"现在就可以开始了。"他说。

法官清了清嗓子。"阁下，您可以拒绝回答法官的问题。如果担心证词会损害您和您的家庭，您有权拒绝回答法官的问题。"

"我没有这种担心。"卢西奥舅舅说。

"那么我们要您做出两份誓言，一份真实性誓言和一份保密性誓言。"

"我可以做出真实性誓言，但拒绝做第二份誓言。"

我看了看米格纳托，想知道卢西奥舅舅葫芦里卖的是什么药。然而，米格纳托却在全神贯注地看着舅舅。

"根据法律的要求，我们会倾听你的证词，"首席法官的声音里隐含着一种关切，"阁下，因为您是自己要求作证的，您能告诉法庭您要讨论的是哪个主题吗？"

"如果没弄错的话，"卢西奥问，"证人是不是被禁止谈论我外甥今年夏天的旅行？"

"是的，阁下。"

"我要说的正是这个主题。"

我紧张起来。法官们面面相觑，不知该如何是好。

"阁下……"首席法官说。

"当我外甥把前途放在危险之地，为了把他变为一个罪犯的教宗而拒绝为自己辩护的时候，"卢西奥舅舅说，"我想表明，对我外甥的监禁在我看来是一种忘恩负义。"

我愣住了。米格纳托看着辩护台，不敢直视卢西奥舅舅。这是自杀式的行为。卢西奥舅舅来这儿是为了向教宗宣战。

诺瓦克大主教用轻微但坚定的声音说："阁下，请注意您的言辞。"

卢西奥用一种令人瞠目结舌的侮辱方式回应了诺瓦克大主教的非议：舅舅背对着诺瓦克大主教，回答他的质疑。

"你打算全盘否认吗？"卢西奥舅舅问他。

"阁下，"诺瓦克大主教回答说，"如果您外甥肯说出真相的话，我们就不会在这儿了。"

卢西奥舅舅这才转过身。舅舅在证人席上，诺瓦克大主教在旁听席的第一排，两人面对面地坐着。卢西奥舅舅穿着象征教廷最高权力的深红色长袍笔直地端坐着，对诺瓦克大主教形成了泰山压顶之势。

"你们让他担任教廷使节，"舅舅说，"又私下里让他当上了主教。这就是你们对待他的方式吗？就这样将他弃之不顾吗？"

我的喉咙噎得说不出话来。主教，私下里，我哥哥。西门现在是主教了吗？

"我外甥凭一己之力做到了整个教廷国务院都做不到的事情，"卢西奥舅舅说，"你们为这就要惩罚他吗？"

诺瓦克的声音一直没变，一直没有提高半分。他和世界上的所有枢机主教打过交道，这样的大风大浪早就见惯了。他的回答只有五个字："您外甥杀害了诺格拉吗？"

"没有。"卢西奥舅舅说。

"您确定吗？"

舅舅举起手，伸出手指指向诺瓦克大主教，声音突然变紧了。我这才意识到事情没我想的那么确定。

"如果他杀了诺格拉，"舅舅激动地说，"那也是为你们杀的。"

米格纳托在我身后惊呼了一声。

诺瓦克大主教如同倾听告解时的神父一样镇定自若。"是为了隐藏诺格拉的发现吗？"

卢西奥舅舅情难自抑，一时竟找不到合适的言语回应他。

"请告诉我有关裹尸布的事情。"诺瓦克说。

卢西奥摇了摇头。"除非你们把我外甥放了，撤销对他的一切指控。"

"阁下，您知道这是不可能的，教宗需要知道真相。"

"什么真相？"卢西奥舅舅举起双手咆哮道，"你们让车班的司机保密，禁止法庭对相关的问题进行作证，刻意隐瞒一些证据，这是寻找真相的态度吗？"

诺瓦克大主教平静地说："不采取这些措施，今晚的展览就进行不下去了。你很清楚我们所处的形势。"

"因为你们请来了那些东正教神父！"

诺瓦克大主教的脸上第一次出现了焦虑的神色。"这是教宗最后的愿望，这个愿望是要放在第一位的。"

卢西奥舅舅的声音低了一些，但还是同样怒气冲冲，我以前从未听他说过如此具有威胁性的话语。"如果西门杀了那个人——如果的确是他杀的——那也是出于你们要他保密的缘故。你们让所有知道诺格拉展览秘密的人噤声。现在，当西门做了他看见你们做的事情，做了你们让他觉得这是你们愿望的事情之后，你们便好像忘了自己在其中扮演的角色一样。是可忍孰不可忍！"

卢西奥舅舅平静下自己，看上去比方才更为强大了。他可以为西门做任何事情，甚至毁掉自己的事业也在所不惜。我对这样的舅舅非常地崇敬，非常地感谢。

"现在我给你们一个选择，"卢西奥舅舅对诺瓦克大主教说，"如果你们放了我外甥，撤销一切指控的话，我可以私下里把你们想知道的告诉你们。如果你们继续把他当作一个罪犯的话，我将向你们宣战，我会把你们不想让外人知道的秘密放在所有罗马报纸的第一页。今晚，我会找到来访的东正教神父们，告诉他们所有的一切。我会像你们惩罚他一样对你们加以惩罚。"

法庭这时的静默不同于以往的任何一次。法庭的任何一个人不曾记得有人这么对教宗或他的代表讲话。只有我目睹过一回。约翰·保罗二世出访希腊时希腊的东正教徒对他就是这么不客气的。那一次，教宗平静地接受了东正教徒宣泄的怒气，把他们的怒气看作自己应该肩负的重担。我想看看诺瓦克大主教会怎么说，暗地里祈祷他会有教宗的那份担当。

诺瓦克大主教站了起来。他伸出右臂，把手挥了挥，声音没有任何变化。但我从他那忧郁的黑色眼睛里看见了一种新的东西，一种我捉摸不透的东西。

"我以教宗的名义结束庭审作证，"诺瓦克大主教说，"我宣布，对安德鲁神父的审判不再进行，这件事将由教宗本人亲自裁决。"

他对法官席上的法官鞠了个躬。"感谢你们付出的努力，本法庭现在正式解散。"

第三十六章

法庭的气氛一下子收紧了，四周刹那间归入了沉静。法官们站立起来，他们集中在一起，然后鬼魅般地离开了法庭。公证人站起身，随后很快又坐了回去，在键盘上打了几个字，似乎在等待着下一步的命令。检察官难以置信地看了米格纳托一眼，然后收拾包离开了。最终，法警依据教宗的命令，让所有人离开。

米格纳托无精打采地趴在辩护桌上，卢西奥舅舅却无视一切地坐得笔直——法警、公证人、诺瓦克大主教的命令都不在他眼里。他看着法官席上的十字架，在胸前画了个十字，轻声说："感谢上主。"

身后传来熟悉的声音。

"阁下，车在等您。"

唐·迭戈从我前面走过。

"舅舅，"我赶在卢西奥舅舅离开前问他，"西门会怎么样？展览会怎么样？"

但卢西奥舅舅却关注着别的事情。当迭戈伸手扶他走出法庭宫时，他指着米格纳托对迭戈说："带教士上我们的车，教士需要什么就给他什么。"

离开前，米格纳托对卢西奥舅舅说："阁下，您必须做好准备，教宗很可能展览一结束就重开庭审。"

卢西奥舅舅点了点头。之后的事情之后再考虑好了，今天，是他取得了胜利。

"舅舅，"迭戈和米格纳托离开后我问卢西奥舅舅，"这到底是怎么回事？"

卢西奥舅舅把手放在我头上，手开始不停地抖。"今晚展览以后，有些事就会明朗了。"

说完他就转身走了。我开口问另一个问题，但他没有转身回应我。

卢西奥舅舅的车开走以后，我站在法庭外的院子里，试图在这个已经改变的世界里给自己重新定位。平信徒纷纷离开各自的办公室，在乌戈的展览前提早回家，使梵蒂冈不致显得过于拥挤。汽车排在出境门前准备离开。几辆黑色轿车等在家园宾馆门前，准备送宾客参观展览。透过宾馆的门玻璃，我看见有位东正教神父在宾馆大堂四处走动。为参加展览，东正教神父纷纷从宾馆的保险箱里拿出昂贵的饰物——珠宝装饰的十字架、金戒指、镶有钻石的各式奖章——我觉得自己像个在圣器收藏室看着神父们换衣服的祭台助手，从外在衣饰感受到教派聚会的神秘。我的全身因为对展览开幕的渴望而激动起来，我试图停留在这个只看表面的世界里。事实上，我内心深处的暗潮涌动从未停歇过。

我总觉得父亲是郁郁寡欢而死的。当心脏停止跳动时，是痛苦杀死了他。他不是死在椅子或床上，而是死在了卧室的地板上，死前他把戴着的希腊式十字架从脖子上扯了下来。莫娜说我错了，她说父亲死时的确很痛苦，但不是我想象的那种痛苦。但我还是把这个十字架放在壁橱的最里面，从没动过一下。直到今天，一想起地板上死去的父亲我就浑身发怵，不能自已。

《约翰福音》上说，耶稣在十字架上留下了句得胜似的遗言：成了。他的任务完成了。可只有神学意义上的耶稣能说这种话，降世为人的耶稣却要承受难以想象的痛苦。《马可福音》的描述更能给人以震撼：耶稣大声喊着说："以罗伊，以罗伊，拉马撒把各大尼？"（翻出来就是：我的神，我的神，为什么离弃我？）圣经学者把这段经文称为遭离弃者的哭号。这段经文表达了圣子被天父离弃的苦痛是如此地深重。乌戈有次告诉我，被钉十字架的滋味就像是延续了几小时甚至一天的心脏病。心跳慢慢停止，呼吸缓缓结束。古罗马人把基督徒扔到火里烧，放在斗兽场里让猛兽撕咬。他们认为这两种刑罚都没有钉十字架那么残忍。

西门很清楚父亲和耶稣是怎么死的。说他杀了人等同于说他愿意让另一个人承受他认为极其惨烈的一种个人体验。从内心里讲，我永远不会相信一个发现父亲死在卧室地板的男孩会干出杀人的事来。

但证人席上的卢西奥却一度觉得这很有可能。他的话深入到了我的内心。乌戈在他留给西门的语音留言中似乎很生气，很伤心。他在死前的一刻很可能喝过酒，一个把《四福音合参》拿出博物馆给东正教神父的人举动不会那么正常。我不知道乌戈生命中的最后几分钟发生了什么，这几分钟的经历只有上帝知道。尽管我觉得乌戈被杀时冈多菲堡除了乌戈和西门外必定还有别的什么人——家园宾馆的那间客房里有两个人住，只有一个闯入了我家——但卢西奥舅舅的证词却在我心里留下了深刻的印记。

走路到家以后，我发现楼前的停车场空空如也。没有卡车，没有通勤车，连吉普车和消防车都停得很紧密，为前来参观展览的车辆留出了更多的地方。展览要开始了，无论西门为今晚的展览准备了什么，展览都要开始了。

彼得很高兴看到我。他洋洋得意地拍着手，好像等了五幕戏才等到喜欢的演员登场似的。我深知如何在彼得面前隐藏起自己的负面情绪。我在彼得拍手的时候对萨穆埃尔弟兄鞠了个躬，萨穆埃尔弟兄大松了一口气。和五岁的男孩待上十一个小时是个极需要耐心的工作，我去参观展览的时候，萨穆埃尔弟兄还能带彼得一小时，但就算是圣徒也得休息上一小会儿。

"他一整天都在问你什么时候回来，"萨穆埃尔小声说，"他说他马上就能见到妈妈了。"

萨穆埃尔笑了。但看到我脸上的表情以后，笑容很快就不见了。

"彼得，"我说，"谢谢萨穆埃尔弟兄，我们这就回家。"

彼得兴奋地向前击了一拳。他咧着嘴对萨穆埃尔笑笑，萨穆埃尔弟兄对我悲天悯人地笑了笑，似乎在问，你真要夺走他现在的生活吗？

回家以后，我便看起钟来。彼得自觉自愿地打扫起房间，把玩具堆在一起。他拿出牙刷和牙膏，把《匹诺曹的故事》翻到上次莫娜读到的最后一页。我必须结束他的这种想法。

"彼得，"我对他说，"你过来，我要告诉你一件事。"

他跳上椅子，又从椅子上跳了下来。他从茶几上拿起电话，放在自己面前的桌子上，然后坐上椅子看着我的反应。

"今晚我们无法打电话给你妈妈。"我告诉他。

"答应你打电话给妈妈时,我忘了晚上我还有个重要的地方要去了。"

他的眼睛睁得大大的,眼圈红了起来,看来马上就要开始哭了。

"我不嘛!"他说。

"对不起。"

"你是个骗子!"

"我向你保证,我们明天……"

"不行,你说好是今天晚上……"

"今晚绝对不可能。"

他开始哭泣起来,泪水花花地从眼里流了出来。

闹上一阵就完了。彼得比平常的五岁小孩要成熟些,他总能接受妥协,接受让他失望的现实。

"我们找些特别的事让你和萨穆埃尔弟兄去做,"我说,"你想干些什么?"

他一定会想出什么来的。吃冰激凌,晚点睡,或是看一部动画片。

这些事情今晚他都不想做。

"我不要!我只要妈妈!"

我也许低估了妈妈对他的吸引力,也许这次的情形和以往完全不一样。我拿出钱包,开始数里面的钱。梵蒂冈城外的小山上有一个配备有游戏机厅、木偶剧院和旋转木马的公园。如果不能让他停下来的话,我知道我会说出些让我将来后悔的话,一些真正在想的话出来。

"你可以去贾尼科洛山,"我对他说,"打打电子游戏,坐坐旋转木马。"

为了表明真诚,我把钱包里的纸币都掏了出来,只给自己留下了五欧元硬币。准备合上钱包的时候,一样东西从钱包里滑出来,掉在了地板上。

彼得瞪着掉在地上的东西。他的脸色变了,嘴唇瘪了下去。

我低下头。地上是张米切尔鼻青脸肿的照片。彼得又开始哭了起来。我咬紧牙关,把照片放回到钱包里。

"没事。"我一边把他抱起来,一边看着胳膊上的表。展览还有四十分钟就要开始了。"他只是鼻子破了而已。"我对彼得撒了个谎。

彼得的身体僵硬,全身猛烈地抖动起来。

"爸爸,"他深藏在我的胳膊里,"是那个人。"

"你说什么?"

他把脸钻进我的胳膊,试图把自己完全包进我的身体。我听见他嘤嘤地哭了起来。"就是家里出现的那个人。"

热泪弄湿了我的长袍。彼得爬上我的膝盖,试图钻进我的袍子。但我想到的只是米切尔。

我必须把这事说给什么人听,必须有所行动。

我站起身,但彼得却紧紧地依着我。他像长袍上鼓出的一个小包似的,不让我把他放下。

我拿起桌上的电话,接连给米格纳托和卢西奥舅舅打了两个电话,但他们俩都没有接。

"彼得,放开我,我要把你送回萨穆埃尔弟兄那里去。"

他歇斯底里地号叫起来。好不容易把他放下以后,他又挣脱我伸出的手臂,再次扑向我。他的脸上满是恐惧,他不想被我离弃。

我闭上眼,平静下自己,然后跪了下来。

"到这儿来。"我告诉他。

他扑向我的胳膊,差点把我撞翻在地。

"没事的,爸爸在这儿呢!不会发生坏事的。"

我抚摸着他的头发,捏了捏他的小胳膊,让他尽管去哭。但一哭就停不下来了,彼得从没有如此伤心过。尽管抱着他,但我的指尖仍然能感到自己加速的脉搏。时间在一分一秒地过去,展览就要开始了,米切尔会出现在展览会上,我不能再待在这儿。不赶紧的话,我就要迟到了。

我看着手里的电话,想到了唯一一种解决方案。

二十分钟以后,莫娜赶来了。彼得仍然呼吸得很沉重。听到妈妈要来以后他才轻松了一些。

"妈妈。"他尖叫着扑入了母亲的怀抱。

莫娜的第一反应很正确：坐在地板上，让彼得钻在她的膝盖里。

"萨穆埃尔弟兄一会儿也会来。"我告诉她。

她点了点头。

"你们愿意的话可以去萨穆埃尔弟兄家，但是千万别去其他地方。"

她又一次点了点头。

钻进莫娜手臂的彼得使我充满了罪恶感。但她并没有问我为什么要离开哭泣着的儿子。她没有表示疑问。

"我不知道什么时候能回来。"我对莫娜说。

"阿列克斯，"她轻声说，"别担心，我和萨穆埃尔弟兄会照顾好他的，你尽管去吧。"

我的心突突地跳个不停。浪费了不少时间，我已经迟了。

院子的入口驻守了几个警察，他们身后的院子已经停了十来辆黑色轿车。

"从哪儿走？"我问这几个警察。

警察指向北面原先乌戈的办公室。"神父，从那条路走就到了。"

如果米切尔闯进我家的话，那他肯定不是飞回来参加审判的。他撒了个弥天大谎，他一直都待在罗马。

我拨打了列奥的电话，他没有接。我给他留了条口信，让他防着点米切尔。不一会儿，我在博物馆的一侧墙上发现了一个专用出口。进门以后，我看见地上散落着几张打印的宣传单。

米切尔一定是闯入的前一天晚上打电话到我家的那个人。这意味着他是住在家园宾馆那间客房的两个人之中的一个。

我拿起一份宣传单，宣传单的第一页上用红色的大字写着：

请来客们沿着图中的导览路线参观展览

一张地图说明了参观路线：从这儿到西斯廷小教堂的四分之一里的走廊为展览而特别清理了出来。当我奔跑着想跟上大部队的时候，裹尸布的历史从后向前一幕幕在我眼前展现出来。二〇〇四年：对裹尸布进行碳同位素测试，表明裹尸布是块赝品。一九八三年：意大利王族把裹尸布献给约翰·保罗二世。一八一四年：展览裹尸布庆祝拿破仑的垮台。一五七八年：裹尸布第一次出现在都灵。一三五五年：裹尸布已知的第一次展览。这条线一直延伸到第四次十字军东征，延伸到一二〇四年。

这就是米切尔让我用宾馆后面公用电话的原因，他可以透过宾馆窗户看着我。

跑到墙壁上画着君士坦丁堡的展厅时，我吃惊地停下了步子。这里一个人都没有。这儿的展厅和我那天看到的没有任何改变。

我感到难以置信。他们一定看到了。那些东正教神父一定知道了我们从他们手里偷来裹尸布的事情。

大理石地板上有几个鞋印，空气中仍然残留着人来人往的气息。接着我看见了他们。在展柜的另一面，站着两个几乎和黑暗融合在一起的黑衣东正教神父。他们站在展柜一边痛哭着。他们中的一个透过玻璃和我的视线对上了，他的胡子上闪现出点点泪珠。

东正教神父身后的门口传来声音，深沉温婉如同父亲抚慰儿子一样的声音。我向前一步，认出了这个口音。

经过至今仍然锁着的两扇门，我发现自己站在一条黑暗宽阔的过道里。开始，我只看到了一个个涌动的人头——以及望向黑暗的一张张无表情的脸。没完全适应黑暗，但我已经认出了长袍、晚礼服和黑色的袍子。这里应该有几百个人。我开始搜寻米切尔，但我必须穿过这么多的人。

随着过道的延伸，过道里亮了一些，光线从黑变灰，最后完全变亮了。过道另一头的展厅似乎亮着灯。展厅墙上挂着一幅幅画作，但过道的墙几乎是空的，一些地方刻着些字，一些地方挂着些廉价的艺术品——大多是钱币和砖瓦一类——像是从渔网底下捞上来的。

"你们现在已经知道了裹尸布的历史，"诺瓦克大主教在过道尽头的讲台上说，"知道裹尸布被十字军骑士从君士坦丁堡抢夺，送到了天主教会的手里。"他的声音消失了。人群里的人都在看着他。我抬起头，诺瓦克大主教的眼睛闭上了。他举起拳头，然后缓缓把拳头放下，最后落在了他的胸口。

我的错，这是我的错，这是最让我感到痛苦的错误。

我凭着直觉继续在人群中移动。东正教神父们抱成一团，紧密地站在一起。但罗马天主教的神父们却和米切尔一样分散在人群的四处。

"天父啊，"诺瓦克大主教说，"请为我们把裹尸布作为教派分裂的象征而原谅我们，原谅我们对兄弟所犯下的罪行。"

死一般的静寂。人群中的一些老主教惊呆了，似乎在等诺瓦克大主教冷静下来，但诺瓦克却随着这个话题继续说了下去。

"幸运的是，诺格拉博士有了一个比我们至今为止所见证的一切更为惊人的发现。"

"你们将会看到，"诺瓦克大主教说，"裹尸布解决了我们共同经历的这段神学历史上的最大的一次危机。没有裹尸布的话，我们今天晚上就不会站在这里，因为没有裹尸布就没有我们眼前这个博物馆。"

乌戈在信里可没说过这种话。

"这是展览的最后一个展厅，"诺瓦克说，"因此在前往西斯廷教堂之前，我要向你们介绍诺格拉的助手安德里亚斯·巴赫米尔，巴赫米尔将向你们解释诺格拉的发现。"

所有人的注意力都转到了讲台上。趁巴赫米尔登上讲台的时候，我又开始在人群中向前移动了。只是一眨眼工夫，我便在人群中看见了一样东西，一件领子背后有条长裂缝的长袍。

我在家园宾馆割开的那件长袍。

我转头追寻，但裂缝很快就不见了。

我深入到人群中，试图把注意力集中在周围的一张张脸上，尽量不被别的事情分心。但这时人群突然静了下来。我望向讲台，看见巴赫米尔对诺瓦克大主教鞠了个躬，然后说："几十年来，人们对裹尸布只有一个问题：这是真品吗？但诺格拉博士却问了更高一个层次的问题：基督耶稣为什么把裹尸布留给我们？他的答案就在这个展厅里。"

我的周围聚集起一股奇异的能量。东正教的神父们东张西望起来，希望能破解出巴赫米尔的意思。我一边用希腊语道歉，一边从聚成一堆的东正教神父身旁经过。接着我又看见那道裂缝了：一件从裂缝中能看见白色内衣的罗马天主教长袍。我朝裂缝的方向移动，试图看清楚穿着被割破的长袍的神父的脸。

但他同样也在移动，缓慢地在人群中移动，我等着看他这是要去哪儿。

"你们也许会想，"巴赫米尔说，"临近展厅的墙上为什么没有挂画，那里的墙为什么只是刻了一些字。这是因为，我们想把这个展厅布置成接近于裹尸布出现时的那个世界。"他走下讲台，指着墙上刻着的文字，翻领下别着的麦克风里的声音响彻全场。"摩西律法的第一条诫命说，我是耶和华——你的上帝，曾将你从埃及地为奴之家领出来，除了我之外，你不可有别的神。不可为自己雕刻偶像，也不可做什么形象仿佛上天、下地，和地底下、水中的百物。不可跪拜那些像。也不可事奉它。古代的以色列民对待这些诫命非常认真。从一世纪历史学家约瑟夫斯的著作中我们就可以看出这点。"

诺瓦克没有走下讲台，他用低沉却又起伏不定的声音引用说："耶路撒冷的会众派我毁灭希律王的殿，因为他是用动物的画像装饰的。但另一个人先到了那儿，把宫殿付之一炬。"

当人们伸长脖子去看墙上的字时，穿着被割破的长袍的神父停下步子。他转身看了看诺瓦克。刹那间，我看清楚了他的脸。我的整个身体一下子僵硬起来。是米切尔没错。

我挤过人群，想抓住他的胳膊，但米切尔却朝另一个方向移动过去，他向诺瓦克大主教的方向挪了过去。

"人们经常会问，福音书为何没有提及裹尸布上的形象，"巴赫米尔说，"你们只要想想犹太会众会怎样面对一个被钉十字架的裸体男人形象就可以知道答案了。"

米切尔突然举步向前，他准备走上讲台直面诺瓦克。但此时一个意外的情况发生了，另一个神父正巧走过来，把他挡了一挡。米切尔让到一旁，我冲上前去，手指碰到了他的袖子，然后一把抓住了他。

"这就是耶稣门徒把裹尸布带到埃德萨的原因，"巴赫米尔说，"埃德萨是个对这种像没有禁忌的异教徒城市，埃德萨的国王非常崇拜耶稣。"

米切尔转了个身。他看着我，但似乎没认出我。他的瞳孔紧缩，眉毛上流着汗。

"你个杂种。"我说。

他挣脱我，走上诺瓦克大主教所在的讲台。起初大主教没有注意到他，巴赫米尔也还在继续着他的说明："早期的教会对这类像仍然抱有敌意。"巴赫米尔说完以后，诺瓦克大主教紧接着要读墙上的一段引文，但这时米切尔挡在了他的面前。我冲上前，一把抓住他，但很快就被他摆脱了。

这时，一阵人流朝我们这边涌了过来，瑞士卫兵从展厅的各个角落扑了过来。米切尔很快就被他们组成的一道人墙包进去了。

人群中的东正教神父脸上出现了震惊之色。我钻在瑞士卫兵组成的人墙之间，看了一眼米切尔的样子：米切尔瞪着双腿，两只手臂往四边扑腾，他想放声大喊，但喊出的话却因为嘴里被上了口塞而辨别不清。卫兵们把什么东西塞进了他的嘴里。他想把卫兵踢开，但他们却动都不动。

一只强壮的手抓住我的胳膊，把我向后拉。"神父，请后退。"一个声音说。

但我站着没动。米切尔大张着口，想吐出口中的口塞。两个瑞士卫兵让人群分出一条路来，可以让他们把米切尔拖走。

"朋友们，"诺瓦克举起手臂说，"请原谅这个男人，他只是精神错乱了。"

我跟着米切尔，但赶来的瑞士卫兵却挡住了我的前路。

"我必须和他谈谈。"我说。

他们推我退后。

"你们要把他带到哪儿?"我问。

这时，我身后响起一个声音。

"神父。"

我转过身，然后满心惊讶地往讲台走了一步。

"阁下。"

所有人都在看着我们。

不知道该如何行动，我只能向诺瓦克大主教鞠了一躬。

他抓住我的胳膊，把我拉上讲台。

"朋友们，"他说，"你们中的许多人都认识安德鲁神父，安德鲁神父访问过你们各自所在的国家，他对今晚的展览起了异乎寻常的作用。眼前的这个男人就是他的弟弟。"

诺瓦克大主教让他们长久地注视着我，注视着我的胡子，注视着我更为厚实的长袍。他的用意不言自明，东方教会和西方教会是个共融的教会，我们可以在同一个屋檐下共存。

"安德鲁神父，"诺瓦克大主教说，"我要为你刚才的帮忙而谢谢你。"

参观者礼貌地鼓起掌来。我眼睛盯着地板。阻止米切尔的不是我，而是那些瑞士卫兵。诺瓦克纯粹是在做戏。

介绍完以后，我想走下讲台，但诺瓦克大主教却按着我不让我走。"巴赫米尔博士，"他大声说，"请继续。"

巴赫米尔博士重新开始讲以后，诺瓦克大主教轻声对我说："神父，你哥哥希望你能看到接下来的一幕。"

我只得作为东方教会的象征、作为米切尔爆发的补救站在他身旁，聆听巴赫米尔讲述墙上使徒和历代主教、神父留下的语录。

训诲不可为人雕像的神永远不会为自己雕像。

圣堂之内不能有画像，成圣和敬拜的神不能画在墙上。

这些语录下的名字在我神学预科班的课上都有讲到：二世纪的神学家圣依勒内，三世纪的神学家德尔图良和奥尔金，四世纪的基督教史学创始人尤西比乌斯，五世纪正教的标志性人物伊皮法纽。观众们慢慢地走过展厅，看着墙上一句句反对画像的金句和语录。古代基督教教会不像世俗的神庙那样把朱庇特、阿波罗、维纳斯画在墙上，塑成雕塑，而是弃绝一切画像和雕塑，以此和异教相区别。

异教势弱之后，教会的立场才有所松动。墙上的一组画像说明了这点：在罗马帝国境内，教徒们一进教堂，就能看见耶稣、耶稣所行的神迹以及耶稣门徒的画像和镶嵌画。这股风潮传播得非常快，好像整个文明突然觉醒，要用画像的形式反映神道似的。这些画像告诉教徒：神就是美，美可以改变人类的灵魂。耶稣永恒不变的容貌突然各处都是。但在基督教文化繁盛的同时，存在的危险也在抬头。进入七世纪以后，墙上的字从白色变成了红色，文字也变成了阿拉伯语。

巴赫米尔指着墙上的红色文字说："现在，我们碰上了罗马陷落以后最令人振奋的历史事件。这时出现了伊斯兰教，伊斯兰教的浪潮从非洲以势不可挡之势汹涌而来。伊斯兰教不仅威胁到了圣地，而且还威胁到了基督教此时对画像的态度。你们眼前面对的是伊玛目记录的穆罕默德的话语，我无法在这座博物馆里大声读出这些语录，你们可以自己看看。"

人群中有人小声把阿拉伯语翻译成了英语。

复活之日最悲惨的人将是这些画像的作者。

画这些画像的人将迎接地狱之火。

画了画像以后要及时抹除。

"基督徒在基督教和伊斯兰教的边界遇到了这种理念，"巴赫米尔领着观众继续朝前走，"一些教徒开始相信这些理念，从而产生必须铲除描绘基督耶稣的一切艺术形式的异端邪说。这些离经叛道者中有一个成了君士坦丁堡的皇帝，他在七二六年那个黑暗的年代发起了毁坏圣像的运动，这项运动所产生的悲剧性后果甚至比第四次十字军东征还要严重。"

头顶闪出一道光。一段文字像魔鬼吹出的烟一样出现在黑暗之中。诺瓦克沉痛地读着这段文字：

教堂因为画了圣像而被铲除。成圣耶稣、圣母玛利亚、圣徒的画像不是被火烧，就是被抹除了。

巴赫米尔说："那个时期的拜占庭艺术留下来的很少很少，世界上最伟大的基督教艺术作品几乎损失殆尽。那是位不管不顾的皇帝，几乎没人能阻止他。"

观众走到过道尽头。巴赫米尔指着分隔博物馆和西斯廷教堂的那道漆成白色的墙。他声音颤抖着说："几乎没人能阻止他！"

墙面实在太亮了，亮得我无法直视。这时我注意到通向西斯廷教堂的那扇门由瑞士卫兵把守。

"诺格拉博士提出了一个最为重要的问题，"巴赫米尔说，"他问耶稣基督为什么要把裹尸布留给我们？在八世纪之前，没人知道这个问题的答案。但在毁灭圣像运动中，一个名叫约翰的修道士想起了一个令人吃惊的事实：埃德萨存在着一幅不是出自人手而是出自耶稣的自身形象的裹尸布。这幅形象说明，基督耶稣所立的新约是和这种艺术形式联系在一起的。当上帝化身为人，他把自己留在了一幅形象中。通过道成肉身，他打破了对形象的禁忌。作为这个意图的证明——就像上帝在西奈山顶颁给摩西的十诫一样——他把裹尸布留给了我们。"

"受到约翰的启发，一些老人对君士坦丁堡的皇帝奋起反抗。这些人一起拯救了基督教的历史。下面是他们的话语。"

诺瓦克大主教的朗读充满了情感。他嗓音浑厚，朗读声深深留在了所有人的心里。

"神佑的君士坦丁堡皇帝啊，神把他的形象送到了埃德萨的阿布加王那里，即便在今天，还有许多人聚集在这幅圣像面前，要在圣像前祷告。我们敦促你幡然醒悟，对你来说，成为一个异教徒要比作一个圣像的毁坏者好得多。"

巴赫米尔说："这段话是西方教会的格里高利教宗写下的，但他并不是孤立的，君士坦丁堡教会的尼斯普鲁斯长老说过下面的这段话。"

"既然耶稣本人在神圣的裹尸布上留下了自己的形象，你为何还要惩罚那些给基督耶稣画像的人？通过允许人把布盖在他身上，基督耶稣在这块布上印了自己的像。"

"耶路撒冷的另外三位长老也给那位皇帝写了信，"巴赫米尔说，"在那之后，一个世界范围的委员会被召集起来。这是教会的主教们在教派分裂前的最后一次协同一致。他们向子孙后代宣布，基督教是一种艺术的宗教！"

"征得诺瓦克大主教的同意，我很高兴能为大家打开我们面前的这扇门，我想请大家和我一起走过这扇门。在门后面，你们可以看到基督耶稣为我们做出的团结一致的榜样，团结一致是完全有可能的！"

话还没说完，诺瓦克便急不可耐地做出手势，示意瑞士卫兵开门。门前的卫兵依令分开在两边，西斯廷教堂的门魔术般地打开了。

众人一阵颤抖。过了这扇门，他们就离开了梵蒂冈博物馆，走进了天花板上画着众多艺术奇迹的教宗的小教堂。

进门以后，没有一个人抬头往上看。我的心跳个不停，血液直往上涌。这个教堂并不是只有米开朗基罗。圣坛旁放着一把高大的镶金椅子，椅子上独自坐着的，正是瘦小而驼背的教宗约翰·保罗二世本人。

第三十七章

许多瑞士卫兵突然围住我们，他们认出东正教神父，把他们领到前排。远道而来的神父们没有表现出惊讶，像是很清楚他们为什么会被带来这里一样。

门口阻塞了，穿着长袍和燕尾服的一百多位参观者试图挤到前面，想看看圣坛上的情况，这一百多位参观者把门口堵得死死的。卫兵们把我们其他人引导到正对着圣坛上教宗座席的一排红色坐垫椅子上。教堂里又闷又热，周围的神父和平信徒都想知道到底发生了什么。漂亮的女士们扇着膝盖上的纸，纷纷伸长了脖子。

但我们面前的约翰·保罗二世教宗却一动也没有动。尽管有心理准备，但他衰老和痛苦的样子却还是让人吃惊。他皱着眉，脸色铁青。多年患病使他形体上受到了极大的扭曲。他的躯体缩成一团，身上的袍子像树桩上垂下的桌布。他缩在他走到哪儿助理就会带到哪儿的防止他突然摔下的特制椅子里。椅子背后传出马达的轰鸣声。所有人望着宗座，想知道接下来会发生什么。

但教宗身后的什么东西却开始动了：一个装在圣坛后面铁轨上的玻璃框架。框架缓慢地沿着圣坛背后的墙壁上升，最后停在约翰·保罗二世头上二十英尺处，几乎挡住了米开朗基罗的巨幅圣像《最后的审判》。

看到框架里的物体时，人群开始哗然。小教堂里的天主教徒没有想到会看到这么一幕，纷纷开始跪拜，有的跪下左膝，有的跪下右膝。东正教徒也开始做起了自己的敬拜，俄罗斯人和斯拉夫人先是划了个十字，然后对玻璃框架里的东西鞠躬。希腊人和阿拉伯人先鞠躬，后划十字。但东正教的主教们有自己的仪式。他们像是为这一时刻准备过似的，一同伏在地上崇拜这来自上帝的圣像。

小教堂里非常安静。微小的声音如同枢机主教团会议时枢机主教们吸的烟一样，徐徐上升后消失在无尽的黑暗之中，气氛极其紧张。裹尸布后面米开朗基罗的画上，耶稣举起手，似乎在命令时间停下来一样。屋顶上的静电聚积在上帝和亚当伸出的手指之间。所有的受造物潜伏在教堂外的夜色中，把耳朵贴紧小教堂的墙面，聆听着里面的动静。

如果西门在这儿该多好啊！我真希望他能看到我将要看到的这一切。卢西奥舅舅把所有的赌注都下在了今晚的展览上，好像这是西门唯一的脱身机会。现在我明白了，这个赌注没下错。

有人开始说话了。站在小教堂靠前位置的诺瓦克大主教代替几乎不能说话的可怜教宗进行演讲。

"今天晚上，"诺瓦克大主教说，"我们见证了记录裹尸布历史的伟大文字。和以往一样，最后我们总是把历史归结到一段文字上面去。这块神圣的裹尸布与福音书里记录着基督耶稣受难和死亡的内容极其相似。教宗曾经说过，教会必须用两个肺才能呼吸——代表东方的东正教教会和代表西方的天主教会——肋骨中间被矛刺伤的耶稣基督现在就在我们每个人的面前。矛伤由罗马士兵所造成，似乎预料到将来有一天天主教骑士会从君士坦丁堡偷走这块裹尸布一样。"

"第四次十字军东征是天主教会历史上一个很大的污点。教宗为此而进行道歉。在他看来，这是天主教历史上一个永远抹不去的污点。今晚他让我向在场的每一个人大声宣读——尤其是向他的东正教同工，尊贵的普世牧首巴塞洛缪宣读——一个具有着特殊意义的新的信息。"

我踮起脚尖，想看看诺瓦克大主教特别提到的那个人。这番话实在是太令人难以置信了。

他的东正教同工。

尊贵的普世牧首。

我知道西门把罗马尼亚的东正教长老请到了这儿，但完全没料到他竟然把地位仅次于教宗的东正教伊斯坦布尔宗长老普世牧首也给请来了。这远远超出了我的估计，在我的想象中，西门应该没有这么大的法力。

诺瓦克打开一份看上去令人生畏的文件，这份文件像是用红蜡封住过。他读道："亲爱的兄弟姐妹们，正如你们已经知道的那样，裹尸布已经在天主教里被侍奉了几个世纪之久。但直到二十多年前，裹尸布还为一个意大利王室所有。在我担任教宗的前期，也就是意大利最后一位国王死后，裹尸布才转归教廷拥有。之所以提到这点并不是要减轻十字军在一二〇四年犯下的罪过，而是想告诉你们这是翁贝托一世国王在最后的那份遗嘱中特别提到的一条。他的遗嘱没有把裹尸布传给都灵教区或是天主教会，而是把裹尸布传给了至高的教宗。也就是说，翁贝托一世国王把这块神圣的裹尸布传到了我的手里。

"作为教宗，我对我们的教会拥有至高无上超出一切的权柄，对天主教会的弟兄们来说，裹尸布归我所有还是归教会所有不会有任何区别。但对我们尊贵的东正教客人来说就完全不同了，在东正教会看来，罗马天主教会的教宗对东正教的长老和主教没有任何的约束力。因此在说到下面一段之前，我想首先表明，我并不想把我的愿望强加在那些必须听令于我的主教头上。

"今晚的展览建立在事实上是一二〇四年十字军骑士从君士坦丁堡偷来的被称作是都灵裹尸布的基督教遗物上。今晚，在那场劫掠结束的八百周年之际，我想向大家表明，这件圣物的确是抢来的，我们愿意把这件遗物物归原主，还到真正的所有人东正教会手里。"

小教堂里一片死寂。坐在第二排座位上的博伊亚大主教挪了挪身体，而所有在场的天主教和东正教神父却把目光落在了此时起身的都灵教区波莱托大主教身上。

波莱托大主教未发一语，他转身面对着来访的东正教主教和神父，抬起手，开始拍起手来。

所有人都难以置信地看着这一幕。但我知道他在干什么。我站起身，开始拍起手来。紧接着，一个土耳其主教也开始拍手。僵局打破了，平信徒、神父、主教们都拍起了手。掌声回荡在小教堂的四面墙之间。约翰·保罗二世抬起手，遮住自己的耳朵。

"静一静，"诺瓦克大主教举起手，示意全场安静下来，"教宗还要让我宣读最后一条信息。"

他的声音里第一次充满了情感。

"亲爱的长老弟兄，请原谅我不能站起来迎接你们，原谅我不能用自

己的声音来说这些话。正如你们知道的那样，我的教宗任期已经快结束
了，裹尸布鼓励我们深思我们的死亡。我感到诚惶诚恐，基督耶稣传道只
有三年，我却在教宗的职位上待了二十六年。尽管如此，基督的榜样让我
知道短时间内能完成多么大的神迹。我们的前代在共同抵抗毁坏圣像运动
的过程中也验证了这一点。我希望我们今天晚上也能做到协同一致。"

"我已经不能再旅行了，今晚是我和你们的最后一次见面。我正好可
以利用这个机会表达我以下的愿望。在二十六年的履职过程中，我从来没
被允许和你们站在一起。在这里我想问：你们能不能上前来，以弟兄的名
义和我站在一起呢？"

诺瓦克大主教停止阅读，抬起了头。所有的平信徒露出期待的目光。
没有人能拒绝教宗，没有人能拒绝这样的教宗。

但教宗手下的人可没有那么乐观。我们终其一生都在支持教宗，在教
宗主持教廷的时候支持着他。然而，即便对约翰·保罗二世教宗来说，用
瞬间的一种姿态来消除千年以来郁结的恨意还是太难了。作为他的属下，
我们不忍心看到他失败。

但这一幕却发生了。没有一位长老走到他身旁。普世牧首只是站起
身，没有走上前。

这给了约翰·保罗二世教宗重重一击。发现他们没动，教宗用没有瘫
痪的手紧紧抓住椅子，身体往前像是马上要扑倒在地。不知从哪儿冒出来
的两位护理员立刻出现在他身旁，他们用双手按住教宗，在教宗的耳边轻
声说了些什么，试图把他按回椅子。然而，教宗却把他们俩推开了。两人
想向诺瓦克大主教寻求帮助，但诺瓦克却示意他们离开。

这时圣坛边只有教宗和诺瓦克大主教两人。他们对视了一眼，小声交
流了些什么，合作了四十多年的他们只需一两句话就能明白对方的意图。
也许诺瓦克大主教是劝教宗保全脸面。但约翰·保罗二世教宗显然没有听
他的，他又一次想往椅子外扑，徒劳地想站起来。诺瓦克大主教像儿子一
样帮助他站了起来。

约翰·保罗二世已经超过一年不能靠自己的力量行走了。有人说他甚
至站都站不起来。但现在，他却俯视着大理石台阶下的这班东正教神父

们，似乎可以随时走下去一样。

我突然茅塞顿开，知道他在做什么，知道他想要解决什么问题了。古代，只有一个人可以坐在金椅上，那个人就是皇帝。东正教神父有许多理由不上前来，首当其冲的就是他们不会向一个坐在王座上的教宗表示敬意，即便是一个坐在镀金轮椅上的教宗也不行。

约翰·保罗二世用健全的手臂抓住诺瓦克袍子的衣角以保持平衡，屈伸着仍然服从自己意志的每一块肌肉。尽管年龄总和超过一百五十岁，但两人还是设法走下了大理石楼梯，走到普世牧首的座椅前。

巴塞洛缪表情很不安。他上前一步，抓住约翰·保罗二世的双手，试着撑住他。"教宗，请别这样。"他惊奇地说。但约翰·保罗二世却抓住了他的右手，低下头吻了吻。

接着，历史性的一幕出现了。

巴塞洛缪左边是古代四分领地的另三位长老：安提俄克的伊格内修斯、亚历山大城的西奥多和耶路撒冷的伊利诺斯。三位长老都穿着黑袍，白胡子飘飘，像圣像画里的圣徒一样有着张不屈不挠的表情。但他们都比约翰·保罗二世年轻。看到教廷元首屈膝在自己面前，他们彻底不知道该怎么做了。

巴塞洛缪左边的过道坐着新兴东正教领地的诸位长老：保加利亚的马克西姆，格鲁吉亚的伊利亚，塞尔维亚的帕夫列，以及莫斯科的长老阿列克谢派出的副手。在这排人的最后，坐着能改变大局的罗马尼亚长老泰奥克蒂斯。

泰奥克蒂斯长老年近九十，比约翰·保罗二世教宗还大上五岁。不久以前，他成为一千年以来第一个邀请教宗访问罗马尼亚的长老，教宗高高兴兴地接受了他的邀请。现在，泰奥克蒂斯长老准备表现出更具诚意的姿态。

老长老抖动着双腿，缓慢地从椅子上站了起来。然后，他站到保罗二世教宗的身边。

约翰·保罗二世探询地看看他。看到泰奥克蒂斯长老伸出手想扶住自己，他再也忍不住了，泪水禁不住夺眶而出。

这时另两位年纪很大的长老也坐不住了。马克西姆长老和帕夫列长老像有什么超出礼仪和历史纠葛的事要处理似的，出于教义中的博爱以及对宗座的尊敬站起了身。他们中间的伊利亚长老出于对长者的尊敬，很快也站了起来。伊利亚长老虽然也七十多了，但在这么群人中间却是名副其实的后辈。

历史性的一刻到了。巴塞洛缪左边的长老和主教们一个个站了起来。小教堂里沸腾了。每当有一位长老或主教站起身的时候，黑压压的观众中就会响起一片雷鸣般的掌声。

诺瓦克大主教悄悄地后退了一步。在他看来，站在前台的是我们祈祷在天堂能遇见的人，属于相隔于凡人的完全不同的世界，因此有意将自己隐身。我从衣领上拿下十字架，用手握紧它，希望把这一刻传递给天堂上的父母亲，传递给软禁中的哥哥西门。

长老和主教们聚集在一起低下了头。在教派分裂后的一千多年历史上，将要出现的一幕是开天辟地的。

他们之间响起一个声音，长老和主教中有人唱起了赞美诗。赞美诗不是用意大利语唱的，不是用拉丁语唱的，而是用希腊语咏唱的。其他的长老和主教一个个合声进来。他们唱起了十七个世纪以前第一次基督教宗座会议上被官方承认的《使徒信经》。

我信上帝，全能的父，创造天地的主，以及一切可见的和不可见……

我周身一颤，这真的发生了，真的在我眼前发生了。可西门却没机会在场见证到这一幕。

但别的人见证了：列奥离开他在门口的哨位，在人群中找到我。他什么都没说，只是用手按住了我的胳膊。

《使徒信经》唱完以后，小教堂里又一次安静下来。观众们等待着，等待着接下来的一幕。长老和教父也露出探询的目光，这些年龄加起来超过第四次十字军东征年份的老人们都不知道答案。他们无言地商量着什么，不是在商量接下来该怎么做，而是接下来该谁来做，哪位领袖可以代表来自西方教会和东方教会的所有人发言。

人人都知道这个问题的答案，东正教来客也同样知道。彼得是耶稣的大弟子，只有彼得的继承人，教廷的教宗可以代表。在场的人都等待着，等待着教宗开口说话。

约翰·保罗二世请他们来不是羞辱他们的。教宗凑近普世牧首，贴着他的耳朵轻声说了些什么。

普世牧首的眼睛亮了，脸上出现笑容。他偏过头，轻声向教宗表示同意。接着，普世牧首对小教堂里的所有人说："为了纪念这一刻，让我们安静地进行祷告。"

普世牧首刚说完这席话，列奥又一次把手按在我的手臂上，这次他按得更有力了。他在等待时机要告诉我一些事情。我飞快地跟着他走到了小教堂的出口。

"我们扣留了布莱克神父，"列奥说，"他说他要和你谈谈。"

尽管跟着他向外走，但我还是感觉像做梦似的。虽然离开了小教堂，但我的心还留在小教堂之内。一千多年，我们在一千多年之后又走到一起来了。今晚，教堂里进行的一定是一次隆重的聚会：历代教宗举手大声敬拜，圣徒们绽放出微笑，天使们扑扇着翅膀。从现在起，只要讲起米开朗琪罗作画的小教堂，人们就会想起约翰·保罗二世在那儿重建了教会的事情。

即便米格纳托说得没错——即便对西门的审判还没结束——他在教会的历史上也写下了浓墨重彩的一笔。

米切尔被扣在瑞士卫兵军营的号子里。

"他为什么要和我谈？"我问。

"他说是有关于西门的事情，"列奥伸出只手表示警告，"但阿列克斯，这个人有些地方不太对劲。这周早些时候，我们因为他为停车票寻衅滋事而扣留过他。小心一点。"

停车票，也许就是旅馆里和那本从我家偷来的书放在一起的停车票。

列奥领我沿着一条潮湿的走廊向前走。快走到头的时候，我们停下步子。"希望我在场吗？"列奥问我。

我告诉他我想和米切尔单独谈。

他打开锁，然后把门开了条缝。

号子和壁橱差不多大小。米切尔坐在一张什么都没有的床垫上。我刻意跟他保持了一段距离。

"是否要为展览的顺利进行表示祝贺呢？"他头也没抬地问。

我什么话都没说。

"你很快就会看到，这对我们的教会来说是不对的，"他说，"教派合一完全是个错误。"

"米切尔，你杀了他吗？"

他哼了一声。

我想抓住他的袍子质问他，西门对他的看法一直都是对的。

"你在家园宾馆和谁住在一起？"我问。

他没有理会我的问题，而是自顾自地说："诺格拉说你和西门一样抛弃了他，你们兄弟俩完全一样。有许多事情可以证明，你们对任何人都不会忠诚，只会两个人抱团。"

我转过身，开始向外走。

"你们俩不肯接诺格拉的电话，"米切尔飞快地说，"因此他只能找我。他就是和我住在一间客房的那个人。"

往垃圾桶里扔格拉巴酒瓶的是乌戈，从家园宾馆往我家打电话的是乌戈，睡在米切尔客房地板的也是乌戈。

他从烟盒里拿出一根烟，随后马上意识到自己没火柴。他把烟扯成两半，往号子另一边扔去。"真他妈该死。"

我的心里一阵冰凉。米切尔没有同伴，这都是他一个人干的。

"你为何要闯入我的公寓？"我问他。

"你知道这是为什么。"

"可西门在冈多菲堡啊，你一定已经在那儿见过他了。"

"我没有。"

突然一切都对上了。事情看起来是那么地分明。西门为什么对发生的事情拒绝说一个字，米切尔为什么一从冈多菲堡回来就去找西门，一切都一目了然了。

我说："我哥哥在那儿看见了你，对不对？"

米切尔捏了捏鼻梁。"我没有去冈多菲堡。"

"你闯入了乌戈的车，试图把他的枪拿走。"

"我不知道你在说什么。"

"我在他的车里找到了你房间钥匙挂牌的一部分，它是在你试图打开枪盒时掉下来的。"

"肯定是诺格拉的钥匙挂牌，我甚至没去过那儿。"

"你来我家是因为你以为他看见了你。"

他跳起来大嚷："不管他说了什么，那都是在撒谎！"他用拳头按着自己的太阳穴。我后退了一步。

列奥立刻走进了号子。米切尔后退，面对墙壁站在角落，不停地把手在头发里插进插出。

"你让乌戈待在你的房间，"我说，"以便你能跟着他去冈多菲堡。"

米切尔什么话都没说。

"那时你到底想要干什么？"

他转身对我大嚷："你以为我要杀了他吗？阿列克斯，见你的鬼去！"

列奥朝米切尔走去。我对列奥做了个手势，让他往后退。

"西门为何要保护你？"我问他，"因为那只是一起事故吗？"

米切尔的脸涨成了猪肝色。他抓住床的金属框架，紧紧地握住它，然后转身对着列奥哽咽地说："我没有杀任何人，是他哥哥杀的，我甚至根本不在那里。"

"我们可以走了。"列奥说，然后敞开了门。

但米切尔却举起一只手来："我还要和他谈谈，单独谈谈，就一会儿。"

列奥摇了摇头，不过我还是让他去外面再等会儿。

米切尔背抵着墙，待在房间角落里。他一边镇定下自己，一边环顾着号子里的每个角落。他是爸爸能找到的最优秀助理。任何一个成人都可以看出，他这个人多么地麻烦，爸爸选择这么个人是多么地孤注一掷。老成的西门也许可以看透这种事情，相比之下我更像一个孩子，我看不懂这种事情。

"你知道他们指控我犯了什么罪吗？"他声音尖利地问。

"你在说什么啊？"

"今天晚上的事。他们说我被控袭击了教宗。"他的眼睛湿湿的。他的语气发怒，但掩盖不了恐惧的实质。"我怎么会被安上这样一个罪名呢？"

这才是正义。袭击教宗会被逐出教会，也许永远都不能担当圣职。

"我的作证对西门很公平，"他说，"我想要的只是让你舅舅帮我说说好话。"

他的语气非常真诚。既然不能指望博伊亚大主教再帮忙，他也只能把赌注下在我舅舅身上了。

"跟我解释一件事情。"我说。

他点了点头，误以为我会跟他讨价还价。

"你是怎么打开乌戈的枪盒的？他把密码告诉你了吗？"

米切尔紧张地笑了一声。"他非常偏执，竟然在门上装上了三把锁。你觉得这种疯子会把密码告诉我吗？"

老天，都是他干的，所有的事情都是他干的。我和彼得去诺格拉的家时，在诺格拉家的地板上发现了碎玻璃。米切尔打不开锁，因此选择了破窗而入。

"列奥，"我敲着门说，"我们谈完了，开门放我出去。"

米切尔不解其意地看着我："你愿意帮我了？"

警方做得很对。十六年前，警方把米切尔送入了山里的医疗机构，他们确实知道米切尔需要何种帮助。

列奥打开门等我出去。

"米切尔，祷告吧，"我说，"祈求原谅，你需要忏悔。"

第三十八章

必须找到卢西奥和米格纳托，今晚就可以结束对西门的审判了。

回家的时候，居民住宅区的路上非常安静。展览会上发生的事情还没传到这里。或许得知了交还裹尸布的良善天主教徒们想看看明天会发生什么吧。

到达公寓顶楼以后，我听见萨穆埃尔家的门背后传来莫娜和彼得的笑声。我没去管他们，让他们多玩会儿吧。走进家门，家里黑漆漆的。我给米格纳托和卢西奥舅舅打去电话，但他们都没接，连在舅舅家中待命的迭戈都没有接我的电话。

我坐在厨房的餐桌前，等待有人回我的口信。我脱下外面的袍子，大舒了一口气。我闭上眼睛，脑子里突然全是乌戈的事情，全是对他的回忆。我为他使今晚两大教派的重聚成为可能深表感谢。明天，几百万不曾听说过乌戈的人将听说展览的设计师在将教宗的梦想付诸实践的过程中被杀，他们将把他看成殉道者，是个英雄。他从没想到过两大教派的合一，但如果今晚在这儿的话，他也许就会明白教宗的良苦用心。

我抛开这个念头，打算忙着做些家务。但莫娜已经洗完碗了，彼得的房间也已经打扫完了。于是我冲了个澡，扫除与米切尔会面的不愉快回忆。正打算穿上衣服时，我听见有人在敲门，我赶忙去为彼得和莫娜开门。

站在门外的却是一位满头银发的人，一位穿着黑色套装，戴着黑色领带的平民百姓。这个人不是我的邻居，我从未见过他，但他却像和我熟识般地打量着我。

"有什么可以帮助你的吗？"我问他。

"你是安德鲁神父吗？"

我突然感到一阵惊惧。

"你是亚历桑德罗斯·安德鲁吗？"他又问了一遍。

亚历桑德罗斯，我在官方文件上的名字。来人的手里拿着个信封。

"是我，请告诉我发生了什么事。"

他把信封递给我。信封上印着"宗座辖区"几个字，字上画着约翰·保罗二世的盾形徽章。来人是教宗的私人信使。

"这是什么？"我轻声问。

信使没正面回答我的问题。"出庭前三十分钟有辆车会停在你家的大楼外面。"他微微地向我鞠了个躬。"神父，晚安。"

接着他转过身，悄然离开了。

我撕开信封，信封里的卡片上写着：

你被召到教宗的私人住所
将在十点作证

我的心跳个不停。我不明白这究竟是怎么一回事。作为西门的代理人，我无法在对他的审判中作证。

但规则变了，教宗超乎法律之上。

我麻木地走向壁橱，我要把最好的一件干净袍子找出来，把熨衣板找出来。但我在走廊上停下脚步，彼得卧室的窗正对着教宗宫，博伊亚大主教的窗户黑着，但顶楼整一层却灯火辉煌。

想到要去那里，我的心里很是没底。我必须把自己所说的一切都准备好。如果米切尔明天早晨还不肯认罪的话，那就得要米格纳托出手相助了。

我从壁橱里拿出熨衣板，这时门那边出现了开锁的声音。门一开，彼得的声音就传了进来。

"在森林里，它们具有能让你丧命的毒素，它们之所以有毒是因为它们吃了带有毒素的小虫。在动物园，它们不吃那种小虫，因此，饲养在动物园的它们就没那么毒了，甚至一点毒素都没有。"

我做了个深呼吸，从壁橱里走了出来。我踏上地上的一块尖东西，恨恨地骂了一句，这让莫娜发现了过道里的我。她对我微微一笑。

"我在给他讲三个青蛙的故事。"她向我解释道。

这时她注意到了我脸上的表情。

"爸爸。"彼得叫着向我冲了过来。

我上前一步，把彼得扛在肩膀上，不让他看见我眼中的游移不定。我把信使给我的卡片交给莫娜。

她轻声问我："这是件好事吗？"

"我不知道。"

彼得高兴坏了。他不停地用听起来不怎么通顺的话语描述着我离开后他的历险。我原本抱他起来是为了告诉他闯入家里的人再不会来了，这个家真正是我们自己的了，但和母亲一起待着的几个小时早已把这块阴影冲没了。

"谢谢你。"我对莫娜说。

但莫娜这时已经走开了。

"你要回去了吗？"我问她。

她走进厨房，在柜橱里找出一包创可贴。"你的脚在流血。"她说。

彼得低下头，用手指着地上的血点。

"莫娜，"莫娜从厨房里出来以后我对她说，"你能再多待一会儿吗？我要找个人，为明天的作证做准备。"

"你踩上什么了？"她跪下来，从我的后跟取出来一样东西，她把异物放入我的手心，像是块红色的鹅卵石。

我等着她的回答。

"你要我留多久我就留多久。"她没有正视我的眼睛。

她撕下创可贴的包装纸，准备帮我贴创可贴。我弯下腰，自己把创可贴贴上了。她抽回手，看着我走向水槽。

异物上的红色冲洗掉了，不是什么鹅卵石，是一块玻璃。

莫娜跟在我的身后，她用彼得听不见的声音小声对我说："你对他的管教非常棒，他很有思想，对所有的事情都非常好奇。和他在一起使我……"

我盯着洗净后的玻璃。

"使我希望，"她继续说，"没有错过他生命中的这么多时候，我真想告诉你我是多么地懊悔。"

我退后几步，看着通往卧室的一串血点，心中又是一阵恐惧。

"我知道无权要求你，"她说，"但我想经常能见到他。"

我不由自主地沿着过道往前走，莫娜的声音渐渐消失了，这串血点直通向我卧室里的壁橱。

我灵机一动。跪下身，在地毯上搜寻起来。

"怎么了？"莫娜在我身后问我。

地毯上什么都没有，连一个玻璃片都没有。但在壁橱的角落里，我找到了一点玻璃屑。熨衣板后面藏着东西。

"莫娜，"我大叫一声，"你把彼得再带到萨穆埃尔弟兄那里去。"

莫娜没有问为什么。听见我的语气，她马上让彼得穿上了风衣。

可能和彼得在乌戈家找到的碎玻璃源于一处。

普通的玻璃可不会碎成这样的鹅卵石状，这应该是最近才有的钢化玻璃，专门用在车窗上的钢化玻璃。

听到关门的声音以后，我把壁橱里的东西全都取了出来：每双鞋，每件袍子，顶层架子上的每个鞋盒，统统都翻了出来。

清理洗衣袋时，我在洗衣袋里找到一块发霉的毛巾，这块毛巾必定是他从冈多菲堡回家后洗澡时用的，但他那晚穿着的袍子却不见了。

我回忆着能够记忆起来的每一件事。西门洗完澡以后，他手拿着沾满了污泥的袍子到这儿来穿衣，但我没见他把袍子放在洗衣袋里。接着我们离开家，到列奥和索菲娅那里过了夜。我和彼得直到第二天早晨才回家。

但西门先回来过一次。

那天晚上他说他睡不着。回到这儿以后他一定把袍子给洗了。

老天啊，这可别是真的。

我检查了一遍家里的垃圾桶，垃圾桶全是空的。但在厕所塑料垃圾桶的底部，也粘着和卧室壁橱里一样的玻璃屑。

我身体沉重，环顾了下浴室，这是从冈多菲堡回来以后西门第一次有机会待着的地方。他穿戴整齐进浴室洗澡，但出来时只带着块浴巾。

浴室里没有多少可以藏东西的地方。水槽下的一个抽屉，马桶水箱，热风口，这些地方都没藏东西。

我找的地方不对。西门这种体格的人不会往下看，只会往上找地方。

我站上台面，把天花板上的瓷砖一块块用手指戳了戳，但每块都遇到了很大的阻力。

过了一会儿，我终于戳到了块松动的瓷砖。

我抬起瓷砖，把手伸进了无尽的黑暗之中。

我颤抖着手拽出袍子，把袍子平摊在地板上。这是西门最好的一件袍子，是卢西奥舅舅在他神学院毕业时为他买的。袍子的下摆都是泥，袍子上没看到玻璃屑。

我僵直着身体弯下腰，翻开袍子的双层袖口，右边的袖口内侧覆盖了一层玻璃屑。

我闭上眼睛。西门在雨中站在乌戈的车旁，双层袖口是展开的。他做过拳击手，知道用厚厚的一层布来保护指关节。一记重拳，他就能把车窗打个粉碎。

我看着头上的天花板，感到一阵恐惧。我知道天花板上还有别的东西，但不想去碰。

一串东西从天花板瓷砖的开口处垂荡下来，一串黑色的链条。

法官问法尔科内凶器如何从他的鼻子底下消失了，法尔科内回答不出。没有哪个警察胆敢查看神父的袍子下面。

我原以为西门大腿上的瘀肿是粗布内衣磨出来的，这时我才意识到他把枪盒绑到了大腿上。

我无力地靠在墙上。我从衣兜里拿出手机，拨打了列奥的电话。列奥很快接起了电话。

"你说，"我含糊不清地说，"你们在这周早些时候因为停车券的纷争逮捕过米切尔。"

"是的。"

"告诉我到底发生了什么。"

"我不知道，我只是把胡贝尔上校告诉我的话转述了一遍。"

我甚至都不在那里，米切尔坚持表示。

"帮我查一查。"我告诉他。

他翻了几页文件，然后回来和我通话。"文件上说布莱克因为两个瑞士卫兵发动了他的车而和他们干了一架。文件上没说我们为什么要动他的车，只是说他的反应很激烈，并对我们动了粗。"

我能猜出是为什么。瑞士卫兵是不想让他离开梵蒂冈，不想让他离开冈多菲堡和东正教上层会面而奉命这么做的。

"是星期六下午发生的事吗？"我问他。

"你怎么知道的？"

星期六是乌戈被杀的那一天。

"逮捕他以后，你们是什么时候放了他的？"

"报告上说是六点刚过。"

那时乌戈已经死了，我正在去冈多菲堡的路上，米切尔满脑子里都在想怎样报复西门。

这正是他上我家的原因。

我重新够上天花板，手沿着垂荡下的链条伸向黑暗深处。最后我摸到了枪盒的橡皮表面。我不忍心去看，但依据枪盒的重量，枪应该还在里面。

你不可能杀了他，世界上没有比杀人更邪恶的事情了。

我头抵着膝盖，坐在地板上。我全身紧绷，按在袍子上的双手不自觉捏成拳头，指节嵌在了面颊里。

乌戈是个好人，是个纯良的人，你不会杀了这样一只上帝的羔羊。

我极力抑制住胸膛的一阵战栗。我的牙齿紧咬，流下眼泪时两个眼窝都变得生疼。

我试着祈祷，但祈祷词却像烟雾一样化成虚无，怎么都连不成句。我望向过道，看见了我和乌戈一起温习福音功课的那张咖啡桌。我的耳中响起他时常打来的电话中和我切磋探索的声音，我的周围四处都是他留下的痕迹——袍子里的信，从他家里拿来的工作日志，卧室里放着的查经纸，查经纸上他划的线条和写下的备注——似乎物品中蕴含的时时刻刻都浓缩成了某种让人不堪重负的东西一样。我直起腰，重新站了起来。我也只能这么干了。

　　我站上台面，打开天花板，把西门的袍子和乌戈的枪盒放了回去，接着我下到地上，清理掉地板上的玻璃屑。收拾停当以后，我朝门口走了过去。

第三十九章

堂·迭戈为我打开了卢西奥家的门。他说卢西奥舅舅不在家，找米格纳托谈事去了。我推开他走进门，告诉他我要等舅舅回家。

等待很漫长，迭戈看着我在舅舅的办公室里踱来踱去。过了一会儿他对我说："你舅舅把今天审判的情况告诉了我，你是不是为这才过来的？"

我尽力控制住自己的情绪，但连看都不敢看他一眼。

迭戈看着自己的双手轻声说："你跟我来。"

他领我走出舅舅的办公室，进入我以前几乎没去过的舅舅的卧室。

"在这里等他会更好。"迭戈说。

他走出舅舅的卧室，为我带上了门。我用了好一会儿才明白自己面对的是什么。

病床的床头板向上，周围放着医疗器械和盛着药片的托盘。卧室里还放着三个大花盆和一个立式衣柜。除此之外，在这个几乎和我家一样大的卧室里，就只有墙上密密麻麻的各种纪念品了。我看见一张他在任职仪式上的照片，一篇他年轻时开音乐会的报纸报道，其他镜框里嵌着的都是我们这些家人的照片。

妈妈年轻时的照片，父母婚礼时的照片。我掩住嘴，吃惊地看着墙上满满的两排彼得的照片。彼得照片的上下是我的照片：接受洗礼的照片，命名日上的照片，被妈妈抱着的照片，担任神职时的照片，因为福音学方面的研究获得奖励时的照片。我这才知道，我们这些看似与他无关痛痒的人在他的生命里有着举足轻重的地位。

另外两面墙，房间的另外一半，从地面到天花板都是西门的照片。牵着卢西奥舅舅的手在花园里学步；在卢西奥舅舅家的厨房骑三轮脚踏车；被一脸骄傲的卢西奥舅舅抱在怀里。这张照片有种我没看到过的东西：舅舅发自内心的笑。接着是西门神学生涯的每个进阶，获得神学院学位以及担任教廷国务院职位时的照片。最后一个框架里放了顶深紫色的无檐帽，这是主教才能戴的帽子。

我的视线转回到病床上，转回到病床边的塑料小瓶和呼吸机上。这时门开了，我转过身。

卢西奥舅舅拄着拐杖蹒跚地走进了卧室，一点不像证人席上试图挽救西门生命时的那个枢机主教。他挣扎着走向病床。走到我身边时，他停下脚步，挥手让迭戈走开。

"舅舅，"我小声说，"我在家里找到了他的袍子和乌戈的枪盒。"

舅舅的眼皮耷拉下来，他太累了。

"你原本就知道吗？"我问他。

舅舅没有吱声。

"他是什么时候告诉你的？"

"两天前。"

"他告诉你却没告诉我？"

看着墙上的照片，我开始明白他为何这样做了。

卢西奥舅舅取下胸前的十字架，把它放在床边的小珠宝盒里。"亚历山大，"他说，"你应该很清楚，你哥哥从不对我说什么，你是他唯一的家人。"

他挪动着四条腿的拐杖，试图够到抽屉里的一管油膏。拿到油膏以后，他轮流用两只手给另一只手的关节上抹油膏。

"那你是怎么知道的？"我问他。

"你能帮我打开那个吗？"卢西奥舅舅指着衣橱问我。

衣橱里都是旧的袍子，闻上去一股樟脑球味。

"看到它了吗？"他问我。

"你指的是哪件？"

随即我意识到他指的不是袍子，而是袍子后面的东西。

一张展示《四福音合参》页面的放大冲印照片靠在壁橱背板上，就是西门从布展现场取走的那一张。

"在神学院的时候，"卢西奥舅舅用沙哑的声音说，"我和你一样，学的是福音。"

我分开衣架，从袍子后面取出照片，我感觉浑身僵硬。

"我不知道他拿这个有什么用，"卢西奥说，"《四福音合参》手稿的展览我原本可以卖出很多张票，可冲印照片的消失却证实了我的担心。"

冲印的这张照片几乎和我差不多高。我把它靠在墙上，靠在我童年时代的照片上面。很快，我觉得有块玻璃在我心里面碎了似的。看见修复师去除的古时留下的污渍之后，我一下子明白过来。

我把手插进口袋，摸索着乌戈给我的那封信。

"你要找《圣经》的话，我这里就有一本，"卢西奥一边说，一边从枕头下拿出本《圣经》，"别看我的标注，你肯定能很快看出端倪。"

我的心刀扎般地疼痛。"给我支笔。"我轻声说。

他从床头柜上给我拿了支笔。

我跪下身子，把信平铺在大理石地板上。接着我像两千多年前非道派做的那样，在信中《约翰福音》的那一部分划上了删除线。

左边一列：《马可福音》十四章四十四节到四十六节，~~《约翰福音》十八章四节到六节~~，《马太福音》二十七章三十二节，~~《约翰福音》十九章十七节~~，《路加福音》十九章三十五节，《马太福音》二十六章十七节，~~《约翰福音》十九章十四节~~，《马可福音》十五章四十到四十一节，~~《约翰福音》十九章三十五节到三十七节~~，《马太福音》二十七章四十八节，~~《约翰福音》十九章二十八节到二十九节~~，《马可福音》十五章四十五节到四十六节，~~《约翰福音》十九章三十八节到四十节~~，《路加福音》二十四章三十六节到四十节，~~《约翰福音》二十章十九节到三十节~~，《路加福音》二十三章四十六节到四十七节，~~《约翰福音》十九章三十四节~~

右边一列：信件原文

二〇〇四年八月三日

几周以来，你一直在向我保证这次会面不会被推迟——即便出差也不会被推迟。现在我才意识到你这话是认真的。我可以告诉你我已经做好了准备，但我也许是在撒谎。一个多月以来你一直在偷偷跑出去——我知道这对你来说非常难——但你要理解，我也一样有负担。我一直在四处奔波，准备我的展览。改变眼下的一切，完成我们在卡西纳的会面对我来说会非常难。是的，我仍然想定下个主基调。但同时我也觉得这样做会迫使我对东正教做出很高的个人姿态。在过去的两年中，我把我的生命投入了这个展览。现在你接替了我的工作，将它展现给更广大的观众——当然这非常棒——但也将给这个主基调赋予沉重的意味。这将是我正式交出我亲手带大的小宝贝的一刻，也将是我带着喜悦的心情挥别我生命的一刻。

因此，接下来，我将把你不在城内的时候我做了些什么都告诉你。我希望这能和你制定的会面日程相吻合。首先，我在阿列克斯那里认真地学习了福音的课程。我日夜学习圣经，学得非常辛苦。我还继续着对《四福音合参》的研究。这两项探索给了我非常丰厚的回报。振作起精神，因为我在这个过程中最后一幕用到的一个词可能会使你害怕。这个词便是"发现"。是的，我的发现会抹去我以为自己对都灵裹尸布所知道的一切。它摧毁了我们寄望的主基调中的最核心信息。它也许会让你邀请的客人大吃一惊，甚至让他们心生恐惧，因为这个发现证实都灵裹尸布有个相当黑暗的过去。碳同位素测试的结果抹杀了这块裹尸布在十四世纪之前的历史。但真相渐渐浮出水面之后，我觉得会有一小部分观众认为事实比裹尸布是块赝品的说法更难接受。对裹尸布的研究使我意识到我们一直在为彼此眼中的误读感到内疚。事实上，相同的误读却揭示了有关裹尸布的事实真相。

我的发现罗列在所附的证据里面。请认真地看上一看，因为我将在卡西纳和你的朋友们谈到这个发现。同时，请代我向已经成为你的紧密追随者的米切尔致以最良好的祝愿。

友谊长存

乌戈

我声音颤抖地说出五个字来：

"是件赝品吗?"

卢西奥没理会我。

看着照片冲印件上的希腊文字母，我意识到的确不需要卢西奥舅舅再说些什么了。我全身紧绷，心变得冰冷。这就是乌戈的意思，乌戈的发现。

眼前的这页《四福音合参》汇集了四卷福音中有关耶稣之死的记述，记述了他在十字架上的最后一刻。但没提到他是怎么被埋葬的，没提到裹尸布，至少在这一页纸上还没提到。乌戈花了好几个星期研究耶稣埋葬的每一处细节，却在没有意料到的地方找到了自己苦苦寻觅的发现。

让人吃惊的不是福音书对裹尸布的记述，而是福音书对裹尸布上伤痕的记述。

这一页上有九行字非常引人注目。它们之所以引人注目是因为尽管修复师移除了非道派教徒在上面留下的污渍，但仍然无法把这几行字辨认得非常清楚。少许墨渍仍然留在纸上，使这九行文字比上下行文字更要黑一些。看到照片的人都能判断出这些文字出自非道派极力反对的《约翰福音》。这个简单的发现足以给裹尸布带来灭顶之灾。

九行文字中有七行出自《约翰福音》十九章三十四节，也就是乌戈信中引用的最后一节。《约翰福音》十九章三十四节的意思很难直接看得出。但要说到我和乌戈最后一起钻研的"爱猜疑的多马"，事情就好解释得多了。

"爱猜疑的多马"是《约翰福音》中才有的。别的福音书都没有说多马看见并触碰过基督耶稣的伤口。但在我们最后一次会面的时候，乌戈发现了多马故事的一个奇怪之处：那就是路加也讲过一个非常相似的故事。在《路加福音》中，基督耶稣复活后出现在吓坏了的门徒们面前，为了证明自己是一个复活的人，而不是什么令人恐惧的鬼魂，他给门徒们看了身上的伤口。乌戈意识到两者之间的对比会让人们发现约翰所做的修改。最明显的区别在于《约翰福音》把重点放在了多马身上——乌戈也因此把重点放在了多马身上。后来他一定注意到了更小也更具有破坏力的区别：《路加福音》提到的耶稣所受的伤和《约翰福音》并不完全一样。

在路加福音中，基督耶稣给门徒们看了自己的手和脚，看了被钉十字架时所受的伤。但约翰增添了些新的东西，他说多马把手指放在了基督耶稣肋旁的钉痕上。

基督耶稣肋骨上的伤口是从哪里来的呢？其他几卷福音书都没提到这一点。只有约翰在他的福音书中提到了这点——在他叙述的故事中有一个具有标志性意义的关键时刻：好牧人和上帝的羔羊最后融合在一起的那一刻。下面一段是照片冲印件上《约翰福音》十九章三十二节到三十七节的文字：

> 于是兵丁来，把头一个人的腿，并与耶稣同钉第二个人的腿都打断了。只是来到耶稣那里，见他已经死了，就不打断他的腿。唯有一个兵拿枪扎他的肋旁，随即有血和水流出来。看见这事的那人就作见证，他的见证也是真的，并且他知道自己所说的是真的，叫你们也可以信。这些事成了，为要应验经上的话说："他的骨头一根也不可折断。"经上又有一句说："他们要仰望自己所扎的人。"

其他的福音书都没有提过这两件事，那约翰的故事是源自哪里的呢？

他的骨头一根也不可折断：这句话是《旧约》对逾越节羔羊的描述。

他们要仰望自己所扎的人：这句话是《旧约》对好牧人的描述。

约翰的神学素养非常高。耶稣死的时候，牧人和羊结合成了一体。乌戈使节杖上的两条蛇连接在了一起。福音书上的记载在指出它们是来自《旧约》中的标志物时戛然而止。约翰声情并茂地说，这就是耶稣之所以要死的原因。他像好牧人一样为羊群献出了生命，又像上帝的羔羊那样用鲜血拯救了我们的生命。约翰甚至说这些事来自耶稣所爱的门徒的见证。换句话说，它们表述了一个有助于了解基督耶稣的标志性的事实。但实际上，这些事并没有发生。

在都灵裹尸布的所有伤口上，最严重的是耶稣肋骨处的矛伤。但化身为人的耶稣从没受过肋部的伤。这处伤口像耶稣用脚踢倒的匪徒和牛膝草上绑着的蘸满醋的海绵那样不是历史的事实。《约翰福音》的作者引入这些象征性的事物只是出于一个同样的原因，这个原因就是：依托牧人和羊发表自己的观点。

这意味着伪造裹尸布的人——不管他是谁，不管他在哪里工作过——和《四福音合参》的作者犯了一样的错误。在把四福音中的见证融合在一起的过程中，他抹除了神学和历史的区别，创造了一个鱼龙混杂的大杂烩。在裹尸布上弄上肋部的矛伤无异于因为他是好牧人而在他的手上挂上根牧羊棍，无异于因为他是上帝的羔羊而在他的肩膀上披上块羊毛布。神所爱的门徒说自己的见证是"真"的，这和约翰叫耶稣"真光"，耶稣把自己——仅仅在《约翰福音》中——形容为"真葡萄树""真粮"是一个意思。照字面理解这些标志物就会错过它们的风韵和重要意义。《约翰福音》之所以具有着神学上的意义是因为它拒绝被事实的外衣所捆绑。约翰所说的矛伤指明了超乎事实的真理，裹尸布也是这样。它是个有力的象征——却不是真正的基督教遗物。

学习神学以后，我一直在钻研着福音书，思索着其中的意义。但是在乌戈接近我，想给我看他的发现时，我却闭上了眼睛。西门的表现比我更加糟糕。我教给乌戈阅读福音的方法，西门敢于说出福音所体现的真相，这两方面结合在一起，导致了乌戈的死亡。

第四十章

我想双膝跪地。我从未对自己的失败感到如此吃惊。痛苦像根绳索绑在我的胸口，越收越紧，越收越紧。我的身体两边摇摆，但视线却定格在《四福音合参》的照片上。照片上的字字句句仿佛都在谴责我是个伪君子，一个傻瓜。我让学生们仔细钻研福音，让他们寻求神放在我们面前的证据的意义并理解它们的复杂性。但这时我才发现自己像不了解乌戈那样不了解福音书，而他背负着一个会折磨和困扰所有裹尸布推崇者的秘密，这个秘密对他形成了重压，打乱了他的人生，在他去冈多菲堡之前就几乎毁了他。知道乌戈陷于苦难的西门，似乎想用更大的苦难结束自己的一生。如果这是真的，那我自以为知根知底的哥哥，就和裹尸布上画着的那个人一样陌生了。

卢西奥舅舅的卧室里的寂静被打破了。

"舅舅，我们该怎么办？他们让我明天出庭作证。"

他从床上站起身，用拐杖支撑住自己，没有用手来碰我。他只是坚定地站在了我的身边，似乎在提醒我我不是一个人。

"他的袍子还在你那儿吗？"卢西奥舅舅问我。

"在我那儿。"

"枪盒呢？"

我点点头。

他放掉拐杖，一时间完全用自己的双脚站立着。看着照片上的福音经文，他像看着报纸上的讣告那样皱起了眉。老朋友一个个离他而去，欢乐的时光如流水一般一去而不复返。

"如果你把它们带到这儿来，"舅舅说，"我可以让垃圾车天亮时过来一趟。"

"他杀了乌戈！你怎么能毫不介怀呢？"

"他只是把乌戈像饲料一样抛出去而已，难道你要他牺牲自己的前途吗？"

我指着《四福音合参》的照片对他说："杀害乌戈是为了隐瞒你们交还给东正教当局的裹尸布是块赝品。"

卢西奥舅舅歪着头，什么话都没说。

"教宗知道吗？"我问他。

"当然不知道。"

"诺瓦克大主教呢？"

"他也不知道。"

空气凝固了。舅舅卧室里，只有医疗仪器上的一个红点在动，这个红点在不停地向前跃动，向前跃动。

"你母亲有没有告诉过你，"卢西奥舅舅沉默了半晌以后说，"你的舅公公在一九二二年教宗选举会议上是教宗的候选人，还差点当上了教宗。"卢西奥舅舅惨然地笑了笑："你那个舅公公连西门的小指头都不如。"

"舅舅，别这样说。"

"他有一天会当上教宗的。"

"再也不可能了。"

卢西奥扬起眉毛，似乎我弄错了他话里的要点一样。

"我觉得你别无选择。"他说。

我瞪着他，但他也许是对的。他的话让我产生了一种无力改变局面的感觉，看来只有想出几种办法去应对势必要临到的局面了。

"我们要解释给他们听他们想知道的一切。"卢西奥舅舅指的是《四福音合参》里隐藏的秘密。"我们要让他们知道，把裹尸布还给东正教弟兄是个非常大的错误。他们会让我们保持沉默。只要不惩罚西门，我们就同意这样的要求。"

我对卢西奥舅舅摇了摇头。

"亚历山大，即便没有袍子和枪盒，他们也已经有了足够的证据，他们完全可以给西门定罪。我们没有其他的选择。"

"西门为这杀了人，乌戈为这而死，西门宁愿被定罪也不愿让与东正教的合一遭受失败。"

卢西奥舅舅对我的话嗤之以鼻。"你以为我们告诉他真相，教宗就会把真相告诉东正教的人吗？你真是太天真了。东正教徒连阅读《圣经》的方式也和我们完全不一样，他们会全盘接受《圣经》里提到的一切。"

我怒视着卢西奥舅舅。"这件裹尸布是块赝品，教宗才不会把赝品给他们呢！"

卢西奥舅舅拍了拍我的背。"把袍子和枪盒给我带来，我会处理好一切的。"

我看着舅舅背后的一张照片，一张西门在彼得这个年纪的照片。在照片中，西门坐在爸爸的膝头，抬头看着他，眼中满是崇拜。他们旁边是对着照相机微笑的妈妈。妈妈眼中有种很难定义的东西，像是忧伤，像是智慧，又像是宁静，像是知道了一些不为人所知的事情一样。妈妈的双手覆在微微隆起的小腹上。

"不行，"我说，"我会另想办法的。"

"没有另外的办法。"

看着这张照片时，我的心已经碎了。因为我的心里很清楚，这次西门真的错了。

外面风轻云淡，月亮是满月。我走到海伦娜修女所在的修道院外面，用手握住铁栏，把自己撑了起来。我闭上眼做深呼吸，胸膛随着呼吸而一起一伏。

我爱他，我永远都会爱他。他绝不是有预谋的。他到冈多菲堡的时候根本没带武器。他可以干完了就跑路，却叫来了警察。等待警察来临的时候，他脱下雨衣，跪在乌戈身边，把雨衣盖在他这位朋友身上。

一阵狂风吹过花园，花花草草四处吹散，像是要从土里挣脱出来一样。

我对比着西门手掌的大小和那把枪的大小。列奥说那把枪是玩具枪，他所能找到的最小、杀伤力最轻的武器。西门粗大的手指刚好能放进手枪的扳机里，只要轻轻一按手枪就击发了。

我愿意相信这只是一次意外，但那把枪绝不会意外地出现在西门手中。

我坐下来，手指抓住炽热的泥土。他不会承认的，他们会问他为什么要杀人，他会因为保护裹尸布而保持沉默，间接也造成了对自己的保护。相对于杀害乌戈，这种选择更无法让人理解。

我十四岁时，西门告诉我他不愿再做东仪天主教徒了。他让我坐下，告诉我他仍然会在周日带我去我们的教堂，但不参加我们教会的侍奉礼，而是去天主教堂做弥撒。我一直没弄明白他为什么要改信罗马天主教。我们都喜欢我们的东仪天主教。我们喜欢看着父亲从挂着圣像的墙壁后面现身，穿着闪闪发光的金色袍子，站在平信徒禁止入内的圣坛上，这使我们觉得他是个举足轻重的人。但那一天，我告诉西门我也会离开东仪天主教。不管去哪儿，周日我们都要同进同出。

他拒绝了，他强迫我留在东仪天主教。他让我一定削去头发，当上东仪天主教的祭坛助手。他让那里的神父务必继续我的希腊语课程。从那天起，当他问及我中意的女孩时，首先提到的必定是东仪天主教会众人家的女儿。

他不该成为一个罗马天主教教徒的。教会法规定，儿子必须加入父亲的教派。但西门找到卢西奥舅舅寻求帮助。一心想找个外甥沿袭事业的卢西奥舅舅很快意识到西门的潜质，自然马上就答应了。从那以后，卢西奥舅舅渐渐把西门从我身边偷走，领他走上了一条本来该是他走的道路。

每周日早晨，我负责擦皮鞋，他负责熨袍子，然后我们一起在镜子前剃胡子。送我去东仪天主教做侍奉礼以后，他会去天主教堂做他的弥撒。

他把我培养成了一个东仪天主教的神父，他一直在等待这个时刻。我却一直在抵触着他。他之所以成为一个罗马天主教神父是因为他把我带大了，他的任务已经结束了。他绝对不想成为弟弟教堂的神父。他知道他要背离父亲，背离家庭，背离东仪天主教的传承。但只要有时间，他就会和我待在一起。正如卢西奥舅舅所说，他没有别的选择。在一个基督徒的生命中，也许永远没有别的选择。为了养育我，西门牺牲了自己。这个决定和他在其他关头所做的决定一样，宁愿牺牲所有也要成就他眼中的大义。未来，宗教界的地位，甚至朋友的生命，这些都可以牺牲。

如果爱上什么东西，就要为它而死，这是福音书传递的信息。为我失丧生命的，耶稣说，将要得着生命。我恨哥哥选择这样做。我因为明天必须做的而怀恨于他。但想到审判很快就要终结，我又大舒了一口气，和哥哥一起的冒险生活、不知何处为终点的担心、欠了哥哥的债还也还不清的心理，以及对我们为何而来这一问题的困惑都要结束了。明天，这一切都要结束了。

我们就是为了这一刻而来的。

我数着台阶上了楼。我把钥匙伸进旧门上的新锁，看着它慢慢转动。进行以后，莫娜和彼得用相同的表情看着我，像是我回来得太早，把他们从美梦中叫醒了一样。彼得缓慢地爬下莫娜的膝盖迎接我。看到他的样子，我真想用手蒙上脸，好好大哭一场。

"彼得，"我好不容易才说出话来，"该上床了，洗脸刷牙去。"

他看了我一眼，没有争辩什么。我从没像现在这样在他面前掩饰自己的感情过，但我却清楚地感受到，现在他的心情也和我同步，非常悲伤。

"快去吧。"我重复了一遍。

我跟他走到浴室，木然地看着他打开水龙头洗手。肥皂从他手掌里滑出来，我把肥皂放在他的手掌上，握住他的手，帮着他打肥皂。

"爸爸，你为何如此伤心啊？"彼得轻声问。

莫娜在我身后声音轻柔地说："彼得，你爸爸现在不想谈这个。"

彼得面对我和西门经常刮脸用的那面镜子看着我。我注意到他那双蓝色的眼睛几乎与西门和妈妈的一模一样。卢西奥舅舅卧室墙上的照片里满是蓝色的眼睛，甚至连卢西奥舅舅本人也是这种蓝色的眼睛。

"穿上睡衣。"我对彼得说。

换衣服的那一刻，彼得几乎光着身子站在我们面前，没见过他穿着内衣模样的莫娜把视线移开了。彼得扭腰想拉上裤子时，我发现他的大腿侧面有一圈内裤勒出的印子，这让我想起了西门身上的伤。

他跳上床，然后转身问我："西门还好吗？"

我告诉他先别上床。"跟我来。"

走到门口时，彼得问我："我们要去哪儿啊？"

我让莫娜跟我们一起，然后领着他们登上楼梯走上屋顶。

夜色中的屋顶跟船的甲板似的。两侧的海水晶莹闪亮。晾衣绳上的衣服跟船帆似的。海峡对面是约翰·保罗二世的教廷宫。屋顶下高矮不一的公寓楼、超市、邮局、停车场和博物馆如同海洋中航行的各式渔船。耸然于这些建筑之上的便是白色外表的圣彼得大教堂。

我把彼得抱在怀里走到屋顶边缘，让他尽量能看到我能看到的一切。站定以后，我问彼得："儿子，你在这里最为快乐的回忆是什么？"

他笑着看了看莫娜。"当然是看到妈妈了。"他说。

莫娜碰了碰彼得的面颊小声问："阿列克斯，你带我们到这儿来干什么？"

"彼得，尽量睁开眼睛，"我说，"看着你能看到的一切。然后紧闭上眼睛，在心里画上张明信片。"

"为什么？"

我跪在地上，和他保持着同一高度。"我希望你能记住今晚看到的所有一切。"

我心里想：也许我们再也没机会一起看到这样的美景了，因为这不是说"下回见"的时候，而是该说"再见"了，究竟能不能"再见"就不好说了。

彼得声音颤抖着问："爸爸，你这是怎么了？"

"不管发生了什么，"我轻声对他说，"你和我都彼此拥有，永远彼此拥有。"

上帝在这个孩子的生命里注入了永远不变的爱，这种爱就来源于我。我刚才的话是发自心底的，不管发生了什么。

"我们要住在妈妈家吗？"彼得问。

我的喉头哽咽了。"宝贝，不是这样的。"

我的心碎了。我用双臂抱起他，用力捏了一捏。

"那我们为何要来这儿啊？"

我无法说出他能明白的答案，只能抱起他，指着我们喜欢的各处地方。我跟他讲我们在这些地方做过的事情以及经历的种种冒险：我们坐在树荫下，给鸟儿扔陈面包片；我们看着人们把信扔在黄色的邮筒里，猜测这些信寄往哪些国家；我们爬到圣彼得大教堂的屋顶，观看为约翰·保罗二世登基二十五周年举办的焰火晚会，我们发现约翰·保罗二世也在自己家的窗前看着焰火晚会；走出超市以后，我们的购物袋破了，鸡蛋纷纷摔碎在地上，彼得因此放声大哭。这时奇迹般的一幕出现了，天上开始飘起了雪花，彼得有生以来第一次看到了下雪。在一刹那间，彼得心里的悲伤被天父微小的礼物扫除一空。天父看着我们，关怀着我们，从来不遗弃我们。

感谢天父给我送来了莫娜。当我精疲力竭的时候，当彼得想听更多的故事但我的脑子里却空空如也的时候，莫娜就开始跟彼得讲述我们年轻时的故事，讲述我小时候是什么样的。

"妈妈，"彼得问，"爸爸小时候踢球踢得好吗？"

莫娜笑了。"他踢得很好。"

"比西门踢得好吗？"

莫娜眼睛下面的肌肉绷紧了。"从各个方面来说，你爸爸都要更好一些。"

我抱着彼得回到楼下。回到家里时他皱起了眉。他钻进被子，但马上坐了起来。他下床检查了下壁橱，看看壁橱是不是真的关好了。我们一起祷告。莫娜握住他的手。但仅仅这样是不够的，我关上灯后，看见月光照在他的眼睛上，他的眼睛湿湿的。

"我爱你。"我说。

"我也爱你。"

我的心马上就暖了起来。彼得在哪里，哪里就是我的家。

莫娜跟着我走进厨房。她一边捋着头发，一边站起身，从壁橱里拿出杯子，用杯子从水龙头里接满水。整个过程中，她一直都没说话。

忙完以后，她放下杯子，坐在我身旁，把我的手从恰好在那儿的一本打开的《圣经》上挪开，她刚才给我们的儿子读过这本《圣经》。

"阿列克斯，你准备做什么？"

"这个我不能说。"

"营救西门不是你的任务，你明白这点吗？"

"别，"我对莫娜说，"别这么说。"

她把《圣经》推向我。"看看这里，然后告诉我是谁救了耶稣。"

我瞪着莫娜，琢磨着她可能的意思。

"给我看，"她说，"给我看他赢得审判的那一页。"

"你应该很清楚，他没有……"

我说不下去了，但她却在等待着。她什么话都没说，希望我把这句话说完。

"耶稣，"她说，"没有打赢针对他的那场审判。"

她的声音更轻了。"再给我看看他的兄弟救了他之后皆大欢喜的那个章节。"

"那我就要抛弃他，就要离他而去吗？"

莫娜的脸色变得难看了，她在我的语气中听到了谴责的意味。她把视线抛到一边。

"不管你做什么，"她说，"没人能控制得了西门，没人能让他改主意。如果他想输掉审判……"

我从椅子上站了起来。"我们别再争论下去了。"

自从莫娜回来以后，她第一次与我争论起来。"阿列克斯，你能掌控的只有一个人的生命，"她指了指彼得的卧室，"你跟他讲了很多两个从未谋面的人的事情，你让他觉得这两个重要的人没在他的身边，但其实他生命中最重要的人却一直都在。"

"莫娜，"我说，"我欠了西门的，我有责任救他回来。"

她噘起嘴唇。"你没有这个责任。"

莫娜还没明白我的意思。"无论我发生了什么，"我说，"我还有彼得。如果西门不能做神父了，他就什么都没有了。"

她还想说些不可挽回的话，但我没给她这个机会。

"明天作证完，就会有结果出来，"我对她说，"可能的一种结果便是我和彼得不能在此地继续待下去了。"

她想问为什么，但我沿着自己的思路继续说了下去。

"在那样的结果发生之前，我必须对你诚实以待。我想告诉你，你离开以后，我最大的愿望莫过于这个家能重新团圆。"

她摇着头，想回到刚才的话题上来，想停住我的话。

"我一直希望我们三个能住在这个家里，"我说，"这是目前我最大的愿望。"

莫娜开始哭了起来，我把目光转向一边。

"但你回来以后，"我说，"一切都变了。你没做错什么，你做得都对。我爱你，我永远都会爱你。只是其他的一切都已经变了。"

她仰头看着天花板，想止住自己的眼泪。"你不需要向我解释，你不需要向我解释。"她低下头，看着我的眼睛。"我只是想求你，务必把你和彼得放在第一位，就这一次也好。别再管西门了。你付出这么大的努力，让彼得快快乐乐地生活着。不管你想要做什么，都要先记住这里是彼得的全部。"

我很喜欢她这番话，她是为了我和彼得着想。但我无法再承受下去了，我必须结束和她的对话。

"莫娜，如果要搬的话，我不知道我和彼得会搬到哪儿，我只知道我们会住在梵蒂冈外面的某个地方，"说到这儿我迟疑了一下，"如果你愿意，你完全可以和我们一起住。"

她静静地看着我。

"我不想问你的打算，"我对她说，"我只是确定了我一直以来的想法，我想与你们两个在一起。"

她伸出手，用手握住我的胳膊。她哭泣着，指尖嵌进了我的皮肤。

"不用回答我，"我说，"至少现在别回答我，等你下定决心以后再告诉我。"

她握得更紧了。我闭上眼睛抱住她。

就这么定了。

我爱我以往的生活。将来，无论生活会如何变迁，我都会看着梵蒂冈的城墙，向上帝感谢在梵蒂冈城内生活的这么多年。孩提时，我经常观察罗马升起的太阳。如今作为一个成年人，我会看着它在圣彼得大教堂徐徐落下。

第四十一章

莫娜看着我在卧室里来回踱步了一个多小时，知道我在沉思着什么。最后她看不下去了。"阿列克斯，你需要睡一会儿。"我还来不及反对，她已经抓住我的手，把我带进了卧室。走进卧室后，莫娜反锁上了门。

我们已经差不多五年没在一起同床共枕了。床上早已没了莫娜的气息。莫娜没有脱衣服。她只是脱掉鞋，让我躺在她的身边。她关上了灯，灯光熄灭以后，莫娜用手指轻柔地捋着我的头发。我感觉到后颈处莫娜的鼻息。不过她的手并没有摸向别处，她的嘴并没有凑近。

我一整晚做着噩梦，两次从床上坐起来做祷告。莫娜睡得不沉，两次她都跟我一同起身做了祷告。夜色最深的时候，难以抑制的孤独让我急切地想唤醒她，想把我的计划告诉她。但一想到西门为了保守秘密做了些什么，我又翻转过身，抑制住了倾诉的冲动。我在被子里翻来覆去，莫娜问我是不是不太舒服，我又假装睡着了。

天亮之前，我悄悄从床上溜下来，开始为今天的谈话做准备。我把自己锁在浴室里，然后站上桌面。我把西门的袍子包在一块大毛巾里，然后把它们扔进了垃圾桶。我把枪盒放在百货商店拿来的小塑料袋里。回到厨房以后，我把小塑料袋放在身边的桌子上。

接下来我一边一杯接一杯地喝着咖啡，一边斟酌着自己将要采用的说法，不时还翻动着桌子上的《圣经》，确保自己把将要引用的经文都牢记在心，不让任何人有机会对我生疑。我强迫自己又回忆了一遍乌戈被杀那天晚上的事情，把可能会忘的细节都串了一遍。不需面面俱到，只需让人信服。

半小时以后，莫娜走进厨房。她帮我检查了袍子的内里和表面，检查了最好的那双鞋子。她在桌子上看见袋子里的一卷线里包着块又硬又黑的东西时，没有说一个字。每次她看表的时候，我都会抬手看表一眼。

我吻了下沉睡着的彼得的前额，我坐在彼得的床上，看着对面西门很久前睡过的那张床。过去我经常在那张床边和西门一起祈祷。关灯以后，我们经常在黑暗中低声交流着什么。我甩脱回忆，离开了彼得的卧室。

八点半，我把小塑料袋藏在袍子里面出了门，把垃圾桶里拿出的垃圾袋扔在了罗马那边的一个大垃圾箱里。我有足够的时间在梵蒂冈再走一圈。但我没有这样做，而是离开了国境门，走到圣彼得广场早起的人们之间，感受喷泉的喷水。我看着犹太小贩布置着他们的购物车，看着教堂的工作人员为一个想必在下午举行的宗教仪式布置着桌椅。但看得最多的还是外来的平信徒、朝圣者和旅游者，我想像他们那样感受这个地方。

接我的车于九点三十分匆匆开来了，司机是教廷仆役长安杰洛·古格尔。古格尔和我住一幢楼。古格尔有三个女儿，妈妈健在时，她的一个女儿经常来我家帮忙照看我和西门。然而，古格尔只是说了句"神父，早上好"，便载着我沿着西斯廷教堂旁边的马路向教廷宫驶去。车开进宫时，守门的瑞士卫兵们向车敬礼致意。到达教廷国务院后，一扇折叠木门为我们打开，木门后是一条拱道，拱道尽头便是约翰·保罗二世的办公地——教廷宫内唯一不被人所知的地方。

这里的院子很小。墙却异乎寻常地高，让人感觉像站在洞底似的，地上笼罩着墙的阴影。院子的另一面有个装了玻璃的凉亭，凉亭里的两个瑞士卫兵警觉地看着我们这辆车。古格尔开车在院子里绕了个圈，回到拱道这边，使我这侧的车门正对着墙上的一扇门。"神父，就这里。"他对我说。

教廷宫内院的私家电梯。

他插进钥匙，自己操作起了电梯。电梯停了以后，古格尔推开铁栅，打开一扇门。我的脖子感到一阵刺痛感。

我们到了。这就是教宗的家。眼前出现了一个装饰着各种珍奇家具和少许盆花的客厅。室内没有布置瑞士卫兵。列奥说瑞士卫兵不能进入这里。古格尔带着我继续朝前走。

我们进入了一个墙上满是金色绸缎的书房，耶稣的巨幅画像下立着张书桌，书桌上只有一只金色的钟和一部白色的电话机。

古格尔指着书房中间的长条桌说："在那儿等着吧。"

让我惊奇的是，他竟然离开了。

我看着周遭的一切，感到非常紧张。小时候，我每天晚上都会望着这里的顶楼窗户，很想知道窗户后面有些什么。很想知道父亲是波兰的贫穷士兵，生长在借来的房子里，而住在世界上最著名宫殿的顶层公寓里的教宗又究竟是怎么样的。那时候，约翰·保罗二世像个谜一样困扰在我心里挥之不去，给了我抗拒重重恐惧的无穷力量。他和我一样，小时候父母都死了，和我一样一度觉得自己和梵蒂冈格格不入。但就将要做的事情而言，我是这个保护神的背叛者。

更多的人走进了这个书房。首先进来的是警察局长法尔科内，接着是教廷法庭的检察官。最后，卢西奥舅舅在米格纳托的陪伴下出现了。

西门从另一扇门进来了。

所有人都看着他。卢西奥舅舅的手臂伸了出来。他颤颤悠悠地伸出双臂，把手触向西门的脸颊。

但西门却死死地盯着我。

我一动都不能动，西门的眼窝凹陷，看上去像具尸体似的。他那瘦如麻秆的手臂似乎能绕身体两圈。我感觉到抵在肋骨上的枪盒。西门示意我离他近一点，但我控制住自己，没有予以回应。我一直在准备迎接这一时刻的来临，保持一定的距离对我们两人都好。

过了一会儿，诺瓦克大主教出现在门前。"亚历山大·安德鲁神父，"他说，"教宗现在就想见你。"

我跟着诺瓦克大主教走进一个更小、更为隐蔽的房间。我马上就认出，这是约翰·保罗二世接见圣彼得广场上的群众时的那个小书房。书房的大窗户上装着防弹玻璃，玻璃后面放着张满是文件夹、待签文件以及不断从教廷国务院传来的卷宗的办公桌。教宗根本来不及看这么多文件，因此它们一沓沓占满了整张办公桌。文件是如此地海量，以至于我一开始没看清坐在文件后的那个人。

我愣住了。他和我只有一臂之隔。教宗看上去一点都不像有力量在西斯廷教堂匍匐在东正教长老面前的那个人。眼前的教宗既脆弱又渺小，眯成一条缝的小眼睛刚巧掩藏了他满身的痛苦。除了呼吸之外，看不出他有任何动静。他的眼睛对着我，但我们之间没有任何交流，没有寒暄，没有相认。见教宗的人不断在他面前出现又消失，他也许把我们这些人都当作人体模型了吧。

"神父，坐下吧。"诺瓦克大主教指着书桌背面的一把椅子说。接着他在约翰·保罗二世身边坐下了，以一种我不明白的方式为教宗提供着服务。

"陛下看过了法庭收集到的证据，"他说，"他希望再问你几个问题。"

教宗坐在椅子上一动不动，在问讯过程中恐怕一句话都不会说。

"是的，阁下。"

"很好，先从你对诺格拉博士的认识说起吧。"

"阁下，我和他……"

诺瓦克大主教谦和地做了个手势，示意向我提问的是教宗本人。

我强迫自己适应约翰·保罗二世毫不动摇的直视。"陛下，我和诺格拉博士是通过我哥哥认识的。诺格拉博士在图书馆里找到份失落的手稿，我帮他读懂了这份手稿。"

我道出了一个事实，但诺瓦克大主教却并没有深究。他问我："你怎么定义你哥哥和诺格拉的工作关系？"

"他们是好朋友，我哥哥救过他的命。"

"我听过诺格拉博士留给你哥哥的口信，他们的关系似乎并不友好。"

我仔细地斟酌着自己所用的言辞。

"自从我哥哥接受了和东正教方面联系的任务以后，他就无法把更多的时间用在对诺格拉的照顾上了，这让双方都很受伤。"

我望着诺瓦克的表情。我希望他还记得教廷国务院让西门在非工作时间执行的任务，希望他记得这是教廷国务院强加给西门的任务。离这儿不远处，应该就是教宗赐予西门主教职位的私密教堂吧。

"但语音记录显示，"诺瓦克大主教说，"诺格拉博士有了一个使他们的关系复杂化的发现，你知道这是个什么样的发现吗？"

我鼓起勇气。"是的，我知道。"

"是什么发现呢？"

"他找到了一份名叫《四福音合参》的古代手稿。"

诺瓦克点了点头。"是现在不知所终的那份手稿吧。"

"我帮助他研究《四福音合参》，"我说，"在那之前，诺格拉博士一直没意识到四卷福音书对裹尸布的描述并不相同，这是问题的起源。"

"继续说。"

这时，我开始了罗列经文的工作，我必须完美地做好这项工作。

"《约翰福音》对耶稣埋葬的描述最为详尽，"我说，"其他几卷福音用的都是单数的'布'（此处为希腊文），只有《约翰福音》用的是复数的'布'（此处为希腊文）。《约翰福音》对空墓的描述也很详细，而且与其他福音书埋葬时的描述完全一致：门徒们不仅看见了复数的'裹尸布'，而且找到了耶稣的裹头巾。这显然对裹尸布上的图像构成了疑问。"

诺瓦克大主教皱起了眉。他似乎想提出另一个问题，但我继续阐述了下去，陈述其他地方的证据，用希腊语扰乱他的思路。我必须尽一切力量把他从剑伤的话题上引开，必须把他引到别的方向，引到《约翰福音》中对裹尸布描述的细微偏差上。因为诺瓦克知道，乌戈不会在乎这些偏差。毕竟，没人会去《约翰福音》中寻找颠扑不破的事实。

"约翰见证中'裹尸用的香料'（此处为希腊文）加深了这种疑问。其他几卷福音书说，埋葬时没有用香料，因为犹太义士约瑟是匆忙间埋了耶稣的，但《约翰福音》却说'尼哥底母带来的没药和沉香约有一百斤'（此处为希腊文）。这是个很大的问题，因为对裹尸布的科学测试没有发现使用香料的迹象。认定了这点以后，诺格拉觉得《约翰福音》上的见证才是最详尽的。从《约翰福音》的描述来看，目前找到的这块裹尸布应该不是真品，诺格拉去冈多菲堡就是为了向东正教来宾讲述这点。"

诺瓦克大主教的身体因为忧虑而萎靡起来。他的表情凝重，两只手沉思着放在下颚处。"神父，你没向他解释过《约翰福音》是怎么样的一卷福音书吗？"

"我向他解释过了，我向他解释《约翰福音》更接近于神学的本质，不尽然是历史的事实，比其他几卷福音晚了几十年才产生。但他知道东正教的人不会以科学的态度研读福音书，那些人更愿意从表面的意思去理解《约翰福音》。”

诺瓦克揉了揉太阳穴，看上去非常痛苦。“这就是诺格拉的发现吗？他的发现就是一个误解吗？”

我点了点头。

他皱起脸。重新开口说话的时候，他的话音有了变化。他的问题不再是出于法律、出于《圣经》的了，而是出于更深层次的人性本身。我暗地里觉得，最糟的时刻应该已经过去了。

“诺格拉博士是因何被杀的呢？”

到了揭开旧疮疤的时刻了。疮疤揭开就会见血。“我们的爸爸终其三十年都在致力于教派的合一。”我朝约翰·保罗二世微微鞠了一躬。“教宗陛下，我知道您不可能记住在梵蒂冈工作的每一位神父，但他确实把毕生的精力都放在了和东正教的合一上。您曾经在碳同位素测试结果宣布前邀请他来这里，他为此感到无上的荣光。听到测试的结果时，他整个人完全垮了。”

约翰·保罗二世的嘴角第一次动了动，眉头皱得更阴郁了。

“我和哥哥从懂事起，就认定我们有义务实现教派的合一，”我说，“如果在东正教会历史性的来访中，出现了些让人分心的事，那将是非常让人困扰的。我哥哥想向诺格拉博士做出解释，但诺格拉博士根本不听。”

诺瓦克大主教的眼神更为阴郁了。“我想知道那天晚上的事情。你是六点半左右到那儿的，那时诺格拉已经死了，这是不是事实？”

最困难的一部分问答开始了。“阁下，不全然是事实。”

他翻动着桌子上的文件，试图从证词中找到事实。“那不正是加纳利先生为你开门的时间吗？”

我周身紧张，在椅子上坐直了身体。

“那是他开门的时间，”我说，“但并不是我到那儿的时间。”

他脸色阴沉地抬起头。“跟我解释解释。”

我的心向着西门，我的心一直和西门连接在一起。

“阁下，我之所以打电话给圭多·加纳利是为了显得我到冈多菲堡的时间要比实际到那儿的时间来得晚。"

约翰·保罗二世试图侧过头去看诺瓦克大主教，但是没能做到。他的手紧抓椅子把手，只能用眼角的余光瞥一眼他年迈的助手。

"你在说什么啊？"大主教问我。

"我五点前就到了。"我说。

和监控录像上的时间完全吻合。

诺瓦克等着我进一步的说法。

"我找到了车里的诺格拉博士，"我说，"我和他吵了起来。"

这是我在神父生涯中最不愿经历的黑暗时刻。任何一个善良的人都不愿意这样陷自己于不义。但我不需要表现得非常完美。诺瓦克大主教应该很了解这种感觉。

我呼吸很浅，心里非常紧张。有公证人在场的话，我的供述就会是正式的了。

诺瓦克大主教拿起电话，用波兰语对电话那头的人说了些什么。过了一会儿，教宗的第二秘书米耶克走了进来，米耶克把这时我最不想见到的人带了进来。

"法尔科内局长，"诺瓦克说，"教宗想让你听一听安德鲁神父做出的供词，安德鲁神父似乎要承认自己谋害了诺格拉博士。"

第四十二章

诺瓦克大主教给局长找了把椅子坐下，把我说的话重复给他听，然后让我继续我的陈述。

我不知该从哪里说起。有法尔科内在场，每个细节我都必须讲述得非常得体。

"我哥哥为了找我和诺格拉才走出别墅，"我说，"他看见我和诺格拉站在诺格拉的车旁。"

下午四点五十分，西门从监控镜头前走过。

"车停在哪儿?"法尔科内问我。

他在试探我。

"在别墅南边的小停车场，"我说，"就在门边上。"

"这究竟是为了什么啊?"诺瓦克大主教不耐烦地打断了我的话。

谎话变得越来越容易了。"我一心想着父亲，"我说，"自从在东正教神父们面前丢尽脸面以后，他就一直没有缓过来，最后含恨而终，我不能让这一幕发生在西门身上。"

法尔科内打断了我的陈述。"你怎么知道枪在哪儿呢?"

我原本想略过这部分的内容。即便是现在，我依然不知道该如何圆这个谎。西门一定有打开枪盒密码锁的钥匙，但他不会有车钥匙。他知道锁的密码，但必须用拳头砸开车玻璃才行。这当中的蹊跷我到现在都没能弄明白。

"诺格拉回他的车去拿演讲稿，"我说，"当他把演讲稿从车前的挡板里取出来的时候，我看到了驾驶座下面的枪盒，盒子似乎没有关上。我不知道为何要去取枪，也许枪盒的出现是个诱因吧。"

约翰·保罗二世的双唇分开，用嘴进行着呼吸。我对不得不这样做感到非常厌恶。

但法尔科内却毫不留情。"所以你就从车里拿出枪了是吗?"

"当时还没有。乌戈关上车门，想回别墅去。我走到他跟前，跟他吵了起来。他说他要的是真相，东正教会知道真相以后会发生什么与他毫无关系。我觉得展览会遭到毁灭性的后果。我……我告诉他我不会允许他这样干的。我威胁了他。这时我才去他的车里拿枪。"

诺瓦克大主教点了点头。他一定在面前的报告中看到，乌戈车内驾驶座的搁脚处发现了我的头发。

但法尔科内却不为所动。争吵什么的都是不相干的证据，关键点还是在那个枪盒上。"你知道枪盒密码锁的密码吗？"

"不知道。我不是已经告诉过你了嘛，盒子并没完全关上。"

"你是如何把枪盒从链子上拿下来的呢？"

"那时我没取下枪盒。那以后，我才用乌戈的钥匙把链子打开了。"

法尔科内沉下脸问："从他的身上拿到钥匙的吗？"

我无法面对他的逼视，只能轻轻点了点头。

"说下去。"诺瓦克大主教吩咐我。

"我在乌戈走向花园时追上了他。我只是想吓吓他，但他不肯回头理我，我只能跑到了他面前。他看见了枪，举起只手保护自己。当他的手碰到我手里的枪时，我摁下了扳机。"

我看着法尔科内，确信他记得验尸报告说在乌戈的双手上发现了射击的残留物，身上的枪伤也是近距离射击造成的。

"这时候你哥哥在哪儿？"他问我。

"西门听到枪声就跑过来了。他跪在地上，想看看诺格拉博士还有没有被救活的希望，但这时诺格拉已经死了。"

这倒不是瞎说。西门袍子上的泥应该就是这样得来的。

"我不知该怎么办，"我说，"只是一个劲地让他帮帮我。"

诺瓦克大主教抬眼打量着我。

"阁下，"我对他说，"我哥哥愿意为我付出一切。"

约翰·保罗二世突然倒向一边，脸上露出痛苦的表情，似乎我刚才最后几句话给了他非常大的打击。诺瓦克站起身去照顾他。

法尔科内却一直没把目光从我身上移走。他用几乎分辨不出的声音轻声问："你哥哥到底为你做了些什么？"

至少在他看来，这之前的描述是无懈可击的。

"他处理了钱包和手表，"我说，"我负责处理枪支。"

"把现场布置成抢劫是谁的主意？"

"是我想出来的。西门之后才把他的主意告诉我。"

法尔科内一直在找机会驳倒我的陈述，但始终都没有找到。

"他让我上我的车，"我说，"把车开下山，等参加会议的人全都走了，然后打电话给我的朋友圭多，告诉他我刚从罗马过来。西门说他得回到会议当中去，不过会在我到的时候等在花园里。"

"没有证据表明你哥哥回到了会议现场。"法尔科内说。

他还不明白这正是我的描述的关键点。

"他撒了谎，"我说，"他原本就没打算回去。"

法尔科内的表情有点困惑。

诺瓦克大主教却似乎明白了。他是个主教，能从我们的角度看问题。他理解哥哥为什么会保持沉默。这个原因便是我。

他用悲伤的眼睛看着我，既没有厌恶，也没有同情。他的目光中带着熟悉的悲剧性色彩。他伸手整理了一下教宗桌子上的文件。

但法尔科内却还不满意。"那把枪你怎么处理的？"他问我。

这正中我的下怀。我把手伸进袍子，拿出放着枪盒的塑料袋。光天化日下的证据打消了所有的疑虑。

法尔科内看着塑料袋中的枪盒，眼神有了变化。所有的线索终于串在一起了，他关心的终究还是证据。

他不带任何感情地问："你哥哥一直在保护你吗？"

我还没来得及回答，法尔科内突然转过身来。他的眼角余光似乎闪过了什么东西。

接着我也看到了。

教宗动了。他的右手——能动的那只手——摆了摆，招呼着诺瓦克大主教。

大主教弯下腰，凑到约翰·保罗二世耳旁。教宗老迈不堪的躯体里发出微弱沙哑的声音，我没能听清他说了些什么。

诺瓦克大主教瞟了我一眼，他的脸色变了，眼神里闪过一种说不清道不明的东西。他小声对约翰·保罗二世教宗说了些什么，但我听不懂他们说的波兰语。说了一会儿，教宗朝大主教点了点头，我坐在椅子里一动都不能动。

法尔科内警觉地看着诺瓦克把手放在了轮椅的扶手上，诺瓦克推着轮椅绕过书桌，经过法尔科内身边，朝我走了过来。

教宗双眼盯着我，他的双眼没有生气，却是魔幻的淡蓝色。这双眼睛什么都不会错过。

我浑身一紧，脊柱弯曲下来。教宗把我看透了。我只是一千多个神父之中的无名之辈，但他却能像感知天气变化一样看穿我的谎言。教宗的痛苦表情说明他知道我是在撒谎。

快到我身边时，他举手让诺瓦克停下轮椅。

我不知道该怎么办。我把身体挪出椅子，然后跪在地上。依照惯例，这时应该亲吻教宗的戒指或匍匐在地亲吻教宗的鞋子以表谦卑。如果可能的话，我真想找条地缝钻进去，真想把自己在教宗面前隐身。再没有比我更卑微的人了。

诺瓦克俯下身，碰了碰我的肋骨。"陛下想跟你谈谈。"

约翰·保罗二世的手臂动了动。他的白色袖子一瞬间碰到了我的手。教宗伸出手，把厚重的掌心贴在我的脸颊上，覆在我的胡子上。

他在不停地有节奏地抖动。这是帕金森综合征的症状。但他颤抖着的手却传递着一股热量。他是让我别再说了，他会说出他的看法。他张开口，声音嘶哑地说了些什么。

我说不出话，只能看着诺瓦克大主教。

约翰·保罗二世努力提高了嗓音。

"扬尼斯。"他按紧了我的胡子。

我抬眼看着他，全身无法动弹，我不敢相信教宗竟然会叫出这个名字。但诺瓦克不让我说话，教宗的话是不容被打断的。

"扬尼斯·安德鲁。"约翰·保罗二世说。

约翰·保罗二世糊涂了。他看着我，心里想的却是十五年前见到的那个男人。

接着他积攒起力气，把这句话说完。

"是你的父亲吧。"

我憋住气，把手指嵌入掌心，尽力不表露出任何情感。

"你，是有儿子的神父。"他用几乎分辨不出的音调说。

他用碧蓝色的眼睛看着我。我突然间觉得自己在教宗面前无可躲藏，心里羞愧难当。

"是。"我好不容易才从紧绷着的喉间蹦出这样一个字来。

约翰·保罗二世看了看诺瓦克大主教，让大主教替他说话，他已经没力气再说话了。

"陛下有时会看见你和你的学生们，"诺瓦克大主教说，"在他坐车经过花园的时候。"

我感到一阵心痛，觉得非常耻辱。

约翰·保罗二世把手摆向自己。"我，"然后又把手摆向诺瓦克大主教，"和他。"他重新积攒起力气说。

诺瓦克替我解释了教宗的意思："陛下也曾经是神学院的教师，他是我伦理神学课的教授。"

我很难面对他的直视，但无法扭头不去看他。约翰·保罗二世又一次用手戳了戳我的胸膛。"我也有个哥哥。"他用沙哑的声音小声说。

我终于闭上了眼睛。我知道他的哥哥，教宗有个比他大十四岁的哥哥埃德蒙。埃德蒙是波兰的一个医生，很年轻时就传染上医院里病人的疾病发烧去世了。

说到哥哥，教宗的声音起了波澜。"我们可以为彼此做任何事情。"

他说这个可能有两个原因。不是相信了我的证词就是知道我为何要撒谎。只要一张开眼睛，我就能知道答案了，但我还是不敢睁开眼睛。

长时间的沉默弄得我非常紧张，我终于睁开了眼睛。

轮椅已经被推开了。诺瓦克大主教把轮椅推出门，向书房走了过去。大主教转过身，示意我跟上去。跟他出去之前，我看了一脸法尔科内的脸色。警察局长什么话都没说，表情深不可测，他手指扣着枪盒，用手机拨打了一个电话。

"指控被取消了，"诺瓦克大主教对聚在书房里的众人说，"有人进行了坦白。"

每个人都是一副震惊的表情，谁都不相信事态竟然会发展到这一步。

然而，西门却在此时站了起来。

所有的人都望向西门。他像是个巨人一样，耸立在大家面前。他的身躯像根避雷针似的从空气中汲取着电能。诺瓦克停顿下来，他被西门的毅然决然惊讶得说不出话了。趁着诺瓦克的停顿，西门说："他在撒谎。"

米格纳托和卢西奥舅舅转身看他，示意他住嘴。教廷检察官难以置信地看着眼前混乱的一幕。

"他在撒谎，"西门重复道，"我能证明这一点，问他是怎么处理枪的就知道了。"

"他交出了枪盒。"诺瓦克大主教解释道。

西门眨了眨眼，他没想到我会把谎撒得如此天衣无缝。

但他还有最后一根稻草。他转身对我说："你能打开这个枪盒给他们看看吗？"

诺瓦克似乎想打断西门的话，但约翰·保罗二世却朝他挥了挥手，让西门继续说下去。

书房里的所有人瞪大了眼睛，观望着事态的进一步发展。

"我不知道锁的密码，"我对诺瓦克重复了一遍，"乌戈没有告诉我密码。"

西门俯视着我，眼神中流露出令人心碎的挚爱和异常的惊讶，仿佛我本应知道自己不会成功，却还是令他难过地尝试了一样。

他的声音缓慢而细碎。"教宗，您不会在枪盒里找到枪，我把枪和乌戈的皮夹、手表和宾馆钥匙都埋在花园的一处花坛里了。我可以带警察找到那个地方。"

我愣住了。我还没来得及说话，法尔科内已经走了进来，他拿着蛤壳状小盒，盒盖打开着。

"陛下。"他满怀忧虑地叫了声教宗。

当法尔科内把盒子里的东西拿给约翰·保罗二世看的时候，我感觉到米格纳托在看我，但我懒得理他，视线一直没离开法尔科内带来的那个枪盒。

西门说得对。枪盒里放枪的地方放的是那卷腐而不灭的手稿。手稿的皮制装订绳无法把书页牢牢地装订在一起，防水书皮缝在封面的针脚也已经松开了。如果这份手稿那天晚上掉在冈多菲堡的某个水塘里的话，它一定会被浸湿的。但枪盒却很好地保护了这份手稿，使它不至于被雨水淋湿。手稿里夹着当作书签的几张白纸，白纸上带有乌戈的笔迹，这应该是乌戈给东正教神父们的致辞。

诺瓦克大主教小心翼翼地拿出这份手稿。但约翰·保罗二世却抬起还能动的那只手，向他指了指手稿中的那叠纸，诺瓦克把纸递给他。教宗看乌戈准备的致辞时，房间里一个人都没说话。

随着一页页的阅读，他的表情也越来越难看，看得出他非常痛苦。诺瓦克慢慢地从他手中抽出这叠纸。他没看纸上的内容，而是转身问我："这上面的意思是什么？"

西门插话说："我弟弟不知道枪盒里放着手稿，他的所谓坦白完全就是在撒谎。"

法尔科内把手伸进裤子后面的口袋去拿手绢。他把手绢平铺在手掌上，然后轻轻地从教宗的双手中提起枪盒。

我搜肠刮肚，想说些什么改变眼下的局面以抵消西门的罪行。但西门看着枪盒的表情是如此可怖，以至于我的想法在瞬间变成了泡影。西门躲避着法尔科内审视他的眼睛，对我更是看都不敢看。

法尔科内关上蛤壳状的小盒子，但没把盒子从西门的视线中挪开。看到这个盒子能让西门感受到痛苦，警察局长深知这一点。

"神父，把它拿起来。"警察局长说。

西门退缩了。

局长的眼里没有一丝人性。"把它拿起来。"他又重复了一遍。

"我不要。"

"打开它。"

"我不会再去碰它了。"

"那把它的密码给我。"

西门木然说:"一、十六、十八。"

和乌戈家保险柜同样的密码,也就是《马太福音》中建立教会的章节。[1]

法尔科内拨着西门报出的这串数字。拉开把手前,他看了西门一眼。两人的目光交流中有种我明白不了的东西。

"你弟弟吓了你一跳,是吗?"法尔科内问他。

西门的脸上没有任何表情。"你不知道自己在说什么。[2]"

法尔科内手指一拉,锁并没有被打开。

西门惊呆了。他瞪着我,仿佛我和法尔科内串通一气了似的。

年迈的警察局长转过枪盒,从各个角度审视着它。这是他第一次把身体从正对着西门的方向挪开,转身面对着约翰·保罗二世报告说:

"陛下,瑞士卫兵推荐这款枪盒的一个主要理由是密码锁的密码由生产厂家设定,是不能被更改的,"他举起手中的一页纸说,"我刚才打电话给生产厂,'一、十六、十八'不是这个枪盒的密码。"

他看着这张纸,在密码盘上拨了正确的密码,密码锁被打开了。我不自觉地长舒了一口气。

"神父,"法尔科内对西门说,"你的眼神向我吐露了真相。"

诺瓦克大主教轻声问:"局长,你看到了什么?这到底意味着什么?"

法尔科内像是被欺骗了一样看着枪盒,他黯然说:"诺格拉博士的右手上有射击残留物。"他把右手的食指伸过蛤壳状小盒的边缘,做出个开枪的手势。"他就是用那只手射击的。"

他的声音说明了一切。

西门的表情告诉我,法尔科内的话是真的。

---

1 指《马太福音》十六章十八节,"你是彼得,我要把我的教会建造在这磐石上,阴间的权柄不能胜过他。"
2 出自《路加福音》二十三章三十四节,"父啊!赦免他们,因为他们所做的,他们不晓得。"

第四十三章

"西门。"我说。

他没有答话，只是脸色死灰地看着法尔科内手中的枪盒。

诺瓦克大主教眯眼看着我，想搞明白我和法尔科内谁说的才是真的。

但最终，我终于搞明白了，我知道了事情的真相。我如释重负，以至于差点没意识到乌戈死得有多么地悲伤。

"只有乌戈知道密码锁的密码，"法尔科内说，"枪盒是他自己打开的。"

西门什么话都没说，他要将沉默一直保持到最后。

"可他不用敲碎窗玻璃就能上车，"法尔科内说，"神父，当时发生了什么？"

米格纳托用几乎听不到的声音说："监控录像里的声音。"

乌戈和西门抵达花园的时间相差两分钟。我赶到那时西门一开口是这么说的。

他打电话给我，我知道他有麻烦了，于是便尽快地赶了过来。

"但你为什么要砸碎车窗呢？"

这解释了米格纳托听到的监控录像里的声音。先是枪响，然后是车玻璃被砸碎的声音。

西门仍旧没有说话，但这时已经没有他说话的必要了。

"因为枪盒本来就在车里面。"我说。

"可能诺格拉事先就打开了枪盒，"检察官反驳道，"所以它才是空的。"

但枪盒并不是空的。西门不会锁上一个他打不开的枪盒，枪盒必定在他拿到前已经又锁上了。

"把手稿放进枪盒的应该是乌戈才对。"我说。

那天晚上下着大雨，乌戈一定是为了不让《四福音合参》手稿损坏才这样做的。

我低声问西门:"你怎么知道手稿在里面的?"

不知道枪盒里有份手稿的话,西门才不会把枪盒妥善收起来呢!枪盒里存放着手稿一定是乌戈告诉他的。

我哥哥依然没有说话。我再一次思考着把他们隔开的这两分钟时间。

西门举起手,让我别再说话。接着他的拇指和食指朝一处靠拢,几乎要汇合在一起。几乎汇合在一起。西门透过拇指和食指间的缝隙看着我。

我无语了。如果当时他的步子能迈得再大一点,再快一点那该有多好啊!我的脑海里浮现出十五岁时的西门站在圣彼得大教堂狭窄的阳台上伸出双手阻止陌生人跳下时的情形。我很想知道这次他距离乌戈有多近。西门与他本以为已经救下的朋友间最后又说了些什么。

但哥哥压根没想解释。书房里非常静。过了很久,手拿乌戈演讲稿的诺瓦克大主教终于轻声说话了。

"你们俩为什么要扣下这份稿子?"诺瓦克大主教问。

我看了看西门。他不想面对诺瓦克,但不会一直躲闪着目光对大主教不敬。他鼻孔张开,脖子上的肌肉紧绷。

"你们俩为什么要扣下这份稿子?"诺瓦克大主教重复了一遍他的问题。

到了这个关头,西门还是不肯说话。这时,教宗声音微弱地提出了一个问题,书房里的时间似乎静止了。

"为什么这……"约翰·保罗二世问,"……可怜人……结束了自己的生命?"

犹大的最大罪过不是出卖耶稣,而是自绝于世。不久前,教廷刚刚定了个规矩,不允许为自杀者进行葬礼,不允许安葬自杀者。但西门的目的并不是为了隐瞒耻辱。

教宗重重地放下双手,他悲叹一声。"快回答我。"

西门终于抵挡不过去了,他结束了自己的沉默。

"教宗,"西门说,"乌戈直到在冈多菲堡见了东正教的长老们才知道展览对您有多么重要。"

约翰·保罗二世皱起了眉。

诺瓦克大主教问:"你没告诉他要向东正教来宾致辞吗?"

西门什么都没说,他不想把过错归结在他人身上。

但约翰·保罗二世却嘶哑着嗓音说:"你想必已经告诉他了。"

我哥哥不想再谈这件事,他说:"我恳求他不要告诉任何人有关裹尸布的发现,我恳求了好多次。但乌戈却坚持要表明真相。乌戈前往冈多菲堡原本是要把他的发现对东正教来宾和盘托出的,但到了那儿以后,他却在人群中看到了意想不到的人物。直到那时,他才知道这个展览的重要意义,才知道这个展览真的能使教派合一成为可能。他不允许自己对裹尸布的事情撒谎,又不允许自己毁了您多年以来的梦想。"我哥哥的表情非常痛苦,他跪到地上对教宗说:"教宗,我很抱歉,请原谅我。"

我想着带着演讲稿和《四福音合参》手稿孤身一人前往冈多菲堡的乌戈,想着要进行生命中最勇敢一搏的乌戈,想着准备宣称如同自己孩子般珍视的裹尸布为赝品,想着以真理的名义做出牺牲的乌戈。他无惧无畏,直到最后一刻都很坦然,他是我最勇敢的朋友。

约翰·保罗二世轻声问西门:"为什么没把这事告诉我?"

我哥哥努力镇定住自己。想了一会儿以后他说:"如果您知道的话,您就不会把裹尸布还给东正教会了。如果没有东西给他们,教派的合一就无从谈起。乌戈愿意为这个秘密而死,他的选择也是我的选择。"

我见过几千张约翰·保罗二世的照片,他是人类历史上留下照片最多的人之一。但我从没见过他这个表情。他的脸皮皱着,双眼紧闭,显得非常痛苦。他的头往后靠,粗脖子上的肌肉绷得非常紧。诺瓦克大主教弯下腰,用波兰语轻声安慰着约翰·保罗二世教宗。

灯光反射在西门的双颊上,西门脸上的须发一动都不动。

诺瓦克匆忙说:"在教宗重新叫你们之前暂时休会。"说完他把教宗推到隔壁一间书房,关上了两间书房之间的门。

过了一会儿,另一扇门开了。教宗的二秘米耶克教士突然闯了进来。他脸色苍白地说:"我送你们从货梯下去。"

我们聚在一起跟在他的后面。到了走廊后,米耶克教士把手指摁在货梯的呼叫按钮上。货梯到了以后，他陪我们走进货梯，摁下下行按钮。电梯门快要关上时，他才把手按在西门的前臂上说："阁下，你不能走，你还得留一会儿。"

这一幕发生得非常快，我只是在门关上的一刹那间看了西门一眼。西门看着我，没有看其他任何地方。他身后的一扇门开了，诺瓦克大主教站在门口，看着我的哥哥，而哥哥的眼里只有我。

第四十四章

余下的整个上午，我都在等着西门。到了下午，窗外的树梢开始随风摇摆，圆石小道上的灰尘开始四处飞扬，眼见着马上要下雨了。五点刚过，传来一阵急促的敲门声，我冲到门前去开门。

愁容满面的萨穆埃尔弟兄出现在我面前。他的声音非常激动。"阿列克斯神父，你得赶紧到楼下看看。"

我冲下楼。但我在楼下并没看见西门，而是由少数几个人组成的送葬队伍。诊所门口站着两个拿着蜡烛的助祭，两人由一个拿着十字杖的人引导。他们后面跟着个轻吟着祷文的神父，神父后面就是乌戈的棺材。

大楼外面的停车场上没有灵车。这支没几个人组成的队伍在瓢泼大雨中沿着梵蒂冈的街道朝前走，在城门前左拐，进入教区教堂。

空荡荡的中殿里停着一副金属棺材架。棺材被抬上棺材架，乌戈的脚正对着圣坛。每个动作都小心翼翼，寂静无声，都是在经过深思熟虑之后才做出来的。我感到呼吸急促，于是便走出教堂，给西门又打了个手机。但手机那头还是没有应答。

神父在门内的一块板上写了个告示。**呼唤永生，乌格里诺·卢卡·诺格拉**。今夜将进行守夜，明早进行弥撒，然后是墓地边的葬礼。

看着神父拼写单词的时候，我感到雨水打在我的背上。雨水顺着台阶滚滚而下，我的袍子都被打湿了。神父走了以后，我把这块板从门内挪到门外，好让路过的人都能看见。但远处响着雷，街上一个人都没有。

我站在教区教堂门前看着街对面的教廷宫，等待西门从拱门里出来。短暂的守夜将是唯一追思乌戈的机会。一旦告别弥撒开始，所有的私下追悼都不能做了。但视力所及之处仍然一个人都没有。

我只得走到棺材处进行祈祷。关上的棺材盖像是在对我进行着无声的谴责。殡葬师自然可以掩饰住伤口，但从尸体被运过来时的匆忙，从他的死讯仅仅被记录在那块极易被忽略的木板上，从居民看见棺材经过接着送到教堂却没有任何一个人跟过来的事实可以看出，乌戈的葬礼被故意地忽略了。他们可以说雨下得很大，他们可以说不认识乌戈，他们可以举出许多种理由，却唯独不会说因为乌戈是自杀才不来送他的。

我坐在第一排长凳上开始祷告。我转过身，看见乌戈的助手巴赫米尔也来到了教堂。他坐在中间的长凳上，祷告了大约十五分钟。祷告完以后，他走到前排，把手搭在我的肩上，把我当死者家属一样进行安慰。乌戈觉得巴赫米尔一点不关心他，显然这是他的个人偏见。巴赫米尔临走之前，我向他表达了谢意。

巴赫米尔走了以后，教堂的神父向我走了过来。"神父，"他说，"你想在这儿待多久都行。但如果你想去外面等人的话，我很愿意借你把伞。"

我告诉他我不会离开，我哥哥马上就要到这儿来了。神父陪了我一会儿，问我是如何与乌戈相识的，他说他本人并不认识乌戈。葬礼时的沉默与洗礼和婚礼时短暂的沉默完全不同，葬礼的沉默毫无希望和期待可言。为了填补这个沉默，神父问了我东仪天主教的礼仪，问了我右手上戒指的含义。尽管毫无说话的欲望，但作为本教派的代言人，我还是对他的问题一一作答。我告诉他，我结婚六年了，是第八代的梵蒂冈神父，儿子的唯一梦想是成为职业足球运动员。他笑了。"你的袍子还是湿的，"他说，"要我为你熨干吗？"

我谢绝了他的好意，让他走开了。

午夜了。棺材边的蜡烛放射出最耀眼的光芒。突然间，身后的情形起了变化，雨声刹那之间变小了，一个庞大的身影阻断了雨声。我认出了这种阻断一切的气势，认出了向我走来时的轻微踏步声。

他跪在我身边，身影在烛光中发出金灿灿的光芒。我的手指嵌在棺材的扶手里面。他长吸一口气，把手绕过棺材盖，像是要用手臂抱住乌戈似的。接着他把头靠在棺木边低声呜咽。

我看着他把手放在领口上。他用手指把链子从脖子上取了下来。链子的底下有个戒指和十字架并列在一起，是个主教的戒指。他用手掌握住戒指，把戒指放在棺材上。接着他转过身，把手搭在我的肩膀上，我们紧紧地拥抱在了一起。

我轻声问："他们对你做了些什么？"

他没有理会我的提问，而是说："真是太对不起了。"

"他们解除你的教职了吗？"

解除教职等同于剥夺他的生命。

他问我："谁为乌戈致悼词？"

"没人，没有人知道他在这里。"

他并紧双拳，用拳头抵着下巴，然后起身看着棺木，他的目光像是要把棺材板看穿似的。

"乌戈。"他默念着。

他的声音很细，不像在念悼词，更像在祈祷。我退后一步，给他让出地方。教堂里非常安静，我连他浅显的呼吸和说话前的呼气声都能听得清楚。

"你错了，"他对着乌戈的棺木说，"上帝没有遗弃你，上帝没让你失败。"

他弯下腰，几乎俯身在棺材盖上，多年前爸爸心脏病发作躺在地板上时他多半也是这么弯腰的吧。即便人已经死了，他也想抱住死者施以安慰。尽管他的话已经没有用处，但他却试探地、柔情地向黑暗中伸出手，像是觉得这个笨重的木盒太残酷，太不近人情了。但他强壮的双手却打不碎更为硬实的棺木。看到弯腰在棺门边低声慰藉着朋友的哥哥，我不禁在想：我是多么地爱他，多么地爱着这个除了神父不可能从事其他职业的兄长啊！

"乌戈，"从恨恨的话音看，他一定咬紧牙关，发泄着自己的怒气，"上帝让我帮你，但我失败了。"

"西门，"我告诉他，"你没有失败。"

"原谅我，"他轻声说，"上帝，请原谅我。"

他手抖着划了个十字，然后把脸埋在双手中。

我伸出手臂抱住他。我把他拉到身前，让他靠在我身上。西门颤动着庞大的身躯。蜡烛的火苗低落了一点，然后又高高飘扬。我低下头，看到他那两只握成拳头的大手重重地抵在大腿上。我默默地和他一起开始了祷告，祈求上帝宽恕我们所有人。

　　我们等待着这件事的处罚。两天，四天，一星期，没人打电话来，没人发邮件。我有时忘了准点送彼得去上学，有时会把饭烧煳，完全集中不起注意力。等待周而复始，新一天的来到意味着新的等待的开始。这样的等待也许会持续好几个星期。到了十月，我意识到这样的等待也许会持续好几个月。

　　我经常去乌戈的墓地。每次去墓地时，我都避开其他死者的吊唁者，不想让他们因为看到我和西门在乌戈的墓边而心生反感，我完全不知道他们听说了些什么。这么多天的祈祷以后，我开始对自己与乌戈的疏远心生悔恨。乌戈断绝与我的来往以后，我一直与他保持着距离，没有让他重新进入我的生活。这对普世的平信徒来说也许是个微小的罪过，但对神父来说却非常严重。教廷是永恒的，能抵抗住一切的逆流，无论围绕着都灵裹尸布会发生些什么，我打心眼里知道天主教和东正教终将会合一。但单个人的生命是宝贵而短暂的。圭多·加纳利曾经给我讲过一个冈多菲堡以从鸡窝里拾出完整的蛋为生的老人的故事。圭多说，这种工作你可能觉得任何人都能做，但这需要一双特别的手。站在墓前，我经常会想起圭多的这番话。这话似乎对所有神父都非常有用。

　　工作间歇时我去看了展览。我开始只想看看观众和乌戈跨越时空的交流，没想到渐渐上了瘾。乌戈仍旧在那里，他的一部分仍旧完好无损地停留在了展览现场。这些展品像是他的遗物，表现出他的精华所在。但眼见这些一无所知的人看着墙上的海报和镂空字，跟随乌戈此前写好的基督教艺术年表参观展览时，我又感到心难安。他们不是和我一样为了对朋友的回忆而来，而是冲着仍旧挂在西斯廷教堂的那块裹尸布而来。在他们眼中，这次展览的意义是完全不一样的。观众们完全被眼前这些展品打动了——画作如此雄伟，手稿如此古老，对从东正教手里抢得裹尸布的史实如此坦白——这使他们确信裹尸布肯定是件真品。很多人都是一样的反应，他们点头表示理解和赞许，双手叠放在胸口的部位似乎在说，我知道这是真的。这次展览使世上的人再一次接受了裹尸布的真实性，接受了教宗把裹尸布还给东正教来宾的真实性。大多数罗马人不仅把这次展览看成是天主教历史上的一块里程碑，而且把展品当成是反映福音书中裹尸布真实性的证据。如果约翰·保罗二世教宗能亲自到展览会现场看看这些观众，他的想法一定会和我一样。展览让我觉得乌戈就在我身旁，但我实在无法再这么继续下去了。

十月十二日，神学院院长维塔里神父没有任何征兆地把我叫进他的办公室开会。维塔里是个好人。他从不抱怨有时我会带彼得上班，彼得生病时也会慷慨地给我几天假。尽管如此，他让我坐下询问是否需要喝些什么的时候还是显得客套了一点。看见他的书桌上放着我的个人档案，我感到一阵悲伤。轻微却又像嗡嗡蚊鸣一样笼罩在我头上的恐惧突然真实起来，未来在我眼前似乎又蒙上了一层薄雾。该来的总还是要来的。米格纳托说判决会以法庭文书的形式到来，但现在看来，问题会被悄悄地解决。在满是神父的梵蒂冈，再找个福音学教师不会是件很困难的事情。

维塔里举起文件，问我是否意识到自己已经在神学预科班教了五年了。"整整五年，"他重复了一遍这个数字，然后笑着告诉我，"这意味着你可以加薪了。"和维塔里神父握了手以后，我拿着签了所有孩子名字的卡片离开了。说句实在话，我确实吓得不轻。那天晚上，我做了个梦。在梦中，我又变回了一个孩子，看到一箱血橙在火车站落在圭多身上，看到一个自杀者往圣彼得大教堂里跳。我觉得胸口一阵收紧，仿佛有根手指挠着我的心弦。没过多久，即便是在白天，我的心里都像是在摇拨浪鼓一样，似乎远处有列火车正向我扑面而来。我怕了。无论将要发生什么，我都感到害怕。

一天早上，博物馆馆长对外宣布，展览将提前结束。有人传话给新闻界，说教廷的决定应该受到批判，这个人很可能就是卢西奥舅舅。《共和国报》一个记者撰文说，展览结束是因为教宗怕东正教的人心生埋怨。会招来批评是意料之中的事情，提早结束意味着遗物展赚不到原先预料的那么多钱了。展览的最后一天，我去展览室与这次展览道别。参观者数量之众让我瞠目结舌，肯定会创下策展人始料未及的历史记录。我只能通过如潮的观众看到远处的展馆墙壁，看到乌戈正在渐渐远去。

那天晚上，裹尸布离开了西斯廷教堂。约翰·保罗二世宣布因为安保原因，裹尸布的存放地点不再对外宣布。这似乎意味着要把裹尸布送往东方。而当问到列奥瑞士卫兵是否见到有一大箱货离开任何一座城门时，他却说他们从来没见过那么一大箱货。我每天都重复一遍这个问题，列奥都回复我相同的答案。到了最后，连列奥也对裹尸布的去向起了疑。过了段时间，有记者在新闻发布会上询问裹尸布去向的最新情况，教廷发言人说事情很复杂，双方正在私下进行着协商。换句话说，别指望他会提一句有关裹尸布和东正教方面的事情。

过了不久，梵蒂冈东仪天主教的其他神父也纷纷来问我流言是不是真的，是否约翰·保罗二世的健康状况成了教派合一的障碍。如果他马上要死的话，下一步就无法再走下去了，与东正教的合一也将成为空谈。我告诉他们我也不知道合一的进展情况。但其实我非常清楚。从他们不可能理解的一个方面来说，流言倒可以说是真的：教派合一已经不像约翰·保罗二世当初谋划的那样成为天主教历史上的里程碑，而成了对乌戈的良心问题了。他宁愿马上就死，也不愿意把双方的合一建立在谎言的基础上。教宗的时间已经不多了，这倒正好遂了他的心愿。

《马太福音》里有个仇敌趁夜间在田里投下稗子的比喻[1]。仆人问主人要把稗子薅出来吗，主人说再等等，不然会连麦子一起都拔出来。主人说，等到收获的时候，先将稗子薅出来，捆成捆，留着烧，唯有麦子要留在仓里。

我无意薅出这些稗子。无论是乌戈，还是约翰·保罗二世，我都无意薅出他们生命中的稗子。但在裹尸布周围的一片静默中，我听见主人让仆人再等一等，等到收获的时候再薅。

莫娜要与我和彼得一起参加东仪天主教的崇拜仪式，这让我大吃了一惊。两天后，她建议我们再一起去参加崇拜仪式。没过几天，她又找了个

---

1 《马太福音》十三章二十四到二十九节。

时机问我最后一次忏悔是在什么时候，她觉得忏悔会对我有用。

她没弄明白：我已经尝试过了。但我此前还从未感受过宽恕的力量。护士也许相信治疗的作用，但和莫娜在医院里的病患不同，我的问题是自找的，所以很难找到良药。

可我渐渐发现，来我身边帮我的莫娜不再是和我结合时的那个莫娜了。尽管她作为母亲和妻子离开了我和儿子，尽管她在苦痛中独自生活了好几年。但好在，她进行了自我谴责后又以我要重新了解的全新形象站在了我面前。她之所以出手相助是因为她还爱着我，是因为她知道我面对的黑暗及其程度。尽管没有良药，但这段路我将不再独行。

十一月中旬，大教堂的工人们开始在圣彼得广场的中间搭起脚手架。每年他们都要建起一座胜于往年的耶稣诞生的布景。他们把布景用一席十五英尺高的帘子遮起来，直到圣诞夜那天才公之于众。彼得像侦探一样绕来绕去，检查工人们丢弃的垃圾，偷听他们的谈话，在防水布上寻找可以窥探的小洞。在圣诞节之前的大斋期里，罗马天主教徒已经在市场里摆满了东正教徒不能吃的糖果、奶酪和腌肉。今年我不用再为购物发愁，当莫娜带彼得上超市的时候，我就去看看西门。

他待在罗马城外的一个小教堂里。那里的神父像收留流浪猫一样把他安顿了下来。教廷国务院给了他一段短暂的假期。罪恶感使他远离梵蒂冈，在这段时间里，他傍晚在社区食堂做饭，夜里为一家教会的庇护所服务。我有时也会去帮帮忙。干完活后，我们会在罗马夜深人静时在小教堂的长凳上肩并肩坐上一会儿。

起先，我们总是绕开那些敏感的话题。但一天晚上，我们把话说开了。他似乎在这里经历了神父的第二次造就，脱离了教廷国务院的枷锁以后，他反而能从一个神父的角度去看待事物的本真了。和他交谈时，我主要扮演听众的角色。我感觉他是想让我听听他对自己人生做出的一些结论。很久以前，使徒彼得正是在这里看见耶稣的形象，脱离暴君尼禄的压迫的。"主啊，"彼得问，"你要去哪里？"[1] 他看到的那个形象回答说："我要去罗马再钉上十字架。"[1] 听到这句话，彼得知道了耶稣给自己制定的计划。彼得决定牺牲自己的生命，让尼禄王把自己钉在梵蒂冈山上。每个人都会把罗马的某一座教堂作为自己生命中的一站，我们置身的这座教堂就是西门的转折点。我告诉自己，在不久之后的一个晚上，我也会把我的经历和感受拿出来和西门分享。

西门所在的教堂离梵蒂冈有四英里路。这段路走起来很长，但在经历心灵涤荡的时候是不能坐车的。回家时要经过万神殿、特莱维喷泉、西班牙广场，却是在夜里最黑最静的时候。广场上还有些游人和情侣，但他们对我像对鸽子和来往的车辆一样视若无物。我只看见了西门曾经念过的学校，我和莫娜第一次约会的地方和远处彼得出生的医院。在每处人生里程碑上，我都会简短地做个祷告。在路旁的每个街区，我的视线都会逗留在横跨小街的晾衣绳上，停留在照耀着形形色色圣诞节饰品的节日灯光上。

十二月晚上的四英里路在忏悔和祷告中过去了。回到家以后，我更加沉默不语。我检查了下自动答录机，看看有没有法庭判决的消息，但一直没有这方面的消息。彼得睡着了，只是在我吻他前额的时候动了动身子。爬上床以后，莫娜睡眼朦胧地说，你浑身冰凉，别用那双冷脚碰我。她笑了笑，翻了个身，缩在我胸前只有她能容身的空当里。片刻间，我又感觉到了这些晚上都会有的那种惊奇。我伸出手臂抱住莫娜。他好点了吗？她轻声问。她以前对西门的疑虑早已被关心所取代。我吻了吻她的后颈，对她撒了谎。我说每次去看西门他都会好一点。他应该知道他已经被原谅了，莫娜说。她是对的。但要让西门相信这点仅仅靠我还不够。

莫娜在临睡前总是问我，你把后来发生的事情告诉西门了吗？我碰了碰她裸露的后背和绵软的肩膀。这么些年来我一直在过去的困扰中入睡，现在我可以只想着未来了。我把之后的事情告诉西门了吗？还没有。因为我相信这样的机会一定有很多。

还没来得及说，我告诉莫娜，不过应该快了。

1　此处为希腊语。

十二月二十日，天还没亮，我的手机接到了一条列奥发来的短信。

凌晨四点十七分，索菲娅生了个男婴，身体健康，七磅三盎司重。我们给他取名为亚历山大·马特奥·凯勒。我们带着感恩的心感谢上主。

手机屏幕在黑暗中闪闪发亮。亚历山大，他们给男婴起了我的名字。

又来了条短信。

我们希望你做他的教父。来看看吧，我们就在楼下。

索菲娅是在楼下的诊所生产的。他们有了个梵蒂冈宝宝。

我、莫娜、彼得下楼的时候，西门已经在那儿了。他的一双大手像以往覆盖着彼得那样覆盖着新生儿。他的目光中有丝脆弱的警醒，一种因为害怕而造成的自我保护意识。西门似乎又变成了那个养育我长大的哥哥，还是个孩子，却偏偏装出大人的样子。当莫娜上前用纤细的手指抚摸新生儿蓝色的小帽子时，我突然为他们俩这时的样子动容了。西门轻轻放下亚历山大，想让莫娜抱在怀里。莫娜却先把手放在了西门胸前本该挂着主教用十字架的位置，西门低下头，眼神里流露出疑惑的神情。莫娜低声对他说，无论你做了什么，乌戈都已经原谅你了。

这句话让他心碎了。莫娜从他手里接过新生儿，西门低声地对列奥和索菲娅说了些祝贺的言语，然后走到门口。

我在楼上家门口的过道上追上他，看见他正木然地坐在过道里空的装箱盒上。我应该早一点把后来的事告诉西门。但我知道，他还没完全做好准备。

西门站了起来。他说，他们不能对你这样，他们不能让你搬走。

我向他做了解释，没人想让我们搬走，我们只是想重组一个家。这里有太多不好的回忆了。

他看着眼前的这套房子，看着这套用他的钥匙再也打不开的房子，然后听我讲述了我们新找的房子的情况。我告诉他，在我去探望他回来的路上，我喜欢上了附近的一个地方。彼得有两个朋友也住在那儿。那幢房子的产权属于教廷，这意味着只要付点租金就可以租下。以我和莫娜的收入，我们完全可以租住在那里。

西门眨了眨眼。他说他给彼得开了个储蓄账户，账户里的钱不多，我和莫娜钱不够花时完全可以用它。

我予以了回绝，他看上去很苦恼。我说我很抱歉，我本应把搬家的事告诉他，但他却打断了我的话说："阿列克斯，我请求上面给我安排了一个新的职位。"

我们相互打量着。我俩似乎距离得非常遥远。

这意味着他又回到了教廷国务院的下属机构。上帝，你要去哪里？去罗马，去罗马再被钉上十字架。

我问西门他要求去什么地方，他说不是什么特别的地方，只要不是东正教的地盘就好。总有地方可以去，总有事业可以献身。我看着他身旁彼得写上"厨房"二字的打开着的盒子，盒子的厚纸里包着件小瓷器。我向他发出邀请，邀请他参加家里的圣诞晚餐。

圣诞夜那天，圣彼得广场耶稣诞生布景上盖着的帘子被掀开了。这次的布景比以往任何一次都更为宏大，马厩几乎和小酒馆一样大。彼得因为马厩旁几乎和实物一样大小的牛和羊而高兴坏了。我和莫娜带他去圣天使城堡滑冰。到了吃圣诞夜晚餐的时候，我们才依依不舍地回到家。

根据东仪天主教会的传统，圣诞夜的晚上家里最小的一个孩子负责张望天上出现的第一颗星星。于是，彼得守在自己卧室的窗前，我和莫娜在桌子上摆放了象征着耶稣出生地的白色台布和稻草。西门在桌子中间的大块面包上点了根蜡烛，这根点燃的蜡烛象征着基督是世界的光。坐下吃饭的时候，我们给门留了条细缝，在桌子边放了把没人坐的椅子，这是因为耶稣的父母是游历在外的旅人，出门在外靠的是他人的好客。过去的几年中，圣诞夜一直是我生命中一个比较阴郁的时刻。每到这时，我都会怅然地看着没人坐的椅子和开着的房门，不时会想着莫娜。但今晚，我的心平静了下来。我多么希望西门也能享有和我一样的平静啊。

正要吃饭的时候，我们听见有人在敲门。接着，留了条细缝的门被人推开了。

我抬起头，手里的面包落在桌子上。米格纳托教士站在门口。

我仓促地站了起来。"快请进。"

米格纳托看上去很紧张。"圣诞快乐,"他说,"很抱歉打扰了你们的节日晚餐。"

西门似乎感觉到了什么。"现在不行,今晚不行。"

老教士的脸上没有一丝表情。他环顾了一下房间,似乎意识到房间里除了桌椅之外什么家具都没了。照片镜框取下打包以后,墙上一派斑驳破败的模样。

"这是我们在这儿的最后一顿晚饭。"我压低声音说。

"是的,"他说,"你舅舅跟我说了。"

他显得十分恐惧。我想从他身上找出他为何如此恐惧的原因。但他一没带公文包,二没带法庭文件。

米格纳托清了清喉咙。"教宗的决定将在今晚发布。"

西门注视着米格纳托。

"他们让我来确认一下,"米格纳托说,"决定下达后应该被送到哪里。"

"就送到这儿。"我说。

米格纳托补充道:"决定送达时我也会在场。"

我本想同意,但米格纳托却话锋一转:"可我还有别的任务在身,因此无论是什么决定,我希望你都能打电话来通知我。"

这时西门说话了。他轻声对米格纳托说:"教士,谢谢您。已经没这个必要了,不会再有什么指控了。"

米格纳托的眼皮耷拉下来,他说:"尽管如此,我也许还能提供一些不同的视角,或是给你些安慰。"

西门点了点头,但其实他不会再打电话,我们也不会再见到米格纳托教士了。

房间里非常安静,一时间只听得到隔壁传来的圣诞颂歌声和楼道里孩子们的大呼小叫声。除了这里,今晚到处都是欢愉一片。

"教士先生,"西门说,"感谢你为我所做的一切。"

米格纳托微微低了下头。他走上前,跟西门握了握手,嘴里重复着:"祝你们大家圣诞快乐。"

桌子上的蜡烛一点点熔化。我和莫娜给彼得讲关于耶稣出生的福音故事——《路加福音》中马槽的故事，《马太福音》中三博士的故事——可西门只是干瞪着眼睛看着我们，目光空洞无神。刚过十一点，彼得就睡了，我们在地上铺了张床单，让他睡在上面。床架和床垫都已经装车了。

莫娜打开电视，收看圣彼得广场上的节日场面。彼得出生之前，我们经常和西门一起去圣彼得大教堂做午夜圣诞弥撒。电视屏幕上，几千个人在广场上排着队，他们的身影在作为约翰·保罗二世专用圣诞树的那株百岁的阿尔卑斯冷杉面前显得非常渺小。莫娜的手指穿过我的指缝，捏了捏我的手。我吻了吻她的前额。她的双眼一直盯着屏幕，电视里所说的话一句都没漏过。我去厨房倒了点喝的。经常和外国大使觥筹交错的西门举起酒杯，却想不到该说些什么。我坐在他的身旁。

"无论今后会怎样。"我碰了碰他手里的玻璃杯。

他点着头笑了。

"会过去的。"我对他说。

他一只手臂绕在我的肩膀上。窗外，一颗星星挂在教宗宫头顶黑漆漆的夜空中，西门愣愣地盯着那颗星星。我闭上眼。不知何故，我很熟悉这种时刻。西门已经走了。他的身体虽然还在，但其他部分都已经悄然地飘走了。他来这儿是为我们着想，让我们确信他就在我们身旁。

"我们爱你。"我说。

他的眼睛看上去很空洞。他说："谢谢你总是让我觉得自己是这个家的一个组成部分。"

喝完酒，他起身去水槽那儿洗杯子。我想：十一年了。这是他投身宗教界的时间。当我在神学院上一年级的时候，他就当上了神父。整个人生的三分之一，他都投身于宗教事业。这意味着他今晚可能要体验一般人没有经历过的遭遇：第二次成为一个孤儿。他伸手想去拿烟，一阵敲门声却使他的手收了回来。

敲门声把彼得吵醒了。

我看着西门，西门目光中的火花已经消失了。

我上前开门。

"是安德鲁神父吗?"敲门的人问。

来人是个穿着黑色西服的平信徒。我认识他,他是约翰·保罗二世的信使。

他交出两个信封,一个上面写着我的名字,另一个上面写着西门的名字。

我把后一个信封交给西门,他闭上眼睛。莫娜起身朝我们走来。

我料想到了这个局面,害怕会发生这种情况,但此时并没有感到特别害怕,反而感到一种异乎寻常的宁静。

全心信靠主。在你一切所行的事上,都要认定他,他必指引你的路。[1]

西门看上去却非常害怕。莫娜伸出手对他说:"西门……"

彼得瞪着信使。接着他起身走向西门,把头贴在伯父的大腿上,用胳膊抱住伯父,使出浑身力气搂紧了他的腰。

我先打开了自己的信封。里面的内容和我预料的完全不一样,我转身看着信使。

信使等待着西门的反应。

"西门,"莫娜小声说,"打开吧。"

西门忙乱地打开了信封。我看着他读完了信里的内容。看完以后,他抬起头,声音尖细地问:"现在吗?"

信使点点头。"是的,神父们,请跟我来,车在等着呢!"

莫娜在西门身后看着西门手里的那封信,眼里闪烁着光芒,她说:"你们去吧。"

我不解地看着莫娜。

"相信我,"她的表情非常紧张,"去吧。"

来接西门的还是那辆黑色轿车。古格尔先生用同样无动于衷的神态打开车门。信使坐上了副驾驶座。我听见西门在我身旁粗重地呼着气。

1　出自《箴言书》三章六节。

古格尔和信使没有说话。彼得在美景宫公寓顶层的窗户旁边看着我们，我久久地看着那扇窗户，直到窗户淡出我的眼帘才转过头。

街上没有人，两边的办公楼一片漆黑。早前当我们三个从溜冰场回来的时候，一大群八哥像在罗马上空张了一张网似的遮盖了天空。完全盖住，撤开，然后又完全盖住。但现在天上却只有星星。西门的手指碰着喉头，拉扯着教士领上的标志。

轿车到达教廷宫门口，没做停顿就开进了门。

"我们这是要去哪儿？"西门问。

汽车静默无声地沿着长方形会堂后面的道路往前开，很快法庭宫便映入了眼帘，但随即又消失在了黑暗之中。

路上湿滑的鹅卵石看上去像一块块黑色的小玻璃，像是夜晚台伯河的粼粼波光。西门探过身子，把双手放上前座。这时，莫娜给我发了条短信。

你们在教廷国务院吗？

我回了条短信，快到那儿了，为什么这样问？

轿车慢了下来。古格尔熄了火，下车打开把伞。"神父们，"信使说，"跟我来。"

我们的南面是隔开教廷宫和圣彼得广场的一扇门。即便世界走向末日也要庆祝圣诞的几百名信徒在雨中大肆狂欢着。

信使领着我们走过边门。边门旁的一座小教堂里，几个老神父正在忙乱地穿上袍子。我在神学院预科班教的学生也在那里，他们穿着红色的袍子和白色的罩衣，帮助年老的神父穿上他们的袍子。两个学生推着一个带着轮子的移动衣架朝我们奔了过来。"这是您的袍子。"一个学生对西门说。

这是件唱诗班的袍子，是参加别的神父主持的弥撒时所穿的袍子。

西门看着这件袍子。"我不能穿这件袍子。"他说。

我的心扑扑直跳，是件紫色的袍子，是件主教穿的袍子。

我的手机震动了一下。莫娜的短信又来了。

你们去那儿是参加圣诞夜的特别布道。

　　我让学生们别听西门的，让他们帮西门把袍子穿上。我的学生们可以比世界上任何一个祭坛助手都更为迅速地帮西门把袍子穿上。尽管西门抗议，但他一定觉察到了什么，反抗的力度小了很多。如果主教穿着黑色袍子的话，别人一定会知道他在服丧。但在耶稣基督的生日这天，服丧显然是不合时宜的。

　　西门低下头，做了个深呼吸。接着他伸出胳膊。孩子们脱下他的黑色袍子，给他穿上紫色袍子、白色罩衣和紫色兜帽。帽子上别着个正十字架。

　　"这边走。"信使走得更快了。

　　教堂的通道口和墓地一样铺上了大理石。我回头看了看。一个孩子向我们抬起手，像是在跟我们道别似的。

　　通道比外面更热更嘈杂，我的皮肤上起了鸡皮疙瘩。走过另一扇门以后，我们进入了教堂。

　　天花板不见了，墙一直延伸到会堂屋顶，通道里的叽叽喳喳声变成了一片轻轻的说话声。

　　"这边走。"信使说。

　　看见的景象让我大吃一惊。参加东仪天主教教堂弥撒或是团契的最多不过二百来人。但今晚，从圣彼得大教堂正中央到教堂入口边查理曼大帝加冕的石盘处却足有一万多人。中殿非常挤，平信徒不再寻找座位，而是扎堆站在了侧廊里。会众们陆续而至，蜂拥在会堂各处。

　　信使领着我们朝前走。祭坛被一圈圈充满敬意地站着的忠实信徒围住了。最外面一圈是平信徒，然后是修女和神学院学生，最里面是神父和教士。我站在了我该站的位置，我身边站着其他的东仪天主教神父，几个同道认出我，给我让出了位置。

　　西门不肯离开我。信使示意他继续往前走，但他却停在了我身边。"阿列克斯，"他轻声说，"我不能继续往前了。"

　　"已经由不得你了。"我逼迫他继续朝前走。

　　信使带着他走过佩戴勋章的大使和权贵们的位置，到了教廷国务院的神父们站着的地方。西门迟疑了一下，然后才加入进去。但信使却轻拍着他的背，不在那里，还要继续往前走。

他们走到主教们站着的一圈。这些人都比西门要大，有些人的年龄甚至是西门的两倍。信使后退一步，像是在表示这不是自己该站的地方，西门却呆呆地站在那儿，像个祭坛助手一样四处张望。主教们看到西门，纷纷散开为他让出位置。两位主教伸出手，把手按在他的背上。西门这才朝前走了一步。在他们前面的最里层，站着一个身穿白色罩衣、金色袍子的大主教——代表着希望和欢腾的白色和金色是今晚的主基调——我翘首张望，发现卢西奥舅舅的眼中饱含着热情。

领唱人开始唱起了赞美诗，弥撒开始了。西门低着头，不去看约翰·保罗二世。约翰·保罗二世教宗似乎在一场关乎个人的战斗中败退下来，身体不住地晃动着。我发现他用双手捂住了脸。一阵声音响起，隔壁西斯廷教堂的唱诗班开始了歌唱。

基督耶稣，上帝的独生子，耶和华神，上帝的羔羊，你怜悯我们，免去了世间人的一切过犯。

一队儿童手捧鲜花走到圣婴像前。他们笑着，叽叽喳喳地交头接耳，孩子们的声音使西门抬起了头。布道快开始时，我做了个祈祷，祈祷莫娜的判断没错。

福音书被带到约翰·保罗二世面前。他亲吻了福音书，在胸前画了个十字。一万多名会众立刻鸦雀无声，照相机的咔哒声也完全停止了。会堂里连声咳嗽都听不到。在这儿的许多人有生以来就见识过约翰·保罗二世一位教宗。我们打心眼里知道，这将是我们在这座高高的圣坛上最后一次见到他。上帝通过约翰·保罗二世教宗创造了许多奇迹，我祈祷上帝将为我们创造出更多的奇迹。

约翰·保罗二世的声音很轻又含糊不清。

"今晚，一个婴孩为我们出生了，圣婴的到来给了我们一个新的开始。"

我看了看西门，发现他的目光锁定在教宗身上。

"福音书的作者约翰写道'凡接待他的，就是信他名的人，他就赐他们权柄，做神的儿女。'[1]但这意味着什么呢？我们这些罪孽深重的人怎么能和耶稣一样成为神的儿女呢？"

西门的身体震动了一下，肩膀瘫软下来。他探出身子，似乎想抓住身体前面的那根栏杆。

"耶稣在黑暗中给我们带来了希望的信息，才使之成为了可能：不管我们犯了什么样的罪，救世主都为我们承担了这些罪孽。他是来宽恕我们的。"

一时间，我的目光被吸引到了存放基督遗物的长方形会堂的几根大柱子上。我想到了裹尸布。我琢磨着，裹尸布是不是被存放在了这些石柱间的哪间圣器保存室里。如果是这样的话，乌戈就言中了，圣彼得大教堂成为了裹尸布的新的存放所。

"我们不应以救世主对我们的原谅才信靠主。今晚，圣婴的到来给了我们一个新的开始，我们应该牢牢地抓住这个开始。"

麦克风从约翰·保罗二世的嘴边被人移开了，会堂里一片寂静。西门的姿态发生了某种变化。他的头不是无力地垂着了。教堂里先后响起了使徒信经和信友祷词。当教宗举手做出献祭的姿态时，一座钟响了，一万多个声音齐唱，上帝的羔羊，你负担了世上的罪，请怜悯我们。

四周的神父开始分发圣餐。信徒纷纷从座位上站起来领圣餐。真主来临，西斯廷教堂的唱诗里唱道，万众欢腾。西门看了看自己左右的那些主教。尽管他们的位次相同，但西门就是不肯把手从栏杆上拿开，就是不肯上前半步去领受圣餐。站在西门前面的一位枢机主教转身摇了摇头，似乎在说西门不应该留在原地领受圣餐。

是诺瓦克大主教。

诺瓦克抓住西门的手，带着他往前走。他们走过其他的主教，走向我所在的一条走廊。然而，他们并没有朝着我这个方向走，而是朝着高高的圣坛走了过去。

西门摇了摇头。他们停住了步伐。在返回到会堂的众人中间，还是继

---

1 《约翰福音》一章十二节。

续走向圣坛上的教宗那里，他似乎一时间没了主意。这时，诺瓦克对哥哥说了些什么。我永远不会知道此时诺瓦克所说的话，情愿把这一时刻作为一个永久的谜。

说完话以后，诺瓦克把双手搁在西门的肩膀上，哥哥站直身体，朝台阶上方看了过去。教宗的手里拿着圣餐。高高在上的穹顶窗户外，星星揭开了天堂的面纱。西门做了个简短的祷告，在胸前画了个十字，然后迈出了第一步。

我看着他越走越高，越走越高。

鸣　谢

这本书花了我整整十年的时间。以下这些人帮助我完成了这本书——使我没有因为写作这本书而耗尽自己的精力。

没有谁比长期配合我的文学经纪人珍妮弗·乔埃尔更理解阿列克斯神父和他的生活了。在十年的写作过程中，珍妮弗不仅阅读了《血与水》的草稿，而且在四千多页的草稿上写下了许多标注，这最后一版的小说文稿上同样留下了她的十来处标注。在写作中间，我遇到了一个非常大的挫折，起先的一份书约被终止了。在我记忆中最差的出版环境下，珍妮弗带着决心和我未完成的书稿，为小说的完成而抗争。她推迟了出差，取消了家庭旅行，因为不想放弃这部小说和我这个拖延得惊人的作者而不远千里来到我家。我从没见过像珍妮弗这样投入的文学经纪人，从来没有。

当写作八年仍然没有完成，我感觉身心俱疲的时候，西蒙和舒斯特出版公司的贾菲·费拉里-阿德勒对我伸出了援助之手。他给了我当时我最需要的东西：做自己最拿手事情的自由。他则帮我打理起其他我不太擅长的事务。他那无私的爱使我确信，书籍的世界是个能像家一样给我喜悦和满足的世界。

许多神父、宗教法规学者和教授对这部小说的成书做出了突出贡献。没有任何机构比天主教会更有理由怀疑这部小说的创作用心，但让人吃惊的是，在创作这部小说的每个节点，我都受到了教会人士无微不至的帮助：神学院教师、教廷律师和著名的天主教学者不仅详尽地解答我的问题，而且有时会开诚布公地谈及他们在梵蒂冈的经历。我要对约翰·卡斯特神父致以特殊的感谢，他用了很多时间向我解释东仪天主教以及东仪天主教神父在罗马的生活。我还要感谢玛格丽特·查尔莫斯和容·查尔莫斯神父，他们给我讲述了教廷法规下的审判案例，尽管他们给我讲述的主体在小说中描述得不是很具体，但没有他们慷慨的帮助，小说的细节方面同样会产生许多问题。感谢约翰·拜伦·库尔纳，我们上大学时曾经一起研读过奥古斯丁和伊格内修斯的著作，在这次的小说创作过程中，他在拉丁文和希腊文方面给我提供了支持。

一些新流行的技术使原本需要十年的调研只用了一年就完成了。谷歌完成了许多研究者本需要用手工才能完成的工作，作用最值得肯定。我只有用英语和法语工作的经验，在这次工作中，我借助谷歌翻译器查看和阅读了自己小说其他语种的版本。我几乎每天都要用到谷歌图书，从这座宝库里挖掘古代基督教、意大利旅行指南、罗马天主教廷的知识以及难得一见的天主教着装方面的文本。谷歌地图帮我标绘了梵蒂冈的地图，使我跟进了梵蒂冈所有在进展中的城市规划项目，比我拥有的任何一本地理方面的书籍都有用。最近推出的谷歌街景甚至能让我身临其境地游览梵蒂冈和冈多菲堡。应该感谢的还有许多报纸——首当其冲的是《纽约时报》——过去十年，他们花了相当的精力对报纸的档案进行了数字化整理。在这些档案中，我有时能看到一些有关梵蒂冈的令人诧异的事实。

十七年前帮我一起构思《第四条戒律》的乔纳森·哲伊，他跟我一起经历了这部小说创作时的艰辛。历经几个月时间和我一起探索了小说的一条线索之后，他眼看着搜索的素材把我引向了另一个方向。但几年之后，他还是不遗余力地帮我构思了《血与水》的最后一些部分。对于一个小说作家来说，创造性的帮助和诚挚的友情都非常重要，不可或缺。

杜斯蒂·托马森是这部小说的教父。在《第四条戒律》出版前，他就和我一起在希腊待了一周，为我们想写的下一部小说做准备，当时我们都没意识到这部小说的背景会设在梵蒂冈。但世事变迁，之后我们得在美国的东海岸和西海岸从事不同的课题。而杜斯蒂还是在我这次的写作过程中提供了不少帮助——伴我走过了写作过程中最艰难的那些日子。最重要的是，在写作的第八个年头，当创作处于失败边缘，我家也因此闹腾不安的时候，杜斯蒂没有让失败和混乱继续下去。他用无私的爱救援了我和我的家人。虽说有超过三十年的友情，但这份礼物却远高于友人间的情谊，没有任何言语能抒发我对杜斯蒂的感谢之情。写下这段话时，我的眼泪就已经止不住了。

最后的致谢也最为艰难。世界上到处都是觉得可以为自己所谓的艺术牺牲一切的小说家。但任何一个对家庭负有责任的父亲和丈夫要做出这种牺牲却是愚蠢的。从二〇〇六年初开始的那一整年，我觉得我快要完成这部小说了。所有存在的问题——无止境的调查，场景的设置，以阿列克斯作为第一人称进行的叙述——都能很快解决。但解决这些问题却用了接下来的整整九年。也就是说，我的家人跟我一起经历了这九年的艰难时光。我妻子没有我那么乐观，她早就做好持久作战的准备了。当最艰难的时刻到来的时候，她扛起我一直走到了终点。她从不为细碎的小事而气馁，只是用日复一日的爱在支持着我。我为这部小说付出了一切，但麦瑞迪斯付出的比我更多，小说从头至尾都浸透了她的汗水和艰辛。